大韓國人 안중근

안중근 의사

모친 조마리아

▌ 안중근 의사 부인 김아려(金亞麗)와 장남 분도, 차남 준생

안중근 의사와 우덕순, 유동하

조셉 빌렘(Joseph Wilhelm : 한국명 洪錫九) 신부

이토 히로부미(伊藤博文)

러시아 대장대신 코코프체프

大韓國人 안중근

2009년 4월 10일 인쇄
2009년 4월 15일 발행

지은이 | 이　청
펴낸이 | 진성원
펴낸곳 | 경덕출판사
등록 | 2003. 9. 23 제6-517
주소 | 서울시 성북구 정릉3동 653-40
전화 | 02) 909-2348, 912-0856
팩스 | 02) 912-4438

ISBN 978-89-91197-63-3 　　03800

값 12,000원

사진 출처 : 안중근의사숭모회 출간《대한국인 안중근 사진과 유묵》

안중근 의사 의거 100주년 기념

안중근

이 청 역사소설

경덕출판사

安重根의 질문

안중근을 만난 것은 내게 행운이었다. 역사가 되어 버린 인물을 소설화하기 위해서는 소설가가 그 시대 속으로 들어가야 하는데, 안중근을 만나기 위해 들어가 본 그 시대는 내게 놀라움 그 자체였다. 구한말, 한 마리 여린 짐승처럼 제국의 이빨 앞에 무방비로 놓여 있던 나라와 민족을 목숨 바쳐 피값으로 지켜보려 했던 인물들의 내면을 들여다보고 싶어 소설을 시작했으나, 거꾸로 그 시대와 인물들이 오늘을 사는 필자에게 무거운 질문들을 쏟아내는 것이었다.

지금으로부터 꼭 한 세기 전인 20세기 초엽과 우리가 살고 있는 이 시대는 대체 무엇이 어떻게 다른가? 천길 벼랑 위에 서서 위태로운 생존을 이어가는 100년 전이나 지금이나 다름이 없는데, 이런 사실을 제대로 인식하고 있는 사람도 드물고 인식하고 있어도 목숨을 내놓고 나라와 민족을 떠받치려는 지사는 사방 어디를 둘러봐도 보이지 않는데다 얇은 고무풍선 속의 평화와 풍요를 탐닉하여 사분오열, 작은 이삭줍기에 정신들을 놓고 있으니 대체 이런 나라를 나라라고 부르기가 겁나고 부끄럽지 않은가?

잡지에 소설을 연재하던 1년 가까운 동안 주인공인 안중근이 작가에게 끊임없이 던진 질문이었다. 필자는 아직도 그 대답을 찾지 못하고 있다.

소설을 쓰기 위해 작중 안중근의 활동 무대였던 연해주와 간도 일대, 그리고 거사를 한 하얼빈과 일제의 감옥에서 순국한 요동성 뤼순까지 3, 4회씩 답사했다. 아쉬운 것은 그가 태어나 장년이 되기까지 살았던 황해도 구월산 일대와 해주, 그리고 신의주 등지를 답사할 수 없었던 일이다. 조선인민공화국 당국자에게 답사 여행을 허락해 줄 것을 요청해 본 일도 없었다. 미리 단념해 버린 것이다. 뒷날 그 지역으로 자유롭게 왕래할 수 있을 때 이 소설의 전반부를 보완하게 되기를 필자는 기대한다.

이 소설이 나오기까지 여러 사람들의 도움이 있었다. 귀한 지면을 할애하여 연재해 준 〈月刊朝鮮〉 편집진, 소설의 영감을 불러일으켜 준 안중근 의사 숭모회 전 이사장이었던 黃寅性 전 총리, 그리고 답사와 취재 편의를 제공해 준 안중근 의사 숭모회와 栗村財團…. 안중근이 죽지 않고 살아 있다는 사실을 아는 분들이 아직은 많다는 사실을 이분들로 하여 확인할 수 있었다.

자칫 교과서 한쪽 귀퉁이에 실려 역사의 저편으로 묻혀 버릴지도 모르는 안타까움 때문에 안중근을 살아 있는 인물로 재생시키려 했던 필자의 노력이 얼마나 성공을 거둘지, 그 성패는 전적으로 독자들의 몫이다.

2009년 2월 橫城에서

李 淸

동쪽으로 가는 백곰

"뭔가 좋은 일이 없을까?"

차르 니콜라이 2세는 수염을 뜯으면서 물었다. 재무상 코코프 체프는 차르의 그런 행동을 못 본 척 눈길을 차르의 등 너머 벽에 붙어 있는 동로마제국 시대의 거대한 그림으로 돌렸다. 천사 가브리엘이 에호바 신에게 복종을 맹세하는 내용이었다.

"비테라면 어떻게 했을까? 아시아의 난쟁이 같은 놈들의 조급증을 적절하게 이용했을 텐데, 아니 경이 더 잘할 거라고 믿네만. 그런데… 그게 사실인가?"

차르는 목소리를 낮추어 가까이 있는 시종들에게 들리지 않을 작은 목소리로 말했다.

"뭘 말씀이십니까, 폐하?"

코코프체프는 니콜라이 2세의 다음 말을 짐작하고 있었으나 황제에 대한 예우로 되물었다.

"일본 놈들 말이야. 여자의 배 위에서도 쥐새끼들처럼 빨리 일을 끝낸다면서? 그래서 한국을 삼키는 데도 서두르고, 만주로 뻗는 데도 조급한 게 아닌가?"

키득거리는 차르를 한심한 눈으로 보던 코코프체프가 더 참지 못하고 한마디 했다.

"폐하, 우리는 일본에 패전국입니다."

"그렇지."

차르는 금방 풀이 죽었다. 그러나 곧 새 장난감을 얻은 아이처럼 다시 살아났다.

"나는 스톨리핀 총리가 마음에 들지 않아. 농민 노동자들이 뭔가 요구한다고 자꾸 뒤로 물러나면 결국 그놈들이 이 겨울궁전까지 쳐들어오고 말걸? 나는 그 트로츠키라는 자는 무섭지 않아. 레닌이라는 그자가 제일 무서워."

니콜라이 2세가 젊은 혁명가 레닌을 두려워하는 것은 단순한 이유 때문이었다. 부왕 알렉산더 3세에 대한 암살 미수사건에 관련된 대학생 다섯 명을 처형했는데, 그중에 알렉산더 우리아노프라는 자가 있었다. 이자가 처형당했을 때 그의 동생 레닌은 열일곱 살의 나이로 심비르스크 고등학교에 다니고 있었다. 그는 여교사로부터 형의 처형 소식을 듣고도 눈물 한 방울 흘리지 않았다고 한다. 바로 그 레닌이 뛰어난 선동가로 성장하여 차르의 안방을 허물려고 하고 있었다.

"공은 원동으로 가서 좋은 일을 만들어 오시오. 나는 베니스로 가서 이탈리아 왕 빅토르 엠마누엘 3세하고 유럽의 일을 조정해 보겠소."

코코프체프는 연민의 눈으로 차르를 보았다. 속으로 그는 생각했다.

'빅토르 엠마누엘 3세나 니콜라이 2세 당신이나 두 사람이 모여 조정할 일은 없을 것이다. 기껏해야 베니스의 곤돌라에 올라 감상에 젖거나 그 많은 공주들과 황후에게 선물을 사 주느라 정신이 없겠지.'

"이번 원동 여행에서 대단한 선물을 들고 오지는 못할 것입니다. 일본이 한국을 합병하기 위해 우리 러시아의 양해를 구하려는 것이니 그 기회를 이용해 북만주의 권리를 공고하게 하고 몽고에 대한 지배권을 확실하게 해 두는 것이 고작일 것입니다. 좀 더 욕심을 내자면 여순과 대련에 대한

조차권을 가져오는 것입니다."

"죽이네! 코코프체프 공, 정말 멋져요. 여순과 대련을 찾아오면 저놈들과의 전쟁에서 우리가 잃은 것을 대부분 되찾아오는 것 아니오?"

"그렇습니다. 그러나 외교에는 상대가 있는 법이어서…."

"그 상대가 일본 놈들 아니오? 공은 일본 놈들 주무르는 데 천하제일이고. 그러니 좋은 일 있을 거요. 선물이 있어야 하오. 제발, 우리 가족을 보호해 주시오."

이게 유라시아대륙에 걸쳐 세계 최대의 광대한 국토를 지닌 대제국 황제의 모습인가? 아니면 마누라와 딸들과 오순도순 살기를 원하는 평범한 러시아 하층민 가정의 가장인가? 차르는 제국의 운명에 대해 사고할 능력도 없었고, 귀동냥으로 들어서 뭘 좀 안다고 해도 해결할 능력은 더구나 없는 사람이었다. 여러 사람에게 의견을 묻기는 했으나 그 의견들을 종합하고 분석하여 자신의 생각을 내놓는 일은 한 번도 없었고, 그저 여러 사람이 의견을 말하면 맨 마지막에 발언하는 사람의 말을 자신의 생각으로 만들어 지시하는 것이 고작이었다. 그 때문에 정부의 각료나 귀족들 중 누구도 차르를 신뢰하는 사람이 없었고, 차르의 지시를 곧장 실행에 옮기는 사람도 없었다.

"러시아여, 어디로 가는가? 벼랑으로 향해 내달리는 열차인가?"

10월 중순 코코프체프는 시베리아 횡단철도에 올랐다. 열차가 예정대로 달려주면 열흘 후인 10월 24일에는 동청철도의 거점인 하얼빈에 도착할 것이고, 일본 측 상대는 하루 이틀 후에 여순과 대련을 거쳐 남만주철도를 타고 하얼빈에 도착할 것이었다.

코코프체프의 원동 시찰은 겉으로는 동청철도의 확장을 위해 국제적인 협력 방안을 모색한다는 것이었다. 중국의 동북지역인 만주를 일본과 러시아가 양분하고 있는 데 대한 미국, 영국, 프랑스, 독일 등의 의심을 잠재우려는 것이 부차적인 목표라고 했다. 그러나 그것은 어디까지나 표면상의 명분이고 속으로 감추어진 이번 순방의 목적은 일본과의 흥정이었다.

코코프체프는 수행비서의 출입을 막아 놓고 준비해 간 서류에 파묻혔다. 서두를 필요는 없었다. 열흘은 긴 시간이었다. 열차가 시베리아를 횡단하여 달리는 동안 일본 측의 숨은 의도를 찾아내고 대책을 세우기에는 충분한 시간이었다.

그는 먼저 일본 측 대표로 동쪽 바다 건너에서 오고 있는 이토 히로부미에 대한 자료를 꺼냈다. 나이 68세. 예리한 판단력과 끈덕진 인내심에다 용기가 필요한 외교 일선에 나서기에는 너무 늙은 나이다. 일본의 총리대신 가쓰라가 러시아통인 고토를 중간에 넣어 먼저 러시아에 회담을 요청하면서 처음에는 외무대신을 보내겠다고 했다가 뒤늦게 대표를 이토 히로부미라는 늙은이로 대체한 이유가 무엇일까, 그것이 당장 풀어야 할 과제였다.

하찮은 계급 출신으로 일본 최초의 헌법을 만들고 스스로 총리대신을 네 번이나 역임한 후 겐로(元老)가 되어 국정을 좌지우지하는 자리에 오른 인물, 이런 인물들이 대개는 성급하게 권력을 탐하고 누리다가 나락으로 떨어지는 예가 많은데, 이 노회한 인물은 요령 좋게 강약을 조절하며 권력의 줄타기에서 실족한 일이 없었다. 청나라와의 전쟁에서 승리한 후 시모노세키에서 청국의 전권 이홍장과 마주앉아 한국의 독립을 인정할 것, 요동반도·팽호열도와 대만을 일본에게 할양할 것, 배상금 2억 냥(약 3억 엔)을 지불할 것 등의 요구조건을 관철시킨 바로 그 장본인이었다. 시모노세키 조약의 첫머리에 올라 있는 것이 '조선의 독립'이었다는 사실에 코코프체프는 방점을 찍었다. 일본이 말하는 '조선의 독립'은 한국에 대한 청나라의 기득권을 배제하려는 수사에 지나지 않았다. 목표는 한국을 완전하게 일본에 복속시키는 것이었다. 청나라가 무기력하게 전쟁에서 지고 나자 한국을 합병하는 데 최대의 장애물은 러시아였다.

일본은 청국과의 전쟁 이후 그 배상금으로 다음 전쟁을 위한 준비에 전력을 다했다. 목표는 러시아였다. 태평양을 향해 동진하는 러시아의 파도를 막지 못하는 한 한국을 일본 영토로 편입시킨다는 야심찬 목표는 이루어질 수 없었기 때문이었다.

결국 전쟁이 일어났고, 결과는 러시아의 패배였다. 러일전쟁은 국내의 소요와 혁명 조짐에 놀란 차르가 서둘러 전쟁을 끝내고자 하지 않았더라면 일본에 항복하지 않아도 될 전쟁이었다. 어쨌든 러시아는 졌고, 미국 루스벨트 대통령의 중재 아래 포츠머스에서 강화회담이 열렸다. 이 기묘한 회담에서 패전국인 러시아의 전권인 비테는 오히려 당당했고, 전승국 일본의 전권인 고무라 주타로는 수세에 섰다. 이 회담에서도 첫머리에 오른 것은 한국에 대한 일본의 독점적 지배권을 러시아가 인정한다는 것이었다.

일본의 이론가들은 정한론(征韓論)을 펼치면서 주권선과 이익선이라는 두 개의 개념을 개발했다. 일본의 영토가 일본 열도에 국한될 때는 일본열도가 바로 주권선이고 대륙의 파도를 막아주는 조선반도는 이익선이 된다. 만약 조선반도가 일본 영토가 되면 한국 북쪽의 만주가 이익선이 되고, 다시 만주를 일본 영토로 복속시켜 주권선이 확장되면 그때는 다시 몽고가 이익선이 된다는 이론이었다.

포츠머스의 강화회담에서 일본은 한국에 대한 독점적 지배권을 러시아가 인정한다는 양해를 얻어냈고, 청일전쟁 후 이토 히로부미가 얻어낸 만주를 청국에 반환할 것, 여순·대련의 조차권과 남만주철도의 경영권을 일본에 양도할 것, 연해주와 캄차카반도의 어업권을 인정할 것 등의 이득을 얻어냈다. 그러나 가장 중요한 전쟁 배상금은 단 한 푼도 얻어내지 못했다.

포츠머스 회담의 소식이 일본 국내로 전해지자 이 조약의 체결을 반대하는 일본 국민들이 히비야 공원에서 "차라리 전쟁을 계속하자"고 요구하며 대규모 폭동을 일으켰고, 강화회담의 전권이었던 고무라 일행은 군중의 눈길을 피해 도둑처럼 몰래 귀국했을 정도였다.

그로부터 다시 4년이 지났다. 일본은 이제 한국 합병이라는 목표를 향해 서둘러 달려가고 있었다. 일본이 만주를 경영하려 하고 중국을 넘보는 것 같지만 실제 목표는 한국의 합병에 있다는 것을 코코프체프는 간파하고 있었다. 한반도로 국경을 확장하고 그 국경을 지키기 위한 이익선으로 만주에 일정한 권리를 확보하려는 것이 일본의 속셈이었다. 총리대신 가쓰라가 러시아 황실에 회담을 요청한 것도 한국 합병에 최대의 걸림돌인 러시아의 간섭을 미리 배제하려는 포석에 지나지 않았다.

코코프체프는 다른 서류에 눈길을 주었다. 외무성으로부터 입수한 일본 내각의 '한국(조선) 합병에 관한 각의 결정'이라는 제목의 서류였다. 1909년 7월 6일, 메이지정부 내각은 도요토미 히데요시 이후 오랜 숙원이었던 한국 합병 조치를 마침내 단행하기로 결정하고 그 이유를 다음과 같이 스스로 천명했다.

…… 제국의 조선에 대한 정책은 우리의 실력을 조선반도에 확립시켜 이를 확실하게 유지하는 데에 있음은 재언할 필요가 없다. …… 금후 우리는 조선에 있어서 우리의 힘을 증진시키고 그 바탕을 공고하게 하여 대내외적인 영향에 대처할 수 있는 세력을 수립하도록 노력할 필요가 있으며, 이러한 목적을 달성하기 위해 제국 정부는 다음과 같은 큰 방침을 정하고 이에 근거하여 모든 계획을 실행해 갈 필요가 있다.
1. 적당한 시기가 오면 조선의 병합을 단행한다.

2. 병합의 시기가 올 때까지 병합 방침에 입각하여 충분하게 보호할 수 있
   는 제반 조치를 강구하고 대처할 수 있는 역량을 비축한다.

위의 두 가지 큰 목표를 실현하기 위한 구체적인 방침으로 내각은 다음과
같은 결정을 한 것으로 기록되어 있었다.

1. 제국은 외부로부터의 침입에 대한 조선의 방어와 조선 내 질서 유지를
   확립하기 위해 필요한 군대를 조선에 주둔시킨다.
2. 조선에 관한 외교 교섭 사무는 종전의 방침에 따라 우리의 손으로 파악
   하고 실행한다.
3. 조선의 철도를 제국철도원의 관할로 이관하고 남만주철도와 밀접하게
   연결하도록 하여 아시아대륙 철도의 통일과 경제관계를 밀접하게 도모
   하도록 한다.
4. 가능한 한 많은 본국인들을 조선으로 이주시켜 조선 내에서 일본 세력의
   밑바탕을 튼튼하게 함과 동시에 일조 간의 경제관계를 밀접하게 한다.
5. 조선의 중앙 정부와 지방 관청에 근무하고 있는 본국인 관리의 권한을
   대폭 확대해 한층 더 민활하고 통일적인 시정을 행할 수 있도록 한다.

뒤에 붙어 있는 구구절절의 방침들은 따져볼 필요가 없는 것들이었다.
한 가지 분명한 것은 '적당한 시기가 오면 조선의 병합을 단행한다'는 문
구였다. 그 '적당한 때'가 코앞에 닥쳐오고 있음을 코코프체프는 직감으로
느끼고 있었다. 일본 정부가 서둘러 러시아와의 협상을 요청해 온 것이
'그때'가 임박했음을 알리는 징후였다. 그런데 왜 하필이면 이토 히로부미
인가? 일본 정부가 하는 일이라면 훤히 꿰뚫어 보고 있다고 자부하고 있던
코코프체프도 이 대목에서 헷갈렸다.

이토 히로부미(伊藤博文)! 조슈번(長州藩)의 가난한 농민의 아들로 태어나 아홉 살 때 그의 아버지 주조라는 사나이가 당시 조슈번의 창고지기였던 미즈이 무베에의 눈에 들어 그 집의 머슴으로 들어가게 된다. 주인인 무베에가 성을 이토(伊藤)로 바꾸고 주조를 양자로 들이자 이토 주조가 되었으며, 그 아들 리스케(利助) 또는 순스케(俊輔)도 이토 리스케 또는 이토 순스케가 되었다. 리스케는 뒷날 출세한 후에 히로부미로 개명했으므로 이토 히로부미가 되었다.

일본 놈들이라니, 코코프체프는 비웃었다. 제 자식이 없으면 그만이지 양자는 무엇인가? 이상한 습속이었다. 그러나 그 이상한 습속으로 인해 평범한 농민으로 살다가 갈 뻔했던 한 인간이 일본의 역사를 바꾸는 역할을 했으니 괜찮은 습속이 아닌가.

이토는 요시다 쇼인이 열었던 쇼카손주쿠(松下村塾)에서 뒷날 메이지시대의 개혁을 열었던 기도 다카요시와 이노우에 가오루(井上馨) 등과 함께 수학했고, 조슈번과 사쓰마번(薩摩藩)이 연합하여 막부를 타도하고 왕을 권력의 중심에 세우는 존왕양이(尊王攘夷) 운동에 성공하면서 일본 대개혁의 권력 중심부에 들어선다. 22세 때인 1863년, 영국으로 유학을 떠나 서양의 선진 문물과 학문을 습득한 그는 4국 함대가 시모노세키를 포격했다는 소식을 듣고 서둘러 귀국하여 막부를 타도하고 신정부를 수립하는 데에 기여했다. 신정부가 서양의 제도와 문물을 전면 도입하기로 하고 이와쿠라 사절단을 유럽과 미국으로 보낼 때 부사로 참여한 그는 돌아와 공부(工部)대신, 내무(內務)대신을 거쳐 1881년의 정변에서 오쿠마 시게노부를 몰아내고 정부 안에서는 최고의 지위에 올랐다.

이자가 영국 유학 시절에 배운 것이 무엇인가? 유럽과 미국 사절단에 섞여 가서는 도대체 무엇을 배운 것일까? 비스마르크의 독일에서 영감을 얻었는가? 고작 그 정도인가? 유감스럽게도 보고서에는 그런 내용이 들어 있지 않았다.

정부의 최고 지위에 오른 그는 이듬해인 1882년, 다시 유럽으로 가서 유럽 입헌군주국들의 헌법을 연구하고 돌아와 대일본제국의 헌법을 만들고, 그 헌법에 따라 조직된 정부에서 초대 총리가 된다. 그가 2대 총리 자리에 있을 때 청일전쟁을 일으켰고, 그 보상으로 조선을 보호국으로 손아귀에 넣었다. 이홍장과의 담판에서 조선의 '독립'을 보장받은 것도 이토의 공로였다. 그러나 일본은 청일전쟁에서 얻어낸 요동반도의 이권을 러시아·독일·프랑스의 3국 간섭으로 토해 내야 했고, 더욱 집요해진 러시아 백곰의 동진정책에 부딪혀 조선에 대한 독점적 지배가 위태롭게 되자 마침내 러일전쟁을 일으켰다. 러일전쟁의 강화회담에서 일본 측 전권이 한 푼의 배상금도 받아내지 못하자, 일본 국민들은 지난날 이토가 이홍장으로부터 받아낸 거금의 배상금을 생각해 내고 분통을 터뜨렸던 것이다.

일본 정부가 젊고 패기 찬 관리들을 두고 하필이면 이토 같은 늙은이를 만주로 보내는 까닭이 결국은 이홍장과의 강화회담에서 발휘했던 노회한 수법에 대한 향수 때문일까. 그럴 것도 같았다. 그렇다면 이번에야말로 이토와 일본의 콧대를 꺾어 놓을 절호의 기회가 될 것이라고 코코프체프는 홀로 흥분했다.

이토에 대한 보고서는 아직 끝나지 않았다.

한국 합병 공작의 기획자이자 연출자이고 주연배우이기도 했던 이토는 몇 달 전인 1909년 6월 14일, 한국 통감을 사직하고 본국으로 돌아갔다. 이토가 사직하고 본국으로 돌아간 지 한 달도 채 안 된 7월 6일, 메이지 정부의 내각은 '조선 합병 방침'을 결정했다. 마치 이토가 통감에서 물러나

기를 기다렸다는 듯이 내각이 서둘러 한국 합병 방침을 결의한 까닭이 무엇일까? 이토가 한국 합병에 장애물이었다는 말인가? 이는 이토가 추구해온 목표가 바로 한국 합병이었으므로 얼른 보기에는 매우 모순된 처사였다. 사임은 스스로 소임을 떠난다는 뜻이다. 위에서 임무를 해제하는 해임과 다르다. 이토가 꿈에도 소원이던 한국 합병을 눈앞에 두고 스스로 통감 자리에서 물러나 추밀원 의장이라는 늙은이들 단체의 좌장 노릇이나 하게된 원인은 무엇일까? 보고서는 이토의 통감 사임 원인을 짐작할 수 있는 최근의 동태 자료를 몇 가지 붙여 놓았다.

1. 이토는 대한제국과 보호조약을 강제로 체결하기 전에 조선인으로 일본 제국의 개 노릇을 할 만한 단체를 만들어 놓았는데 그 이름이 일진회라 했다. 이 일진회가 친일내각의 수반인 이완용과 불화하고, 조선 합병을 주장하면서 일본으로 건너가 일본 군부와 합병론자들을 들쑤시고 다녔다. 이토는 일진회를 만류하고 성급한 합병보다 점진적 통합을 주장하고 설득했으나 일진회를 설득하는 데 실패했다. 따라서 일진회는 아마가타, 가쓰라, 데라우치 등 급진적 합병론자들과 결탁하여 이토의 본국 소환을 추진하기에 이르렀다.

2. 한국을 문명세계로 만들어 한국인들 스스로 합병에 동의하도록 한다는 이토의 목표와 방침은 여러 방면에서 도전 받아 사실상 실현 불가능한 것으로 판명되고 있다. 한국 정부에 채용된 일본 관리들의 질이 나빠 한국인들의 마음을 사지 못했고, 이토 역시 한국인들에게 저주의 대상이 된 것은 물론, 의병운동 등 곳곳에서 저항운동이 그치지 않고 일어나 이토는 피로하고 실망했다. 그는 한국인들에게는 입버릇처럼 "바보 같은 놈들"이라 했고 일본 내의 무식한 군인들과 성급한 합병론자들에게도

"너희들 마음대로 되나, 어디 해보라"고 비웃고 있었다.

3. 이토의 사임으로 한국 통감의 교체가 확실해지자 일본의 언론들은 이토의 행적에 대한 찬반양론이 들끓었다. 그중에서 이토의 통감 교체 이유를 요약하면 이토는 정치적 비중이 워낙 큰 인물이어서 정부로부터 지시받기보다 정부를 이끌어 가는 위치에 있었기 때문에 이 같은 부자연한 관계로 인해 통감이 제시한 정책과 총리의 정책 사이에 잦은 충돌이 일어났으며, 일본 정부로서는 한국 통감을 이토로부터 부통감이던 소네 아라스케(曾禰荒助) 자작으로 교체함으로써 장차 내각이 어떤 명령을 하달하더라도 즉각 실행되리라는 기대를 가질 수 있게 되었다.

한마디로 이토가 한국 통감의 역할에 신물을 내고 의욕을 상실했다는 것이었다. 그것은 곧 이토의 한국 통치가 실패했다는 증거였다. 1년 반에 걸친 이토의 한국 통감으로서의 통치가 실패했고, 일본 내각과 국민 다수가 불만을 드러낸 이유 중의 하나가 이렇게 예시되어 있었다.

이토가 초대 통감으로 부임하여 통감정치를 실시한 이래 1년 반 동안 한국에서는 통감정치를 반대하는 의병이 들불처럼 일어나 그중 1만 2천 명이 사망하고 부상자는 그보다 더할 것으로 추정됐다. 이에 비해 일본의 군대와 경찰의 피해는 사망 70명, 부상 170명으로 아주 미미한 수준이었다. 통감부는 그 원인을 밝히기를 의병들의 무장이 너무나 형편없어서 일본군들에게 근접해 보지도 못하고 일본군의 발포에 희생되었다고 했다. 말하자면 무장도 하지 않은 무리들이 멀리서 날아온 일본군의 총탄에 희생되었다는 얘기였다. 입만 열면 아시아의 평화와 세계 평화를 들먹이고 한국에 대한 보호를 내세우며 유화 제스처를 쓰던 이토의 한국 통치는 내면을 들여다보면 이처럼 잔인한 도살극으로 점철되어 왔다. 그러고도 의병들의 저항은 사그라질 기미가 보이지 않았고, 바다 건너에서 조선반도를 초조하게 바라보고 있던 일본의 여론을 성급한 조선 합병론으로 기울게 한 것이었다. 천하의 이토 히로부미가 실망하고 피로감을 느낀 것도 당연한 일이었다.

또 하나의 자료는 네덜란드 헤이그에서 열린 만국평화회의에 대한제국 황제 고종이 파견한 밀사에 관한 것이었다. 그 사건을 빌미로 이토는 고종을 끌어내리고 그 아들(순종)을 왕좌에 앉혔고, 이후 사실상의 합병에 다름없는 상태로 한국을 손아귀에 넣어 버렸다. 따라서 한성과 도쿄의 외교가에서는 헤이그 밀사사건이 이토의 공작이라는 소문이 제법 신빙성을 가지고 떠돈다고 했다. 이토가 밀사를 파견하도록 뒷공작을 했다는 소문이었으나 최근에는 최소한 이토가 밀사의 파견을 사전에 알고도 방조했을 것이라는 추측이 나돈다고 했다. 이토라는 인간이라면 충분히 그럴 수 있다는 것이 이 같은 추측을 낳은 근거였다. 그러자 이토의 통감부에서는 거꾸로 '헤이그 밀사 파견은 러시아 측의 음모였다'는 역루머를 생산하여 퍼뜨리고 있다고 했다. 많은 한국인들이 이런 역공작을 믿고 있다는 경고가 담겨 있었다.

그런 이토에게 러시아를 설득할 전권을 주어 내보내는 까닭은 무엇인가? 일본은 한국만 얻으면 다른 것은 양보해도 좋다는 뜻인가? 미국이 만주 일대 철도의 공동 경영을 제의하고, 독일·영국·프랑스 등 유럽 제국들의 한국에 대한 관심과 만주에 대한 탐색을 밑뿌리에서부터 잘라 버리자는 속셈이 묻어 있었다. 러시아만 협력해 준다면 불가능한 것도 아니었다. 코코프체프는 자신의 손아귀에 들려 있는 칼자루의 무게를 가늠해 보았다. 여순과 대련을 조선 합병과 맞바꾸지 못할 것도 없었다. 그렇게만 된다면 니콜라이 2세가 소원하던 대로 가정의 평화를 한동안 더 연장시켜 줄 수도 있을 것 같았다.

자료 속에는 이토의 사진도 한 장 있었다. 콧수염을 기르고 서양식 정장 차림을 했으나 키가 작달막하여 어울리지 않는, 보잘것없는 늙은이였다. 얼굴에도 별다른 특징이 없었다. 요란한 치장만 아니라면 일본의 어느 거리에서나 만날 수 있을 것 같은 수수한 표정의 늙은이일 뿐이었다.

어쨌든 운이 좋은 놈이로군. 하층 계급에서 권력의 정상에 올라간 이런 놈들은 권력의 맛에 취해 반쯤은 미치광이가 되는 법이거늘, 이토라는 자도 마찬가지일 테지. 그러나 총리대신을 네 번이나 역임하고 후작에서 공작으로 최고의 작위를 받은 이 사나이는 좀처럼 발을 헛디뎌 실각하는 실수를 저지르지 않고 나이 칠십이 다 된 지금에도 추밀원 의장에다 겐로로서 영향력을 행사하고 있었다. 결코 만만하게 볼 위인이 아니었다.

도요토미 히데요시 이래 일본의 숙원이던 조선 침략과 합병의 단초를 열게 된 것은 역사가 이토에게 짐 지운 필연적인 역할이었다. 그는 이미 약관의 젊은 나이에 조선에 잠입하여 조선 정정을 살피고 간 것을 비롯하여, 권력의 정상에 오른 후에는 직접 대한제국의 왕을 윽박질러 보호조약을 체결하고 한국을 보호국으로 만들더니 마침내 대한제국의 황제를 밀어내고 새로운 황제를 앉힌 다음 한국을 사실상 속국으로 만든 장본인이었다. 통감부를 설치하고 초대 통감이 되어 일본 역사상 최대의 소망이었던 한국 합병의 길을 터놓은 공신이기도 했다.

게다가 이토의 한국 침탈 방법은 일본 내에 비등했던 사이고 다카모리(西郷隆盛)류의 세련되지 못한 정한론(征韓論)과는 달리 '조선인 스스로 내지(內地)에 동화되도록 한다'는 유장한 목표를 설정해 놓고 있었다. 그 유장한 목표가 한국의 친일분자들과 일본의 무식한 군부, 그리고 성급한 지식인과 정치꾼들에 의해 저항에 부딪히고 좌절될 위기에 처하자, 그는 현명하게도 한국 통감의 자리에서 물러나 현해탄을 건너고 말았다. 그런 그에게 가쓰라 내각이 러시아와의 교섭에 나서 줄 것을 요구하자, 그는 서슴지 않고 노구를 이끌고 만주로 오고 있는 중이었다.

"이토 영감!"

코코프체프는 사진을 들여다보면서 마치 옆에 있는 것처럼 말을 걸었다.

"이번 여행이 영감의 마지막 공식 업무가 될 것이오. 맹세하건대 내가 당신의 무덤을 파주지. 당신은 빈손으로 돌아갈 것이고, 포츠머스에서 돌아온 고무라처럼 돌팔매를 맞고 그 잘난 수염을 뜯기게 해 주겠어. 어쩌면 이번 이토의 만주 시찰과 대러시아 회담을 주선하면서 일본 내의 교활한 천황과 막료들이 진짜 목표로 했던 것은 이토의 무덤을 파는 것이 아니었을까?"

이리의 눈물

한국 통감 자리를 벗어던지고 일본으로 돌아온 이토는 오랜만에 유유자적한 세월을 보내고 있었다. 한국에서 데리고 온 황태자 이은(李垠)을 가르친다는 명목으로 전국의 명소를 돌며 더불어 자신도 유람을 즐기고 있었다. 불만스러운 것은 겨우 열네 살인 한국 황태자가 한국과는 비교가 되지 않을 정도로 발전한 일본의 문물을 보고도 조금도 감동하지 않는다는 것이었다. 감동하기는커녕 떠나온 조국에 대한 사랑과 집착이 더 커져갈 뿐이었다. 무엇을 보더라도 눈길을 멀리 하늘에 두고 있는 것이라든지 숙소에서 홀로 되기만 하면 눈물 자국이 보이는 것이 그 증거였다. 그러나 이토는 알고 있었다. 이은 황태자는 아직 어리다. 이제 피가 끓는 나이가 닥칠 것이고 그때를 대비하여 일본 귀족이나 황실의 예쁜 여자와 짝을 지어 주면 여자의 다리 사이에 빠져 결국은 일본인이 될 것이라 확신하기 때문이었다.

9월 하순 이토가 규슈 지방의 여행에서 돌아와 오이소(大磯)에 있는 별장 창랑각에서 여장을 푼 첫날 저녁에 대만 총독부 민정국장과 만철(滿鐵) 총재를 지낸 고토 신페이(後藤新平)가 찾아왔다. 50대 초반의 이 재주꾼 사나이는 현 총리 가쓰라 계열이어서 정치적으로 이토의 뒷줄에 서 있는 사람은 아니었으나 국제정세를 읽고 처방을 해내는 비상한 재능을 지니고 있어 만나면 즐거워지는 인물이었다. 어쨌든 꽉 막힌 주제에 거들먹거리기나 하는 놈들에 비해 말이 통하는 인물이었다. 그러나 이토는 내색하지 않고 무심한 얼굴로 손님을 맞았다. 이토가 여송연을 권하자 고토는 "아직 여송연을 이기지 못해 피우지 못합니다" 하고 몹시 부끄러운 표정이었다. '여우 같은 놈' 이토는 속으로 생각했으나 그의 입에서 나올 말이 기다려졌다. 그러나 고토의 입에서 나온 말은 전혀 엉뚱한 것이었다.

"각하, 여자를 어떻게 생각하십니까? 여자란 도대체 무엇입니까?"

'이놈이!'

이토는 고토를 노려봤다. 고토는 진지한 표정으로 웃고 있었다. '이토가 가는 곳에 여자가 있다'는 말이 떠돌아다닐 정도로 여자에 대한 바닥없는 갈증에 헤매 온 일생이었다. 한국 여자 배정자를 양딸로 삼아 망해 가는 대한제국 조정의 돌아가는 사정을 염탐하고 이간질하는 데 써먹었으나, 실은 그 딸이 이토의 갈증을 푸는 한 모금 물이었다는 것을 모르는 사람은 없었다. 그러나 고토의 표정을 보니 그런 엽색행각을 도마 위에 올려놓자는 뜻은 아님이 분명해 보였다. 이토는 종이를 꺼내 탁자 위에 펼쳐 놓고 펜으로 써 내려갔다.

"내가 단가(短歌)를 지은 것이 있는데 읽어 보겠나?"

이토는 백지 위에 이런 문장을 적었다.

'바다, 빠져 죽고 싶다!'

"히앗!"

고토의 목구멍에서 한숨이 터져 나왔다.

"숨이 막힙니다. 역시 대인이십니다. 범인들이 따라가지 못할 아득한 경지에 계십니다."

"이 시의 장점이 무엇이라고 생각하나?"

고토는 거침없이 대답했다.

"솔직함입니다. 솔직함에 대한 두려움이 없다는 점입니다."

"그것도 그럴 테지. 자, 그러면 말해 보게. 무엇 때문에 이 퇴물을 찾아왔나? 만주 때문인가?"

고토가 고개를 꺾었다.

"알고 계시는군요?"

"자네라면 만주를 생각하고 있을 것이라 짐작했을 뿐이야. 만주의 무엇이 문제인가?"

"일본과 러시아가 만주의 철도를 분할해 경영하고 있는 것에 대해 미국과 영국이 몹시 배 아파하고 있는 것은 잘 알고 계시지요?"

이토는 다시 무심한 표정으로 돌아가 있었다. 고토는 말을 서둘렀다.

"만주는 일청전쟁 이후 각하께서 여순·대련과 관동주의 조차권에다 동청철도의 권익을 획득하신 보물입니다. 대일본제국의 국경선이 조선반도 북쪽으로 정해질 때 만주는 이익선으로 목숨 바쳐 지켜야 할 땅이고, 장차 제국이 아시아대륙과 유럽으로 팽창하는 전초기지가 됩니다. 각하의 요청에 따라 만주 문제에 관한 협의회를 구성했으나 구성원인 정부 인사들이 무엇이 진정한 문제인지 똥오줌을 가리지 못합니다. 그래서…."

고토는 잠시 숨을 돌린 다음 말을 이었다.

"러시아 정부에 회담을 제의했습니다. 러시아도 차르 정부를 타도하려는 내부의 폭동 우려 때문에 일본과 다시 부딪치는 것을 매우 두려워하고 있습니다. 그러나 미국, 영국의 눈도 있고 하여 정식으로 회담을 하기는 뭣하니 양국의 대표가 만주에서 우연히 만나는 것처럼 회동할 수 있을 것입니다. 만주의 일부를 확고부동하게 일본의 수중에 넣을 수 있는 절체절명의 기회가 지금입니다. 최소한 만주의 경영권이 안정되어야 합니다. 그래야 조선 합병이라는 다음 과제가 실현될 수 있습니다. 러시아와 밀약하면 가능합니다. 미국과 영국은 밀쳐 버리면 그만입니다. 이 일을 할 수 있는 분이 각하 말고는 일본에 없습니다. 각하께서 평생을 다하여 도모해 오신 조선 합병과 국경선을 중국·러시아와 맞대는 꿈도 만주 경영 없이는 백일 몽이 될 뿐입니다. 진정한 동아의 맹주가 되기 위해서는 먼저 조선을 합병하고 만주를 경영하고 그것을 바탕으로 중국을 공략해야 할 것이나 지금 만주를 경영하지 못하면 조선 합병도 오래 가지 못할 것입니다."

이토는 진지하게 듣고 있었다. 여송연의 불이 꺼졌으나 그는 다시 붙이지도 않고 고토를 향해 몸을 앞으로 기울였다.

"저쪽에서 오는 백곰 새끼는 누구인가?"

"코코프체프입니다."

"코코프체프?"

"예, 재정대신이지만 차르로부터 동아시아 주관이라는 전권을 위임 받았습니다. 동아시아 문제에 관한 한 외무대신을 젖히고 전권을 행사할 수 있는 차르의 분신 중의 한 사람입니다."

"자네 한 사람의 생각인가, 총리 가쓰라와 외무대신 고무라의 생각은 어떠한가?"

"이미 그분들의 의견도 합치된 상태입니다. 허락하신다면 가쓰라 총리대신과의 자리를 만들어 보겠습니다."

"그렇게 하게. 그 전에 총리에게 전해 주게. 영국의 반응을 사전에 알아보도록. 미국은 별것 아니지만 영국은 경우가 달라. 우리의 우군으로 묶어놓을 필요가 있는 나라거든. 공연한 의심을 자아낼 필요도 없고, 자네 말처럼 일본과 러시아의 고위 관료가 우연히 만주를 여행하다가 만난다는 것이 세계의 의혹을 더 증폭시킨다는 것을 모르는가? 그럴 필요가 없어. 까놓고 만난다고 하고, 거부감을 줄이는 것이 좋아. 신문에도 발표하고, 아무튼 숨겨서는 안 돼."

"알겠습니다."

"이번 회담은 어떻게 추진했는가?"

"저와 주 러시아 공사관 모토노 이치로(本野一郎)상이 비밀리에 교섭을 했습니다."

"좋아, 내일 당장 가쓰라 총리를 만나겠네."

다음 날 저녁 무렵 이토는 가쓰라 총리를 만나러 공관으로 찾아갔다. 고토로부터 미리 연락을 받은 총리 가쓰라는 부인과 함께 겐로이자 추밀원 의장인 이토 공작을 정중하게 맞았다.

이토는 군인 출신 정치인들을 싫어하고 멸시했다. 무식하다는 것이 그 이유였다. 가쓰라도 예외가 아니었다. 비록 조슈번 출신의 오랜 지우인 리노우에 가오루와 사돈을 맺을 정도로 속이 트인 군인이기는 했으나 한국을 무조건 합병해야 한다고 서두르는 무식한 군 출신의 핵심에 그가 서 있는 것도 사실이었고, 이토 자신을 한국 통감에서 끌어내린 장본인도 가쓰라였다. 그러나 그런 사사로운 일들은 제국의 경영과 발전을 위한다는 명분 아래서는 얼마든지 묻어둘 수 있는 문제들이었다.

"각하, 여전히 건강해 보이십니다."

가쓰라가 너스레를 떨면서 미리 준비해 둔 여송연을 권했다. 이토는 여송연을 물고 불을 붙여 주는 가쓰라의 손끝이 가늘게 떨리고 있는 것을 보고 있었다. 그것을 눈치 챘는지 가쓰라는 서둘러 이토의 여송연에 불을 붙이고 자신의 손을 탁자 아래로 내려놓았다.

"저도 이 일에서 물러나면 각하처럼 여행이나 하면서 지내고 싶습니다. 아내와 함께요."

'아내와 함께라고?'

이토는 불쾌했다. 자신은 한 번도 아내를 한국 임지에 데려가 본 적이 없었고, 일본 국내에서의 여행에도 동행해 본 일이 없었다. 그런데 지금 무식한 군 출신의 사내가 감히 아내와 함께 여행을 즐기고 싶다고 말하고 있었다.

"만주 여행은 참으로 큰 보람이 있을 것입니다. 각하!"

"내키지 않소."

이토는 심드렁하게 말했다.

"각하!"

가쓰라 총리가 목소리를 낮추었다.

"불편하신 심기는 알고 있습니다. 저에 대한 오해가 있으신 줄도 압니다. 그러나 각하께 맹세코 말씀드리건대 각하의 품으신 뜻과 저의 생각이 다르지 않다는 것입니다. 일본은 동아시아의 맹주가 되고 장차 세계를 경영해야 합니다. 저 같은 무지한 군인들에게 그런 뜻을 심어 준 분이 각하이십니다. 방법이 조금 다를 수는 있겠지요. 그러나 목표가 같으면 동지입니다. 일본 천지를 아무리 뒤져봐도 각하 외에는 이번 임무를 감당할 인물이 없습니다."

"나를 만주에 보내놓고 뒷구멍에서 나를 묻을 구덩이를 팔 생각이라면 그 생각을 접어 버리게."

가쓰라는 웃음으로 이 어려운 상황을 열어 보려고 했다.

"구덩이를 파고 있는 자를 발견하면 제가 이 칼로 머리를 쳐 버리겠습니다."

가쓰라는 방구석에 세워 놓은 일본도를 꺼내어 칼날을 세우면서 말했다.

"만약, 제가 그런 생각을 한다면 제 목을 따 버리겠습니다."

이토는 무사들의 이런 모습을 싫어했다. 그러나 오늘 가쓰라의 행동은 그런대로 보기 싫지가 않았다.

'이자는 늙은이의 허영심을 부추기는 방법을 알고 있고 나는 그것을 알면서도 속으로 즐기고 있다. 내가 늙은 탓이 아니겠는가.'

갑자기 서글퍼졌으나 이토는 이런 상황을 뿌리칠 마음이 일어나지 않았다.

'내각 총리인 가쓰라가 이렇게 나온다면 어제 고토에게서 처음 제안을 받았을 때와는 차원이 다른 문제가 아니겠는가.'

"총리는 어떻게 생각하오? 백곰의 속내가 무엇일 것 같소?"

"조선에 있다고 봅니다."

가쓰라는 기다렸다는 듯이 대답했다.

"제국의 조선 합병 방침을 눈치 챈 것이 분명합니다. 러시아는 이 기회를 절대로 그냥 넘기지 않을 것입니다. 그러나 그런 백곰의 욕망을 우리가 이용하면 더 좋은 기회로 만들 수도 있을 것입니다."

"좋소."

이토는 가쓰라의 손을 잡아 주었다. 감격한 가쓰라가 젖은 목소리로 말했다.

"각하가 일본에 존재한다는 사실이 이처럼 고마울 때가 없었습니다."

이건 찬사인가, 아니면 욕인가? 그런 생각을 굴리는데 갑자기 눈앞이 뿌옇게 흐려왔다. 그는 의자 밑으로 고개를 처박았다. 총리 부인이 달려와 총리와 함께 노인을 침대에 눕혔다. 노인은 금방 눈을 떴으나 한 시간가량 누워 있었다.

"괜찮으시겠습니까? 혹시 몸에 이상이 있으시면 다른 사람을 보내겠습니다."

"괜찮소. 이 나이가 되면 누구나 조금씩 문제가 생기는 법이니까. 이까

짓 빈혈쯤은 아무것도 아니오."

그는 침대에서 내려오며 일부러 목소리를 크게 했다.

"도적처럼 가고 싶지는 않소. 관계국들의 반응을 살피고 조처를 해 놓으시오."

"이미 그렇게 하고 있습니다. 염려 놓으시고 편안한 마음으로 여행을 즐기십시오."

며칠 후 이토는 천황을 알현했다.

"제국이 중대한 국면을 맞을 때마다 이토 경의 힘을 빌려 왔으니 감사할 따름이오. 부디 좋은 성과를 올려 주시오."

하고 천황이 당부하자 이토는 대답했다.

"수고를 마다하지 않고 폐하의 기대에 기어이 보답하고 돌아오겠습니다."

이토의 뜻대로 그의 만주 여행 계획은 언론에 공개됐다. 그러나 신문들은 조용히 사실만 보도한 것이 아니고 이토라는 큰 재료를 가지고 온갖 추측을 얹어 한 상 맛있는 음식을 차려내 놓았다. 외국계 신문은 일본과 러시아가 만주를 분할할 것이라고 예측했고, 일본 신문 중에는 이토가 이번 여행을 마치고 귀국하면 남만주 태수로 부임하게 될 것이라는 그림까지 그려 놓았다. 그러나 이토의 이번 여행이 한국 합병의 정지작업이라는 사실을 제대로 짚어 내는 신문은 단 한 곳도 없었다.

"바가야로!"

그는 신문과 어리석은 세상을 향해 늘 하던 대로 욕설을 뱉었다.

코코프체프가 시베리아 횡단철도에 올랐던 10월 14일 같은 날, 이토 히로부미는 오이소의 창랑정을 떠나 여행길에 올랐다. 어딜 가거나 오거나 상관하지 않았고, 한 번 떠나면 몇 달, 몇 년 동안 남편 이토가 돌아오지 않아도 얼굴에 싫은 내색 한 번 하지 않았던 늙은 아내가 망령이 들었는지 떠나는 이토의 옷깃을 만져 보며 소매 끝으로 눈물을 찍었다. 아내는 알고 있었다. 이 나이에도 남편 이토의 이상한 육체는 끊임없는 갈증에 시달리고 있다는 것을. 그 때문에 무슨 망측한 상상을 하고 눈물을 찍어 내는 것으로 오인한 이토는 아내를 향해 "무슨 망령이오" 하고 혀를 찼다. 그러면서 돌아서는데 이상하게도 자신의 눈가에 물기가 맺히는 것을 느끼고 황급하게 옷깃으로 닦아냈다. 연민, 아내에 대한 연민 때문에 흘러나온 물기일 것이라고 스스로 판단했다.

이토를 수행하는 사람은 추밀원 의원인 무로다 요시후마, 육군중장 무라타 야스시, 추밀원 의장 비서관 후루타니 히나쓰나, 궁내대신 비서관 모리 타이지로, 그리고 의사 고야마 요시, 이렇게 다섯 명이었다. 이토의 여행 치고는 단출한 구성이었다. 그러나 요동반도에 상륙하는 순간부터 만철의 총재를 비롯하여 많은 수행원들이 따르게 될 것이었다.

일행은 이틀 후인 10월 16일, 조선반도를 바라보는 시모노세키 항에서 대기 중이던 기선 데쓰레이마루에 올라 현해탄을 가로질러 조선의 서쪽 황해를 거슬러 올라갔다.

이토는 기선에 만들어 놓은 특실에서 술을 마시거나 담배를 피우면서 창밖으로 흘러가는 검푸른 바다를 보고 있었다. 코코프체프처럼 상대에 대한 자료를 보면서 연구할 필요는 없었다. 모든 것은 그의 머릿속에 들어 있었다. 머릿속에 들어 있지 않은 것은 현장에서 임기응변으로 파악하고 대처하면 그만이었다.

문득 이토는 고토에게 보였던 자신의 단가 구절을 떠올렸다.

'바다, 빠져 죽고 싶다!'

바보 같은 고토는 그 바다를 여자로만 이해했을 것이다. 여자에 대한 갈

증은 끝이 없으므로 바다와 같고, 그 바다에 빠져 죽기 위해 사내들은 목숨을 이어간다. 그러나 그것은 보통 사내들의 이야기일 뿐이다. 사내가 빠져 죽고 싶은 바다가 어찌 여자의 두 다리 사이뿐이겠는가. 그는 조선을 생각하면 언제나 여자의 배 위에서는 느낄 수 없었던 아찔한 쾌감을 맛보았는데, 이제 만주를 생각하니 비슷한 쾌감이 오는 것을 느꼈다.

배신

　　추석을 지낸 지 한 달이 지난 10월 중순이었다. 두만강을 지척에 두고 있는 러시아 땅 노보키예브스크(煙秋)에는 벌써부터 때 이른 겨울이 찾아들고 있었다.

이즈음 안중근은 밤마다 악몽에 시달리고 있었다. 집 주인 최재현을 볼 때마다 무위도식하는 자신의 처지가 거울에 비추듯 확연하게 드러나자, 스스로 분해 허공에 대고 주먹을 휘둘렀다. 그러다가 밤에 잠이 들면 어김없이 악몽이 찾아들곤 했다. 지난해 자신이 지휘하여 회령을 공격하려던 의병부대가 일본군에게 패하여 쫓기면서 수많은 동지들이 죽음을 맞았는데, 꿈에는 어김없이 그 고혼들이 찾아왔다. 대부분 동지들은 "무모한 의병활동을 접어 버리고 더 큰일을 하라"고 권했다. 꿈에서 깨어난 중근은 후줄근하게 젖은 몸으로 밖으로 나왔다. 온기 없는 둥근달이 차가운 하늘에 걸려 있었다. 처자식이 있는 진남포를 떠난 지 벌써 2년이 흘렀다. 왜놈들에게 짓밟힌 나라를 되찾겠다는 원을 세우고 그 방법으로 무력 항쟁의 길을 선택했기 때문에 만주로 떠나왔다. 다시 일본 군대와 경찰의 손이 미치지 못하는 러시아령에서 동포들에게 한편으로 국권 회복 운동을 장려하고, 한편으로 의병조직에 들어가 전투를 하면서 독립 투쟁을 한 지도 많은 세월이 흘렀다. 그러나 그동안 무엇이 바뀌었는가? 일본의 한국 강점 야욕은 날이 갈수록 굳어 가는데 멀리 국경 너머 남의 땅에서 공연한 총질이나 하면서 헛되이 동지들의 목숨이나 버리지 않았던가. 생각하니 등에서 식은땀이 흘렀다.

'이건 아니다. 떠나자.'

연추를 떠나야 한다는 결론이 자연스럽게 났다. 그는 판단이 빨랐고 일단 판단을 하면 그것을 행동으로 옮기는 데 주저하지 않았다. 어디로 갈 것인가? 나라를 통째로 삼킨 원흉인 이토 히로부미는 통감 자리에서 물러나 황태자를 볼모로 데리고 일본으로 건너갔다. 가서 추밀원 의장 자리에 올라 노년을 행복하게 보내고 있다는 소식이다. 이토를 살해하여 침략의 몸통을 제거하려 했던 계획조차 수포로 돌아갔다. 일본으로 건너가 이토나 천황을 제거한다는 것이 얼마나 무모한 계획인지 중근은 잘 알고 있었다. 비록 그것이 가능하다 할지라도 지금 형편으로는 일본까지 건너갈 여비의 조달이 불가능했다.

연추를 떠나야 한다는 것은 돌이킬 수 없는 일이었다. 그러나 어디로 갈 것인가? 어디로 가야 적을 만날 수 있을 것인가? 그것을 알 수 없었다. 문득 계시처럼 블라디보스토크가 떠올랐다. 블라디보스토크에서 발행되는 한민족 대상의 신문 〈대동공보〉와 그 신문에서 일하는 주필 이강이라는 이름이 떠올랐다. 이강이라면 지금 이 상황에서 그가 무엇을 해야 할지 알 수 있을 것 같았다. 의병부대에서 함께 싸우다가 헤어졌던 우덕순도 이강이 주필로 있는 〈대동공보〉에서 신문대금 수금원 일을 하면서 몸을 의탁하고 있다는 소식도 들었다. 우물 안 개구리처럼 손바닥만 한 하늘만 쳐다보면서 달걀로 바위 치는 격의 의병 전투만 해나가다가는 머지않아 연추를 비롯한 러시아령과 만주에 흩어져 있는 한민족의 씨가 마르고 삶의 터전이 뿌리째 뽑힐지도 모르는 일이었다. 블라디보스토크로 가서 더 큰 세계를 살피고 그 정보 위에서 다음 일을 계획하는 것이 지금의 처지에서 최선의 길임이 분명해졌다. 그렇게 결심을 하고 나자 홀가분해졌고, 그날 밤은 악몽도 없이 편안하게 잠을 잤다.

그러나 당장 블라디보스토크로 떠나기도 쉽지 않았다. 문제는 언제나 돈이었다. 수중에 지닌 것이라고는 8연발 권총 한 자루와 탄환 스무 발뿐. 돈이라고는 한 푼도 없었다. 그는 집주인 최재현에게 사정을 이야기했다. 최재현은 망설였다. 당장 자신도 돈이 없기는 마찬가지였기 때문이었다. 이웃에 살고 있는 의병 동지 황병길도 살림이 어렵기는 마찬가지였다. 재현이 망설이고 있는 중에 중근의 이름 앞으로 전보 한 장이 날아왔다. 전보에 쓰인 용어는 러시아어였는데 중근은 러시아말도 하지 못했고 글은 더더욱 읽지 못했다. 최재현이 마을에서 러시아말과 글을 가장 잘 아는 동포 한 사람을 데리고 와서 전보를 해독하게 했다.

전보는 블라디보스토크의 〈대동공보〉 주필 이강에게서 온 것이었다.

"가능하면 빨리 블라디보스토크로 오기 바란다"는 짧은 내용이었다. 무엇 때문에 오라는지 이유는 적혀 있지 않았다. 그러나 이 짧은 전보 한 구절이 주는 이상한 예감은 중근은 말할 것도 없고 집 주인 최재현을 비롯한 동포들 모두에게 이상한 예감으로 방망이처럼 가슴을 때리는 효과가 있었다. 안중근이 연추를 떠나 블라디보스토크로 가려고 결심한 것과 동시에 블라디보스토크로부터 '빨리 오라'는 전보가 왔으므로 무슨 운명의 계시를 받은 것 같은 기분이었다.

"다시 돌아오지 못할 것 같습니다. 아니, 다시 돌아오지 않겠습니다. 동지들, 몸 성히 계시고 훗날 저승에서라도 만나면 그때 후일담을 나눕시다."

최재현은 중근의 결심이 돌이킬 수 없는 상태임을 알고 이웃의 한인 집을 몇 집 돌아다니며 사정을 이야기하여 러시아 화폐로 30원(루블)을 모았다. 그렇게 하는 데 이틀이 걸렸다. 마침내 10월 18일에야 중근은 블라디보스토크로 가는 기선에 오를 수 있었다.

10월 하순의 바닷바람은 살을 파고들어 가슴속까지 얼어붙는 듯했다. 그래도 중근은 추위를 느끼지 못했다. 그는 황천(荒天)의 바다를 바라보면서 다시는 이 길을 되돌아오지 못할지도 모른다는 생각에 수평선을 기억 속에 담아 두려고 애를 썼다.

연추에서 블라디보스토크까지 멀지 않은 뱃길이었으나 아침에 출발한 기선은 해가 기울어서야 블라디보스토크 여객부두에 몸을 비비며 정박했다. 여객부두의 대합실에서 중근은 제일 먼저 신문 파는 곳을 찾았다. 잡화를 파는 가게 한 모퉁이에 신문들이 몇 장 쌓여 있었는데 사람들이 출입할 때마다 밖에서 불어닥치는 바람에 신문지들이 날아갈 듯 펄럭거리고 있었다.

중근이 찾던 〈대동공보〉가 있었다. 1주일에 목요일과 일요일 두 번 간행되는 신문이기 때문에 한쪽 귀퉁이가 둘둘 말리고 인쇄된 글자마저 빛이 바래 누렇게 된 신문이었다. 딱 한 부가 남아 있던 것을 중근이 샀다. 신문을 펼쳐드니 고향 사람을 만난 것처럼 뭉클한 것이 목구멍으로 올라왔다.

전체 4면으로 된 이 신문의 첫 페이지에는 한글로 '대동공보'라는 제호가 있고 그와 나란히 한자로 '大東共報'라 쓰고 다시 러시아어로도 신문 제목을 써 놓았다. 표제와 함께 지구 그림을 그려 놓고 그 위에 닭이 회를 치며 우는 형상을 그려 놓았다. 새벽을 알리려는 의지의 표현이었다. '단군개국 사천이백사십일년 십일월 십팔일 창간'이라는 기록도 있었다. 그것뿐 내용은 별다른 것을 찾아볼 수 없었다. 블라디보스토크의 한국인들이 기호지방 세력과 평양 등 서북 세력으로 나뉘어 무리 지어 다투는 것을 통탄하고 뭉쳐야 나라도 찾고 러시아 땅에서 살 길도 찾을 수 있다는 경고가 사설로 실려 있었다. 동포들의 패거리작당과 갈등은 중근도 심각한 문제로 여기고 있었으나 신문을 보니 그 증상이 보통 심각한 것이 아님을 알

수 있었다. 일본이 그것을 이용하여 한국을 침탈하는 데 사용했고 러시아
도 마찬가지였다. '아, 한국이여, 대한 사람들이여! 제발 정신을 차리고 깨
어나라.' 중근은 한탄했다. 신문사의 주소를 살펴보았다. 블라디보스토크
한인 거류지 469호가 소재지였다. 〈대동공보〉의 전신인 〈해조신문〉의 주
소와는 조금 달랐다. 〈해조신문〉 때 한 번 찾아간 일이 있었으나 한인 거류
지 469호는 생소한 주소였다.

북국의 짧은 해가 산 너머로 가라앉고 어둠이 몰려오기 시작했으므로
중근은 신문사 찾기를 단념하고 일단 〈대동공보〉 사장 최재형의 집을 찾았
다. 최재형은 집에 없었으나 한 시간쯤 기다리자 귀가했다. 최재형이 독립
운동 단체인 동의회의 회장이었고 중근은 동의회의 회원이었기 때문에 오
랜 친분이 있는 사이였다. 그 인연으로 지난해 〈대동공보〉가 창간되었을
때 중근은 독립을 고취하는 논설을 이 신문에 게재하기도 했었다.

"잘 왔소. 이렇게 올 줄 알았소."

〈대동공보〉의 사장 최재형은 밤이 깊도록 중근과 함께 술을 마시며 일본
의 교활한 책략과 영국·미국 등 구미 열강들의 비겁한 행동을 피를 토하
듯 성토했다. 그러나 중근을 여기까지 오게 한 주필 이강의 전보에 대해서
는 끝내 아는 척을 하지 않았다.

다음 날 느지막이 일어난 중근은 최재형과 함께 대동공보사 사무실로
나갔다. 의형제와 다름없는 주필 이강이 어깨를 끌어안고 오랫동안 놓을
줄을 몰랐다. 이강과 어깨를 끌어안고 있는데 이강의 어깨 너머로 또 한 사
람의 낯익은 얼굴이 있었다. 우덕순이었다.

"우형!"

중근은 우덕순과 끌어안았다.

"안형이 온다기에 날마다 눈이 빠지게 기다리고 있던 참이었지."

우덕순이 말했다.

이강은 평안남도 용강군 출신으로 소싯적에는 서당에서 한문을 배우다가 중국에 유학하기 위해 압록강을 건넜으나 뜻을 이루지 못하고 귀향하여 기독교 감리회에 입교하여 서양 문물에 눈을 떴다. 마침내 그는 미주개발회사의 이민 모집에 응하여 하와이로 이주, 그곳에서 영어와 신식 학문을 배우고 한국으로 돌아와 독립운동에 몸을 던져 넣은 인물이었다. 중근에게는 국제적인 안목과 독립운동의 이론적인 체계를 주입시킨 귀중한 동지였다.

그와 달리 우덕순은 충청도 출신으로 서울에서 장사를 하다가 일본 놈들의 횡포에 분노하여 만주로 흘러왔다. 연추에서 중근이 지휘하는 의병부대에 참가하여 전투를 치르고 참패한 후로는 블라디보스토크에 잠입하여 〈대동공보〉의 신문대금 수금원의 직책으로 연명하면서 때를 기다리고 있던 중이었다. 유사시 행동을 함께 하고 함께 죽을 수도 있는 동지였다. 최재형과 안중근, 이강과 우덕순은 10월 19일 오후 대동공보사의 편집 사무실에서 자리를 함께 했다.

반가운 인사들이 끝나자 최재형이 서랍에서 신문 한 장을 꺼냈다. 중근이 부두에서 산 신문보다 사흘 먼저 발행된 〈대동공보〉였다. 검은 잉크로 둘레를 쳐 놓은 기사가 있었다. 중근은 그 기사를 읽었다.

일본국 추밀원 의장 이토 히로부미가 10월 14일 만주 여행길에 올랐다. 이토 의장은 이달 26일경 하얼빈에서 러시아의 재무상 꼬꼬쁘째프와 회동할 것으로 알려졌다.

벼락을 맞은 기분이었다. 통감에서 물러나 일본으로 건너가 버렸기 때문에 놓친 줄로만 알았던 불구대천의 원수가 제 발로 하얼빈으로 오고 있다는 소식이었다. 중근은 이런 기회를 준 천주님에게 감사하는 표시로 성호를 그었다. 세 사람은 숨을 죽이고 중근의 입을 바라보았다.

"교활한 짐승이 무덤을 등에 지고 오고 있군요. 만주와 러시아를 떠돌면서 한민족이라는 것이 그렇게도 부끄러웠는데, 이제 대한 사람이라는 것이 부끄럽지 않도록 해 주겠습니다."

중근의 말은 누구도 거역할 수 없는 천근의 무게로 세 사람의 가슴을 눌렀다.

"나도 안형과 함께 가겠소."

우덕순이 나섰다.

"살아서 돌아오지 못할 수도 있습니다."

"개처럼 사는 것보다 사람답게 죽기를 택하겠소."

"가만, 생각 좀 해 봅시다."

이강이 끼어들었다.

"안형에게 전보를 친 것은 안형이 이토와 만날 기회를 주기 위함이었습니다. 그런데 막상 그런 일이 눈앞에 닥쳐오고 보니 생각이 좀 달라졌습니다."

"무슨 소리요?"

중근과 우덕순이 무슨 말을 해도 그것이 이 일을 만류하는 것이라면 듣지 않겠다는 표정으로 이강을 바라보았다. 이강은 그런 두 사람의 기분에 아랑곳하지 않고 말을 이어갔다.

"우리가 존경하던 이준 선생과 이상설 선생을 기억하시겠지요? 그분들이 헤이그에 나타나 열강 대표들에게 대한제국의 입장을 설명코자 했으나 귀를 기울여 주는 나라의 대표는 단 한 사람도 없었습니다. 정작 그 일을 빌미로 삼아 일본이 저지른 일을 생각해 보시오. 고종 황제는 내쫓겼고, 나라는 완전히 이토의 손아귀에 떨어졌습니다. 그 때문에 이준, 이상설 같은 훌륭한 분들의 행적조차 이토가 뒤에서 사주한 일일지도 모른다는 소문이 돌게 된 겁니다. 지금 안형과 우형이 이토를 격살하는 데 성공했다 칩시다. 일본이 이토 한 사람의 죽음에 겁을 먹고 대한제국 합병의 추진을 취소할 것 같아요? 오히려 그런 사태가 발생하면 그걸 빌미로 합병의 걸음을 한층 재촉할 것이고 지금까지 일본을 감시하고 간섭해 오던 다른 나라들도 더 이상 일본의 행동을 방해할 명분을 찾지 못할 것입니다. 그러므로 지금 두 분이 목숨을 내놓고 결행하려는 숭고한 행동이 결과적으로는 나라의 명줄을 끊어 놓는 행위가 될 수도 있다는 것입니다."

들고 보니 그럴듯한 말이었다. 헤이그 밀사사건이 무엇을 가져왔는가 하는 것을 냉정하게 살펴본다면 이강의 말은 옳았다. 우덕순은 잠시 주춤하는 표정이었다. 그러나 중근은 웃으면서 이강의 분석에 반론을 폈다.

"이형의 말은 참으로 진실을 담고 있습니다. 그러나 나는 그러한 분석이 책상물림들의 창백한 공론에 지나지 않는다고 봅니다. 미안하오, 이형! 이형을 폄훼하려는 마음은 눈곱만치도 없다는 것을 알아주실 줄 믿습니다. 왜 그런 생각이 기우이자 공론인가 하면 이유는 이렇습니다. 첫째, 일본은 이토가 죽거나 살아 있거나 상관없이 빠른 시간 안에 대한제국을 합병하게 될 것입니다. 이미 합병한 거나 마찬가지지만 공식적인 합병으로 가는 조치를 단행하게 될 것입니다. 즉 우리가 이토를 죽였기 때문에 우리 조국을 말살하는 것이 아니라 대한제국의 합병은 이미 저놈들이 배를 끌고 강화도 앞바다에 나타날 때부터 꿈꾸어 온 극본에 따른 것입니다. 둘째, 만약 그렇다면 지금 이토를 죽이지 않은 채로 합병을 허용한다면 우리 민족은 영영 사라질 것이고 국가는 회복되지 못할 것입니다. 그러나 지금 이토 같은 원흉을 처단해 놓으면 설혹 나라가 없어지더라도 민족의 가슴에 독립의 기운이 살아 있을 것이고, 그 기운이 살아 있는 한 언젠가 반드시 나라를 되찾고 민족을 영속케 할 것입니다."

"대찬성이오."

최재형이 박수를 쳤다. 다른 두 사람도 고개를 끄덕여 공감을 표시했다. 중근은 말을 이었다.

"이토가 처단돼야 할 진짜 이유가 따로 있습니다. 여기 이형이 적절하게 지적했듯이 그자는 비천한 신분에서 권력의 정상 부근으로 올라와 그 권력을 지키려고 온갖 발버둥을 치는 미미한 존재에 지나지 않는 것이 사실입니다. 그러므로 이토 한 사람이 죽고 나면 또 다른 이토가 나올 것이고, 이토보다 못한 야비한 놈들이 우리 조국을 더러운 군홧발로 밟아 뭉갤지도 모르지요. 그러나 그는 일본제국의 잘못된 대한 정책과 아시아를 향한 침략 정책을 수립했던 사령탑이고 지금도 그 역할을 다하고 있는 상징적인 인물입니다. 이자를 처형하는 것은 일본의 '세계를 향한 잘못된 침략 정책'에 총알을 박는 일이 됩니다. 그래서 꼭 죽여 없애야 합니다. 둘째로 이자는 배신자입니다. 역사에 대한 배신이고 우리 한민족에 대한 배신이며 인류 사회에 대한 배신자입니다. 뭘 배신했느냐. 신의와 정의를 배신했습니다. 그자가 앞장서서 대한제국의 독립을 옹호하고 미몽에 빠져 있는 이 나라의 개화 발전을 돕겠다고 했을 때 우리는 기꺼이 동학도와 싸우는 대열에 서고 러일전쟁 때는 일본군의 승리를 빌면서 포탄과 식량을 지고 전장에 뛰어들었던 것입니다. 그러나 그자가 약속한 독립은 침략의 다른 이름이었고, 발전은 약탈을 미화한 것이었으며 보호는 파괴를 숨기는 이름이었습니다. 이렇게 되면 장차 정치하는 자들이 하는 말을 거꾸로 뒤집어 새겨들어야 할 판이니 그 폐해가 전 인류 사회에 악취를 내며 만연하게 될 것입니다. 이자를 처단하여 독립은 독립이고, 보호는 보호이며, 평화는 평화의 자리를 되찾아 제자리에 갖다 놓아야 할 것입니다. 내가 그 일을 자처하는 이유입니다."

"정말 그렇소. 일본은 이토를 통감에서 끌어내려 할 일 없는 늙은이로 만들어 놓고 통감부는 무식하고 거친 군인들을 내세워 놓고 있어요. 이 일이 뭘 의미하느냐. 합병이 임박했다는 증후로 나는 봅니다. 이토가 이번에 만주를 방문하는 것도 그저 늙은이에 대한 예우 차원의 포상 휴가가 아니라 합병을 위한 길 닦기 작업일 것이오. 러시아만 설득해 놓으면 대한 합병은 아무 장애가 없다고 일본은 생각하고 있으니까, 그래요. 나는 안형의 말에 전적으로 공감합니다. 지금 이토를 처단하지 않으면 우리는 죽어서도 자손들에게 얼굴을 들지 못할 것이고 제삿밥 얻어먹기도 창피할 것입니다."

이번에도 최재형이 찬동했다.

"나도 마찬가지 생각입니다."

이강이 중근의 손을 끌어 잡으며 말했다.

"내 생각이 짧았습니다. 그것을 깨우쳐 주신 안형이 정말 고마울 따름이오."

"이해해 주셔서 고맙습니다. 이형은 이해하리라 믿었거든요."

"그러나 우리는 아까운 동지 한 사람을 영영 보지 못하게 될지도 모릅니다."

"그게 무슨 소리요. 아까 말했듯이 죽으면 영영 삽니다."

"예수처럼?"

"그럼요, 예수처럼!"

네 사람은 머리를 맞대고 계획을 세웠다. 우선 이토가 하얼빈에 도착하는 정확한 시간을 알아야 했다. 그 정보를 가장 먼저 알 수 있는 이강과 최재형도 고개를 저었다. 그저 막연히 24일에서 26일 정도일 것이라고 짐작할 뿐이었다. 러시아 재무상 코코프체프가 하얼빈에 도착하는 날짜가 24일로 알려져 있으므로 이토 역시 그날이거나 그 뒤의 가까운 어느 날일 가능성이 컸다. 아무리 늦어도 이틀을 넘기지는 않을 것이다. 그것은 외교 관례상 매우 무례한 일이니까. 이렇게 따져볼 때 늦어도 이토는 26일까지는 하얼빈에 도착할 것으로 분석됐다.

"자, 서둡시다."

방을 나가려다가 중근은 최재형과 이강을 돌아보며 말했다.

"우리가 성공하든 실패하든, 아무리 모진 고문을 당하더라도 오늘 이 자리는 존재하지 않았던 것이니 공연히 나서지 말아 주시오. 이토의 목을 따는 것도 중요하지만 〈대동공보〉를 계속 발행해 민족의 얼을 지켜나가는 것도 그에 못지않게 중요한 일이거든요. 그러니 명심하십시오. 나와 우형은 당신들 두 사람을 알지 못합니다. 오늘 이후 당신들 이름을 깨끗이 잊어버리겠습니다."

19일 밤 중근과 우덕순은 최재형의 집에서 묵으면서 계획을 세웠다. 빠르면 24일, 늦으면 26일이었다. 24일까지 남은 시간은 나흘이었다. 내일이나 늦어도 모레까지는 블라디보스토크를 떠나 하얼빈에 가서 상황을 살피고 대기해야 한다는 결론이었다. 그러나 두 사람은 서로의 얼굴을 바라보았다. 우덕순이 먼저 말을 꺼냈다.

"부끄럽소만, 내게는 여비가 한 푼도 없소."

당연한 일이었다. 우덕순이나 자신이나 집을 떠나 일정한 직업 없이 떠도는 신세인지라 여비가 없는 것이 당연한 일일 터였다.

"내게 맡기십시오. 마련해 보겠습니다."

"어떻게?"

"아는 사람이 있습니다. 내일 만나볼까 해요. 걱정 안 해도 좋을 겁니다."

다음 날 해가 뜬 후 느지막한 아침밥을 먹고 중근은 우덕순을 남겨둔 채 혼자 집을 나섰다. 황해도 출신으로 연해주에 올라와 의병활동을 돕던 이석산(李錫山)을 찾기 위해서였다. 청일전쟁 때 이십대의 젊은 나이로 일본군의 부역에 끌려가다가 일본 군인 두 명을 맨손으로 때려죽이고 총기를 탈취하여 도망친 이석산은 국경을 넘어 탈출하여 블라디보스토크에 자리를 잡았다. 러시아 관헌들의 차별에도 불구하고 인삼 장수로 돈을 좀 벌어 한국인으로서는 드물게 생활의 기초가 튼튼한 사람이 되었다. 자연 두만강을 넘나들며 의병활동을 하는 사람들이 그를 찾게 되었고, 그는 자신의 정체가 드러나지 않도록 조심하면서 그들을 지원했다. 중근도 이석산을 두 번이나 만난 적이 있었고, 그때마다 적지 않은 군자금을 지원 받았다. 미안한 마음이 없지 않았으나 '이번이 마지막이다'는 생각으로 용기를 내어 아침부터 그 집을 찾은 것이었다.

이석산은 마침 외출을 하려고 집을 나서던 중이었다. 마당에서 마주친 사람이 중근임을 알아보자 집 안으로 데리고 들어가 안방에서 마주 앉았으나 그리 반가운 표정은 아니었다.

"여긴 무슨 일로?"

"아, 하얼빈으로 가는 길에 동지들 몇 사람을 만나 보려고 들렀습니다."

"하얼빈에는 어쩐 일로?"

"인편으로 내자와 자식놈을 데리고 오도록 부탁을 해 놓았습니다. 그들을 맞이하러 가야 하는데 마침 수중에 가진 것이 없어 노형에게 여비를 좀 빌리고자 염치없이 찾아왔습니다."

"들으셨겠지만 요즘 어렵습니다. 러시아 관헌들이 일본 눈치를 보는지 조선인에 대한 냉대와 감시가 날로 심해져서 먹고살기도 어려울 지경입니다. 다음에 또 보지요."

중근은 일어서려는 이석산의 한쪽 팔을 잡았다.

"주머니 속에 돈이 얼마나 있습니까?"

"마침 조선에서 온 상인에게 인삼값을 지불하기 위해 가지고 나가는 기백원이 들어 있기는 합니다만, 한 푼도 축을 내서는 안 되는 돈입니다."

중근은 품속에서 권총을 꺼냈다. 이석산의 가슴을 겨누고 방아쇠를 풀었다.

"자세한 말씀은 드릴 형편이 아니지만 나는 아주 중요하고도 급한 일로 하얼빈으로 가야 합니다. 주머니 속에 있는 돈 중에서 100원만 빌리도록 하지요. 훗날 어떤 방식으로든 반드시 갚을 날이 있을 것입니다. 전에 신세졌던 돈까지 모두 갚을 것이오."

이석산은 주머니 속에서 돈다발을 꺼내어 그중에서 100원(루블)을 세어 중근에게 내밀었다.

"고맙습니다. 이 일은 우리 두 사람만 알고 있읍시다."

"다시 오지 않는다면 아주 잊어버리지요."

집에 돌아온 중근은 우덕순을 데리고 블라디보스토크역으로 나갔다. 기차 시간을 알아보니 하얼빈으로 가는 기차는 보통열차와 특급열차, 우편열차 세 편이 있었다. 수중에 있는 100원으로는 두 사람이 특급열차를 타는 호사를 부릴 수는 없었다. 보통열차는 출발 시간이 오전 8시 50분이었는데 오늘 열차는 이미 떠난 지 오래였다.

하는 수 없이 되돌아가 블라디보스토크에서 하루를 더 보낸 다음 10월 21일 아침에야 안중근과 우덕순은 하얼빈행 기차에 몸을 실었다.

새로운 전쟁

10월 하순, 시베리아에 얼어붙어 있던 찬바람이 대흥안령을 넘어 남쪽으로 밀려 내려오면서 태평양에서 불어오던 샛바람을 밀어냈다. 눈이 쏟아질 듯 하늘은 낮게 내려앉아 있었다. 블라디보스토크 본역의 중세식 역사 건물도 때 이른 한기에 어깨를 움츠리고 서 있었다.

우랄산맥 너머 유럽에서 장장 수만 리를 달려온 시베리아 철도가 태평양을 만나 급히 멈춘 곳, 역사 앞마당 바른편에는 화강암을 네모로 잘라 땅속에 심어놓은 간이의자가 몇 개 듬성듬성 서 있었다. 그러나 기차 시간을 기다리기 위해 그 차가운 돌덩어리 위에 엉덩이를 내려놓고 앉아 있는 사람은 없었다. 땅바닥을 쓸듯이 긴 외투 자락을 질질 끌고 다니는 러시아 병정 두 명이 무릎까지 올라오는 펠트 장화를 자랑스럽게 돌의자 위에 올려놓고, 기차를 타려고 역사 안으로 들어가는 사람들을 지켜보고 있었다.

안중근과 우덕순은 벌써 두 시간째 역 광장 건너편 골목의 중국음식점 차일 그늘에 몸을 가리고 병정들의 동태를 지켜보고 있었다. 블라디보스토크에서 하얼빈 방향으로 가는 열차는 하루 세 편, 그중 특별 급행열차는 삯이 보통열차의 두 배나 되기 때문에 수중에 지닌 돈으로는 호사를 부릴 수 없는 형편이고, 다른 두 열차 중 하나는 화물열차였고 다른 하나는 보통 우편열차였다. 오늘 떠나기 위해서는 우편열차를 이용할 수밖에 없었다. 우편열차는 차비가 특별열차의 반액인데다 출발 시간이 아침이었다.

이토 히로부미가 하얼빈이나 장춘에 도착하는 날짜와 시각을 정확하게 알 수는 없으나 10월 14일 동경을 떠나 16일 시모노세키를 출항하여 18일에 대련에 도착한 것이 사실이라면 대련과 여순에서 이틀 정도 보내고 장춘을 거쳐 하얼빈까지 오는 데는 길어야 열흘, 빠르면 1주일이면 올 것으로 예상할 수 있었다. 오늘이 21일이었으므로 한시라도 빨리 하얼빈으로 가 있어야 그 손님을 만날 기회가 생긴다는 계산이었다. 오늘 아침에 출발하는 우편열차를 반드시 타야 하는 이유였다. 그러나 두 명의 러시아 병정이 말뚝처럼 박혀 서서 열차를 타려고 지나가는 행인들을 훑어보고 있었기 때문에 역사 안으로 들어가지 못하고 있었다. 그나마 이런 경우를 예상하여 기차 시간을 훨씬 앞당겨 역으로 나온 것이 다행이었다.

다시 반 시간이 흘렀다. 역사 지붕의 커다란 시곗바늘이 오전 8시를 가리키고 있었다.

"이러다가 기차를 놓치겠어."

우덕순이 누런 반외투의 깃을 끌어올리면서 말했다. 안중근은 우덕순의 어깨를 가볍게 감싸 안아 주면서 말했다.

"조금만, 조금만 더 있어 봅시다. 어차피 역에 들어가도 기차는 시간이 돼야 떠나니까요."

"그렇구먼."

우덕순은 수긍했다. 안중근의 말을 들으면 언제나 마음이 편해졌다. 회령전투 때도 그랬었다. 그는 이 젊은이를 따라나선 것이 정말 잘한 일이라고 속으로 생각했다. 누군가 우덕순의 외투 자락을 잡아당겼다. 기겁을 한 우덕순이 돌아보자 서른 중반의 여자 하나가 대여섯 살 난 계집아이의 손을 잡고 서 있었다. 엄마와 아이는 모두 거지나 다름없는 모습이었는데 엄마는 격심한 고통을 참아내느라 얼굴이 파랗게 질려 있었고 아이는 추위와 배고픔에 떨고 있었다. 우덕순의 앞에 서서 역 광장을 지켜보고 있던 안중근이 그들을 돌아보았다. 어디선가 낯이 익은 사람들이었다. 하긴, 조선 사람들은 어디서 만나도 모두 낯이 익은 모습이니까. 그러나 그게 아니었다.

"아!"

여자의 입에서 짧은 탄성이 흘러나왔다. 여자의 탄성과 함께 안중근도 기억이 되살아났다. 사흘 전 연추에서 블라디보스토크로 오는 배에서 만난 가족이었다.

멀미를 심하게 하여 창자까지 다 토할 듯 뱃전에 목을 늘어 놓고 있던 여인의 뒤에 불안하게 붙어 서서 엄마의 옷자락을 꼭 잡고 떨고 있던 계집아이를 중근이 안아 주었다. 배에는 손님의 절반이 조선 사람들이었고, 그들 대부분이 이 모녀와 다름없는 행색이었기 때문에 새삼스러울 것도 없었으나 중근은 이들 모녀를 보자마자 진남포에 두고 온 아내 아려와 아들 생각이 나서 가슴에 뜨거운 물이 고였다. 해주와 평양으로 간다는 정대호에게 자신의 가족을 동행하여 데리고 오도록 부탁을 해 놓았으니 지금쯤 모자가 진남포를 떠나 멀고 아득한 북만주를 향해 여행길에 올랐을지도 모를 일이었다. 눈앞에 있는 모녀와 그들의 모습이 겹쳐졌다. 중근은 자신의 외투를 벗어 계집아이를 감싸주고 여자의 등을 두드려 주었다. 여인의 입에서는 물 한 방울도 나오는 것이 없었다. 빈 창자를 몇 번 더 끌어올리다가 여인은 뱃전에 기대앉았다.

"고맙슴…"

여인이 신음 같은 목소리로 간신히 말했다. 말투로 보아 함경도 사람이었다.

"어딜 가시오?"

여인은 눈으로 계집아이를 가리켰다.

"이 애 아버지가 하루빈에 가서 일해요. 철도 만드는 공사장에 간 지 5년 이나 됐어요. 이 애 얼굴도 모르고 떠났지요. 죽었는가 했는데 기별이 왔어요. 하루빈에서 아라사 사람들 상대로 무슨 장사를 하고 있으니 오라고요."

바로 그 모녀였다. 블라디보스토크에서 아는 사람을 만나 이틀을 보내고 지금 기차를 타려고 역으로 나가고 있는 중이라 했다.

"허어 참, 묘한 인연이로구면. 우리도 마침 기차를 타려고 가던 중입니다. 함께 갑시다."

중근은 우덕순에게 눈짓을 하고 여인이 안고 있던 보따리를 받아들었다. 보따리를 받아들면서 빠른 손놀림으로 자신의 외투 안주머니에서 권총을 꺼내어 여인의 보따리 속에 쑤셔 넣었다. 그런 다음 보따리를 우덕순에게 내밀었다.

"이건 우형이 좀 들고 갑시다."

우덕순이 보따리를 받으면서 자신의 가슴에 숨겨 두었던 권총을 꺼내어 보따리 속에 감추었다. 그런 다음 중근은 계집아이를 들쳐 업었다. 우덕순은 한 손으로는 때에 전 검은색 광목 보따리를 끌어안고 한 손으로는 여인을 부축했다.

네 사람이 한 덩어리가 되어 역 광장으로 걸어 나갔다. 러시아 병정 두명이 그들을 바라보았다.

"전에도 이 광장에 와 본 일이 있었는데…."

고개를 세우고 촌사람이 도시 구경하는 모양새로 사방을 휘둘러보면서 중근이 입속말로 중얼거렸다.

"저런 병정들은 없었소. 만주 서쪽 끝에서 오고 있는 손님 때문에 동쪽 끝에서도 채비를 하는가 봅니다."

"우리도 환영해 줍시다, 기필코!"

우덕순이 깨문 입술 사이로 말을 씹어 뱉었다. 중근은 낮게 드리운 하늘을 쳐다보며 '하~!' 하고 숨을 뿜었다.

"이건 전쟁이오."

우리는 전쟁을 하는 병사다. 그리고 지금 어느 때보다 중요한 작전을 수행 중이다. 안중근이 입버릇처럼 해 오던 말이었다. 우덕순은 고개를 끄덕였다. 중근의 등에 업힌 계집아이는 사내의 너른 등짝에 얼굴을 파묻고 두 손으로 목을 끌어안았다. 다시 뜨거운 것이 가슴에 고였다. 태어나 여태까지 아비의 얼굴을 보지 못했다는 아이였다. 갑자기 나타난 조선 남자가 아버지 같았기 때문일까. 이들을 북만주의 추운 들판으로 내쫓은 승냥이 같은 놈들을 절대로 용서해서는 안 된다는 생각이 더욱 굳어졌다. 하늘이 준 이번 기회를 잃어버리면 다시는 이런 기회가 오지 않을 것이므로 절대로 실패해서는 안 된다는 생각도 했다.

대합실 안쪽의 입구에도 러시아 병정 두 명이 더 지키고 서 있었다. 그들도 중근과 우덕순, 그리고 모녀를 잠깐 유심히 바라보았으나 곧 시선을 거두었다. 모녀를 차가운 나무의자에 앉혀 놓고 중근과 덕순은 기차 시각표와 요금표가 걸려 있는 벽 밑에 섰다. 가끔 이쪽을 힐끔거리는 러시아 병정들의 눈길을 일부러 무시했다. 권총을 여인의 보따리 속에 숨겨 놓았으므로 거칠 것 없이 행동하는 것이 의심을 줄이는 방법이라고 판단했다.

아무래도 하얼빈행 특별 급행열차가 마음을 끌었다. 급행열차는 하얼빈까지 직행한다. 시간도 빨랐다. 그러나 차비가 보통 우편열차의 두 배였다. 수중에 지닌 100원을 가지고 두 사람이 하얼빈까지 갈 수는 있겠으나 그 다음이 문제였다. 말도 통하지 않는 남의 땅에서 돈이 없으면 아무것도 할 수 없다는 엄중한 사실을 뼈가 시리도록 겪어 온 터라 그런 모험은 이번 임무를 포기하자는 것이나 다름이 없었다. 게다가 지금은 두 사람이 아니라 일행이 세 사람하고 어린아이까지 덧붙어 있었다.

"일단 수분하(綏芬河 : 쑤이펀허)까지 갑니다."

"수분하는 왜?"

우덕순이 물었다.

"거기 한의원 하는 유경집이라는 조선인이 살고 있습니다. 전에 연추에서 만났던 분인데 얼마 전 내가 정대호를 만나러 수분하에 들렀을 때 다시 만난 일이 있소. 매우 진중하고 속마음이 뜨거운 분입니다. 유경집에게 이여자와 아이를 맡겨 볼까 합니다. 아무래도 저대로 하얼빈까지 가다가는 도중에 무슨 변을 당할 것 같아서요."

우덕순은 저만치 나무의자에 앉아 있는 모녀를 바라보았다. 여자의 몸에 남아 있는 생기가 희미하게 꺼져 가고 있었다.

"다른 이유도 있습니다. 유경집에게 젊은 아들이 하나 있는데 이 젊은이가 러시아말을 곧잘 합디다. 이 사람을 하얼빈까지 우리의 길잡이 겸 통역으로 동행해 가면 좋을 것 같아서요."

"좋은 생각이오."

우덕순이 감탄했다. 중근과 덕순 두 사람 다 러시아말을 할 줄 몰랐다. 말을 몰라도 무작정 살아가는 데는 지장이 없었다. 어린 딸을 데리고 하얼빈에 있다는 남편을 찾아 나선 저 여인처럼, 결국은 어딘가로 가게 마련이니까. 그러나 작전을 수행하는 데는 장님 문고리 잡듯 해서는 안 될 일이었다. 지금까지는 여인과 다섯 살짜리 계집아이가 훌륭한 역할을 해 주었다. 모녀를 쉬게 하여 생명을 되찾아 주고 새로운 보조자를 찾자는 제안이었다. 중근은 기차 시각표와 요금 안내판을 바라보며 계산해 보더니 결론을 내렸다.

"여기서 소리령까지는 세 사람 다 3등칸에 타고 갑니다. 소리령에서 수분하까지는 2등칸으로 갈아타야 합니다."

'가진 돈이 넉넉지 못할 텐데 갑자기 소리령에서 수분하까지 2등칸은 왜?' 하고 우덕순은 의아한 눈빛으로 중근을 바라보았다.

"수분하는 하얼빈이나 블라디보스토크만큼 큰 도시는 아니지만 제법 큰 국경 고을입니다. 기차가 오래 정거하여 물과 석탄을 공급 받는 중간 기착지입니다. 거기서 내리려면 세관의 엄격한 검사를 통과해야 하고, 또 갑자기 경계가 강화된 걸로 봐서 수분하역에서도 만만찮은 병사들이 우리를 기다리고 있을 것입니다. 그러나 2등칸에서 내리는 손님에 대해서는 세관의 검사도, 병사들의 검문도 형식적이거나 그냥 통과시키거든요."

"역시!"

우덕순은 감탄했다.

"대한독립의군(大韓獨立義軍)의 참모중장이라는 직위가 그저 생긴 것이 아니로구먼. 나 지금 감탄하고 있습니다."

그들을 태운 보통 우편열차는 오전 8시 반에 블라디보스토크역을 출발하여 힘겹게 북만주의 중심을 향해 달리기 시작했다.

주 블라디보스토크 일본 영사 사사키는 사전 기별도 없이 숙소로 불쑥 찾아온 한성의 조선주차군 헌병대 장교인 이시무라 소좌의 방문을 받았다. 문관 출신으로 군인들의 무식한 행동을 경멸하고 있던 사사키는 예의도 차리지 않고 저녁 늦게 들이닥친 이시무라 소좌를 뜨악하게 바라보았다.

"무슨 일로?"

"조선인들이 두만강을 건너 러시아 땅으로 밀려오고 있더군요."

"러시아 당국에서도 골치를 앓고 있습니다. 그러나 사람들이 이동하는 것은 장마철에 개미가 이동하는 것, 난파선에서 쥐떼가 바다로 뛰어드는 것과 물이 위에서 아래로 흐르는 것과 같아서 국경을 총으로 지키는 것만 가지고는 해결이 되지 않을 거요. 도대체 조선에서는 지금 무슨 일이 벌어지고 있는 거요?"

"영사님께서는 마치 남의 나라 일처럼 말씀하시는군요. 한가해 보이십니다."

"한가한 것은 조선통감부와 주차군이요. 다 된 밥에 계속 코를 빠뜨리고 있지 않소."

"통감이셨던 이토 공작께서 지금 하얼빈으로 오고 계십니다."

"알고 있소."

"러시아와의 관계를 다져 놓고 만주를 공동 경영할 기반을 확실하게 해 놓은 다음 조선을 합병하려는 것입니다."

"그것도 알고 있소. 이미 내각에서 결정한 일이오."

사사키는 불쾌한 표정으로 자리에서 일어났다. 모처럼 집으로 돌아와 따뜻한 사케 한 잔을 즐기려 하던 참에 조선에서 온 헌병 소좌와 어리석은 소리나 지껄이고 있을 정도로 자신이 한가한 몸이 아니라는 것을 증명해 보일 참이었다. 이시무라 소좌는 일어서는 사사키 영사의 옷깃을 잡듯 서둘러 본론을 꺼냈다.

"러시아 땅에 근거지를 두고 두만강을 넘나들며 소위 의병활동을 하던 조선인들 중 일부가 이토 공작의 이번 만주 방문을 기회로 일을 꾸미고 있다는 정보가 있습니다."

"일을? 무슨 일을 어떻게 꾸며? 저들은 오합지졸들이오. 총을 가진 자도 세 놈에 한 놈이고 자금이 없어 움직이지도 못하오."

"자금이 조선에서 흘러 들어오고 있습니다."

"그걸 막으라고 조선주차군이 있는 것 아니오? 아니면 조선에 제국 군대가 주둔하고 있는 이유가 따로 또 있어요? 당신들은 원족이라도 나온 거요?"

이시무라는 울퉁불퉁 제멋대로 생긴 상판과는 달리 참을성이 많았다.

"그게 간단하지 않습니다. 조선 황실에서 내탕금으로 은밀하게 의병활동을 지원하고 있다는 소문입니다. 그러나 확인하지는 못했어요. 확인하지 못했을 뿐 그런 사실이 있는 것만은 틀림이 없습니다. 황제라는 자가 앞으로는 이토 통감에게 보호를 요청해 놓고 뒷구멍으로 밀사를 헤이그에 보내어 '일본이 강제로 조선을 침탈하고 있다' 하는 식으로 떠들고 다닌 것도 내탕금의 힘입니다."

"그럼 돌아가 조선 황실의 내탕금을 모조리 압수해 버리시오."

"왜 이러십니까, 영사님! 긴급한 정보를 가지고 의논드리려고 온 사람입니다."

"말해 보시오. 빙빙 돌리지 말고."

"조선인 반란 단체가 이토 공작을 살해할 음모를 꾸미고 활동에 들어갔다는 정보가 있습니다."

"이토 공작은 만주 서쪽의 요동반도에 계시오. 그쪽에는 관동도독부가 있지 않소."

"그렇습니다. 그 때문에 여순과 대련, 장춘까지는 제국 군대의 힘이 미치는 곳이니까 염려하지 않아도 됩니다. 문제는 러시아가 점령하고 있는 장춘 동쪽입니다. 하얼빈도 그중 한 곳이고, 특히 블라디보스토크는 불량한 조선 사람들이 우글거리는 곳이니까 여기서 이토 공작 살해를 모의하는 놈들이 발진할 거라는 정보입니다."

"정보와 상상은 다르지요. 확실한 정보가 있소?"

"아직 그런 것은 없습니다. 다만 러시아 당국에 의뢰하여 수상한 조선인들의 열차 이동을 엄격하게 통제하고 살피도록 해 주시기 바랍니다."

"이것 보시오, 이시무라 소좌!"

사사키는 이제 정말 의자에서 몸을 일으켰다. 그는 접견실을 나가려다 말고 돌아보고 한마디 했다.

"당신들 군인들은 정말 단순하고 무지하구먼. 그 정도 조치는 이미 해 놓았어요. 이토 공작께서 여순과 대련, 장춘을 거쳐 하얼빈으로 오고 있는 중이라는 얘기는 이곳에 사는 제국 신민들도 가슴 들떠 지켜보고 있는 중이지만 조선인들도 술렁이고 있소. 그 이유를 모를 정도로 내가 바보라고 생각하오? 러시아 당국에서 이미 기차역마다 검문을 강화하여 쥐새끼도 움직이지 못하도록 둑을 막아 놓았소. 만약 수상한 자가 있으면 민간인으로 가장한 러시아 비밀경찰이 끝까지 추적하도록 협의를 끝내 놓았소."

"옛, 그렇습니까. 그것도 모르고 정말 무례했습니다. 이 무례를 용서하시기 바랍니다."

'빌어먹을 놈!'

사사키는 돌대가리 같은 조선주차군 헌병 소좌를 흰눈으로 작별한 후 접견실을 나가버렸다.

가미사마

관동도독부의 헌병부대 상등병 치바 도시치(千葉十七)는 새벽부터 군화를 닦고 군복을 다려 입느라 정신이 없었다. 새벽잠을 설치고 일어나 한 시간 동안 공을 들인 결과 군화는 파리가 낙상할 정도로 반질반질 광이 났다. 먼지 하나 앉아도 비칠 정도였다. 군화 주둥이에 '후~' 하고 입김을 불자 김이 둥근 원을 그리며 앉았다가 연기처럼 작아지며 사라졌다. 다음에는 군복이었다. 어제저녁 육군 정량 한 끼 밥을 고스란히 물에 풀어 풀을 만들고 행사용 여분의 군복에 풀을 먹여 놓았는데 하룻밤 사이에 잘 말라 있었다. 다리미를 들고 취사장으로 가서 타다 남은 불 덩어리 몇 개를 담아 왔다. 그것으로 오랫동안 정성스럽게 옷을 다렸다. 깃이 꼿꼿하게 섰다. 한쪽 바짓가랑이를 다리고 있는데 머리 위에서 군복 한 벌이 떨어졌다. 돌아보니 오장(伍長) 이노우에였다.

"어이, 내 것도 다려."

이노우에 오장의 군복은 이미 어제 다려 주었는데, 그 사이에 새로 다린 옷을 한 번 입고 나가더니 구겨진 것을 펴라는 지시였다. 치바 상병은 말없이 자신의 군복 바지를 밀쳐놓고 이노우에 오장의 군복부터 먼저 다려 대령했다.

"좋아."

이노우에 오장이 자신의 군복 바지를 쳐들고 이리저리 살핀 후 말했다.

"잘 다렸어. 그러나 난 너 같은 놈이 싫어."

"옛!"

"뭐가 예야? 미야기겐(宮城縣)의 촌놈 주제에."

이노우에 오장은 자신이 에도 출신이라는 점을 늘 자랑하고 있었다. 에도 이외의 지역에 살던 놈들과는 근본이 다르다 하는 말투였다. 치바는 사는 지역에 따라 인간의 근본이 다르다는 이노우에의 생각을 모두 인정하지는 않았지만 에도 출신과 옛 다테번(伊達藩)인 미야기겐 출신의 사람들 사이에 뭔가 다른 것이 있다는 정도는 인정해야 한다고 생각하고 있었다. 비록 이노우에가 흘러간 시대의 하급 무사 집안에서 태어나 에도 홍등가에서 밑을 파는 여자들을 지켜주고 뜯어먹으며 사는 막된 인생이었다는 말도 들었으나 그래도 에도는 에도, 다테번은 다테번이었다.

다른 때보다 아침밥을 일찍 먹은 이날의 차출병 스무 명은 오장 이노우에의 지시에 따라 부대 본부 건물 앞에 정렬했다. 부대장 모리나가 중좌가 대열 앞에 섰다. 치바 상등병은 부대장 모리나가 중좌의 멋진 군장을 바라보았다. 눈이 부셨다. 머리에 눌러쓴 군모와 어깨의 견장, 구김살 하나 없이 꼿꼿하게 날이 선 군복과 아침 햇살을 받아 번쩍이는 군화에 이르기까지 흠잡을 데가 없었다. 치바는 부대장의 그런 모습을 볼 때마다 '저것이 대일본제국이구나!' 하는 감동을 느꼈다. 대일본제국이 입을 열었다.

"너희들은 오늘 어떤 사명을 띠고 영광스럽게도 차출되었는가? 아는 놈 있으면 말해 보라."

모두 알고 있었으나 나서는 사람은 없었다. 군대에서는 중간에 서서 대열을 따라가기만 하면 그만이지 절대로 앞에 나서서는 안 된다는 소중한 교훈을 깨지 않으려는 것이었다. 모리나가 중좌가 불쾌한 낯빛으로 이노우에를 힐끗 바라봤다. 이노우에는 화가 치민 눈빛으로 대열을 훑다가 그 눈빛을 치바 상등병의 얼굴에 박았다. 치바는 감전된 것처럼 차렷 자세를 하고 큰 소리로 대답했다.

"옛, 추밀원 의장이신 이토 공작 각하의 여순 방문 일정을 호위하는 영광스러운 임무입니다."

"맞았어. 어이, 이노우에군, 저 병사를 눈여겨보아 두게. 나중에 다른 임무를 부여할지도 모르니까."

"옛, 그렇게 하겠습니다."

"좋아."

부대장은 기분이 좋아져서 하던 말을 이었다.

"공작 각하를 호위하는 부대는 우리 헌병대 말고도 관동도독부 예하의 부대 장병 수천 명이 동원된다. 그러나 그런 부대와 너희들의 임무는 다르다. 너희들은 공작 각하의 발뒤꿈치를 따라다녀야 하는 근접 호위 임무를 맡는다. 제국 헌병으로서 품위를 지키고 개미 새끼 한 마리 공작 각하의 옆에 얼씬하지 못하도록 철저하게 감시하도록, 알겠는가?"

치바의 가슴이 뛰었다. 이토 공작을 지근거리에서 뵙게 된다는 사실이 믿어지지 않았다.

이날 이토 공작의 일정은 아침 10시에 여순역 도착, 여순 서쪽 외곽에 있는 일로전쟁 때 전몰한 제국군대 합동묘지 참배, 이어서 격전지였던 203 고지를 둘러보고 관동도독부를 시찰하는 것으로 되어 있었다. 관동도독부 시찰을 마치고 저녁 6시 특별열차편으로 대련으로 돌아가 청나라에 와 있는 각국 외교관과 일본 관헌 및 민간인들이 합동으로 마련한 환영회에 참석하게 돼 있었다.

'참 바쁜 분이군.'

치바 상등병은 생각했다. 아무리 특별열차를 타고 다니고 수하들이 준비를 해 놓는다 해도 하루에 그 많은 일정을 소화한다는 것이 보통 사람으로는 해내기 어려운 일로 생각됐다. 게다가 만나는 사람들도 국가의 흥망이 걸린 문제를 두고 이해가 대립되는 외국 사절들이거나 대표들이다. 그런 사람들을 귀신처럼 요리하는 솜씨를 지닌 이토 공작이야말로 살아 있는 신이라고 치바는 생각했다. 미야기겐의 궁박한 시골에서 평생 농사를 짓던 아버지 치바 신기치(千葉新吉)는 입버릇처럼 말했었다.

"살아서 큰일을 하는 사람은 죽어서 신이 된다."

아버지가 몰랐던 일이 있었다. 살아서 큰일을 한 사람은 죽어서 신이 되는 것이 아니라 살아서 이미 신의 자리에 올라가는데, 이토 공작이 그 경우였다.

치바는 여순역에서 처음으로 그 신(가미사마)을 보았다. 짙은 초록색으로 칠한 특별열차는 예정대로 오전 10시에 여순역에 도착했다. 군악대가 팡파르를 울리고 행진곡을 연주하는 가운데 줄잡아 서른 명 가까운 수행원을 꼬리처럼 길게 거느리고 걸어오는 노인이 있었다. 바다에서 불어오는 바람이 노인의 흰 수염을 건드리자 수염들은 보기 좋게 날렸다. 노인은 마중 나간 관동도독부 하세가와(長谷川好道) 대장의 영접을 받고 그와 악수를 나눈 다음 사방을 돌아보았다. 웃음을 띤 얼굴이었다. 욕심 같은 것이 붙을 자리가 없는, 어린아이 같은 천진하고 평화로운 얼굴이었다. 치바는 마음이 하늘에 붕 뜨는 것 같은 기분이었다. 살아 있는 신을 보고 있다.

치바는 일로전쟁의 개전이 임박했던 1904년 벽두에 군문에 들어왔다. 그때까지 군인이라는 직업은 특정계급의 독차지여서 농사꾼이 넘볼 처지가 아니었으나 막부 시대가 가고 메이지 시대가 열리면서 국민개병(國民皆兵)의 천지개벽이 이루어졌고, 처음으로 징집제도가 실시됐다. 농사꾼이 넓은 세상으로 나아가 나라가 주는 돈을 만져 보려면 군문에 입대하는 것이 최상의 길이었다. 치바는 징집을 당했으나 징집이 아니더라도 입대하고 싶었으므로 자원입대한 것이나 다름이 없었다. 그가 입대하자마자 일로 전쟁이 벌어져 제국 군대의 절반이 만주 땅에서 흙이 되었으나 운이 좋았는지 나빴는지 치바는 센다이의 보병연대에서 전쟁 이야기를 먼 소문으로만 듣고 지냈다. 전쟁에 참여하지 못했다는 사실에 몹시 부끄러워하던 치바는 기회가 오자 헌병에 지원했다. 군대 내에서 헌병이 인기 있는 고급 부대였고, 당연히 떨어지는 푼돈도 많았다. 시골에 있는 가족들에게 도움이 될 것이라는 생각이 그를 헌병으로 지원하게 등을 떠민 가장 큰 힘이었다. 헌병이 된 치바는 조선주차군으로 파견됐다. 그리하여 조선주차군 사령부의 헌병대에서 1년 하고도 반이나 근무했었다. 주로 대한제국 정부의 각료들 집을 경비하고 불순한 조선인들의 방화, 약탈, 파괴공작을 막는 임무였다. 치바 자신은 총리대신 이완용의 집을 외곽에서 경비했다. 부대원 중 일부는 통감부에 파견 나가 있는 군인들도 있어 그들로부터 이토 통감의 거동과 소식을 들을 뿐 이토 통감을 목전에서 본 일은 단 한 번도 없었다.

"일본제국도 내부적으로 해결해야 할 많은 문제들을 안고 있다. 그런데도 이웃 조선을 개화시켜 문명국으로 이끌고 유럽과 청나라나 러시아 등의 침탈 야욕으로부터 보호하려는 것은 이토 통감의 자비심 때문이다. 그것을 알지 못하고 부엌의 식칼이나 쇠똥을 치우던 쇠스랑 따위를 무기라고 들고 싸우자고 나서는 어리석은 민초들이 있다. 누군가 그들을 책동하기 때문이다. 그런데도 통감은 인내심을 가지고 제국의 돈을 끌어다가 철도를 놔주고 학교를 세워 주고 있다. 신이 아니면 이런 일을 누가 하겠는가."

조선주차군에서 근무할 때도 치바는 동료 헌병들에게 이런 말을 한 적이 있었다. 그때의 생각이 옳았다. 한 가지 치바 자신이 모르던 일이 있었다. 이토 공작의 원모는 단순히 조선의 보호와 발전을 위한 것이 아니었다는 점이었다. 거대한 청나라의 코를 꿰어 꼼짝 못하게 눌렀고, 지구상에서 가장 큰 나라 러시아를 밟았다. 다시 꿈틀거리는 러시아의 백곰을 수중에 넣어 요리하기 위해 이번 만주 여행길에 오른 것이라고 뭘 좀 아는 동료들로부터 들었다. 저 작은 체구의 노인이 전 세계를 손바닥에 올려놓고 움직이고 있었단 말인가. 치바 상등병은 믿어지지 않았다.

한 가지 욕심이 생겼다. 저 위대한 신을 좀 더 가까이 모시고 싶다는 욕심이었다. 일본 국내에서와는 달리 만주는 세계 여러 나라의 이권과 관심이 칡넝쿨처럼 얽히고설켜 있는 땅이다. 청나라의 비적들도 들끓고 있고 새로운 시대에 적응하지 못하여 떠도는 조선 사람들도 의병이니 뭐니 하는 이름으로 비적 같은 작당을 꾸미고 있다. 그들로부터 이토 공작을 지키는 일이라면 장춘과 하얼빈까지 수행하여 호위하고 싶다는 욕망이 일었다. 오장에게 말해 볼까? 그러나 오장의 힘만으로 그런 중대한 결정을 하기는 어려울 것이다. 부대장 모리나가 중좌는 할 수 있을까? 아까 "저 병사에게 다른 임무를 맡기게 될지도 모른다"고 했는데 혹시 그런 임무가 아닐까?

그물과 물고기

　　203고지는 이름이 고지이지 작은 언덕이었다. 이토 공작은 하세가와 대장의 안내를 받으며 고지 정상에 올라 눈 아래의 개활지와 그 너머 흰 이빨을 드러내고 있는 황해의 거친 물결을 바라보았다.

　"1904년 2월 19일부터 북진을 시작한 제국 군대는 3월 중순에 평양에 집결하고 진남포에 상륙한 제1군 2개 사단과 함께 5월 5일에 요동반도에 상륙해 모두 세 차례의 총공격으로 6만 명의 사상자를 내고 여순의 적을 패퇴시켰습니다. 이로써 러시아 함대의 본거지를 뿌리 뽑아 적의 한쪽 날개를 꺾어버린 셈이 되었습니다."

　이토는 하세가와 대장의 뻔한 설명을 듣고 있지 않았다. 조선주차군 사령관이던 하세가와를 여순 공략 다음의 봉천전투에 투입한 장본인이 이토 자신이었다. 러시아와의 전쟁이 승리로 끝났을 때 조선반도를 선점한 것만 가지고는 전승의 공을 다툴 수가 없다. 만주에서의 대회전에 참가해야만 그 공이 평가될 것인즉 조슈번(長子藩)의 후광을 업고 있는 하세가와를 어떤 명목으로든 봉천전투에 투입할 필요가 있었던 것이다.

　일본군 5개 군단 25만 명과 크로파토킨 사령관이 이끄는 러시아군 32만 명이 대결한 봉천전투에서 승패의 열쇠는 시간이었다. 시간은 병력을 전장에 투입하고 보급품을 실어 나르는 데 절대적인 상수(常數)이다. 시간을 내 편으로 하는 쪽이 전쟁에서 승리할 것이었다. 시간을 내 편으로 하기 위해 일본과 러시아는 사력을 다한 경주를 벌여 왔다. 일본은 부산에서 의주에 이르는 철도 부설에 박차를 가했고, 러시아는 재정이 엉망인데도 무리하여 시베리아 횡단철도를 건설했다. 일본의 작전은 시베리아 횡단철도가 완성되기 전에 러시아군을 격파하는 것이었고 러시아군은 대륙을 횡단하여 지원군과 보급품이 도착할 때까지 시간을 끄는 것이었다. 크로파토킨 사령관은 비록 여순에서는 물러났으나 봉천에서는 증원군 2개 군단 10만 명이 도착하기만 하면 일본군 25만 명을 일거에 제압해 버린다는 계산으로 버티고 있는 것이었다.

"러시아 군대는 무기와 사기가 형편없는 것으로 알려져 있지만 그래도 세계 최강의 육군 전력을 가진 대국임에는 틀림이 없었습니다. 이 군대는 어느 곳에 진지를 구축할 때 그저 참호만 파고 장벽만 쌓는 것이 아니라 천년만년 살 것처럼 견고한 영구진지를 구축합니다. 콘크리트로 깊고 넓게 구축한 참호는 아군의 융단포격에도 먼지만 일으킬 뿐이었습니다. 이 고지에서도 그랬고, 봉천전투에서도 그것이 전투를 어렵게 한 결정적인 원인이었습니다."

그래서 어쨌다는 말인가? 여순에서 6만 명, 봉천에서 7만 명의 아까운 제국의 젊은이들 눈에 흙이 들어갔다. 이 어리석은 장군들은 아직도 여순과 봉천 대회전의 승리가 자신들의 공인 줄로 착각하고 있다는 말인가? 한심한 놈들 같으니라고.

일로전쟁에서 최후의 승패를 가른 봉천전투를 앞두고 중과부적의 전세를 뒤엎은 것은 하세가와 같은 장군들 때문이 아니라 자신이 조선에서 데리고 있던 재선(在鮮) 헌병대 사령관 아카시(明石元二郎)의 공작 때문이었다. 아카시가 공작금 100만 엔을 청구하자 일본 정부는 물론이고 군부에서도 미친 소리라는 듯이 일축해 버렸다. 그러나 이토가 들어 그 공작을 살려냈다. 거금을 손에 쥔 아카시는 주영 공사관부 무관인 우스노미야(宇都宮太郎)

대좌와 협력하여 러시아 내부의 혁명세력에게 군비와 무기를 공급했다. 해외에 나와 있는 과격파 혁명세력에 자금을 공급했다. 그 결과 1904년 10월 4일, 파리에서는 유럽 각국에 흩어져 있던 러시아 자유당과 혁명당 등의 대표자 대회가 열리고 그 힘을 바탕으로 피의 일요일 사건이 터지고 말았다. 1905년 1월 22일, 수도 페테르부르크에서 노동자 파업이 일어나고 10만 명의 군중이 동궁을 향해 행진하자 이를 진압하기 위해 투입된 군대가 무차별 발포하여 사망 1천 명, 부상자 2천 명을 낸 사건이었다. 이 사건은 단발로 그치지 않았다. 거대한 러시아는 돌이킬 수 없는 혁명의 소용돌이 속으로 빠져들고 있었다. 봉천전투에서 일본군과 대치하고 있는 러시아군에 약속됐던 지원군 10만 명은 끝내 오지 않았다. 국내 폭동을 진압하는 것이 더 화급했기 때문이었다. 그래도 러시아군은 잘 버텼다. 비록 사망 9만 명에 2만 명을 포로로 내어주고 패퇴하기는 했으나 잘 싸웠다. 승리한 일본도 기진맥진하여 더 싸워 볼 여력이 조금도 없었으니까.

끔찍한 일이었다. 이토는 그때를 생각할 때마다 온몸에 소름이 돋았다. 러시아의 항복을 받아내고 미국 대통령 루스벨트의 주선으로 강화회담이 열리게 되었으나 일본은 전승국이라기보다 패전국처럼 돌이키기 어려운 골병이 들어 있었다. 만약 그런 때에 조선에서 무장봉기라도 일어났더라면, 그 봉기를 청나라가 돕고 미국·영국과 프랑스·독일이 지원하고 나섰다면 모르긴 하지만 일본은 조선 합병의 꿈을 접고 물러나지 않을 수 없었을 것이다. 도요토미 히데요시처럼 대륙에 걸친 거대 제국의 꿈은 한바탕 개꿈으로 접어야 했을 것이다.

그런데도 조선에서는 무장봉기가 일어나지 않았다. 간헐적이고 산발적인 의병활동은 꾸준히 이어졌으나 전국적인 규모로 이끌 지도자는 나타나지 않았다. 그 이유가 어디 있다고 생각하는가? 이토는 일본 정부 내의 어리석은 각료들과 군인들, 그리고 지식인들의 앞을 내다보지 못하는 단견에 침을 뱉었다. 조선의 무장봉기를 불가능하게 만들어 놓은 것은 자신이 심어 놓은 환상 때문이었다. 조선 사람들은 러시아와 청나라의 부당한 압제로부터 조선의 독립을 위해 일본이 두 차례나 전쟁을 수행했다는 이토의 말을 그대로 믿어 주었다. 자신이 공을 들여 가꾸어 놓은 친일세력이 여론과 민심을 이끌었다. 이제 그 친일세력들이 성급하게 일한 합방을 요구하며 일본 정부를 움직이려 하고 있다. 그것을 반대하는 자신을 통감 자리에서 밀어낼 정도로 조선 사람들은 어리석었다.

"바가야로!"

"옛?"

"아니, 대장 보고 한 말은 아니오. 내가 혼자 생각을 하다가 무심코 뱉었소이다."

"혹시 조선 사람들을 생각하신 것입니까?"

이토는 하세가와가 오랜만에 자신의 생각을 짚어내자 기분이 좋아졌다.

"대장도 조선을 생각하오?"

"물론입니다. 저의 생각은 언제나 조선에 가 있습니다. 조선은 단순히 대륙으로 가는 중간 교량이 아닙니다. 그것은 그 자체로 제국의 값진 영토입니다."

이토는 고개를 끄덕였다. 힘을 얻은 하세가와가 말을 이었다.

"이런 비평을 읽어 보신 적이 있으십니까? 일본의 조선 경영은 실패할 것이다. 만주 공략도 실패할 것이라는 얘기인데 그 이유인즉 이렇습니다."

하세가와는 이토가 무관심한 듯한 표정을 짓고 있지만 이쪽으로 귀를 열어 놓고 있다는 것을 확인하고 말을 이었다.

"일본은 조선을 사실상 합병과 마찬가지로 점령하고 있으나 그 점령이라는 것이 선과 점으로 이어지는 것일 뿐 화학적인 해체에 이르지 못했다. 만주는 더하다. 만철을 통해 남만주의 경영권을 행사하고 있으나 선과 점으로 그어 놓은 경영이지 광활한 만주 벌판은 여전히 청국의 문화와 지배권 아래 놓여 있다. 그러므로 일본은 결국 만주와 조선을 토해 놓고 섬나라로 물러날 것이다. 그때는 참으로 비참한 모습일 것이다, 하는 어리석은 예상을 해 놓은 책을 읽은 일이 있습니다."

"나도 읽었소. 무정부주의자인가 허무당인가 하는 것에 오염된 책상물림의 글이었지 아마. 점과 선의 경영이라는 근본 파악에서부터 그자는 틀렸소. 우리는 점과 선으로 조선과 만주를 경영하는 것이 아니라 그물로 감싸 놓고 그 안에 있는 고기를 요리하는 전략이오. 책상물림들의 작은 대가리에 그런 차원 높은 전략이 보일 리가 없지."

"그물에 갇힌 물고기는 어떤 상태입니까?"

"조선은 거의 숨통이 끊어진 시체와 같지. 다만 죽은 물고기의 온몸에 가시가 돋아 있어 한입에 삼킬 수가 없다는 것뿐이오."

"그 죽은 물고기가 갑자기 벌떡 몸을 일으킬 가능성은 없습니까?"

"그건 대장이 나보다 더 잘 알 것 아니오. 어떻게 보시오?"

"직정적인 사람들입니다, 조선 사람들은. 무지하지만 잘못된 충성심이 때로 엄청난 짓을 벌이게 되기도 합니다. 그걸 경계해야 그 죽은 물고기를 안심하고 목구멍으로 넘길 수가 있을 것입니다."

"잘 보셨소. 조선 합병과 그 후의 통치가 우격다짐만으로 해서는 안 된다는 사실을 명심하시오. 군인들은 성급해서 말이야."

그날 저녁 대련으로 돌아간 이토는 청나라와 러시아, 그리고 북경과 만주에 나와 있는 유럽 각국 외교관들이 공동으로 마련한 환영회에 나가 연설을 했다.

"나는 예전부터 만주를 한번 방문하고 싶었는데 아시는 바와 같이 분주하여 뜻을 이루지 못하다가 이번에야 겨우 시간이 나서 천황폐하의 허락을 얻어 꿈에 그리던 방문길에 오르게 되었습니다. 어제 막 도착했기 때문에 아직은 별로 할 얘기가 없으니 오히려 여러분의 좋은 얘기를 듣고 싶습니다만, 짧게나마 평소 품어 왔던 생각을 말씀드리고자 합니다.

극동의 평화는 대단히 중요합니다. 그 평화의 유지를 위해 우리 일본의 책임이 막중하다고 생각합니다. 그러므로 만주에 재류하는 일본 정부의 관계자는 언제나 문호의 개방과 기회균등의 정신을 가지고 많은 노력을 하고 있습니다. 지금까지와 마찬가지로 관민일체가 되어 성의를 다하고 노력한다면 이후에도 청나라와 러시아 사람들과 지금보다 훨씬 친밀한 관계를 유지할 수 있을 것이라 생각합니다."

이토의 연설은 평범한 인사치레였다. 그러나 속을 들여다보면 일본의 정책 방향에 대한 의구심을 가지고 주시하고 있는 청나라와 러시아, 그리고 유럽 각 나라들을 안심시키려는 교묘한 사탕발림이 녹아들어 있었다. 연설을 하면서 이토는 먼발치에 서서 팔짱을 끼고 히죽 웃음을 띠고 있는 키 큰 서양 사내와 눈이 마주쳤다. 눈이 마주치자 그 사내는 찡긋 눈웃음을 쳤다. 급히 외면하면서 이토는 생각했다.

'저자가 누구였지? 미국에서 온 철도왕인가 뭔가 하는 놈이었지 아마.'

영국과 프랑스, 독일과 미국이 공동으로 차관을 마련하여 만주철도의 운영권을 양도 받고 일정 기간 운영한 후에 본래 주인인 청나라에 넘겨주자고 주장하는 미국 상인이었다. 말이 공동 경영이지 만주철도를 미국이 먹겠다는 해적 같은 발상이었다.

불쾌하고 또 불안했다. 이토는 생각했다.

'우리가 청나라와 러시아와 싸워 얻은 전리품을 손도 안 대고 먹어 버리

겠다는 야욕을 지닌 미국을 경계해야 한다. 러시아도 적이지만 진짜 적은 미국이다.'

그 생각을 하자 갑자기 머리가 어지러워서 이토는 급히 연회장을 떠나 숙소로 돌아왔다. 환영 연회는 썰렁하게 끝나버렸다.

아, 하얼빈

기차가 소리령에 도착하자 중근과 우덕순은 2등칸으로 옮겼다. 블라디보스토크에서부터 함께 온 모녀는 3등칸에 남겨 두었다. 모녀 중 엄마가 열이 심하고 헛구역질을 해대는 품이 심상치 않았으나 다행히 어린 계집아이는 눈망울이 말똥말똥했다. 헤어지기 전에 우덕순은 자신이 안고 있던 여인의 옷 보따리 속에서 권총 두 자루를 꺼내어 품에 지녔다. 2등칸으로 가면 검문이 거의 없거나 있어도 형식적이기 때문에 권총을 품에 지녀도 괜찮을 것 같았기 때문이었다.

2등칸은 등받이가 높아 앞뒤의 손님들과 격리되어 있었고, 의자도 푹신했다. 소리령을 떠날 때 짧은 북국의 해가 떨어져 어둠이 깔리기 시작하더니 곧 깜깜한 밤이 되었다. 우덕순이 품에서 중근의 권총을 꺼내어 건네주자 중근이 그것을 받아 자신의 가슴 안쪽에 넣고 나서 덕순에게 낮은 소리로 속삭였다.

"우형의 기계를 내게 줘 보시오."

덕순이 자신의 권총을 내놓자 중근은 주변을 살피고 나서 덕순의 권총 탄창에서 탄환 여섯 발을 모두 꺼냈다. 그런 다음 자신의 주머니 속에서 새 탄환 여섯 발을 꺼내어 덕순의 탄창에 장전했다.

"탄환 머리에 십자로 줄을 그어놨어요. 이게 몸에 박히면 치명적인 상처를 입히거든요."

중근의 권총은 벨기에제 브라우닝 8연발이었는데 우덕순의 러시아제나강도 모양이 비슷하고 구경도 같았으므로 같은 탄환을 사용할 수 있었다. 적을 만나면 절대로 살려 보내지 않겠다는 비장한 결심으로 가능한 모든 준비를 다 하겠다는 것이었다.

기차는 9시 25분에 수분하역에 도착했다. 여기서 석탄과 물을 보급 받기 위해 한 시간 정도 머물 것이라는 사실은 이미 블라디보스토크역에서 들어서 알고 있었으나, 중근이 플랫폼에 내려 차장에게 다시 확인한 후 모녀와 함께 역을 빠져나갔다. 예상했던 대로 역에는 러시아 병정들이 굳은 얼굴로 지키고 있었고 세관은 세관대로 검사가 철저했다. 여인의 남루한 옷 보따리를 모두 풀어헤쳐 볼 정도였다. 그러나 2등칸에서 내려 별도의 개찰구로 나간 중근과 덕순은 아무런 검사도 받지 않고 개찰구를 통과했다.

밝은 역사 안에서 갑자기 어둠 속으로 나오니 길을 찾기 어려웠다. 유경집의 한의원이 역전에서 가까웠으나 어둠 속이라 정확한 위치를 가늠하기 어려웠다. 중근은 우덕순과 모녀를 잠시 역 광장 한쪽 옆에 세워 놓고 혼자서 거리로 나섰다. 추위 때문인지 거리에는 지나다니는 행인이라고는 한 사람도 보이지 않았다. 함께 기차에서 내린 손님도 어둠 속으로 흡입되어 사라져버린 지 오래였다. 시간이 많지 않았다. 중근의 계획으로는 병들고 지친 모녀를 일단 수분하의 유경집에게 맡겨 놓고 자신과 우덕순은 타고 왔던 기차를 다시 타고 하얼빈으로 갈 작정이었다. 하얼빈에서 러시아말을 할 줄 알아 길 안내를 해줄 사람도 한 사람 부탁할 작정이었는데 이 밤중 짧은 시간에 가능할지 그게 걱정이었다. 중근이 속으로 꼽고 있는 유경집의 아들 유동하가 아버지와 함께 살고 있는지, 살고 있어도 동행해 줄지 여부는 역시 알 수 없는 일이었다.

역전에서 길은 세 갈래로 갈라졌다. 중근은 가운데 길로 접어들었다. 크지 않은 마을이니 조금 가다가 아니다 싶으면 되돌아올 작정이었다. 불안하고 조급한 마음으로 20m쯤 가다가 옆을 보니 한글로 고려한의원이라는 작은 간판이 붙어 있었다. 어둠 속에서도 그 한글 간판은 무슨 마력을 지닌 것처럼 단번에 알아볼 수 있었다. 집은 붉은 벽돌의 2층집이었는데 간판은 아래층의 길가에 붙어 있었다. 중근은 길가로 난 문을 밀어 보았다. 잠겨 있었다. 몇 번 주먹으로 두드리자 안에서 사람이 나왔다.

"누구요?"

한국말이었다.

문이 열리자 중근은 말없이 안으로 들어갔다. 약방으로 쓰고 있는 대청에서 희미한 등불이 대문간까지 새어나오고 있었다. 나온 사람은 유경집이었다. 마흔줄에서 쉰줄로 넘어가고 있는 유경집은 중근이 두만강을 넘나들며 왜놈들과 싸우다가 부상을 당했을 때 제 가족 이상으로 헌신적인 치료를 하여 완치시켜 주었고, 군자금도 몇 번 대 준 일이 있는 사람이었다. 그가 연추에서 수분하로 떠나면서 한 말이 있었다.

"안 중장, 왜놈과의 전투는 머지않아 만주 땅과 중국 천지에서 벌어질 것이오. 그때는 수분하에 내가 있다는 것이 힘이 되어 줄 것이오."

정말이지 앞을 내다볼 줄 아는 사람이었다.

"안 중장 아니오?"

중근은 유경집의 입에 손을 갖다 댔다. 두 사람은 말없이 방 안으로 들어갔다. 경집의 아들 유동하가 방에 있다가 아버지와 낯선 손님이 들어오자 가만히 일어서서 밖으로 나갔다.

"어인 일이오?"

"하얼빈으로 가는 길에 선생님이 궁금해서 잠시 들렀습니다. 기차가 마침 한 시간 정도 머문다기에."

"자알 오셨소. 근데 하얼빈에는 무슨 일로?"

"이토 히로부미라는 늙은이가 요동반도에 내려 장춘을 거쳐 하얼빈으로 오고 있는 중입니다. 내 그자를 마중하려고 갑니다."

중근은 품에서 권총을 꺼냈다가 도로 집어넣었다.

"역시 안 중장이오. 내 큰일을 하게 될 줄 알고 있었소. 한데 내가 무엇을 도우면 좋겠소?"

"두 가지 청이 있습니다. 이곳으로 오다 보니까 러시아 병정들이 경계를 서기 시작했더이다. 러시아말을 모르고 헤매다가는 자칫 할 일도 하지 못하고 엉뚱하게 봉변이나 당하게 될 것 같더이다. 하얼빈까지 가는 길에, 그리고 하얼빈에서 정보를 얻고 정확하게 움직이기 위해 러시아말을 하는 동포가 한 사람 있어야겠습니다. 그럴 만한 사람이 있으면 유 선생님께서 한 사람 천거해 주십사 하는 부탁입니다."

"마침 잘됐소."

유경집이 말했다.

"방금 앉아 있다가 자리를 뜬 내 아들 동하가 러시아말을 할 줄 압니다. 게다가 녀석을 내일쯤 하얼빈으로 보낼까 하던 중입니다."

"아드님을, 무슨 일로?"

"하얼빈에 가서 약재를 구해 오는 심부름을 자주 했거든요. 이번에도 약재를 사러 가야 합니다. 그리고…."

유경집은 목소리를 낮추었다.

"하얼빈에 가면 한국민회 회장 노릇을 하고 있는 김성백이라는 사람이 있습니다. 이 사람이 안 중장의 하고자 하는 일을 음으로 양으로 도울 수 있을 것입니다. 게다가 그 사람의 동생과 동하의 여동생이 약혼해 놓은 사이라 사돈지간인 셈이지요. 동하와 함께 가시면 숙식은 말할 것도 없고 여러 가지로 도움이 될 것입니다."

중근은 앞길에 놓여 있던 장벽이 무너지고 갑자기 길이 뚫리는 기분이었다. 유경집이 말했다.

"동하에게는 안 중장의 계획을 알리지 않는 것이 좋겠습니다. 저 아이는 아직 그런 일에 참여시킬 정도는 못 됩니다. 길 안내에만 쓰시고 돌려보내 주시면 합니다만."

"그렇게 하겠습니다." ·

"그럼 저 아이에게 안 중장이 무엇 때문에 하얼빈으로 가는 중이고 길 안내가 필요한지 어떻게 설명하실 겁니까?"

"제 아내와 아들이 만주로 오고 있습니다. 가족을 만나기 위해 하얼빈으로 가는 중이고 거기서 길이 어긋나면 장춘까지 가야 하는데, 차표 사는 일조차 마음대로 안 되니 답답해서 도움을 받아야 한다고 말하겠습니다."

"좋습니다. 훌륭한 핑계군요. 한데 정말 가족이 오고 있습니까?"

"평양까지 가는 정대호라는 사람에게 가족을 부탁해 놓았습니다. 제 식솔은 진남포에 살고 있는데 이 사람을 따라 만주로 오라고 편지를 보내 놓았습니다만, 정말 올지 안 올지는 알지 못합니다."

"반가운 손님들이 많군요. 부디 행운이 함께하기를 빌겠습니다. 그리고 또 하나의 부탁은?"

"오는 길에 기차 안에서 조선인 모녀와 동행했습니다. 다섯 살짜리 계집 아이 손을 잡고 철도 공사장 인부로 하얼빈에서 살고 있는 남편을 찾아 나선 젊은 여인인데, 얼른 보아도 몸이 성치 못한 것 같아 유 선생님에게 잠시 맡겨 진맥도 받아 보고 약도 먹여 사람을 살려 놓아야겠다 하는 마음에 수분하에서 내리게 했습니다."

"그 여인이 어디 있습니까?"

"역 마당에 세워 놓았습니다."

"이런!"

유경집은 아들 동하를 불러 중근과 함께 가서 모녀를 데리고 오도록 일렀다. 중근이 유동하를 데리고 역전 마당으로 오니 어둠 속에 웅크리고 앉아 있던 세 사람이 몸을 일으켰다. 여인은 동하가 부축하고 계집아이는 중근이 업었다. 한의사 유경집은 여인의 낯색을 힐끗 보더니 한숨을 쉬었다. 진맥을 해 보더니 중근과 우덕순에게 말했다.

"숨이 붙어 있으니 사람이라 해야겠으나 시체나 다름이 없습니다. 맥이 잡히지 않을 정도로 허약한데다 간이 손에 잡힐 정도로 크게 부었어요. 폐도 약해 움직임이 거의 잡히지 않을 정도이고, 살 수 있을지 어떨지 모르겠습니다."

"살려 주십시오."

우덕순이 간청했다. 오는 도중에 정이 들었는지 덕순과 여인은 가족 같은 끈끈한 마음으로 이어져 있었다.

"나라가 백성을 안아 주지 못하니 지어미와 철없는 여식이 지아비를 잃고 저리 고생하며 죽어 가고 있습니다. 이 춥고 낯선 땅에서 저 사람들의 뼈를 묻어서는 안 되지요. 내 나라 땅에 돌아가기까지는 절대로!"

우덕순의 목소리에는 물기가 묻어 있었다.

"여자와 아이는 저에게 맡겨 주시고 안 중장께서는 어서 하얼빈으로 가서 기다리던 가족을 상봉토록 하시오."

유경집은 아들 동하에게 "이 사람들과 함께 지금 당장 하얼빈으로 가되 먼저 이분들의 길 안내를 해드리고, 그 다음에 약재를 구해 곧 돌아오도록 하라"고 일렀다. "하얼빈에 가면 먼저 사돈인 김성백의 집으로 이분들을 안내하고 숙식을 해결하도록 주선하라"는 부탁도 잊지 않았다.

동하가 행장을 꾸리는 것을 기다렸다가 세 사람이 수분하역으로 나오니 마침 하얼빈행 열차는 물과 석탄을 재공급 받고 출발하려던 참이었다. 급히 3등칸 차표 석 장을 사서 어두운 플랫폼으로 뛰어나가니 이때는 역 개찰구와 플랫폼에 경계하는 러시아 병정이 한 명도 없었다.

3등칸 안은 을씨년스러운 한기가 돌고 있었다. 멀찍이 떨어진 좌석에 따로 자리 잡은 동하는 졸고 있었으나 중근과 덕순은 한숨도 잠을 이루지 못했다.

기차는 어느새 새벽의 미명을 달리고 있었다. 날이 새자 북만주의 끝없는 벌판이 눈앞에 전개됐다. 이미 추수가 끝난 곳이 대부분이었으나 일부 논에서는 아직 추수의 끝마무리를 하는 듯 아침부터 움직이는 농부들이 드문드문 보였다. 그것뿐이었다. 사방을 둘러보아도 산이라고는 보이지 않는 광막한 들판이었다. 이 비옥한 땅에 부지런한 한국인들이 살았더라면, 하늘이 우리 한국 사람들에게 이런 땅을 내려 주었더라면 하는 아쉬움으로 밖을 내다보는 중근에게 덕순이 말했다.

"옛 고구려 땅이 맞지요?"

"아마, 그럴 거요."

자신이 없는 대답이었다. 그러나 고구려라는 이름이 두 사람의 상상력을 아득한 세월 건너편으로 싣고 갔다. 말을 달리며 웅혼한 기상으로 대륙을 휘젓던 고구려 사람들을 생각하니 이 낯선 북만주의 늦가을이 갑자기 정겨워지는 것이었다.

기차는 끝없는 들판을 가로지르면서 허기진 굉음을 내며 종일 달렸다. 다시 해가 지고 땅거미가 내린 저녁 9시 22분에야 겨우 하얼빈역에 닿았다. 1909년 10월 22일이었다. 블라디보스토크를 떠난 지 만 하루 반이 지나서야 운명처럼 가슴에 맴돌던 하얼빈에 도착한 것이었다.

하얼빈역에도 러시아 병정들이 승객 한 사람 한 사람을 유심히 살피면서 경계를 서고 있었으나 러시아와 청나라 국경의 수분하처럼 세관의 검사는 없었으므로 세 사람은 조선인 노동자의 차림으로 별 다른 주목을 받지 않고 개찰구를 나왔다.

역 광장으로 나오니 갑자기 별세계가 거기 있었다. 휘황한 가스등의 불빛이 잠들지 못하는 도시 전체에 흐르고 있었고, 광장 건너 길거리에도 대낮처럼 사람들이 몰려가고 몰려오고 있었다. 그들이 지금까지 보았던 어떤 도시와도 다른 모습이었다. 사진이나 이야기 속에서 보았던 유럽의 대도시 그대로였다. 그 불빛이, 그 사람의 물결이 삶의 활기라는 것을 깨닫기까지는 오랜 시간이 걸리지 않았다. 중근은 이를 악물었다.

"하얼빈이여, 내가 왔다. 진정한 활기가 무엇인지 너희도 알게 될 것이다."

사랑과 혐오

"10년이라⋯."

안중근은 불야성을 이룬 하얼빈 시의 야경을 바라보면서 입속
으로 뇌었다. 고작 10년이라는 짧은 세월에 이런 거대한 도시가 생겨나다
니, 믿어지지 않는 마술이었다. 10년이면 강산도 변한다는 속담이 있지만
그 강산의 변화라는 것은 고작 낯선 건물 몇 채 새롭게 늘어서거나 논밭의
주인이 바뀌고 북망산 아래 새로 띠집(茅屋)들이 들어서는 정도일 뿐, 아니
면 주인 잃은 궁궐이나 몰락한 양반집의 마당에 키 높이 자란 쑥대를 보고
한탄하는 소리일 뿐 도시 하나가 갑자기 불쑥 솟아나는 마법 같은 일을 염
두에 두고 하는 말은 아니었다. 모두 철도 때문이었다, 그 마법이라는 것
은. 한국 사람들이 고향을 등지고 가족을 가슴에 담아 안고 만주를 거쳐 시
베리아까지 흩어져 살게 된 것도 바로 그 철도 때문이었다. 러시아와 일본
의 군대가 조선과 요동반도에서 맞붙어 싸울 수 있었던 것도 철도를 통한
대규모 병력 이동이 가능했기 때문이었다. 일제가 몇 개 대대의 병력과 한
줌의 경찰력으로 한반도 전체를 말아 쥘 수 있었던 것도 철도를 통한 기동
력이 그 힘이었다.

안중근은 방금 자신들을 토해 놓고 다시 무거운 침묵 속에 가라앉은 하
얼빈 역사를 돌아보았다. 털모자를 깊이 눌러쓴 남루한 사내 하나가 다가
오더니 일행 중 제일 나이가 많아 보이는 우덕순에게 말을 걸었다.

"조선 사람 아임둥?"

모가 닳지 않은 함경도 말씨 그대로였다.

세 사람은 걸음을 멈추었으나 아무도 입을 열지 않고 사내를 바라보았다.

"내가 잘못 볼 리가 없지비. 조선 사람이문 값이 싼 잠자리가 있지 아이하오."

안중근이 먼저 발길을 돌리자 우덕순과 유동하 두 사람도 사내를 무시하고 발길을 돌렸다. 몇 걸음 가다가 문득 안중근이 돌아서서 사내에게 다가갔다. 사내는 안중근에게서 이상한 위엄을 느끼고 멈칫 물러서는 시늉을 했다. 안중근은 그런 사내의 소매를 잡고 가만히 물었다.

"우리가 조선 사람인 줄 어떻게 알았소?"

"아, 척 보믄 모르오? 행색하며, 냄새가 나오. 나는 조선 사람이외다, 이마에 써 붙이고 댕기지 아이하오. 나는 어둠 속에서 걸음걸이만 봐도 조선 사람을 솎아 낼 수 있지비."

"고맙소. 그러나 우리는 조선 사람을 싫어하오. 조선과 조선 사람이 싫어서 여기까지 왔는데 또 조선 사람의 집에서 머물러요? 미안하지만 당신에게서 나는 냄새가 싫소."

안중근은 두어 걸음 뒤에서 지켜보고 있는 일행에게로 돌아왔다. 역전 광장 끄트머리에서 우덕순이 갑자기 중근의 앞길을 막고 섰다.

"참자, 참자 하니 배가 아프고 골이 당겨서 더는 걷지 못하겠소. 조금 아까 한 말이 무엇이오, 대체?"

안중근이 웃었다. 그러나 변명 대신 엉뚱한 말을 했다.

"그 사람이 어둠 속에서도 우리가 조선 사람인 줄 알아보았지요? 역지사지하여 우리가 일본 밀정이거나 노국 관헌이라 생각해 봅시다. 만약의 사태를 염려하여 수상한 조선 사람들을 감시한다고 칩시다. 그러면 '이마에 나는 조선 사람이외다' 써 붙이고 다니는 우리들을 어떻게 하겠습니까?"

"아, 그렇구면, 역시!"

우덕순은 감탄했다. 그리고 즉시 사죄했다.

"미안하오, 안 중장! 내 생각이 짧았소."

"내일 당장 머리를 단정하게 깎고, 새 옷을 사 입읍시다. 그렇다고 일본 사람들을 다 속일 수는 없겠지만 노국 관헌들은 우리가 일본 사람인지 조선 사람인지 분간하기 쉽지 않을 것입니다."

"안 중장의 생각이 전적으로 옳소. 그대로 따르리다. 허나 그러자면 자금이 더 필요할 듯한데."

"구해 봅시다."

그는 김성백을 생각하고 있었다. 수분하에서 유동하의 아버지 유경집을 먼저 찾았던 것도 실은 목적이 김성백에게 있었다. 러시아에 귀화하여 동방정교회에서 세례를 받고 이름도 러시아식으로 치혼 이바노비치 김으로 개명한 김성백은 유경집과 사돈지간이었다. 동하의 두 살 아래 여동생인 유안나를 김성백의 넷째 동생인 김성기(알렉산드르)에게 시집보내기로 하고 약혼을 해 놓은 상태였다.

그러나 사돈이라는 끈으로 유경집을 사이에 넣지 않더라도 안중근은 하얼빈 한민회(韓民會) 회장인 김성백과 이미 간접적으로는 끈이 닿아 있었다. 하얼빈 한민회의 근원은 1906년 도산 안창호를 주축으로 미국의 샌프란시스코에서 설립된 공립협회(共立協會)였다. 공립협회는 곧 하와이에도 지부를 내고 러시아에 있는 한국인들을 항일운동으로 묶어 세우기 위해 이강을 블라디보스토크에 파견했다. 1908년 블라디보스토크 공립협회가 설립되고 기관지 〈대동공보〉가 창간되었다. 이강이 주필로 이 신문을 만들었고, 뒤로는 독립운동의 거점 역할을 다하였다. 같은 해 10월, 이강은 김형재·탁공규 두 사람을 하얼빈으로 파견하여 동청철도 선상의 이 신흥도시에 몰려든 한인들을 묶는 하얼빈 공립회를 만들고 한인 자녀들의 교육과 성인들을 위한 야학교로서 동흥학교도 만들었다. 그리고 1년이 지난 1909년 7월에 하얼빈 공립회는 하얼빈 한민회로 재출범했다. 그 회장으로 김성백이 추대되었다. 안중근이 비록 하얼빈이 처음 와 보는 도시였으나 낯설지 않게 느껴졌던 까닭이 여기 있었다. 우덕순이 거사에 필요한 자금을 걱정하자 "구해 봅시다" 하고 낙관했던 것도 김성백을 염두에 두었기 때문이었다.

김성백의 집은 부두구 레스나야 거리 28호였다. 역전에서 길게 펼쳐진 제정 러시아풍의 석조 건물들이 끝나는 지점에서 오른쪽으로 꺾어 우중충한 골목길을 한참 가다 보니 목조 단층 건물들이 이어졌다. 김성백의 집은 바로 그 골목의 큰길가에 있었다. 주변의 러시아 사람들과 마찬가지 규모의 평범한 집이었으나, 대부분 가난하여 집 한 채 가지고 사는 사람이 드문한국 사람 중에서 이만한 집이라도 하나 지니고 산다는 것 자체가 대단한일이었다.

유동하가 앞서서 사돈네 집 대문을 밀고 들어갔다. 본채에서 길가로 삐죽 튀어나와 있는 현관문은 그냥 열렸다. 이 집이 나그네에게 밤낮 가리지않고 개방되어 있다는 증거였다. 또한 러시아 관헌들에게 아무 꿀릴 것 없다는 무언의 과시이기도 했다.

유동하가 먼저 집 안으로 들어가더니 잠시 뒤에 여자 한 사람과 함께 나왔다. 여자는 자신이 이 집의 안주인이라 했다.

"주인이 아직 돌아오시지 않았지만 먼 길 오셨으니 들어오십시오."

김성백의 나이가 서른셋이니 부인의 나이도 기껏해야 서른 안팎일 터인데 손님을 맞는 품이 넉넉하고 부드러웠다. 집의 한가운데가 넓은 거실이었다. 거실은 아무 꾸밈이 없었고, 따로 기대앉을 만한 의자 같은 것도 없었다. 먼저 온 손님인 듯한 두 사람이 바닥에 방석을 놓고 앉아 있었다. 그들은 불안한 얼굴로 새로 온 손님들을 바라보았다. 안주인은 먼저 와 있던 손님들과 새로 온 손님들을 인사시켰다.

"이쪽은 함경도 종성에서 오신 김승이 님이시고, 그 옆에 분은 아우 되시는 김승삼 님으로 몇 해 전 동북방면으로 오신 백씨 승일 님을 찾아오셨는데 수소문해 보니 승일 님은 작년에 이미 하얼빈을 떠나 러시아 땅 깊숙이 들어가 종적을 알 수 없다고 합니다. 이쪽은 저희 사돈인 유동하 님이시고, 그 옆에는 블라디보스토크에서 오신 우덕순 님, 그리고 연추에서 오신…."

"안응칠입니다."

중근이 자신의 이름을 밝혔다. 종성이라면 이 집 주인 김성백의 고향이다. 고향 땅에서 온 사람들을 집에 묵게 하고 그들이 찾는 맏형의 종적을 물색해 준 사람이 이 집 주인일 것이었다. 맏형의 종적을 잃어버린 이들 형제가 이제 어디로 갈 것인가. 고향 종성으로 돌아갈 것인가, 아니면 이곳 하얼빈에서 일자리를 구해 연명하고자 하는 것일까. 아마 후자일 것이라고 짐작했다.

'내가 안응칠이 아니었다면 김성백이 되고 싶다.'

중근이 마음속으로 이 집 주인에 대한 존경과 부러움을 삭이는데 김성백이 돌아왔다. 중키에 입술을 다부지게 꽉 물고 다니는 김성백은 중근 일행을 보자 두 팔을 벌리고 끌어안으며 러시아식으로 뺨을 비볐다. 별난 풍습이었으나 그의 까칠한 수염이 싫지 않았다.

"잘 오셨습니다. 오늘내일 중으로 누가 올 줄 알고 있었습니다. 그분이 안 중장이라니, 오셔야 할 분이 오신 겁니다."

"어떻게 알고 계셨습니까?"

우덕순이 종성에서 온 형제들을 경계하면서 작은 목소리로 물었다.

"북국의 백곰이 내일 하얼빈에 도착합니다. 그와 짝할 늙은 일본 신부도 며칠 안으로 도착하겠지요. 우리도 격에 맞는 예절로 환영해 줘야 하는데 대표로 누가 나설지 궁금했거든요. 어제 이강 주필이 이번 결혼식 축하차 방문하는 분이 곧 도착하게 될 것이라고 전보를 보내왔습니다. 그가 누군지 궁금했는데 이제야 마음이 놓입니다."

"이번 결혼식은 이천만의 축제가 될 것입니다."

"그래야지요."

김성백은 안중근 일행을 따로 떨어진 뒷방으로 안내했다. 김성백은 거실을 나가다가 말고 문득 종성에서 온 형제를 돌아보며 말했다.

"역에서 멀지 않은 곳에 프랑스 백화점 하나가 들어섭니다. 곧 공사를 시작할 예정이라고 해요. 토목공사부터 하는데 두 분은 막일을 하게 될 것입니다. 토목이 끝나고 건축공사가 시작되면 그때는 또 무슨 일을 하면 좋을지 알아보도록 하지요. 숙박은 당분간 한바에서 해결하도록 주선해 놓았습니다. 죽어라고 일해 봐야 한 달에 고작 12원입니다. 술 마시고 담배 피우면 손에 남는 것이 땡전 한 푼 없습니다. 투전판을 기웃거리면 목숨을 보장 못합니다."

"고맙습네다. 우린 술·담배도 못하고, 투전은 근처에도 가보지 않았습네다. 이 은혜 백골난망이올시다."

거듭 머리를 숙이는 형제를 뒤로하고 뒤채의 외떨어진 방에 와서 김성백은 한숨을 쉬며 말했다.

"왜 사는지 정말로 모를 일입니다."

그는 한숨을 섞어 가며 말했다.

"저 형제들에 대해 아는 일이 조금 있습니다. 맏이 되는 승일이라는 자도 철도 공사장 인부로 흘러와 뼈 빠지게 일해 서푼어치 급료가 나오면 그 날 밤으로 투전판에서 홀랑 날리고 남은 한 달 내내 허우적거리며 살았어요. 그러다가 철도 일은 끝나고 벌어먹기 힘들어지니 고향으로 돌아가지 못하고 시베리아 어디쯤으로 공사판을 따라간다고 갔으나 그곳에서 얼마나 목숨을 부지하고 살지 의문입니다. 그런 형을 찾아온 저 사람들도 손버릇은 마찬가지라고 들었습니다. 한 사람은 맏이처럼 투전판에서 찌들었고, 막내는 술버릇이 개보다 못하다고 합니다. 아마, 이곳에서 오래 살지 못하고 쫓겨나거나 스스로 목숨을 끊게 될지도 모릅니다. 저런 사람들을 보면 왜 인간으로 태어나 왜 사는지 도무지 모르겠습니다. 여기 와 있는 조선 사람들, 200명이 넘는데 절반은 저 모양입니다."

저들의 삶이 나락으로 떨어진 것이 조상의 탓도 일제의 탓도 아닌 저들 스스로의 탓이라는 뜻이었다. 중근은 공감했다. 국경을 넘어 만주 땅을 헤맨 지 올해로 다섯 해째, 수많은 조선 사람들을 보았으나 그중 절반 이상은 김성백이 한탄하듯 인생의 찌꺼기들이었다. 나라를 빼앗긴 것과는 아무 상관없이 실패한 인생들이었다. 중근은 김성백이라는 사람이 한민회를 조직하고 지금 저 종성에서 온 형제들처럼 중국 동북지방에서 떠도는 조선 사람들에게 길잡이가 되어 주고 등대가 되어 주는 것이 따뜻한 사랑 때문이 아니라 마음속 깊은 곳에 숨어 있는 동족에 대한 경멸과 연민 때문이라는 것을 알았다. 사랑처럼, 경멸도 훌륭한 도덕적 행위의 동기가 될 수 있다는 것을 깨달았다.

뒷방에 들어가자 김성백의 부인이 술상을 들고 뒤따라왔다. 냉수처럼 차가운 럼술 한 병이 상에 올라 있었고, 안주는 없었다. 유동하가 아직 술을 배우지 못했다고 사양했으므로 세 사람이 꺼칠한 유리잔에 고인 럼술을 서둘러 목구멍으로 넘겼다.

술잔을 두 번 비운 후에 김성백이 조심스럽게 입을 열었다.

"안 중장, 진남포에 갔던 정대호가 신의주 쪽에서 봉천을 거쳐 며칠 후에 이곳으로 온다는 전보가 왔습니다."

가슴에 뜨거운 것이 고였다. 정대호 편에 부인 아려와 아들 둘 분도와 준생을 데리고 와 달라고 부탁해 놓았으나 믿지는 않았다. 일 년 전에도 정대호가 스스로 그 일을 자임하고 고국으로 들어갔으나 차편이 여의치 않아 중도에 포기하고 되돌아온 일이 있었기 때문이다. 그런데 이번에는 갔다가 돌아오고 있다고 한다. 어쩌면 자신의 편지를 본 아려가 아들들을 데리고 정대호를 따라 이 북만주 땅으로 오고 있을지도 모르는 일이었다. 첫아들 분도는 눈을 감으면 아련하게 모습이 떠오르지만 둘째 아들 준생은 중근이 진남포를 떠난 후에 낳은 아이였으므로 얼굴조차 본 일이 없었다. 한 번도 본 일이 없는 둘째 아들이 더욱 가슴 미어지게 그리웠다.

"아주머니와 아들 둘이 함께 이곳으로 오고 있습니다. 그런데…."

뒷말은 혼잣말처럼 입속에서 굴렸다.

"그 잔칫날과 비슷한 날짜에 안 중장의 식솔이 이곳에 도착하게 되었으니, 아하!"

탄식인지 한숨인지 길게 숨을 토했다.

"만약, 만약에 말입니다."

김성백이 혼자 잔에 술을 부어 목구멍으로 밀어 넣으면서 말했다.

"안 중장이 그 잔치 때문에 식솔을 돌보지 못하게 될 경우에 말입니다. 이곳, 바로 이 방에서 편하게 지낼 수 있도록 할 테니 그 염려는 놓으시오."

"아까부터 잔치, 잔치 하시는데 대체 누구의 무슨 잔치입니까?"

유동하가 참지 못하고 끼어들었다.

김성백은 젊은 사돈을 힐끔 바라봤다.

"사돈은 모르는 사람입니다."

유동하는 불만스럽게 세 사람의 얼굴을 차례로 바라보았다. 모두 약속이나 한 것처럼 무심한 표정들이었으므로 그는 화가 나서 방문을 열고 밖으로 나가버렸다.

추적

주 하얼빈 일본 총영사 가와카미 도시히코는 본국에서 오고 있는 추밀원 의장 이토 히로부미 공작을 마중하기 위해 장춘과 대련 방면으로 여행 중이었다. 그는 아마 장춘쯤에서 이토를 맞아 수행원단에 섞여 하얼빈으로 함께 오게 될 것이었다.

남강구(南崗區) 의주가(義州街) 27호, 도로에 접하여 지은 3층짜리 육중한 석조 건물인 주 하얼빈 일본 총영사관을 지키고 있는 수장은 참사관 이시카카 겐이치로였다. 그는 총영사가 자리를 비운 사이에 한 가지 중요한 업무를 처리해야 할 형편이었다. 조선주차군 헌병대 이시무라 소좌의 요청을 어떻게 받아들이고 어떤 방식으로 매끄럽게 협조할 것인가 하는, 지극히 행정적인 문제였다.

"한민회라고, 저들의 상조단체가 있습니다. 이들 종족은 자잘한 일로 끼리끼리 패를 지어 물고 뜯다가도 조상 때부터 전해 오는 쓸데없는 습관을 지키기 위해 곧잘 뭉치는 이상한 종족입니다. 유태인들보다 한 술 더 뜹니다. 그것이 나쁜 습관이고 상투처럼 현대 사회에서는 맞지 않는 습관인데도 그렇습니다. 어쨌든, 진작부터 이곳에 사는 조선인들은 공립회라는 이름으로 상조단체를 만들어 저들끼리 돕고 살더니 올해 한민회라는 좀 더 수상하고 포괄적인 이름을 가진 단체가 등장했습니다."

"여기 사는 조선인들 숫자가 모두 몇입니까?"

"장사꾼, 막노동자, 러시아 국적을 취득한 자 포함해 모조리 260명입니다. 그중 팔할이 남정네로 여자가 절대적으로 부족합니다. 그래서 많은 문제가 생겨나고 있지만요."

학자같이 테가 굵은 안경을 쓰고, 여차하면 인류학적인 영역으로 빗나가 버리는 참사관의 말을 헌병 장교는 중도에 끊었다.

"한 줌밖에 되지 않는 숫자군요. 당신네 총영사관에서 외무대신에게 보낸 정황보고서라는 것을 보니 그 한 줌도 안 되는 무리들이 학교를 세워 아이들을 가르치고, 밤에는 야학을 열어 어른들도 가르친다고 돼 있어요. 도대체 무얼 가르친다는 겁니까?"

"조선의 역사, 조선의 말, 조상 때부터 지켜오던 쓸데없는 습관 따위들입니다."

이시무라 소좌는 책상을 내리쳤다.

"천만에, 그들이 배우고 가르치는 것은 대일본제국에 대한 불복종심과 분노요, 저항정신입니다. 한마디로, 위장한 항일 저항단체입니다. 이런 단체가 활약하고 있는 이 도시에 추밀원 의장 각하께서 아무런 대책 없이 방문하시는 것이 옳다고 생각하시오?"

"알다시피 여기는 러시아 쪽에서 치안을 맡아 있습니다."

"그러니 무슨 사고가 생겨도, 이를테면 공작 각하께서 암살당하는 사고가 일어나도 그 책임이 러시아 측에 있다, 이렇게 말할 작정입니까? 그런 일이 일어나도 당신 같은 사람이 계속 급료 받고 여기서 편안하게 일할 수 있을 것 같아요?"

"이것 봐요."

이시자카 참사관도 더 참지 못하고 고함을 질렀다.

"공작 각하께서 이 하얼빈에서 참변당할 거라고 미리 알고 있는 것처럼 말씀하시는데, 이건 좀 수상한 이야기 아닙니까? 설혹 그런 일이 있을 것으로 판단한다면 재앙을 막는 것이 당신들의 임무 아닙니까?"

"그래서 하는 얘기요."

이시무라는 그제야 안경 쓴 학자 타입의 참사관을 깔보던 태도를 누그러뜨렸다.

"중국 동북부의 조선 항일단체들이 움직이고 있다는 보고가 들어왔어요. 그 뒤에는 미국에 있는 조선인 단체들이 있고, 반도 안에서도 조선 국왕이 내탕금으로 자금을 공급하고 있다는 밀고도 있습니다. 블라디보스토크에서도 이미 수상한 움직임이 포착됐어요. 하얼빈에 거주하고 있는 조선인들의 동태를 샅샅이 관찰해야 합니다. 최근 외지에서 흘러 들어온 조선인이 있는지 파악하고 보고해 주시오. 특히 블라디보스토크나 간도 쪽에서 들어온 남자들은 나이가 많고 적음을 따지지 말고 일단 러시아 측에 알려 연행, 조사토록 해 주시오."

"알겠습니다. 그러나 보시다시피 이곳에는 인력이 없고, 여순이나 대련의 헌병대에 의논해야 하는데 그러기에는 이미 늦었지요? 그쪽에서 공작각하를 호위해 오는 병력이 있을 테니 그들에게 맡겨 두지요, 뭐. 하얼빈의 러시아 경찰과 군에 강력한 주의를 환기시키고 조선인에 대한 감시를 특별히 요청하겠습니다."

"빌어먹을 러시아 놈들!"

헌병은 씹어 뱉었다.

"그 얼빠진 놈들을 믿을 수가 없어. 전쟁터에서도 계집이나 생각하는 놈들이거든."

이시자카 참사관은 흠칫 놀랐다. 가와카미 총영사의 부인 게이코와 자신의 일을 조선에서 달려온 이 헌병장교가 알고 있는 것 같기도 하고 모르고 있는 것 같기도 했다. 하여튼 헌병이라는 놈들은 말이나 태도가 애매모호하여 사람을 불안하고 뒤숭숭하게 만드는 기술자들임에는 틀림이 없었다.

"러시아 경찰과 헌병대에는 내가 직접 찾아가 부탁할 테니 당신은 총영사관의 인력을 총동원하여 조선인 단체와 개인들의 동태를 세밀하게 살피고 보고해 주시오."

"그러지요."

이시자카 참사관은 오줌이 마려운 놈처럼 바빴다. 공작 각하와 함께 게이코의 남편인 가와카미 총영사도 돌아온다. 그가 돌아오기 전에 해야 할 일들이 너무 많았다.

동청철도(東淸鐵道)

10월 23일 아침, 중근은 새벽까지 잠을 이루지 못하고 뒤척이다가 날이 밝자 자리를 털고 일어났다. 북국의 늦가을 새벽은 싸늘했다. 우덕순도 잠을 이루지 못했는지 어둠 속에 어딘가로 나갔다가 중근이 마당으로 나올 무렵 돌아왔다.

"어제 안 중장이 말했지요? 이발도 하고 옷도 새것으로 사 입자고."

"그 일 때문에 새벽같이 나갔다 오시는 길입니까?"

"저들의 경계 태세를 가늠해 보았습니다."

"이상한 움직임이 있었습니까?"

"아직은 별일이 없는 것 같소. 다만 조선인들이 몰려 사는 고려가 주변에 러시아 병정들의 순찰이 강화되었다고 합니다. 무슨 낌새를 챈 것이 분명합니다."

"역지사지하여, 내가 일본 총영사라 할 것 같으면 당연히 한국인들을 감시해 주도록 러시아 측에 요청했을 것입니다. 아무 경계도 없다면 그것이야말로 이상한 일이지요. 일단 경계명령을 발동하여 조치를 해 놓으면 스스로 속아서 방심하는 것이 관리들의 속성입니다. 게다가 러시아 사람들이 일본의 요청을 속으로는 고깝게 생각할 터인즉 우리는 그 빈틈을 이용하면 됩니다."

두 사람은 거리로 나왔다. 김성백의 집에서 멀지 않은 곳에 하얼빈 공원이 있었다. 공원 안에는 아침 일찍 일어나 걷거나 권법 운동을 하는 중국인들도 있었고, 머리에 띠를 두르고 달리기를 하는 러시아 사람들도 있었다. 순경이나 병정들은 눈에 띄지 않았다. 두 사람은 운동하러 새벽 산책을 하러 나온 사람처럼 일정한 속도로 걸으면서 의논을 했다.

"지금 우리의 문제가 무엇인지 알고 있소?"

우덕순이 물었다.

"알지요. 원수가 도착하는 정확한 날짜와 시간을 모른다는 것입니다."

"바로 그겁니다. 정확한 시간과 정확한 장소를 미리 알아놓고 답사하여 몇 번이고 연습을 해도 실패할 가능성이 많은 일이오. 한데 우리는 지금 구름 잡는 것처럼 막연하기만 합니다."

안중근은 우덕순의 걱정에 동의하지 않았다.

"일단 하얼빈까지 우리가 왔고, 원수는 지금 우리가 기다리고 있는 하얼빈으로 오고 있는 중입니다. 그 시각이 언제냐 하는 것은 지금부터 알아보면 됩니다. 투전판으로 말하자면 우리는 상대가 무엇을 쥐고 있는지 훤히 들여다보고 있으나 상대는 앞에 무엇이 있는지 모르고 진흙탕 속으로 뛰어드는 소와 같은 신셉니다. 걱정할 일이 없습니다."

우덕순은 걸음을 멈추었다. 중년의 러시아 남자가 훈련 받는 군인처럼 구령을 붙이면서 그들의 옆을 스쳐 지나갔다. 러시아 남자가 지나가기를 기다렸다가 우덕순은 입을 열었다.

"회령전투에서 안 중장이 사로잡은 일본 병사를 훈방하려 했을 때 나는 안 중장의 지휘 능력을 의심했더랬소. 다시는 이런 지휘자 밑에서 전투를 하지 않으리라고 결심하기도 했더랬소."

"그런 마음을 먹은 사람이 어디 우형뿐이었겠습니까. 나도 알고 있었습니다. 그러나 적이든 아군이든 사람의 생명을 하찮게 여기는 사람하고는 전쟁이든 뭐든 함께해서는 안 된다는 게 변함없는 내 생각입니다."

"그런데 블라디보스토크에서 다시 만났을 때 뭐랄까, 막연하게 사람을 끄는 강한 힘을 느꼈었소. 그리고 지금 내 옆에 있는 사람이 시간이 갈수록 거대한 산처럼 느껴지기 시작했소. 사내로 세상에 태어나 이런 행운을 잡기가 쉽지 않습니다."

안중근은 우덕순의 과분한 칭찬에 얼굴을 붉혔다.

"〈대동공보〉의 보도를 토대로 어림잡아 본 결혼 날짜가 26일입니다. 사흘 남았어요. 이 정도 시간이면 세상을 뒤집을 수도 있습니다. 우선 오늘은 그 날짜와 시각을 확인하고 준비를 좀 해야겠습니다. 그런 다음 장소와 시간을 우리가 선택합니다."

"전장과 시간을 선택하는 쪽이 유리하다는 것은 병법의 기본이긴 하오만, 어떻게?"

"동청철도!"

중근은 간단하게 대답하고 입을 다물었다. 덕순도 더 묻지 않았다. 그러나 덕순은 중근의 그 말을 머릿속에서 되뇌고 있었다. 대충 알 것도 같았으나 구체적으로 해답이 나오지는 않았다.

"나온 김에 우리 하얼빈역을 구경하고 올까요?"

중근이 앞에 서고 덕순이 그 뒤를 따랐다. 하얼빈 공원의 서문을 나서니 남북으로 길게 신성대가가 펼쳐졌다. 새벽의 큰길에는 인적이 드물었다. 한성과 평양, 그리고 진남포도 길거리가 오밀조밀한 데 비해 하얼빈은 터무니없이 넓고 길다는 느낌이었다. 터무니없이 넓고 긴 신성대가의 길 건너편에 고려가의 입구가 보였다. 고려 사람, 조선 사람, 그리고 국호가 대한제국으로 바뀌면서 한국 사람으로 호칭이 바뀐 동족들이 모여 사는 거리였다. 고려가로 통하는 거리의 초입에 러시아 병정 서너 명이 긴 총을 어깨에 메고 서성거리고 있었다.

길을 건너려다 말고 중근은 하얼빈역이 있는 방향으로 발길을 돌렸다. 우덕순과 나란히 보조를 맞추어 걸으면서 중근은 아까 화두처럼 말했던 동청철도 이야기를 풀어 놓았다.

"산업혁명이라고 들어보셨지요?"

"생산수단의 혁명이지요. 그 수단을 가진 자가 새로운 귀족으로 군림하고 절대다수의 민중이 기계의 노예로 전락하는 시대가 열렸지요. 그런 수단을 먼저 개발한 나라들이 그런 수단을 갖지 못한 나라들을 먹어치우는 현상을 제국주의라 하고. 일본은 쥐새끼처럼 서양의 산업혁명을 흉내 내어 가까운 이웃부터 삼키려 하고."

중근은 빙긋 웃었다. 우덕순이 사회주의자라는 사람들의 이론을 얻어듣고 나름대로 문명사와 국제질서에 관한 입장을 정리해 두고 있었던 모양인데, 그 이론이라는 것이 아직 자기 것으로 삼기에는 생경하고 어설퍼서 웃음이 났던 것이다.

"맞습니다. 러시아는 영국이나 프랑스, 독일 같은 서유럽 국가들에 비해 산업혁명이 늦었는데, 늦게 배운 도적질 날 새는 줄 모른다고 러시아가 그 짝입니다. 공장에서 생산되는 무기가 넘쳐나니 공연히 팽창할 욕심을 내어 동쪽과 서쪽에서 감당 못할 전쟁을 벌이고, 철강 생산이 넘쳐나니 시베리아를 횡단해 태평양에 이르는 철도 부설을 꿈꾸게 된 것입니다. 여기에 무기력한 청나라가 러시아 백곰의 책략에 넘어가 만주를 횡단하는 철도 부설권을 쥐어 주면서 동양의 지형이 요동치기 시작한 겁니다. 1896년이었지요, 아마. 청나라 특사 이홍장이 니콜라이 2세의 대관식에 참석하자 당시 러시아 재정상 비테가 이홍장을 꾀어 이른바 '중로밀약(中露密約)'에 도장을 찍었는데 동쪽으로 청나라의 동북쪽 국경지대인 수분하에서 서쪽으로 만저우리까지 청나라 역내에 러시아제국이 철도를 부설하도록 허락한 것입니다. 이게 동청철도입니다. 1년 후인 1897년 여름에 철도공사가 착공되고 6년 후인 1903년에 수분하에서 만저우리까지 전 노선이 개통되어 우수리스크에서 시베리아 노선과 연결됐습니다. 이때 조선 사람들은 철도공사의 노동자나 청부업자로 참가하기 시작해 여기 하얼빈까지 모여들게 되었지요. 하얼빈이라는 도시도 초가집 여남은 채 있던 허허벌판이었으나 그때부터 도시가 건설되어 불과 10여 년 만에 이런 모양이 된 겁니다.

일로전쟁(日露戰爭)에서 승리한 일본은 1905년 9월에 열린 포츠머스 강화회담에서 동청철도의 남쪽 절반의 이권을 얻어 냈습니다. 장춘 남쪽의 관성자(쿠안청쯔, 寬城子)에서 그 남쪽의 대련, 여순까지의 철도를 손아귀에 넣고 남만주철도회사를 만들어 경영하기 시작했는데 이것이 발전하여 만철(滿鐵)이 되었어요. 회사라기보다는 거대한 군사작전 같고 군사작전인가 하면 정치적인 기관으로 조선을 침탈하고 중국을 침략하는 무기가 바로 이 철도입니다. 이 철도를 통해 동양의 평화를 깨뜨리는 군대가 오가고 물자가 오갑니다. 그 철도 위로 원수가 목을 내밀고 지금 오고 있으니 운명이라 해야겠지요.”

“나는….”

우덕순이 마른침을 삼키며 말했다.

“거기까지는 생각하지 못했소. 나라를 짓밟는 왜적을 내몰고 그들의 가슴에 비수를 꽂고 싶은 생각뿐이었소. 한데 지금 들으니 안 중장의 머릿속에는 세계의 판도와 흐름이 들어 있고, 가슴에는 사사로운 민족감정을 넘어 동양과 세계의 평화에 대한 열정이 자리 잡고 있으니 족탈불급, 어찌 감당할 수 있겠소.”

눈앞의 길 건너편에 하얼빈 역사가 나타났다. 역 광장에는 총을 멘 러시아 병정들이 경계를 펴고 있었다. 어젯밤 그들이 역에서 내릴 때와는 판연히 다른 풍경이었다.

"두려워할 것 없습니다."

안중근이 낮은 목소리로 중얼거렸다.

"저런 경계 속에는 반드시 틈이 있으니까요."

결혼 날짜

아침밥을 먹으면서 김성백이 말했다.

"이곳 러시아 사람들은 나를 괄시하지 못합니다. 청부업을 하면서 조선인 노동자들을 동원하는 데 긴요하다고 생각하기 때문이고 필요하면 통역도 해주니 이래저래 조선인 260명을 대표하는 인물인 양 생각하기 때문입니다. 내가 알 만한 러시아 사람들을 통해 잔치를 하는 정확한 날짜와 시각을 알아보겠습니다. 먼저 동흥학교에 있는 김형재(金衡在) 선생을 만나봅시다."

"오전에는 우리끼리 해야 할 준비가 좀 있습니다. 오후에 동흥학교로 가지요."

안중근이 대답했다. 아침밥을 먹은 다음 안중근과 우덕순, 유동하 세 사람은 다시 거리로 나섰다. 새벽에 공원과 역전 광장까지 오가면서 주변의 거리와 상점을 눈여겨보아 두었기 때문에 중근은 마치 하얼빈에 오래 살았던 사람처럼 주저하지 않고 이발소부터 찾았다. 주인은 러시아 사람이었고, 조선인 젊은 남자 한 사람이 조수로 일하고 있는 이발소였다. 그 때문에 굳이 유동하의 통역 없이도 세 사람 모두 원하는 대로 머리를 단정하게 깎을 수 있었다. 중근은 머리를 짧게 쳐올렸다.

이발소에서 나온 세 사람은 중국인이 운영하는 양복 가게로 들어갔다. 유동하는 놔두고 중근과 우덕순은 값이 비싸지 않으면서도 깨끗해 보이는 양복 한 벌씩을 골라 입었다. 중근은 앞에 단추가 두 줄 달린 윗도리를 골랐다. 새로 산 옷으로 갈아입고 나니 몰라보게 단정한 신사가 됐다. 복장과 머리가 깨끗하다는 것은 곧 일본인 비슷하다는 의미였다. 안중근과 우덕순은 서로의 모습을 보면서 웃었다.

"기왕이면 한복 바지저고리에 흰 두루마기를 떨치면서 이 결혼식에 참석하고 싶었는데, 참으로 아쉽구먼."

중근이 한탄하자 덕순도 고개를 끄덕였다.

양복점에서 나와 김성백의 집을 향해 걷다가 문득 우덕순이 두 사람을 불러 세웠다. 그는 유동하에게 말했다.

"어디 사진관이 없는지 찾아보시오."

"사진은 왜?"

중근이 물었다.

"그럼 화가를 불러 그림을 그려 달라고 할 수는 없는 일 아니오. 글을 써서 남길 수도 없고. 사진이나 한 장 박아서 우리 아이들에게 애비의 꼴을 전합시다. 누가 알아요? 훗날 동포들이 집집마다 그 사진을 걸어 놓고 기념할 날이 올지."

흔적을 남기지 마라. 중근은 의병을 인솔해 두만강을 건널 때 도중 야밤에 동포들의 집에서 신세를 질 때마다 의병의 흔적을 지우려고 세심한 노력을 했던 기억이 떠올랐다. 지금도 마찬가지였다. 도마뱀이 꼬리를 자르고 달아나듯이 흔적을 남기지 말아야 했다. 그러나 사진 한 장쯤 남겨 놓고 싶은 욕망도 있었다. 마침 유동하가 지적에서 사진관을 찾아내었으므로 세 사람은 사진관으로 들어갔다.

사진관 주인은 러시아 사람이었으나 키가 작달막했다. 유동하가 나서서 세 사람이 함께 사진을 찍고 싶다고 했다. 작달막한 러시아 사내는 나무로 얼기설기 만든 긴 의자에 세 사람을 나란히 앉혔다. 조명용 마그네슘이

'펑' 하고 터지고 연기가 풀썩 솟아오르면서 비척지근한 냄새가 났다. 사진은 사흘 후에 나온다고 했다. 사흘 후라, 그 사진을 보지 못할 것이라는 생각을 하자 가슴에 무거운 납덩어리가 내려앉는 기분이었다.

사진을 찍은 후에 안중근은 고려가 쪽으로 발길을 돌렸다. 새벽에 공원에서 나오는 길에 가고 싶었으나 경계하는 러시아 병정 때문에 발길을 돌려야 했던 것은 공연한 의심을 사서 일을 그르치고 싶지 않았기 때문이었다. 그러나 지금은 일본인들처럼 말쑥한 모습으로 변했으니 돈을 들인 결과가 어떤 효력을 내는지 시험해 볼 필요도 있었다.

두 명의 러시아 병정들은 새벽에 보았던 그 자리에 그 모습으로 말뚝처럼 서 있었다. 안중근, 우덕순, 유동하 세 사람은 병정들과 스칠 정도로 가까이 지나갔다. 병정들은 두 눈알만 굴려 세 사람을 보았으나 표정에 변화가 없었고 의심하는 눈치는 전혀 없었다.

"됐어, 이만하면!"

안중근이 나지막하게 뱉었다.

거리에는 사람이 보이지 않았다. 집들은 러시아식의 목조 집들이었는데 하나같이 우중충한 모습이었다. 거리의 가운데쯤에 십자가를 지붕 위에 꽂고 서 있는 '기독교 조선감리회 하얼빈 예배당'이 그나마 규모가 큰 집이었다. 고려가는 큰 길을 사이에 두고 집들이 한 줄로 늘어서 있는 폭이 좁은 거리였다. 뒤로 돌아 들어가자 곧바로 벌판이 나왔다. 유동하는 수수밭 사이로 두 사람을 안내했다. 수수밭을 헤치고 들어가니 작은 공동묘지가 나타났다. 얼른 보아 서른은 넘어 보이는 무덤들이 추위에 체온을 나누듯 이웃하여 옹기종기 모여 있었다. 한국 땅에서 보던 묘지의 모습 그대로였다. 왈칵 반가운 마음에 봉분을 끌어안고 싶은 충동을 간신히 참고 맨 앞쪽 무덤의 비석을 들여다보았다.

'학생김해김공상진지묘(學生金海金公相振之墓)'라는 글씨가 서툰 한자로 쓰여 있었다. 울퉁불퉁한 편마암 조각에 붉은 페인트로 십자가를 그려 놓고 그 아래에 비뚤비뚤 '박요한 성도의 무덤'이라고 적어 놓은 비석도 있었다. 사망 연도는 1909년 9월 3일이었다. 대충 살펴보았으나 모두 남자들의 무덤이었다.

"공사판에서 죽고, 병들어 죽고, 아라사 놈들이나 뙤놈들에게 맞아죽은 원혼도 있습니다."

유동하가 설명했다.

"일본 놈들 아니었으면 여기까지 와서 제삿밥도 얻어먹지 못하고 누워 있지는 않았을 테지."

세 사람의 가슴에 동시에 흐르던 생각을 우덕순이 대변했다.

"여기 있는 혼백들을 한국 땅에 모셔가는 날까지는 죽지도 못하겠소."

중근이 위로하듯 비석을 쓰다듬으며 중얼거렸다.

김성백의 집으로 돌아와 점심을 먹은 일행은 약속했던 대로 김성백과 함께 고려가의 한인촌에 있는 동흥학교(東興學校)를 찾았다. 감리회 하얼빈 예배당에서 가까운, 여느 가정집과 별로 다를 바 없는 낡은 목조건물을 학교로 사용하고 있었다.

학교를 설립하고 운영하는 교주격인 김형재와 김형재를 도와 선생질을 하고 있는 탁공규가 미리 소식을 듣고 기다리고 있었다. 그들은 달리 집이 없어 학교 건물 안에서 살고 있는 탁공규의 거처로 들어가 좁쌀로 빚은 중국술 배갈을 안주도 없이 마셨다. 안중근은 블라디보스토크에서 이강이 맡긴 편지를 김형재에게 전했다. 이강의 편지를 글자 한 자 한 자 뜯어보던 김형재가 고개를 들었다. 수염으로 얼굴의 절반이 덮여 있어 표정을 알 수 없는 모습이었으나 웃으니 하얀 이빨과 잇몸이 다 드러나면서 순백한 마음까지 들여다보일 듯한 인상이었다.

"이 주필이 안 중장을 잘 뒷바라지하라고 간곡하게 적었군요. 한데 안 중장 같은 중요한 인물이 하얼빈에는 무슨 일로 오셨소? 북간도처럼 국경을 넘나들며 왜놈들을 쫓다가 얼어 죽기라도 했으면 속이라도 시원하련만, 여기서는 럼이나 배갈이나 독주 마시고 화병으로 죽는 일 말고는 달리 할 일이 없는 곳이거든요."

"수분하에 사는 정대호라는 사람이 잠시 고국에 간다기에 오는 길에 진남포에 남겨 두고 온 가족들을 데리고 오도록 부탁을 해 놓았는데 기별이 오기를 가족이 대련 쪽에서 장춘을 거쳐 이리로 오고 있다고 합니다. 마중을 하려고 여기까지 왔습니다. 옆에 있는 우덕순 동지는 의병활동하면서 함께 고생한 분인데 〈대동공보〉의 신문대금 수금 차 하얼빈에 오는 길에 동행이 되었고, 유동하 군은 러시아말을 모르는 우리의 길잡이 노릇을 해 주고 있습니다. 한데 이 동북지방에도 왜놈들이 뒤쫓아 오고 있으니 선생님들께서 편안하게 살기는 어려울 것 같군요."

"잘 보셨소."

탁공규가 술잔으로 방바닥을 찍으면서 말했다.

"이등박문, 그 늙은 여우가 이곳으로 오고 있어요. 러시아 재무상 코코프체프는 내일 하얼빈에 도착하여 동청철도의 관리 운영 상태를 살펴본 다음 이곳에서 이등박문을 기다려 글피쯤 회담을 한다는 거요. 코코프체프가 동청철도의 관리 운영 상태를 점검해 보겠다는 것은 한가한 소리고, 내막은 이등박문과 만나 조선 문제를 흥정하고 이곳 하얼빈을 거쳐 블라디보스토크에 이르는 시베리아 횡단철도의 안전을 확보하려는 수작일 겝니다. 조선을 일본에 확실하게 넘겨 주고 동청철도의 권한을 확보한다, 러시아로서는 이 철도를 미국 놈이나 독일·영국·프랑스의 간섭 없이 독자적으로 운영할 권리를 얻는 데 일본의 묵인을 받자는 것이고, 일본은 조선 합병을 묵인해 줄 것을 요구해 야합하겠지요. 북극의 곰과 섬나라의 늙은 암여우가 잔치를 벌이고 교미를 할 것입니다. 이 더러운 하얼빈에서."

"이등박문이 글피에 도착한다는 근거가 있습니까?"

안중근이 탁공규의 말을 끊었다. 탁공규가 시렁 위에서 신문 한 장을 끌어내려 펼쳐 놓았다. 하얼빈에서 발행되는 중국어 신문인 〈원동보(遠東報)〉였다. 먹물로 테두리를 쳐 놓은 짧은 기사 한 토막이 있었다. 이런 내용이었다.

전 조선 통감 이토 히로부미는 동청철도 총국의 특별열차편으로 25일 오후 11시에 관성자역을 출발하여 러시아 재무대신 코코프체프가 기다리고 있는 하얼빈으로 향한다.

관성자(寬城子)는 장춘 교외에 있는 작은 역이다. 일로전쟁 때 여순·대련에서 기진맥진하는 승리를 쟁취하고 북진하던 일본군이 강화회담 직전까지 진격한 최북단의 지점이 바로 장춘을 코앞에 둔 관성자였다. 미국 대통령의 중재로 포츠머스에서 열린 강화회담에 참석한 일본 대표가 무지하게 관성자를 장춘의 별칭인 줄로 착각하고 동청철도의 일본 관할지역을 관성자까지로 획정하는 데 동의하고 말았다. 그 때문에 중국의 동북지역인 드넓은 만주 벌판을 가로지르는 철도를 양분하되 일본은 대련에서 관성자까지, 러시아는 관성자에서 수분하까지 관장하도록 묵계가 이루어진 것이었다. 그러므로 이토 히로부미는 대련에서 관성자까지 일본제국이 경영하는 만철의 특별열차로 이동하고, 장춘 남방인 관성자에서 하얼빈까지는 러시아에서 제공한 특별열차로 오게 된다는 뜻이었다.

안중근은 머릿속으로 재빨리 시간을 계산했다. 미리 조사해 놓은 바에 의하면 관성자에서 하얼빈까지의 철도 노선의 길이는 237km다. 러시아의 시베리아 횡단철도 급행열차의 주행 속도로 이 정도의 거리면 10시간 40분이 소요된다. 이 신문의 기사가 정확하다면 이토 히로부미는 정확하게 26일 아침 9시 40분에 하얼빈역에 도착한다는 계산이었다. 남은 시간은 이틀 반, 약 60시간이었다. 머릿속에서 시곗바늘 돌아가는 소리가 들리기 시작했다.

"이강 주필의 편지에는 안중근 의병중장을 동흥학교 교주인 김성옥(金成玉) 동지에게 소개하여 도울 일이 없는지 적극 주선해 달라고 적혀 있어요. 요즘 몸이 불편해 누워 있기는 하지만 우리끼리만 만나고 헤어졌다고 하면 매우 섭섭해 할 겁니다. 지금 갈까요?"

김형재는 이강의 편지가 안중근의 의병활동에 필요한 군자금 모금에 협조해 달라는 뜻으로 이해하는 듯했다. 김성백과 함께 그나마 하얼빈에서 밥줄이나 먹고 사는 사람이 김성옥이었기 때문에 이강이 안중근을 김성옥에게 소개해 주라고 부탁한 것이려니, 그렇게 짐작했다.

안중근, 우덕순, 유동하, 그리고 김성백과 김형재, 탁공규, 이렇게 여섯 사람은 김성옥의 집으로 갔다. 북국의 짧은 가을해가 어느덧 서쪽으로 기울고 있었다. 시침이 돌아가는 소리를 들으면서 안중근은 계산하고 있었다. 아직 이틀 하고도 절반 이상의 시간이 남아 있었다. 그의 생각은 장춘에 가 있었다. 장춘에서는 지금 두 부류의 사람들이 열차를 타고 오고 있거나 올 예정이었다. 한 부류는 정대호와 함께 지아비를 찾아 수만 리 만주 벌판으로 오고 있는 아내 김아려와 두 아들이었고, 다른 한 부류는 대한제국을 영원히 일본의 영토로 복속시키려는 음모를 가지고 러시아 백곰과 흥정하기 위해 오고 있는 이토 히로부미와 그를 수행하는 대규모 일본 고관들이었다. 운명이 어찌하여 절대로 섞여서는 안 되는 이들 두 부류를 같은 시각에 같은 철도로 실어 오도록 조작하고 있는 것일까.

막히면 뚫어라

 김성옥은 허혈증세에다 심한 몸살로 며칠째 이불을 뒤집어쓰고 누워 있는 중이었다. 병으로 누워 있는 주인을 대신하여 그들을 반갑게 맞아준 사람은 조도선(曺道善)이었다.

"안 중장, 여기서 만나다니 이게 꿈 아니오?"

조도선이 안중근의 손을 끌어 잡고 한동안 놓지 못했다.

"여기 계셨군요."

조도선의 등 뒤에 서 있는 러시아 부인 이바노프나가 엷은 웃음을 띠고 손님들을 맞았다. 지난 봄 블라디보스토크에서 러시아 여자와 결혼하면서 조도선은 "조선으로부터 완전히 자유롭게 되고 나서 조선을 위해 살겠다"는 알쏭달쏭한 말을 했었다. 그때는 러시아 여자와 결혼하는 것이 스스로 멋쩍어서 하는 변명의 말쯤으로 치부했으나 지금 하얼빈에서 그들 부부를 다시 만나고 보니 문득 결혼하면서 했던 조도선의 그 말이 두 사람의 얼굴 위에 겹쳐서 떠올랐다. 조도선도 안중근의 속마음을 짐작하고 에둘러 변명했다.

"여기 하얼빈이 조선 사람으로 갈 수 있는 마지막 종착점인 것 같소. 그래서 여기까지 오긴 왔는데 집도 절도 없는 신세라, 김성옥 씨의 도움으로 얹혀살고 있습니다. 하여간에 안 중장을 보니 고향 사람 본 것보다 더 반갑습니다."

주인 김성옥은 손님을 맞으러 일어나려다가 다시 드러눕고 말았다. 얹

혁사는 조도선이 마치 주인인 양 쪼르르 달려 나가더니 한참 만에 배갈 몇 병을 들고 돌아왔다. 그리하여 다시 조촐한 술자리가 벌어졌다. 이바노프나가 부엌에서 김치를 썰어 큰 사발에 담아 내왔다.

"내 신세도 기가 막히지만 이 사람 신세는 더합니다. 유태인 어머니와 숟가락 만드는 공장을 운영하던 독일계 아버지 사이에서 모스크바 가까운 곳에서 태어나 그곳에서 스물여섯까지 선생질을 했다고 합니다. 바로 두 해 전 피의 일요일 시위가 있고 나서 좌익 폭동이 러시아 땅을 폭풍처럼 휩쓸 때 이 사람 아버지는 한밤중 노동자들 손에 목이 잘린 시체로 발견되고, 어머니는 정신병으로 자살하니 장녀인 이 사람과 두 딸들은 정처 없이 흩어지고 말았다고 합니다. 어쩌다가 세상 끝인 블라디보스토크까지 흘러와서 왜놈들에게 쫓겨 떠다니는 나 같은 사람을 만나 함께 살게 되었으니 서로 상대의 분노와 적개심을 어루만져 주며 위안을 삼지요."

"오늘 오전에 고려가 뒤편의 조선인 공동묘지를 다녀오셨다고 했지요?"

탁공규가 화제를 돌릴 겸 안중근에게 물었다.

"거기 묻힌 고혼들에게 참 미안했습니다. 왜놈들에게 빼앗긴 강토를 찾지도 못하고 이렇게 떠돌며 살아 있다는 것이 창피하고 미안해서 얼굴을 들어 무덤들을 바라볼 용기가 나지 않았습니다."

누군가 토해 내는 한숨소리가 사람들의 가슴을 납덩이처럼 무겁게 짓눌렀다.

"모두 우리 탓입니다. 아니, 내 탓입니다."

안중근이 말하자 김형재가 되물었다.

"무슨 말씀이오?"

"왜놈들의 말을 진심인 줄 알고 믿었거든요. 일로전쟁 때 왜놈들에게 물자와 공역을 바치면서 저들의 승리를 빌었던 조선 사람이 어리석었지요.

내가 바로 그런 사람입니다."

"저놈들의 말에는 터럭 끝만 한 진실도 담겨 있지 않습니다. 그게 일본의 진면목입니다. 그런 놈들이 동양을 지배할 수는 없습니다. 잠깐 지배하는 것처럼 보이지만 오래 가지 못합니다. 역사는 그리 만만하게 흘러가지 않거든요."

김형재가 역사의 흐름을 끌어들여 왜놈의 침탈과 지배가 오래 가지 못할 것이라고 역설하자 조도선이 타박했다.

"역사가 어떻게 흘러가든 그건 뒷날의 이야기이고, 역사라는 것이 스스로 살아서 이렇게 저렇게 흐름을 만드는 것도 아닐 터이니, 오로지 지금 살아서 숨 쉬는 우리들이 역사를 움직이고 흐름을 바꿔 놓는 작은 물방울일 것이오. 그런데 우리가 지금 할 일이 없어요. 한숨 쉬고 떠돌며 죽어 가는 일밖에는. 이래서야 뒷날 왜놈들이 실족하여 진구렁에 처박힌들 우리 조선이, 우리 조선 사람들이 하늘을 우러러 '나 여기 있소' 하고 소리칠 수 있겠습니까."

"그래서 어쩌자는 거요?"

김형재가 조도선의 말을 끊었다.

"결혼 공연히 했습니다. 차라리 두만강을 넘나들며 농사짓던 낫을 들고 왜놈 한 놈이라도 모가지를 따 놓아야 하는데, 나는 되돌아갈까 합니다. 하얼빈에서는 술 마시고 병들어 죽어 가는 일 말고는 할 일이 없겠습니다. 여기 계시는 분들은 낮에는 학생들 가르치고 밤에는 야학을 열어 민족의 혼백을 살려 내려고 애를 쓰고 있습니다만 나 같은 위인들은 독립 의병에 끼어들어 목숨을 흙바닥에 깔아야 한다고 생각해요."

이야기들이 밑도 끝도 없는 한탄과 분노로 이어지자 안중근이 자리에서 일어났다. 그러자 우덕순과 유동하도 함께 일어났다.

"장춘에서 오고 있는 가족들을 마중하기 위해 공연히 마음이 바쁩니다."

"아무리 왜놈들에게 핍박 받아도 조선 땅에 뿌리를 내리고 살아야지 가족을 이리로 부른 것은 잘한 일 같지 않소."

조도선이 일어나는 안중근을 섭섭한 표정으로 바라보며 말했다.

"나도 그런 생각이 들기 시작했습니다."

"사내들은 떠돌다 죽으면 그만이지만 여자들은, 대지이자 어머니인 여자들은 고국 땅에 뿌리내려 살아야 합니다. 여자와 자식까지 떠나고 나면 고국도 없어집니다."

"이미 고국이라는 것이 존재하지 않는데 어찌 여자와 아이들만 남아서 견디라 하겠소."

우덕순이 한마디 뱉었다. 두고 온 처자식에 대한 그리움을 그런 말로 지워 보려는 안간힘 같았다. 오는 길에 김성백은 "내일 공사에 동원할 인부들을 만나보고 오겠다"며 송화강 교량 공사장 쪽으로 가고 유동하도 밤이 깊어지기 전에 약재상 한 곳을 더 가 봐야겠다고 가스등으로 밝혀 놓은 거리로 나가버렸다. 안중근과 우덕순만 김성백의 집 뒷방으로 돌아왔다.

시간은 한없이 더디게 흘렀다. 호롱불이 작은 콧김에도 방금 꺼질듯 흔들렸다. 방문을 열어 보니 초열흘 달이 여인의 허리처럼 가냘프게 휘어진 채 북국의 하늘에 위태롭게 걸려 있었다. 이번에 실패하면 언제 다시 이런 기회가 올지 막막한 일이었다. 반드시 성공하리라. 하얼빈에 와서 여기까지 흘러온 동포들이 사는 모습을 보고 나니 절대로 이번 기회를 놓쳐서는 안 된다는 생각이 더욱 굳어졌다. 뭉클 치솟는 감회가 있어 안중근은 종이를 펴고 먹을 갈아 붓을 들었다. 먼저 한문으로 시를 짓고 이어 한글로 다시 읊었다.

丈夫處世兮 其志大矣

時造英雄兮 英雄造時

雄視天下兮 何日成業

東風漸寒兮 壯士義烈

忿慨一去兮 必成目的

鼠竊伊藤兮 豈肯比命

豈度至此兮 事勢固然

同胞同胞兮 速成大業

萬歲萬歲兮 大韓獨立

萬歲萬萬歲兮 大韓同胞

장부가 세상에 처함이여 그 뜻이 크도다.

때가 영웅을 지음이여 영웅이 때를 지으리로다.

천하를 응시함이여 어느 날에 업을 이룰고.

동풍이 점점 참이여 장사의 의기가 뜨겁도다.

분연히 한 번 감이여 반드시 목적을 이루리로다.

쥐도적 이등이여 어찌 즐겨 목숨을 비길고.

어찌 이에 이를 줄을 헤아렸으리요 시세가 고연하도다.

동포 동포들이여 속히 대업을 이룰지어다.

만세 만세여 대한독립이로다.

만세 만만세여 대한동포로다.

옆에 앉아 중근이 적어 내려가는 시를 글자 한 자 한 자 삼킬 듯이 쫓아
가던 우덕순이 중근이 붓을 내려놓자 그것을 받아들고 망설임 없이 시 한

편을 끼적거렸다.

우덕순의 시를 읽고 나서 안중근은 가만히 우덕순의 거친 손을 끌어 잡았다. 두 사내의 손바닥에는 땀이 흐르고 있었다. 흐르는 땀이 피가 흐르는 것처럼 느껴지면서 가슴속까지 뜨거워졌다. 덕순은 중근과 함께 치른 전투를 생각했다. 중근은 전투나 싸움에 임할 때는 누구보다 격정적이었으나 작전계획을 세울 때는 머리가 한없이 차가워지는 것을 여러 번 지켜보았다. 지금이 그런 때였다. 중근이 덕순의 손을 가만히 놓으면서 말했다.

"이토는 모레 밤 11시에 관성자역을 출발해요. 아직 그자는 대련이나 장춘에서 환대하는 무리들에 둘러싸여 조선 병합을 꿈꾸며 즐거워하고 있을 거요. 우리에게는 시간도 있고 장소 선택의 권리도 있어요. 관성자는 일본군이 경비하고 있고, 이곳 하얼빈은 러시아가 경비하고 있어요. 외교 관례상 러시아 쪽의 경비가 상대적으로 더 삼엄할 겁니다. 일본 측 경비는 형식적이고 틈이 많을 것입니다. 그러니 이곳 하얼빈보다 관성자나 장춘에서 우리는 더 많은 기회를 가질 수 있지 않을까, 러시아 재무대신과 만나 의장병을 사열하는 따위의 형식이 없는 장춘역에서는 저 쥐도적과 그 수하들이 비교적 방심하지 않을까, 우형은 어떻게 생각하시오?"

우덕순은 고개를 끄덕여 찬동했다. 아침에 잠깐 보았던 하얼빈역의 경계태세는 시간이 갈수록 강화될 것이었다. 중근은 덕순이 자신의 생각에 찬동하자 잠깐 생각을 하다가 입을 열었다.

"그럼 우리는 내일 중으로 장춘으로 이동해야 합니다. 여기에는 두 가지 해결해야 할 문제가 있습니다. 첫째 지금 내게는 돈이 30원이 남아 있습니다. 이 돈으로는 우리가 장춘으로 이동해 안전하게 몸을 숨기고 거사하기에는 어림도 없이 부족합니다. 목숨을 내놓고 이천만 동포와 조국을 훔쳐가는 도적을 잡는 일에도 이렇게 돈이 궁색하다니 한심한 일이지만 이게 사실입니다. 둘째는 유동하 군을 수분하의 부친 옆으로 돌려보내야 합니다. 젊은이가 눈치가 있어서 우리의 일을 어느 정도는 아는 듯한데 그러나 구체적으로 언제 무엇을 하게 될지는 모르고, 자신도 빨리 돌아가고 싶어 하는 눈치이니 더 데리고 다닐 이유가 없습니다. 그러나 이제부터 러시아 말을 할 줄 아는 동지는 더 간절히 필요한 마당인데, 유동하 대신 생각해 본 인물이 있기는 합니다만."

"조도선 선생?"

안중근은 웃음으로 대답했다. 지금까지 두 사람의 생각이 말을 하지 않아도 일치해 왔으니 앞에 놓인 일들도 잘될 거라는 예감이 왔던 것이다.

"조도선 동지에게는 내일 아침 찾아가서 부탁해 보기로 하고, 돈을 구하기가 동지를 얻기보다 더 어려운 일인데, 어차피 여기 와서 신세를 졌으니 김성백 회장에게 부탁해 보는 수밖에 없을 것 같습니다."

마침 그때 유동하가 돌아왔다. 중근이 동하에게 말했다.

"우리가 곰곰이 생각해 보았는데, 아무래도 내 처자가 여기까지 오기가 여간 고생스럽지 않을 것이고, 정대호 씨도 자기 가족에다 남의 가족까지 데리고 이동하기가 어려울 터라 이곳에 가만 앉아서 기다리는 것이 예의가 아닐 것 같구먼. 해서 내일 당장 장춘으로 가볼까 하는데 유군은 동행해 줄 수 있겠나?"

동하는 고개를 숙였다.

"아버님께서 하얼빈까지만 동행하라 하셨고, 약재를 사서 빨리 돌아가 봐야 하기 때문에…."

"그 사정은 우리도 잘 알고 있는 일 아닌가. 그럼 하얼빈에서 볼일을 마저 보고 수분하로 돌아가게. 언제쯤 돌아갈 텐가?"

"아직 약재를 충분히 구하지 못했습니다. 한 사흘 더 머물러야겠습니다."

"좋아. 그럼 우리가 여길 떠난 후에 혹시 내 처자가 길이 엇갈려 먼저 하얼빈에 도착하게 되면 그 소식을 전보로 알려 주겠나?"

"전보 치는 것은 어렵지 않지만 어디서 전보를 받으시겠습니까?"

"저쪽에 도착한 후 전보를 받을 수 있는 장소를 전보로 알려 주겠네. 그전에 또 한 가지 부탁이 있네만. 내 수중에 지금 돈 30원이 있네만 이것 가지고는 장춘까지 내왕할 여비로는 부족하네. 자네가 중간에 서서 자네 사돈인 김성백 씨에게 돈 50원만 좀 꾸어다 줄 수 없겠는가?"

동하는 난처하여 더욱 고개를 숙여 버렸다. 그리고 입속말로 되물었다.

"갚을 길이 없는데 어떻게 빌려요?"

"하긴 그렇지."

안중근은 잠시 생각했다. 그간 많은 동포들에게 신세를 졌다. 그들에게 갚아야 할 빚이 많았다. 지금 또 빚을 지려고 하는데 상대는 언제 무슨 수로 갚을 것이냐고 묻고 있는 것이다.

"알다시피 나는 돈을 갚을 길이 없네. 그러나 나를 도와주는 동지들은 있으니 블라디보스토크에 있는 이강 주필에게 대신 그 돈을 갚아 달라는 편지를 써서 자네에게 맡길 테니 그 편지를 김성백 씨에게 보여 주고 돈을 차용한 다음 그 편지를 자네가 우편으로 부쳐 주게."

"그렇게 하겠습니다."

안중근은 조금 전 시를 쓰던 붓으로 편지를 썼다. 우덕순이 옆에서 편지 내용을 들여다보고 있었다.

— 삼가 아뢰옵니다. 이달 9일(양력 10월 22일) 오후 8시 당지 도착, 김씨 어른 성백 씨 댁에 유숙하고 있으며, 〈원동보〉에서 보게 되는 이등 건 이달 12일 관성자 출발, 러시아 철도총국 특송의 특별열차에 탑승, 그날 오후 11

시 하얼빈으로 출발함에 있어 동생들은 조도선에게 동생들의 가솔 출영을 위해 관성자로 간다고 하고 함께 관성자로 떠납니다. 몇 십리 앞의 모 정거장에서 이것을 기다려 같은 곳에서 드디어 일을 결행할 계획입니다. 그 어간 앞서 말한 바를 양지하기를 바라며 일의 성패는 하늘에 있고 요행히 동포들의 선도(善禱)를 기대 도와줄 것을 복망하나이다. 또 당지 김성백 씨로부터 돈 50원을 채용하였으니 지급 갚아주기를 천만 번 앙망.

대한독립만세! 우덕순, 안응칠, 블라디보스토크 대동공보사 이강 앞.

오늘 아침 8시 출발 남행함.

추이(追而) 포브라치나야로부터 유동하와 같이 현지 도착, 다음 일은 본사에 통지할 것임. -

다 쓰고 나자 우덕순이 먼저 붓으로 이름을 쓰고 손도장을 찍었다. 중근도 자기 이름 옆에 손도장을 찍어 종이를 접은 다음 동하에게 건넸다.

유동하는 안중근과 우덕순이 연명으로 쓴 편지를 들고 나가더니 두 시간쯤 뒤에 돌아왔다. 밤 10시가 가까운 시각이었다.

"만나지 못했습니다."

동하는 설명했다. 김성백은 송화강 교량공사의 교각 설치공사장 일부를 도급하여 인부들을 동원하는 책임을 맡고 있었다. 코앞에 겨울이 오고 있으므로 야간작업으로 교각의 몰탈 작업을 끝내기 위해 밤샘작업을 하고 있는데, 김성백은 그 현장에 있지 않고 부족한 인부들을 동원하기 위해 어디론가 가버렸기 때문에 만나지 못하고 돌아왔다고 했다.

"할 수 없지."

안중근은 낙담했지만 곧 사태를 받아들였다. 길이 없으면 만들면 되고 막히면 뚫으면 되는 것이다.

"이 주필에게 보낼 편지도 부치지 말게."

그날 밤 안중근은 호롱불을 끄고 누웠다가 끝내 잠을 이루지 못하고 한밤중에 자리에서 일어났다. 옆에는 우덕순과 유동하가 잠들어 있었다. 그는 무릎을 꿇고 기도를 드렸다.

"천주님!"

그는 피가 끓는 마음으로 천주님을 불렀다.

"세상에 정의가 살아 있다는 것을 보여 주시옵소서. 저를 세상에 내보낸 그 목적을 온전히 실현하소서. 제가 이 일을 감당할 그릇이 아니라면 이 밤이 가기 전에 저의 숨을 끊어 주시고, 제가 이 일을 감당해야 한다면 제 앞에 놓인 장애들을 걷어 주시고 길을 열어 주소서."

밤의 어둠처럼 아무것도 보이지 않았다. 다만 확실한 것은 이토가 장춘 방면에서 오고 있다는 것, 그것마저 신문기사를 통해 미루어 짐작한 날짜와 시각이 전부였다. 장춘으로 간다고 하지만 지금 수중에 지닌 여비로는 조도선을 포함한 세 사람이 장춘까지 갈 열차의 삯도 안 되는 돈이었다. 설혹 어찌하여 장춘에 도착한다 하더라도 그쪽 경비 상태와 이토의 움직임에 대한 정확한 정보도 갖지 못한 상태에서 어떻게 그 쥐도적을 척살할 것인가. 막막했다. 그 불확실의 어둠이 두려웠다.

꿈

1909년 10월 25일, 봉천(奉天)에서 장춘(長春)으로 가는 특별열차의 객실에서 일본 추밀원 의장 이토 히로부미 공작은 만철(滿鐵)의 이사 다나카 세이지로(田中淸次郎)와 바둑을 두고 있었다. 바로 옆자리에는 만철의 나카무라(中村是公) 총재가 바둑판에 눈을 박고 들여다보고 있었고, 그 뒤로는 일본에서부터 공작을 수행해 온 수행원들과 대련과 봉천에서 따라붙은 인사들 열대여섯 명이 끼리끼리 패를 지어 앉아 목소리를 죽이며 이야기를 나누고 있었다.

이토는 다나카 이사가 다음 수를 찾느라고 골몰하는 사이에 고개를 들어 창밖으로 스쳐가는 풍경에 무심코 눈을 주다가 문득 자신이 경부선 열차를 타고 조선반도를 종단하여 가고 있는 것 같은 착각을 일으켰다. 끊임없이 이어지는 산과 계곡의 틈 사이로 나타나는 마을의 모습도 닮았고, 척박한 산비탈에 버티고 서 있는 왜소한 소나무들의 꼴도 닮았다. 그 비탈진 야산 자락으로 베잠방이에 지게를 지고 소 꽁무니를 따라가는 조선 농부가 걸어 나올 것으로 기대했는데, 그의 눈에 들어온 것은 변발을 길게 늘어뜨린 청나라의 쿠리였다. 그제야 그는 여기가 조선반도 아닌 남만주임을 깨달았다. 제국 군대 10만 명의 목숨을 묻고 20억 엔의 거금을 들여 러시아와 일전을 겨룬 보상으로 받은 땅, 남만주였다. 그것조차 내 땅이 아닌 청나라로부터 조차하는 형식이었고, 그나마도 아시아대륙을 뜯어먹으려고 핏발이 서 있는 서양 제국들과 러시아 백곰의 눈치코치를 봐가며 겨우 얻어낸 전초선이었다.

'고구려!'

이토는 그 말을 이빨로 깨물었다. 이곳 만주 땅이 조선반도와 혼동을 일으키게 하는 원인은 거기에 있었다. 한국 민족의 옛 시절에 고구려가 이 땅에 뿌리를 내리고 중원을 넘보았지. 중국을 둘러싼 동아시아의 역사는 새 외민족들이 중원을 차지하거나 아니면 그들 스스로 복속하는 순환의 역사였다. 한민족도 지난날 고구려와 발해 시절에는 중원을 넘보는 강력한 민족이었으니 먼 장래에 다시 동아시아의 주인 될 잠재적 능력을 가진 족속이라 할 것이다. 이제 자신이 그 명맥을 잘라버렸다. 조선은 없다. 대한제국이라는 얼토당토않은 이름을 붙여 준 것을 마지막 보상으로 삼아 숨을 끊어 버리려고 한다. 조선의 기운을 타고 넘어 대일본제국이 역사 이래 소원이었던 중원 정복의 꿈을 이루게 되는 것이다. 어느 신문이 지당하게도 예측했던 것처럼 자신이 만주 총독이 되고 이어 중국 통감이 되는 날이 눈앞에 있었다. 문제는 세월이었고, 그 세월이 자신의 몸과 마음까지 갉아먹고 있다는 것이었다.

'10년만 더 젊었으면…'

그는 속으로 한탄을 삼켰다. 그리고 신음처럼 엉뚱한 말을 뱉었다.

"너무 가까워."

다나카 이사는 새삼스레 바둑판을 들여다보았고, 나카무라 총재는 이토의 입술을 지켜보며 다음 말을 기다렸다.

"조선 말이야. 조선이 너무 가까워."

그제야 다나카 이사는 바둑판에서 눈을 들어 공작의 표정을 살폈다. 그러나 조선이 만주와 너무 가까운 것이 왜 문제가 되는지 이해할 수는 없었다. 이토는 여전히 혼잣말이었다.

"규슈에서 연락선을 타거나 간사이 지방 아무 어촌에서나 배를 타고 북동으로 키를 잡기만 하면 조선반도 어디나 닿을 수 있어. 직업이 없어 빌어먹던 놈들, 죄를 짓고 튀는 놈들, 밑이 더러워 사람 구실 못하던 계집들까지, 제국 일본의 쓰레기들이 몽땅 조선으로 몰려왔어. 그래서 어떻게 되었는지 아는가? 조선 사람들의 마음을 움직여 스스로 나라를 내놓게 하려던 내 계획이 수포로 돌아갔어. 백년지계가 뿌리에서 흔들렸고, 씨앗을 뿌릴 때 종자를 잘못 선택하여 나쁜 종자를 이식해 놓았어. 자네들 만철은 그런 전철을 밟아서는 안 되네. 총칼로 한 나라의 얼을 빼앗으려면 그 비용이 너무 비싸게 들어. 만철에는 똑똑한 놈들, 자네들처럼 얼음 같은 지성과 불같은 의지를 가진 진정한 황국 신민들만 받아들이란 말이야. 그래야 중국 사람들을 마음으로 굴복시킬 수 있어."

비로소 두 사람은 공작의 의중을 알았다.

"관리들은 말할 것도 없고, 기관사와 정비사들, 화부에 이르기까지 내지에서 마누라와 자식들을 데리고 와서 일하도록 해 주게. 마누라 없는 놈들은 짝을 지어 주고. 머릿속에 든 것이 있거나 말거나 수놈들은 혼자 오래 버려두면 문제가 생기는 법이거든. 그렇지 않은가?"

"그렇습니다. 각하!"

나카무라 총재가 서둘러 대답했다.

"바로 최근의 일입니다. 대련 기관고 소속의 정비공 후지하라 겐로라는 자가 닷새나 무단결근을 했습니다. 직원을 시켜 알아보게 했더니 닷새 동안 계속 술을 퍼마시고 있었다고 합니다. 목숨을 걸고 술 마시는 이유를 물었더니 내지에 두고 온 여편네의 행실이 좀 수상하다는 동생의 연락을 받고 인생을 포기할 작심으로 술독에 빠졌다고 합니다."

"그자를 어떻게 했나?"

"보름 동안 영창에 넣었습니다."

"당장 꺼내게."

"옛?"

"돈을 줘서 봉천이나 대련이나 아니면 조선의 경성으로 보내게. 휴가를 주란 말이지. 가서 여자를 사서 즐기고 오라고 해. 여자로 생긴 병은 여자로 치유해야 하는 법."

"분부대로 하겠습니다. 그러나 법이…."

이토는 더 듣고 있지 않았다. 바둑에도 관심이 없었다. 그는 동경에서부터 자신을 수행해 온 추밀원 의장 비서관 후루타니 히사쓰나(古谷久綱)를 불렀다. 후루타니 비서관이 오자 만철 총재와 이사는 슬그머니 바둑판을 챙겨들고 자리를 떴다.

"봉천 주재 미국의 총영사라는 자의 이름이 뭐던가?"

"스트레이트입니다. 윌라드 스트레이트."

"거 무슨 이름이 그렇게 너저분한가? 그자가 청나라 순무사(巡撫使) 당소의(唐紹儀)라는 자와 똥구녕을 내주는 사이라며?"

"똥, 뭐라는 것은 알 수 없는 일이지만 당소의가 미국을 방문해 태프트 대통령을 만난 것도 사실이고, 태프트로 하여금 전임 대통령 루스벨트의 정책을 내버리고 일본에 반하는 정책으로 백팔십도 돌게 만든 장본인인 것은 틀림없는 사실로 확인됐습니다."

"노리는 것은 무엇인가?"

"미국은 이번에도 또 만주제철도중립화안(滿洲諸鐵道中立化案)이라는 낡은 카드를 들고 나왔습니다."

"먼저는 만주의 문호 개방이 어쩌고 하더니 이제는 아예 철도의 중립화라?"

"중립화라는 것은 정치적 수사(修辭)이고 실속은 일본과 러시아가 피를 흘리며 확보해 놓은 만주의 철도를 슬그머니 훔쳐가겠다는 도둑의 야욕을 드러낸 것입니다."

"미국 놈들이 만주에서 일본을 쫓아내기 위해 뒷구멍으로 러시아에 손을 내밀었지?"

"러시아는 돈의 힘으로 만주와 중국의 실속을 빼먹으려는 미국보다는 만주를 남북으로 분할하고 외몽고와 조선의 지배권을 상호 묵인하는 선에서 일본과 손잡는 것이 이익이라는 판단을 한 것 같습니다."

"유럽 놈들은 어떤가? 이번에 대련과 봉천에서 보니 영국, 프랑스, 독일의 외교관들이 코를 벌름거리며 내게서 냄새를 맡으려고 애를 쓰던데?"

"영국은 유럽과 아시아, 아프리카 등 세계 전역에서 독일을 포위하는 데에 국가적 역량을 다 쏟아 붓고 있습니다. 대독포위망 구축을 위해 영국은 일본과 러시아를 우호적인 동맹국으로 유지하고 싶어 합니다."

"독일은? 이곳에서 어떻게 움직이고 있나?"

"독일은 영국과 프랑스의 포위망을 무력화하기 위해 청나라를 움직여 아시아에 항구적인 발판을 구축하려는 야심을 지니고 있습니다. 북경 주재 독일 대사 렉스(Graf von Rex)가 공작 각하의 이번 여행길에 미리 나와서 면담을 요청했던 것도 일본의 의중을 간파하기 위함이었습니다."

"당연하지. 서로 물고 물리니 어디가 머리이고 어디가 꼬리인지 분간을 못하는 것은 먹이를 두고 벌이는 밀림의 풍경과 다름이 없네. 자, 말해 보게. 세계를 밀림이라 하고 만주를 먹잇감이라 하면 일본은 어디에 있는가?"

비서는 그럴 필요가 없는데도 습관처럼 목소리를 낮추었다.

"한국을 병합하고 만주를 경영하려는 제국의 정책에 가장 큰 걸림돌은 러시아와 미국입니다. 러시아 군부에서는 요동반도의 여순보다 조선반도 남단의 마산포가 최고의 부동항이라는 생각이 지배하고 있습니다. 여순이 아니라 마산에서 일본 함대와 붙었다면 지난 일로전쟁의 결과는 달라졌을 거라는 분석이 나왔습니다. 따라서 러시아의 국가적 이익은 일본의 이익과 숙명적으로 대립합니다."

"미국은?"

"태프트 정부는 일본을 믿지 않습니다. 태평양을 사이에 두고 미국과 일본 또한 숙명적으로 대립합니다."

"그래서?"

"러시아와 미국이 대립하게 만들어야 합니다. 그 틈새에서 일본은 세계 최강의 나라로 떠오르게 될 것입니다."

"옳아."

이토는 흡족했다. 자신이 만주국 총독이 되면 이자를 중요한 자리에 앉혀 활용하리라.

같은 시각, 하얼빈역의 제2 플랫폼에 멈추어 있는 러시아제국의 재무상 코코프체프의 특별열차 객실에는 중요한 손님이 와 있었다. 미국의 철도 회사 사장 해리먼(E.H.Herriman)이 딸 루이제를 데리고 방문 중이었다. 코코프체프는 이틀 전에 하얼빈에 도착했으나 시내의 호텔이나 공관 숙소를 마다하고 역 구내의 열차 객실에서 손님들을 접견하고 회의도 열었다. 모스크바에서 여기까지 오는 동안 숙소이자 사무실로 사용해 온 열차 객실이 고향집처럼 느껴진다는 것이 표면적인 이유였으나, 사실은 좌익 테러분자들로부터 신변을 지키기가 시내 호텔보다 안전하다고 판단했기 때문이었다. 역 구내는 철도가 통하는 양방향만 폐쇄하면 방어와 경호에 최적의 조건을 갖춘 장소라는 것을 코코프체프는 오랜 외교관 생활과 시위대의 습격을 당한 경험을 통해 알고 있었다. 게다가 열차편으로 올 예정인 일본 늙은이 이토 히로부미를 예의를 다하여 영접하고 수확을 올릴 수 있는 장소로도 최상이었다. 그는 스스로의 선택과 판단에 매우 만족하여 그 기분을 숨기지 못했다. 외교를 위해 다른 나라 사람들을 만날 때 이쪽의 기분을 드러내는 일은 금기로 되어 있으나 해리먼 부녀의 방문을 받은 코코프체프는 카이젤 수염이 부르르 떨릴 정도로 들떠 있었다.

"어서 오시오, 해리먼 씨. 당신은 철도왕이니까 철도 위에 세워 놓은 사무실이 낯설거나 불편하지 않겠지요?"

코코프체프의 러시아식 억양의 영어가 몹시 거슬렸으나 해리먼은 세상에서 가장 아름다운 영어를 듣는다는 듯이 이 러시아인이 내미는 손을 잡았다.

"나는 장관님의 파격적인 사무실 겸 호텔을 보고 사업상 새로운 아이디어를 얻었습니다. 집이라는 것이 꼭 땅에 기둥을 박고 서 있어야 할 필요가 없다는 각성을 주셨습니다. 바퀴 달고 이동하는 집도 있어야 하고, 머물러 집의 행세를 하는 열차도 있을 법합니다. 마찬가지로 바다 위에 떠 있는 집과 공중을 날아다니는 집도 있어야 하고요."

코코프체프의 카이젤 수염이 심하게 흔들렸다. 마음의 동요가 있을 때마다 이런 신체적인 신호를 밖으로 내보낸다는 것은 정치나 외교에서는 치명적인 결격사유가 될 법했다. 그러나 그는 상대가 카이젤 수염의 신호를 보고 방심하거나 오판하는 사이에 허를 찌르고 실속을 챙기는 비상한 재주를 지니고 있었다.

"미국 사람들은 원래 생각이 화살처럼 빠르게 달립니까?"

"생각이 화살처럼 빠른 것은 러시아 사람들입니다. 미국인들은 다만 거침이 없을 뿐입니다.”

“그것은 사실인 듯하군요.”

카이젤 수염이 다시 조금 흔들렸다. 그는 책상 위에 놓여 있던 서류를 해리먼 앞으로 밀었다.

“당신네 나라 국무장관 녹스(Knox)가 제안한 ‘만철중립화안’이라는 겁니다. 만철을 중립화하자, 이것이 미국 자본주의의 정신입니까?”

해리먼은 그냥 듣고 있었다. 코코프체프가 말을 이었다.

“미국에서는 누가 돈과 땀을 쏟아 공장을 지어 놓으면 팔짱 끼고 지켜보고 있던 사람들이 몰려와서 이 공장은 미국 땅에 세운 시설이니 미국민들 전체가 공유하자, 누구의 소유도 아니니 중립적으로 경영하자, 그렇게 말합니까? 만주철도는 지구라는 땅덩어리 위에 세운 철도이니 지구에 살고 있는 나라들이 모두 함께 공유하고 중립적으로 경영하자, 국무장관이라는 자가 제정신을 가지고 있기나 합니까?”

“녹스는 내 친구입니다.”

해리먼은 가라앉은 목소리로 말했다.

“그는 건강한 정신의 소유자일 뿐만 아니라 러시아를 사랑하는 사람입니다.”

“농담은 듣기 싫소.”

“농담 아닙니다. 헛소리도 아니오. 녹스도 그렇고 나도 그렇소만, 당신들 – 당신들이란 러시아와 일본을 말합니다. – 당신들은 만주철도라는 늪에 빠져들고 있습니다. 광활한 만주 땅을 무주공산으로 착각하고, 기진맥진한 중국 정부를 힘 빠진 늙은 병자쯤으로 오해해 이 땅을 경영하기 위해 철도를 부설하고 그 경영에 막대한 돈과 노력을 퍼붓고 있습니다. 늪이에요, 늪. 녹스 장관이 그런 제안을 했다면, 그건 순전히 당신네들을 그 늪에서 건져 주려는 발상일 것입니다."

"당신은 미국 동부에서 서부로, 마침내 태평양에 이르기까지 철도를 건설하면서 늪을 만들고 있었던 것입니까? 미국 사람들이 모두 그 늪에 빠져 허우적거리고 있다는 것입니까?"

해리먼은 웃었다. 코코프체프의 눈길이 머무는 곳을 따라가다가 창가에 붙어 서서 밖을 내다보고 있는 루이제의 엉덩이에 눈길이 가서 멎자, 그는 황급히 딸의 엉덩이에서 눈을 돌렸다. 코코프체프는 아직도 루이제의 팽팽한 엉덩이에서 눈을 떼지 못하고 있었다. 그런 코코프체프를 잡아끌기라도 할 것처럼 해리먼은 목소리를 높였다.

"나는 꿈을 좇아왔습니다."

"꿈? 무슨 꿈?"

꿈속에서 깨어나듯 코코프체프가 소리쳤다.

"철도는 꿈입니다. 무기가 아닌 문화로 세계를 통합하는 꿈, 미지의 세계가 현실로 이루어지는 꿈, 러시아의 꿈도 당신의 꿈도 결국 그런 것이 아니던가요?"

"그건 미국의 헛꿈일 뿐입니다. 태평양을 건너오면서 고작 그런 꿈 얘기를 듣고 오다니 정신이 어떻게 된 것 아닙니까?"

"정신이 어떻게 된 것은 당신들입니다. 당신들, 러시아와 일본은 다 같이 만주철도의 늪에 빠져 있다가 청나라가, 중국이 화려하게 부활하는 모습을 보게 될 것입니다. 당신네들 제국은 빚잔치를 끝내지도 못하고 지구상에서 사라질 것입니다. 벌써 그런 조짐이 보이지 않소? 대한제국을 병합하고 만주를 손에 넣어도 남는 것은 빈손이오. 뒤통수를 맞게 될 것입니다. 이게 총칼로 일어난 제국들의 운명입니다. 그러니 철도를 함께 경영하다가 주인인 청나라에 돌려 주자는 것이 우리의 제안입니다. 아직 세상에 공표되지도 않은 녹스의 제안이라는 문서를 어떻게 손에 넣었는지 모르겠으나 그건 녹스와 나의 꿈이에요. 사실입니다. 꿈은 세계를 평화롭게 하나로 만들지만 무력은 세계를 분열시킬 뿐입니다."

"미국에도 문화라는 것이 있소?"

"철도가 바로 문화입니다. 당신네 유럽이나 러시아 사람들은 문화를 값비싼 장신구처럼 걸치고 다니지만 우리 미국에서는 문화가 곧 삶입니다. 철도는 그 자체가 문화요. 당신이 지금 누리고 있는 것처럼."

"이토를 만났소?"

코코프체프가 화제를 돌렸다. 문화에 대한 미국인의 역겨운 설명을 듣는 것보다는 차라리 계집의 이야기를 하는 편이 나았으나 열여섯 살의 루이제가 옆에 있었기 때문에 하는 수 없이 이토를 들먹인 것이었다.

"이토는 늙은 이리와 같았소."

해리먼은 대련에서 이토를 위해 각국의 외교관과 상공인들이 마련했던 환영연에서, 먼발치에서도 자신을 알아보고 검고 노리끼리한 눈으로 증오를 담아 보내던 이토를 떠올렸다.

"러시아와 일본은 몇 해 전에 전쟁을 벌인 적국이오. 지금도 동아시아의 먹이를 놓고 다투는 최대의 적수요. 그런 일본이 총도 칼도 없이 단지 꿈을 좇아오는 미국을 견제하기 위해 허겁지겁 러시아와 손을 잡으려고 그 먼 길을 노구를 끌고 오고 있는 중이오. 이 철도 위에서 당신네들이 할 수 있는 이야기, 하게 될 이야기들을 나는 고스란히 구두점 하나 틀리지 않고 예상해 내놓을 수 있소. 당신은 돌아가 차르에게 충성스러운 신하임을 입증할 것이고, 이토는 돌아가 만주 경영의 총책임자로 내정되어 다시 돌아올 것이오. 그 다음은 러시아가 전쟁 준비를 해야겠지요. 상대는 영원한 적수 일본이고 이토 바로 그 늙은 이리요."

"미국은 방향이 틀렸소."

코코프체프는 여유를 잃지 않았다.

"미국은 대서양에서 헤엄이나 치면서 어머니인 유럽에 문화를 구걸하며 매달려야 합니다. 태평양을 건너오면, 태평양이 무덤이 될 것입니다. 해리먼 씨, 당신의 철도는 미국 서부에서 태평양을 만나 끝난 것입니다. 여긴 전혀 다른 철도요, 세계입니다. 부산이나 블라디보스토크에서 철도로 아시아를 횡단하여 유럽의 뒷마당으로 들어가고 싶은 당신네의 갈망을 모르는 바는 아니오만, 명심하시오. 태평양에는 철도를 부설할 수 없다는 것을."

"배는 철도의 연장입니다. 배도 기차도 다니지 못하는 장애가 나타나면 하늘로 날아가면 됩니다. 장관께서는 거대한 문명의 전환기에 살고 있는 것을 신에게 감사해야 할 것입니다."

"나는 지금 바빠요."

마침내 코코프체프는 짜증을 냈다.

"보시다시피 몽상가들과 꿈 이야기나 하면서 노닥거리기에는 너무 먼 길을 와버렸소. 용서하시오. 혼자 생각 좀 해야겠소."

코코프체프는 루이제에게 시선을 돌렸다. 그녀는 시종이 가져다 놓은 사모와르에서 차를 따라 홀짝거리며 두 어른들의 이야기에 귀를 기울이고 있었다. 코코프체프가 먼저 그녀에게 손을 내밀었다. 루이제는 털이 수북한 러시아 사내의 손을 잡았다. 사내의 손은 몹시 끈적거렸다.

"이 객실이 마음에 드시오? 언제든지 오시면 차를 대접하겠소."

루이제는 아버지를 돌아보았다. 해리먼은 못 본 척했다. 딸을 데리고 다닌 것을 지금처럼 후회해 본 적이 없었다.

"내가 이토를 앞질러 여기에 온 것은…."

해리먼은 서둘러 말했다.

"코코프체프 장관, 당신에게 카드를 쥐어 주고 싶어서요. 이곳에 있는 일본의 쥐들은 내가 당신을 방문한 사실을 이토에게 알릴 것이고, 그 자체가 당신의 협상력을 높이게 될 것이오. 지금 이토의 머릿속에는 한국을 병합하는 데 장애를 없애려는 오직 그 하나의 목표가 있을 뿐이오. 그러나 일단 한국을 병합하고 나면 일본은 전쟁을 준비해야 할 것이오. 그 상대는 당신네 러시아요."

"우리는 일본을 두려워하지 않습니다."

"아니오. 당신네들은 일본을 두려워하고 있소. 일본이 진정으로 두려워하는 상대가 누구인지 말해 볼까요?"

"미국이겠지요."

코코프체프는 비웃었다.

"그러나 이토는 당신을 두려워하지 않을 거요. 경멸하겠지, 아마."

"맞소. 이토는 나를 경멸합니다. 그러나 마음속으로 공포를 느끼고 있소. 왠지 아시오? 나의 꿈, 미국의 꿈이 두렵기 때문이오."

"자, 자, 우리 다시 만날 날이 없을지도 모르오. 꿈 많이 꾸시오. 그리고 제발 미국은 태평양이라는 늪에 발을 들여놓지 마시오. 유럽에서 놀아요. 당신 따님의 이름을 걸고 진심으로 하는 충고요. 아가씨는 언제든지 환영이오. 이 객차가 마음에 들면 사용해도 좋소."

해리먼은 딸의 손을 잡아끌고 서둘러 플랫폼으로 내렸다.

가족

정대호가 자신의 아내와 딸, 그리고 안중근의 아내인 김아려와 두 아들 분도와 준생을 포함하여 모두 다섯 명의 대가족을 거느리고 신의주를 떠난 것은 10월 초순이었다. 이번에는 지난번처럼 안중근의 가족들을 되돌려 보내지는 않겠다고 단단하게 각오를 하고 출발했으나 신의주에서 봉천까지 오는 도중에 이미 여러 번 철도가 끊어져 생고생을 해야 했다. 만주의 낯선 마을에서 사흘이나 머문 적도 있었고, 하루에 오십 리도 더 되는 길을 걸어온 일도 있었다.

아려는 말이 없는 여자였다. 아버지의 얼굴을 기억하고 있는 첫아들 분도는 아버지를 만나게 된다는 기대 하나만 가지고도 열 살짜리라고 하기 어려울 정도로 속이 깊고 의젓하여 어른처럼 잘 참아 주었으나 유복자로 태어난 둘째 아들 준생은 겨우 다섯 살이어서 자주 칭얼거렸다. 발이 아프다고 주저앉았고, 배가 고프다고 엄마의 검은 치맛단을 잡아당겼다. 여자에 굶주린 청나라의 사내들이 두 여자를 보고 유난히 힐끔거리던 날이면 정대호는 밤에 여관의 문고리를 단단하게 걸고 권총에 탄환을 장전한 채 밤을 새워야 했다. 다행히도 자신의 아내 지말녀와 중근의 아내 김아려가 마치 친동기간인 것처럼 서로 의지하여 아이들을 같이 보살피면서 따라와 주었다. 그들이 스무 날을 여행하여 요양(라오량 : 遼陽)에 닿은 것은 양력으로 10월 25일이었다. 신의주를 출발하면서 연추에 전보를 쳤고, 다시 보름 만에 하얼빈의 김성백 앞으로도 전보를 쳐서 안중근의 가족이 하얼빈으로 향하고 있다는 것을 알렸다. 아마 중근은 연추에서 하얼빈이나 장춘 방면으로 마중을 오고 있을지도 몰랐다. 말이 없는 아려도 그렇게 믿고 있었다. 중근의 둘째 준생이 칭얼거릴 때마다 아려는 "며칠만 더 가자. 아버지가 하얼빈에서 너희들을 기다리고 계신다"는 말로 아이의 울음을 달래곤 했던 것이다.

라오량에서 기차표를 사려는데 일본 헌병 두 사람이 다가왔다.

"조선 사람들, 맞지요?"

"그렇습니다. 나는 수분하의 러시아 세관에서 일하는 정대호라 합니다."

정대호는 신분증을 내보였다. 그것을 보는 둥 마는 둥하고 헌병은 함께 있는 여인들과 아이들을 보았다.

"대가족이구먼. 고향을 버리고 러시아로 이사를 가는 길이오?"

"이 사람은 저의 내자이고, 이 아이는 저의 딸입니다. 그리고 이쪽은 제 누이동생과 조카들입니다. 매부가 하얼빈에서 노동일을 하고 있는데 벌써 삼 년째 가족들이 떨어져 사니 이번에 합쳐서 함께 고생하자고 데리고 가는 길입니다."

"오늘은 못 가오."

헌병이 말했다.

"왜요?"

정대호가 물었다. 정대호의 마누라와 아려가 불안한 표정으로 헌병의 다음 말을 기다렸다.

"모르겠소. 위에서 그런 명령이 떨어졌소. 특히 조선 사람들은 앞으로 이틀 동안 일절 기차를 탈 수 없으니 그리 알고 머물다가 이틀 후에 다시 오시오."

"대체 무슨 이유입니까?"

정대호가 거칠게 묻자 헌병은 입술을 비틀었다.

"조선 사람들과 함께 여행하기 싫다는 분이 이 철도로 지나가십니다. 이제 알겠소?"

한마디만 더하면 당장 군부대로 끌고 갈 형세여서 정대호는 말없이 물러났다. 라오량역에서 멀지 않은 곳에 정대호가 알고 있는 조선인 가정이 하나 있었다. 충청도 예산 사람으로 서른여섯의 유기주라는 사람이었다. 고향에서 물꼬 때문에 이웃과 시비를 하다가 들고 있던 낫으로 이웃을 찔러 죽이고 도망 나와 중국 땅을 돌아다니다 이곳에서 똥장사를 하며 살고 있는 사람이었다. 똥장사란 남의 집 뒷간에 쌓인 인분을 퍼내어 그것을 원하는 논이나 밭에 뿌려 주는 직업으로 인분을 퍼낼 때 적당한 삯을 받고 그것을 다시 뿌려 줄 때 비료값을 받으니 이중으로 버는 실속 있는 장사였다. 비록 냄새는 나지만 수입이 괜찮았다. 중국 여자를 마누라로 얻어 아들 하나를 두었다. 자리를 잡은 셈이었는데 문제는 고향을 잊지 못하고 언젠가 돌아갈 요량으로 마누라 몰래 돈을 모으고 독립운동을 한다고 떠도는 조선 사람들과 연통하며 사는 것이었다. 이 사실을 중국인 마누라도 알고 있었고, 마누라가 알고 있으면서도 모르는 척한다는 것을 유기주 그도 알고 있었다. 깨어진 그릇처럼 아귀가 맞지 않은 채 늘 불안하게 세 가족이 동거하고 있는 유기주의 집에 정대호가 여자 둘 아이 셋을 거느리고 나타났다. 유기주는 반가웠으나 중국인 마누라는 불안했다.

"장춘을 거쳐 하얼빈까지 가야 하는데, 역에서 차표를 팔지 않는군요. 무슨 귀한 분이 지나가기 때문에 특히 조선 사람들을 경계해 기차에 오르지 못하게 한다고 하던데 대체 누가 지나가는 겁니까?"

"이토 히로부미가 지나간다고 들었습니다."

"이토가!"

정대호는 신음을 토했다. 안중근이 입만 열면 "3년 안에 이토를 처단하지 못하면 내가 책임을 지고 자살하겠다"고 하던 그 이토가 이곳을 지나간다는 것이다. 안중근이 사람들 앞에서 공언한 기한은 아직도 1년이 더 남아 있었다. 그러므로 이토가 살아서 만철을 타고 휘젓고 다닌다고 해서 안중근이 책임 질 일은 아니었다. 그러나 기묘하지 않은가? 정대호는 중근의 처자식들을 보면서 무슨 운명 같은 예감을 받았다. 마침 중근이 처자를 만나기 위해 만철의 어느 역참에 와 있다면, 그곳이 장춘이든 하얼빈이든 이토가 지나가는 철로변에서 처자식을 기다리고 있다면 이 천재일우의 기회를 두 손 끼고 보고만 있겠는가?

유기주는 오랜만에 조선 사람들을 만나 기분이 날아갈 것 같았다. 가슴 밑바닥에 고여 있던 그리움, 서러움을 모두 털어놓았다. 이 집에 방은 두 개뿐이었다. 하나는 기주의 중국인 마누라가 아들을 데리고 잤고, 다른 한 방에는 중근의 처자와 정대호의 처와 딸아이가 한데 어우러져 잤다. 두 남자, 대호와 기주는 마루에 앉아 술잔을 기울이며 밤새워 이야기를 했다. 주로 만주 땅에 넘어온 조선 사람들에 대한 이야기였다. 안중근에 대한 이야기도 있었다.

"큰일을 해낼 사람"이라고 정대호가 중근에 대해 이야기하자 유기주는 "조선 땅에서 인물은 다 떠났다. 안중근이 정말 인물이라면 중국 땅에서 조선 사람들의 힘을 모으는 중심 역할을 해야 할 것 아닌가" 하고 아쉬워했다. 그렇지 않으면 비록 머릿속에 공맹이 들었다 하나 그게 무슨 소용이냐 하는 논리였다.

그렇게 새벽이 왔다. 문득 유기주는 이상한 예감이 드는지 중국인 마누라와 아들이 자고 있는 안방으로 가보았다. 방에서 한참 만에 나온 유기주가 말했다.

"형님, 우리도 방에 들어가 잡시다."

"자네 처자가 있지 않은가?"

"우리가 편히 자라고 방을 비웠습니다."

정대호는 술이 확 깨는지 벌떡 일어났다.

"무슨 소린가?"

"갔습니다. 아이를 데리고 떠났습니다. 누가 먼저 떠나나 그것이 궁금했는데 여자가 먼저 떠나주니 고맙구먼요."

유기주는 '허허' 하고 웃었다.

"고향에는 마누라와 아들 딸 남매가 있습니다. 하마 아들 녀석은, 분도라 했지요? 안중근의 큰아이, 저 아이와 나이가 비슷할 겁니다. 딸아이는 여섯 살이고. 살아 있다면 말입니다."

"데리고 오게, 가족들을 모두."

"아닙니다. 안중근이란 사람 잘못하는 겁니다. 저는 돌아갈 겁니다. 돌아가기 위해 처자를 고향에 둘 겁니다. 형님은 러시아 세관에서 일해 안정된 직업을 가졌으나, 직업도 없이 떠도는 안중근이라는 사람이 처자를 만주 땅으로 불러올리는 것은 정말이지 잘못하는 일입니다. 형님이 그걸 모르는 사람이 아닌데 왜 그런 심부름을 자청하신 겁니까?"

"나도 모르겠어."

정대호는 솔직하게 말했다.

"그렇게 해야 할 것 같아서. 고생이야 하겠지만 이 가족이 얼굴이라도 보아야 할 것 같아서, 내가 자청해서 수고를 아끼지 않고 데리고 왔네."

감금

10월 24일, 하얼빈에서 오전 9시에 출발한 기차는 3시간을 달려 정오 무렵에야 채가구(蔡家溝)에 닿았다. 세 사람은 혹시 채가구역의 경비태세가 삼엄하여 내리지 못할 경우 한 정거장을 더 가서 내려 걸어서라도 돌아올 요량으로 다음 역인 삼차하(三岔河)까지 차표를 끊었다. 그러나 기차가 채가구역에 닿자 밖을 내다보니 경계하는 군인들이 보이지 않았으므로 세 사람은 기차에서 내렸다.

그러나 채가구역의 경비가 허술할 것으로 판단한 것은 오산이었다. 개찰구를 빠져나오자 러시아 헌병 네 명이 낯선 세 사람을 아래위로 훑어보고 있었다. 조도선이 먼저 그들에게 다가갔다. 네 명의 헌병 중 지휘자인 헌병 하사 세민에게 다가가 서툰 러시아말로 더듬거리며 말했다.

"우리 세 사람은 한국에서 왔습니다. 나는 하얼빈에서 살고 있고, 저 사람은 연추에, 또 저 사람은 블라디보스토크에 살고 있습니다. 이번에 고국 땅에 두고 온 저 사람의 부인과 두 아들이 머나먼 길을 떠나 남편을 만나려고 이 철도를 타고 오고 있다는 연락을 받았습니다. 그들을 마중하기 위해 우리 세 사람이 이쪽으로 왔습니다. 그러나 이곳은 처음이라 어디서 머물러야 할지 모르겠습니다. 부디!"

조도선은 목소리에 물기를 담았다.

"우리를 위해 잠시 머물러 가족을 만날 수 있도록 숙소를 안내해 주실 수 없겠습니까? 그리고…."

세민의 표정이 부드러워졌으므로 조도선은 내친김에 한 발 더 나갔다.

"가족이 일단 채가구역에서 내리기로 했으나 그 기차가 언제 올지 우리는 알 수 없습니다. 이곳을 지나 하얼빈 방향으로 가는 기차 시간을 알았으면 합니다만."

세민 하사는 세 사람의 남자들에게 신분증을 보자고 했다. 세 사람이 내놓은 신분증을 보니 우덕순과 조도선은 러시아의 예니세이주 지사가 발급한 임시 거주증명서를 가지고 있었고, 나머지 한 사람은 연해주 지사가 발급한 임시 거주증명서를 가지고 있었다. 세민은 그중에서 가족을 기다린다는 안중근을 손가락으로 가리키며 가까이 불렀다. 안중근이 멈칫거리며 가까이 가자 세민은 안중근의 어깨를 토닥이며 조도선을 돌아보고 말했다.

"내게도 아들 둘이 있소. 우랄 저쪽의 머나먼 곳에 두고 여기까지 와 있지만 다음 달에는 유럽으로 배치될 것이오. 그럼 만날 수 있겠지, 우리 아이들을. 이상하게도 나는 한국이 좋소. 내 고향도 지금은 러시아제국에 편입되어 차르의 통치를 받고 있으나 원래는 독립국가였소. 당신들이 한국의 독립운동을 하는 사람들이라 해도 나는 놀라지 않을 것이오."

"독립운동이라니요. 한국은 현재 엄연히 우리 황제가 다스리는 독립국가인데 또 무슨 운동이 필요하겠습니까? 우리는 그런 것은 모릅니다."

"그냥 해본 소리요. 질문에 대해 대답해 주겠소. 첫째, 이곳은 작은 마을이라 나그네들을 위한 숙박시설이 없소. 당신들처럼 아무 대책 없이 떠돌아 들어온 사람들은 이 역사 건물 아래층에 있는 세미노프 씨의 가게에서 신세를 질 수 있을 거요. 물론 돈을 지불해야 하지만 아주 헐값이니 안심하시오. 맛없는 밥만 사 먹어 주어도 하룻밤쯤은 공짜로 재워 줄지도 모르지요. 그건 당신들이 알아서 할 일이고. 그 다음 질문, 이곳을 통과해 하얼빈 방향으로 가는 기차 시각은 역사 안에 붙여 놓은 시간표를 읽어 보시오. 오늘 저녁에 하얼빈으로 가는 보통열차가 있는데 그 기차편으로 당신들이 기다리는 사람들이 와 주었으면 좋겠구먼. 모레 26일에는 저 시간표에 변화가 있을지도 모르겠구먼."

"변화라니요?"

조도선이 더듬거리며 물었다.

"내일 오후에 특별열차 한 대가 하얼빈에서 장춘으로 가게 돼 있소. 그 기차가 장춘에서 귀한 손님을 싣고 모레 아침 6시에 이곳을 통과할 예정입니다. 그러니 남쪽에서 오는 보통열차와 북쪽에서 오는 특별열차가 이 역에서 교행할 것이니 보통열차가 여기서 좀 지체할지도 모르고, 모레 아침에 장춘을 출발해 하얼빈으로 가는 보통열차도 남쪽 어디에서 특별열차를 앞세우려면 예정시각보다 늦게 도착할지도 모른다, 그 말이오. 알아듣겠소?"

"그러니까…."

조도선은 더 바보스러운 동작과 말투로 더듬거리며 물었다.

"모레 오전 우리가 기다리는 보통열차가 그 특별열차인가 뭔가 하는 열차에게 선로를 양보하느라고 예정보다 늦게 도착할지도 모른다, 이 말씀이지요?"

"그렇다니까, 한데…."

세민은 기침을 한 번 하고 표정을 바꾸었다.

"당신들은 그 특별열차에 타고 오는 사람에 대해 관심이 있소?"

"천만에요."

조도선은 손을 저었다.

"우리는 다만 그 특별한 열차 때문에 특별하지 못한 열차가 늦어지는 일에만 관심이 있습니다. 제기랄!"

"맞아, 제기랄이야. 빌어먹을 일본 늙은이 같으니라고."

세민은 혼자 투덜거리며 개찰구 너머 철로에 눈을 주었다. 한국인 세 사람이 역사 쪽으로 걸어가자 그들의 등을 바라보며 세민은 다른 헌병들에게 지시했다.

"수상한 놈들이야. 잘 감시하라고. 가족을 마중 나왔다고 하면서 휴대품도 없이 빈손인데다 쥐새끼들처럼 두리번거리고 몹시 불안해 보여. 체포할 명분은 없지만 만약을 위해 필요하면 감금해 버려."

역사에서 나오는 길은 계단이었다. 계단을 다 내려와 오른쪽으로 돌아서자 역사 건물의 아래층에 창고 같은 가게 하나가 있었다. 문이 열려 있었으므로 세 사람은 안으로 들어갔다. 가게의 위층은 역 사무실이라 그런지 시멘트 바닥을 울리는 발소리가 크게 울렸다. 먼지가 뿌옇게 앉은 가게 안쪽에는 시렁에 동물의 살을 말리거나 훈제한 육포가 몇 점 시체처럼 누워 있었고, 럼주와 배갈 따위의 술도 몇 병 있었다. 일본제 과자도 있었다. 누런 종이에 '국수를 삶아 준다'고 휘갈겨 쓴 글씨를 읽고 있던 조도선이 중근과 덕순을 돌아보며 말했다.

"국수도 삶아 준다고 써 놓았습니다. 잠을 잘 수 있을 것 같습니다."

가게 주인 세미노프는 코가 빨갛게 익은 딸기처럼 퉁퉁 부어 있었다. 술이 사람을 어떻게 망쳐 놓는지 표본을 전시해 놓은 것 같았다. 그는 가게에 들어온 세 사람을 본 척도 하지 않고 작은 마루에 걸터앉아 신문지로 엽연초를 마는 데만 몰두해 있었다.

조도선이 다가가 말을 걸었다. 그래도 그는 고개를 들지 않았다. 고개는 들지 않았으나 입으로는 뭐라 대꾸를 했는데 조도선이 돌아와 협상 결과를 알려줬다.

"자고 가거나 여기서 살다 가거나 마음대로 하라고 합니다. 다만 방은 따로 없고 저 구석진 방 하나뿐이니 이자와 함께 자야 한다고 합니다."

두 사람은 세미노프에게 다가가 억지로 얼굴을 비비며 러시아식으로 인사를 했다. 그제야 고개를 들어 손님들을 힐끔 바라본 세미노프는 얼굴 가득히 웃음을 담았다. 웃을 때 드러난 그의 검푸른 이빨들이 거의 다 썩어 있었다.

"이 집의 주소를 확인해 주시오. 전보를 받을 수 있는 주소 말입니다."

조도선이 세미노프에게 사정을 설명하고 엽연초를 말던 종이에 연필로 이 집의 주소를 적어 가지고 왔다. 세 사람은 전보를 치기 위해 다시 역사로 올라갔다. 간이 전보 취급소가 역사 한쪽에 있는 것을 조금 전에 보아 두었기 때문이었다. 계단을 밟아 역사로 올라가면서 세 사람은 아까 러시아 헌병과 조도선 사이에 주고받은 대화를 분석했다. 안중근이 말했다.

"지금까지 우리가 들었던 정보 중에서 가장 확실하고 구체적인 시간표가 비로소 나왔소. 장춘에서 하얼빈까지의 철도는 러시아 관할이기 때문에 러시아 측에서 특별열차를 장춘으로 보내어 이토 도적을 태워 갈 모양이오. 그 열차가 내일 저녁 이곳을 통과해 장춘으로 향했다가 이토를 태우고 모레 새벽 6시에 이곳을 지나 하얼빈으로 간다는 시간표가 나왔소. 여기서 하얼빈까지 80km, 약 200리 길이니 열차는 3시간이 소요될 것이고, 따라서 하얼빈에는 오전 9시에 도착한다는 계산입니다. 우리에게 남은 시간은 45시간입니다."

"무슨 생각을 하는 겁니까?"

우덕순이 물었다.

"우형과 같은 생각을 하고 있는 중입니다. 그러나 먼저 전보부터 쳐서 동하의 회신을 받아 보고 그 다음에 또 생각을 해 봅시다."

조도선이 역 사무실 한쪽에 있는 전보 취급소에서 하얼빈에 있는 유동하에게 전보를 치는 동안 중근은 역사 주변에 배치되어 있는 러시아 헌병들의 위치와 수를 확인했다. 조금 전 그들이 도착했을 때보다 헌병들의 수가 두 배로 늘어나 있었고, 경비 구역도 철로와 역사 주변을 포위하는 형식으로 포진해 있었다. 조도선이 전보를 치고 돌아오자 중근은 조도선을 다시 돌려 세웠다.

"내일 낮에 하얼빈으로 가는 보통열차의 출발 시각을 알아봐 주십시오."

"저기 걸려 있는 시각표에는 정오 12시로 돼 있으나 특별열차와 교행하느라 지체하면 이 역에서 더 늦게 출발할지도 모르지요."

그들은 일단 세미노프의 가게로 내려와 국수를 시켜 먹었다. 세미노프의 국수 끓이는 솜씨가 엉성하고 손이 더러워 보다 못한 우덕순이 직접 국수를 끓였다. 세 사람 앞에 놓인 40여 시간은 길고 지루했다. 그리고 불안했다. 불안은 러시아 병정들에게 잡히지나 않을까 하는 불안이 아니라 일을 실패하여 많은 한국 사람들이 다치게 되지나 않을까, 그리고 이토를 세상에서 제거해 버리는 일이 영영 불가능해지지나 않을까 하는 불안이었다. 다음 날 아침 날이 밝자 전보 취급소에서 일하는 러시아 남자가 유동하의 답신을 가지고 왔다.

유동하에게 보낸 전보는 '채가구 도착, 유사시 통지 요망'이었는데 유동하의 답신은 '내일 아침 도착, 돌아오기 바람'이었다. 세 사람은 유동하의 전보를 놓고 머리를 맞댔다.

"동하의 전보는 의미가 불확실하고 자의적인 판단이 들어 있어 참고할 가치가 없다고 봅니다. 다만 '내일 아침 도착'이라는 말은 우리가 여기서 얻은 정보와 일치하니 어떻게 해야 할지 판단은 우리가 해야 합니다."

"아까 이미 결심하지 않았소?"

우덕순이 중근의 말을 끊었다. 중근은 새삼 덕순이 자신의 마음속을 들여다보고 있다는 것을 느꼈다.

"결심을 했습니다. 그러나 선악은 두 분의 판단에 따르겠습니다. 첫째, 이 채가구역에 대한 러시아 헌병들의 경비태세가 허술하지 않고 틈새가 없어 일을 하기에 부적절합니다. 둘째, 도적이 내일 새벽 6시에 이 역을 통과한다고 하는데 아무리 채가구역이 교행역이라고 하나 그 시각에 남행하는 열차가 없으니 교행을 위해 도적을 태운 열차가 장시간 멈출 까닭이 없다고 생각합니다. 설혹 특별열차가 이 역에 잠시 멈춘다고 하더라도 이토 도적이 그 새벽 시각에 열차 밖으로 나올 일이 없을 것이고, 도적이 열차 밖으로 나오지 않으면 손 쓸 틈이 없을 것입니다."

"그럼 어떻게 해야 하지요?"

조도선이 물었다. 중근이 대답했다.

"우리가 둘로 나뉘는 겁니다. 내가 오늘 12시 열차편으로 하얼빈으로 돌아가겠습니다. 거기서 도적을 기다리지요. 원래 그러기로 했다가 더 나은 장소를 찾아 이곳으로 와본 것일 뿐이니까 원래의 계획대로 돌아가는 것입니다. 하얼빈역은 크고 환영객들도 많아 완벽하게 호위하는 것이 불가능하고, 혹시 도적이 내릴 때 제거하지 못하더라도 러시아 재무상과 회담을 하는 사이에 필시 기회가 생길 것이니 하얼빈에서 일을 성사시킬 가능성이 이곳보다는 크다고 하겠습니다. 그러므로 나는 하얼빈으로 가서 도적을 기다리겠으니 두 분은 이곳에 남아 기회를 엿보십시오. 그러면 반드시 이루게 될 것입니다."

"그렇게 합시다."

우덕순은 이번 일에 동행한 이후 지금까지 중근의 판단과 행동에 이의를 제기해 본 일이 없었다. 지금도 자신의 생각과 중근의 생각이 한 치 어긋남이 없이 일치했으므로 이번 일이 반드시 성공할 것이라는 확신을 가졌고, 확신을 가지니 마음이 개운했다.

계획대로 중근은 낮 12시에 출발하는 하얼빈행 열차를 탔다. 열차는 20분이나 늦게 12시 20분에 채가구역에 도착했다. 그러고도 다시 반 시간을 더 머물다가 하얼빈에서 장춘 남쪽의 관성자역까지 이토를 실으러 가는 특별열차를 교행하여 보낸 후에야 출발했다.

중근은 플랫폼에 서서 남쪽으로 가는 특별열차를 보았다. 객차 3량으로 구성된 단출한 열차였다. 기관차와 객차 모두 짙은 초록색이어서 우중충한 잿빛의 보통열차와는 쉽게 구분이 됐다. 우덕순과 조도선도 역사 안에서 특별열차가 남쪽으로 가는 모습을 지켜봤다. 특별열차가 지나가자 하얼빈행 열차도 곧 발차했다.

덕순과 조도선은 세미노프의 가게로 돌아왔다. 세미노프가 보이지 않았다. 이윽고 저녁이 되었으나 이 집 주인 세미노프는 돌아오지 않았다. 그 사이에 우덕순과 조도선은 각자가 지닌 피스톨의 탄환 장전 상태를 확인하고 일찌감치 자리에 누웠다. 내일 새벽 일찍 일어나 이곳을 지나는 초록색의 거대한 악마를 저지하고 그 속에서 도적을 제거하려면 필시 조용하게 일이 끝나지는 않을 것이고 러시아 헌병들과 한바탕 교전하는 난리가 일어날 수도 있을 것이다. 어떻게 해야 하나? 우덕순은 자리에 누웠으나 머릿속에 들어 있는 채가구역의 지도 위에서 온갖 가능성을 모두 상정하여 상황을 그려 보았다.

갑자기 옆에서 잠든 척하던 조도선이 벌떡 몸을 일으키더니 가게 문을 밀었다. 꿈쩍도 하지 않았다. 가게 문은 밖에서 단단한 자물쇠가 채워져 있었고, 그것도 모자라 철도 침목으로 버팀목까지 받쳐 놓은 상태였다. 세미노프가 집으로 돌아오지 않은 이유를 비로소 깨달았다. 코가 딸기처럼 붉은 이 술주정뱅이는 러시아 헌병들의 명령에 따라 수상한 한국인들을 감금시켜 놓았다. 헌병들은 한국인들이 수상하기는 했으나 그들에 대한 구체적인 제보나 확증은 없었기 때문에 그저 특별열차가 지나가는 내일 아침까지만 감금해 두었다가 풀어 주기로 결정한 것이었다. 그 덕택에 세미노프는 자신의 가게에 버팀목을 받쳐 놓고 나와 역원들의 숙소에서 하룻밤을 보내야 했다.

우덕순은 가게 안을 샅샅이 살펴보았다. 반지하실인 이 집은 출입문만 막아버리면 쥐새끼도 밖으로 나갈 방도가 없는 튼튼한 감옥이었다.

"이토, 이 도적놈의 목숨이 질기구먼. 그러나 세상 끝까지 따라갈 테니 이토여, 제발 오래 살아다오."

우덕순은 울었다. 조도선도 눈물을 쏟았다. 분노와 자책과 슬픔으로 울다가 새벽녘에야 두 사람은 잠이 들었다. 그들이 새벽잠에 젖어 있을 때 이토를 태운 특별열차는 채가구역을 통과하여 북으로 달리고 있었다.

제국의 심장을 쏘다

기차는 북만주 벌판에 넓게 퍼져 내린 햇살을 등에 지고 느릿느릿 힘겹게 달리고 있었다. 중근은 창가에 앉아 끝없이 펼쳐지는 광활한 벌판을 바라보고 있었다. 늘 먼저 떠오르는 것은 저 벌판의 한 자락만 한국에 갖다 놓았으면 하는 욕심이었다. 그러나 한편으로 생각하면 땅이 넓어야 행복해지는 것도 아니고 영토가 커야 강성한 나라가 되는 것은 더욱 아니었다.

기차가 채가구를 출발하여 한 시간쯤 달렸을 때 작은 강을 건너자 마을 하나가 나타나면서 흙먼지가 날리는 신작로에 멈춰 서서 기차가 지나가기를 기다리는 한 무리의 사람들이 눈에 들어왔다. 사람들의 행렬 앞에는 소가 끄는 수레 한 대가 서 있었고, 수레 위에는 붉은 천으로 덮은 관이 누워 있었다. 관 옆에는 머리에 수건을 질끈 동여매고 큰 북을 두드리던 남자가 북치던 손을 멈추고 지나가는 기차 속의 사람들을 쳐다보았다. 그러다가 중근과 시선이 마주쳤다. 기차 안에 탄 사람과 눈이 마주치자 북치는 남자는 갑자기 양팔을 하늘 높이 쳐들었다. 만세를 부르는 것 같기도 했고, 하늘을 향해 뭔가 부르짖는 것 같기도 했다. 수레에 실려 아무 생각도 없는 시신이 들으라고 외치는 소리인가? 아니면 시신을 대신하여 하늘과 땅에 대고 부르짖는 동작인가? 저 수레에 실려 가고 있는 시신은 며칠 전까지만 해도 살아서 움직이고 사랑하고 기억하고 판단했을 것이다. 그러나 이제 그런 기능은 없다. 따지고 보면 기억의 총체가 인간의 마음인 것을, 그리고 인간의 마음이 삶인 것을. 저 사람의 마음이 흩어져 소멸된 이후에도 지구는 돌고 세상은 존재한다는 것이 아무래도 이상하지 않은가. 내가 죽은 후에도 멀쩡하게 해는 뜨고 지며, 인간들은 정복하고 정복당할 것이며, 사랑하고 증오할 것이다. 그렇다면 죽음은 대체 무엇인가?

중근은 문득 '죽음은 삶의 완성'이라는 생각이 떠올랐다. 죽음으로써 삶은 비로소 완성되는 것이다. 그러므로 죽음은 삶의 일부이기도 하다. 그렇기 때문에 성공한 죽음만이 삶을 완성한다. 성공하지 못한 죽음은 오히려 삶을 갉아먹는다. 어떤 죽음이 성공한 죽음인가? 제일 먼저 떠오른 이름은 예수였다. 그 예수조차도 죽음을 맞아 "가능하다면 이 잔을 치워 주십시오" 하고 신에게 요구하지 않았던가. 나는 빌지 않을 것이다. 내 죽음으로 내 삶은 완전해질 것이니까. 갑자기 석양 무렵의 아득하게 넓은 벌판에 혼자 갈 곳을 모르고 서 있는 듯한 착각에 빠져들었다. 외로움이 뼛속을 시리도록 파고들었다. 골고다 언덕을 십자가 지고 올라가던 2천 년 전의 남자를 떠올렸다. 그가 느낀 것은 무엇인가? 뼈가 시리도록 외롭지 않았을까. 혼자라는 생각, 이 우주 가운데에 나 혼자라는 생각이 그를 사로잡아 놓아 주지 않았다. 동포들을 위해 나는 죽음 속으로 걸어 들어가고 있으나 그 동포들은 지금 어디에 있는가? 조국 대한제국은 나를 기억하는가? 외로웠다. 바닥을 알 수 없는 외로움 속으로 그는 잠겨 가고 있었다.

오후 4시 무렵에 그는 다시 하얼빈역에서 내렸다. 내린 곳은 3번 플랫폼이었다. 3번 플랫폼에서 역사 쪽으로 가는 도중에 짙은 초록색의 객차 3량을 이어 달고 있는 특별열차 한 대가 2번 플랫폼에 서 있는 것을 보았다. 객차의 사방을 에워싸듯이 군인들이 경계를 서고 있었다. 러시아 재무상 코코프체프의 특별열차라고 짐작했다. 하얼빈역은 채가구와 같은 시골 교행역과는 비교가 되지 않을 정도로 구내가 넓었다. 그러나 그 넓은 역 구내가 비좁게 느껴질 정도로 군인들이 사방에 깔려 있었다. 중근은 천천히 걸어 나오면서 역사에서 가장 가까운 1번 플랫폼 주변의 지형을 머릿속에 담았다. 내일 아침 이토를 태운 특별열차가 필시 역사에서 가까운 1번 홈으로 들어올 것이다. 그렇다면 환영객들은 어디에 도열할 것이고 군 의장대와 경계병들은 어떻게 포진할 것인가. 자신이 이토 환영행사의 경비를 책임 맡은 군대의 지휘관이라 생각하고 상상력을 모두 동원하여 가능한 모든 상황을 미리 생각해 보았다. 무엇보다 중요한 것은 역 구내로 들어가는 것인데 그것이 문제였다. 구내로 들어가지도 못하면 도적을 잡을 길이 없는 것이다. 플랫폼에서 나오다가 그는 문득 한 떼의 일본인들이 누군가를 배웅하기 위해 이등대합실 매점에서 곧바로 플랫폼으로 쏟아져 나오는 것을 보았다.

일단 개찰구를 통해 밖으로 나온 중근은 광장에서 이등대합실 쪽으로 들어갔다. 그리고 매점에 앉아 중국차 한 잔을 시켰다. 차를 마시면서 밖으로 홈 쪽을 보았다. 여기서는 1번 홈으로 곧장 나갈 수가 있었다. 차를 마시면서 홈에서 일어나는 일을 훤히 내다볼 수도 있었다. '여기서 시작한다!' 중근은 결정을 내렸다. 일단 이등대합실로 들어오기만 하면 일은 절반은 성공한 것이나 마찬가지였다. 그러나 이등대합실 출입이 내일 아침에도 지금처럼 자유로울 것인가? 아닐 수도 있었다. 답은 간단했다. 복장을 일본 사람처럼 꾸리고 행동도 일본 사람처럼 하면 되는 것이다. 러시아 병정들은 일본 사람과 한국 사람을 구분하지 못한다는 것이 보통 때는 늘 불만이었으나 지금은 그토록 고마울 수가 없었다. 일본인처럼 행세할 것, 이토를 위해, 그리고 동포와 조국을 위해, 잠시 일본 사람이 되는 것이다.

김성백의 집에서는 유동하가 눈이 빠지게 기다리고 있었다. 안중근이 혼자서 돌아오자 동하는 불안한 표정으로 안절부절못했다.

"걱정 말게."

중근이 동하의 근심을 덜었다.

"그들은 채가구에서 가족을 기다리고 있는 중이니까. 자네가 보낸 전보의 내용이 그게 뭔가?"

"확실치는 않으나 내일 아침에 대인이 온다는 소문이 시내에 좍 퍼졌습니다. 장군께서 기다리고 있던 가족도 그 대인이 아니었습니까?"

"잘 듣게."

중근은 동하를 앉혀 놓고 정색을 하고 말했다.

"오늘 이 순간부터 자네와 나는 모르는 사람이야. 전보를 친 일도 없고 함께 다닌 적도 없어. 내일 무슨 일이 있어 러시아 관헌들이 자네를 찾거든 나를 모른다고 하게. 그러니 대인이 오든 소인이 오든 자네와는 상관없는 일이란 말이지."

"채가구로 떠나시기 전에 절더러 이쪽 사정을 파악해 전보로 알려 달라고 하실 때는 저를 동지로 생각하시는 줄 알았습니다."

"동지는 없어."

중근은 차갑게 잘랐다.

"자네 같은 어린아이를 동지로 둔 일이 없어. 그러니 내일 아침에 이곳을 떠나게, 제발!"

"대인이 오는 것을 보고 떠나겠습니다. 저도 할 일이 남아 있으니까요."

"무슨 일?"

"내일 만약 무슨 일이 일어나면 저는 그 일을 〈대동공보〉에 자세하고 신속하게 전달할 의무가 있습니다."

중근은 유동하의 얼굴을 자세히 들여다보았다. 그냥 나이 어린 청년이라고 얕잡아 보았던 자신의 우둔함을 비로소 깨달았다.

"자네가 이곳에 와 있는 것을 〈대동공보〉 사람들이 진작부터 알고 있었는가?"

유동하는 고개를 숙이고 대답하지 않았다.

"좋아. 묻지 않기로 하지. 다만 명심할 것은 내일 아침 나를 따라 나서지 말 것."

"알겠습니다. 큰일 하시는 데 귀찮게 하지 않겠습니다."

10월 26일 새벽 4시에 중근은 기도를 올리고 5시에 행장을 차렸다. 그리고 6시에 집을 나섰다. 아주 먼 길을 떠나는 기분이었다. 그러자 유동하도 함께 일어나 옷을 차려입고 따라 나섰다. 중근은 말리지 않았다. 자신이 가야 할 길이 있듯이 유동하 역시 가야 할 길이 있고 해야 할 일이 있을 것이기 때문이었다. 주인 김성백 역시 잠을 이루지 못하고 있다가 중근과 동하가 머물고 있던 뒷방으로 건너오다가 막 집을 나서는 두 사람과 마주쳤다.

"이렇게 일찍 어디로 가시는 길입니까?"

"멀리 가려고 합니다. 그동안 신세 진 은혜를 일일이 갚지 못하니 사람이라 할 수도 없습니다. 이렇게 새벽부터 얼굴을 보게 되었으니 염치없으나 두 가지만 부탁을 올리겠습니다."

"무슨 말씀이든 해 주십시오. 안 중장의 말씀이라면 제 자신의 일처럼 반드시 해내겠습니다."

"고맙습니다. 첫째는 제가 아주 먼 길을 가고 난 뒤에 저의 처자식이 이곳으로 흘러 들어오거든 잠시나마 그들을 거두어 풍찬노숙이나 면하게 해 주십시오."

"여부가 있습니까. 전에 이미 약조한 대롭니다. 제 가족처럼 돌보겠습니다. 다른 한 가지는?"

"오늘 중으로 여길 잠시 떠나십시오."

"떠나지 않겠습니다."

김성백이 단호하게 말했다.

"일이 있을 때마다 뿌리를 뽑아들고 떠나기만 하면 이 지구 끝까지 가도 머물 곳이 없을 것입니다. 나는 러시아 국적입니다. 일본 놈들이 함부로 손을 대지 못합니다. 그 걱정은 마시고 큰일을 이루세요."

더 할 말이 없었다. 두 사람은 손을 잡았다가 놓았다. 다시는 서로의 얼굴을 볼 수도 만날 수도 없을 것이라는 예감이 두 사람의 가슴을 적셨다.

김성백의 집을 나왔으나 갈 곳이 없었다. 아무래도 너무 일찍 집을 나온 것이 분명했다. 나온 김에 하얼빈 역전에 가보았다. 6시에 이토를 태운 열차는 채가구를 통과했을 것이다. 그 시간에 집에 앉아 있을 수가 없어 나선 것이었다. 동지 우덕순과 조도선은 어떻게 되었을까? 아무래도 그 장소에서 이토를 처단하기는 불가능하다는 것을 자신의 두 눈으로 확인했기 때문에 동지들이 그곳에서 일을 성공시켰을 것이라는 생각은 하지 않았다. 이토를 태운 열차가 무사히 채가구를 통과하여 이곳으로 오고 있다는 증거도 있었다. 새벽부터 하얼빈 역전의 경비병이 늘어나고 대일본제국 추밀원 의장 각하의 하얼빈 방문을 환영하는 깃발도 거침없이 펄럭이고 있었다. 만약 채가구에서 무슨 일이 있었다면 이곳 경비태세도 전쟁 상태로 돌입해 있을 것이다. 그러나 하얼빈 역전의 풍경은 경비병들이 어제보다 늘어난 것 외에는 평온했다.

여기까지 따라온 동하에게 중근이 말했다.

"여보게 유군, 나 혼자 있고 싶네."

"그렇게 하십시오. 저는 지금부터 특별열차가 들어오는 시각까지 역전에서 기다리고 있겠습니다. 만약 제가 필요하시거든 언제든지 광장으로 나오시면 됩니다."

　중근은 이 고집스러운 청년을 떼어 버리고 가까운 공원에 가서 차가운 나무의자에 앉아 날이 밝아 오기를 기다렸다. 그러나 공원에서도 그는 오래 앉아 있을 수가 없었다. 다시 하얼빈역으로 돌아오니 역사 전면에 붙어 있는 시계가 정각 7시를 가리키고 있었다. 역전 광장은 아까와는 전혀 다른 광경이 벌어지고 있었다. 어디서 그 많은 일본인들이 살고 있었을까. 하오리를 휘감고 나온 일본 여자들과 양복 입은 남자들이 짝을 지어 광장으로 몰려들고 있었다. 중국의 북동쪽 변방인 이곳까지 찾아와 준 추밀원 의장을 맞아 환영하려는 일본인들이 새벽부터 쏟아져 나온 것이었다. 그들을 보면서 중근은 생각했다. 일본인들에게 이토는 어떤 사람인가? 헌법을 만들고 현대적인 국가를 탄생시킨 산파이자 그 새로운 국가에서 총리대신을 네 번이나 역임한 나라의 아버지였다. 천황폐하보다 더 존경하고 우러르는 신과 같은 존재였다. 그런 사람이 오는데 잠을 잘 수가 있겠는가 하는 마음으로 도착 예정시간보다 2시간 전부터 나온 사람들이었다. 일본인에게는 신과 같은 존재가 한국인들에게는 원수요, 도적이 된다. 인간들의 세상이란 참, 하늘에 정말 신이 있다면 지상의 인간사가 얼마나 가소로울 것인가.

　일본인들 사이에 묻혀 중근은 이등대합실 앞까지 거침없이 왔다. 대합실 문 앞에는 러시아 병정 두 사람이 지키고 서서 드나드는 사람들을 훑어보고 있었다. 그는 머리를 곧추세우고 어깨를 폈다. 병정들 앞을 지날 때는 까딱 목례를 했다. 병정 중 한 명이 거수경례를 했다. 러시아 병정들이기 망정이지 일본 헌병들이었다면 한국인인 그가 일본인으로 속이지는 못했을 것이었다.

대합실 안쪽에는 찻집이 있었다. 찻집의 푹신한 의자에 앉아 밖을 보면 플랫폼이 한눈에 들어왔다. 여기서는 입장권을 따로 구입하지 않고도 홈으로 나갈 수도 있었다. 중근은 어제 보아 둔 대로 이 찻집에서 열차가 올 때까지 기다리기로 했다. 그 말고도 몇 사람의 손님이 있었는데 모두 특별열차를 기다리는 일본인들이었다.

시간은 멈추어 버린 것이 아닐까 할 정도로 더디 흘렀다. 7시에서 8시 사이에 한 대의 기차가 하얼빈역을 떠나 북으로 달려갔고, 북쪽에서 달려온 한 대의 기차는 잠시 숨을 고르다가 남쪽을 향해 떠났다. 8시에서 9시 사이에는 떠나는 기차도 도착하는 기차도 없었다. 다만 8시가 조금 지나자 1번 플랫폼이 부산해지기 시작했다. 먼저 나타난 것은 러시아 육군의 의장대였다. 푸른색 제복에 황금색 줄을 늘어뜨려 잔뜩 호사를 부린 의장대는 플랫폼에 도열하여 사열에 임하는 연습을 시작했다. 그로부터 10분이 지나자 군악대가 나타나 '붕방 붕방' 금관악기에서 쏟아져 나오는 목쉰 쇳소리로 아침 공기를 제멋대로 휘저어 놓았다.

8시 30분이 되자 고관대작들이 하나둘 나와 대열을 짓기 시작했다. 부인들도 줄을 섰다. 서로 앞줄에 서서 이토 공작과 악수를 하거나 말 한마디라도 나눌 수 있는 행운을 잡기 위해 신경전을 벌이기도 했다. 의장대도 군악대도 아닌 부대도 있었다. 착검한 소총을 메고 플랫폼의 절반을 차지할 정도로 길게 두 줄로 늘어선 병정들은 만약의 사태에 대비하여 출동한 경호부대였다. 그 경호부대의 줄이 이등대합실 앞쪽에 늘어서서 시야를 가렸다.

비단 원피스를 하느작거리며 다가와 차를 따라주던 중국 여자가 세 번째 중근의 자리로 왔다. 중근은 손짓으로 플랫폼을 가리켰다. 자신도 대인을 환영 나왔으나 저 대열에 끼지 못하니 할 수 없이 여기서 지켜보아야 할 것 같다는 의미의 손짓이었다. 중국 여자는 뜨거운 차를 한 잔 채워 주고 웃으면서 가버렸다. 손짓으로 하는 말이 충분하게 통했던 것이다. 찻집 안의 시계가 정각 9시를 가리켰다. 갑자기 천지가 무너지는 소리를 내며 군악대가 쿵쾅거리며 연주를 시작했다. 열차가 들어오는 소리는 들리지 않았다. 환영 나온 일본인들의 열에서 "반자이!" 소리가 터졌다. 붉은 히노마루의 일장기가 벚꽃처럼 나부꼈다. 일장기의 물결 사이로 짙은 녹색의 특별열차가 천천히 홈으로 들어오는 모습이 보였다. 어제 채가구역에서 보았던 바로 그 기차였다. 중근은 오른손으로 왼쪽 가슴에 품은 피스톨을 확인했다. 피스톨의 차가운 느낌이 묵직하게 전해져 왔다. 그는 마음속으로 성호를 그었다.

'소년 다윗이 팔레스타인부족의 장수 골리앗을 쳐 물리칠 때 힘을 주셨던 주여! 제가 하고자 하는 일이 불의한 일이거든 저의 총알이 이토를 피해 허공을 쏘게 해 주시고 혹은 제가 하고자 하는 일이 하나님의 공의를 실현하는 일이거든 제게 힘을 주시고 정확하게 목표를 맞출 수 있도록 도와주시옵소서.'

중근이 마음속으로 기도를 하고 있는 사이에 열차는 긴 여정을 마치고 완전히 멎었다. 검은 예복 정장을 차려입고 플랫폼에 서서 기다리던 코코프체프가 이토가 타고 있는 맨 앞의 객차로 올라갔다.

"뵙게 되어 영광입니다. 먼 길을 오시느라 얼마나 피곤하십니까. 저희 황제폐하를 대신해 공작 각하를 뜨겁게 환영합니다."

코코프체프가 외교적인 인사를 끝내자 이토도 역시 외교적인 인사를 늘어놓았다.

"환영해 주셔서 대단히 감사합니다. 대일본제국 천황폐하의 뜻으로 러시아제국 황제폐하의 만수무강과 제국의 흥성을 진심으로 기원하는 바입니다."

코코프체프는 창밖을 손가락으로 가리켰다.

"의장대가 각하를 모시기를 간절한 마음으로 기다리고 있습니다."

"의장대 사열은 나중으로 미루었으면 좋겠는데."

피곤하다는 뜻을 담아 사양했다. 코코프체프는 집요했다.

"하얼빈에 거주하는 일본 관민들이 모두 나와 몇 시간째 각하를 기다리고 있습니다. 이곳에 나와 있는 각국 외교사절들도 모두 저기 기다리고 있습니다."

더 사양할 명분이 없었다. 이토는 '끙' 하며 몸을 일으켰다. 코코프체프가 앞에 서고 바로 뒤를 따라 이토가 내렸다. 그 뒤로 하얼빈 주재 일본 총영사와 만철의 총재, 이사 등이 뒤를 따랐다. 군악대는 높고 빠른 곡조로 이들을 환영했다. 코코프체프는 먼저 플랫폼의 서남쪽에 도열해 있는 하얼빈 주재 각국 외교사절들 앞으로 이토를 안내했다. 이토는 외교사절들 한 사람 한 사람과 일일이 악수를 했다. 그 다음이 일본인들이었다. 그들과도 악수를 하며 덕담을 건넸다. 대열은 거기서 끝이었다. 이토 일행은 돌아섰다. 남쪽으로 사열해 갈 때는 코코프체프가 왼쪽에 서서 도열해 있는 사람들을 소개했으나 일행이 방향을 바꾸어 돌아서자 이번에는 이토가 맨 바깥쪽에 서고 코코프체프가 철로 쪽에 서서 걷게 되었다. 그런 모습으로 이토 일행은 러시아 경비부대가 도열해 있는 플랫폼의 동북쪽으로 이동해 오고 있었다.

안중근은 이토가 하얼빈에 거주하는 일본인들과 악수를 나눌 때 천지를 진동하는 만세 소리가 나자 피가 거꾸로 솟아올라 찻집을 나왔다. 도적이 두려움도 모르고 천하를 횡행하며 대환영을 받는 뒤틀린 세상은 막을 내려야 한다. 그는 러시아 병정들이 도열해 있는 줄의 뒤쪽에 서서 이토의 동선을 지켜보고 있었다.

이토 일행이 이쪽으로 다가오고 있었다. 중근은 이토를 가까이서건 멀리서건 본 적이 없었다. 다만 거들먹거리며 떼를 지어 걸어오고 있는 무리들 중 맨 앞에 걸어오고 있는 작달막한 키의 노인이 이토일 것이라고 판단했다. 다른 사람들이 모두 그 노인을 중심으로 걷고 있어 오늘 환영행사의 주인임을 알려주고 있었다. 앞에 서서 걷는 자가 이토일 것이라는 판단을 하는 동안 일행은 중근이 뒷줄에서 지켜보고 있는 러시아 병정들의 대열 앞을 지나가고 있었다. 중근은 거리를 재어 보았다. 5m 정도, 이 정도면 누가 방해를 하지 않는 한 명중시킬 자신이 있었다. 앞에 두 줄로 늘어서 있는 러시아 병정들 사이의 간격이 사람 한 명이 팔을 벌린 정도가 됐다. 아무 생각도 일어나지 않았다. 오직 눈앞에 이동하는 표적만 보일 뿐이었다. 그는 품 안에서 권총을 꺼내어 방아쇠를 당겼다. 미리 자물쇠를 풀어놓은 브라우닝 8연발은 경쾌한 폭발음을 내면서 탄환을 쏟아냈다. 한 발, 한 발, 또 한 발 모두 세 발을 이토라고 추정되는 노인을 향해 쏘았다. 이토의 몸이 앞으로 기울었다. 그 순간 중근의 머릿속을 빠르게 지나가는 생각이 있었다. 만약 저 자가 이토가 아니라면 큰일이라는 생각이었다. 그는 이토의 바로 뒤를 따르던 위엄 있게 차려입은 일본인들을 향해 네 발의 탄환을 날려 보냈다. 아직 약실에는 한 발의 총탄이 남아 있었으나 그는 사격을 멈추었다. 그는 총을 땅바닥에 던지고 두 손을 하늘로 높이 들어 올리며 소리쳤다.

"코레아 우라! 코레아 우라! 코레아 우라!"

러시아말로 "대한 만세!"를 세 번 외치자 가까이 있던 러시아 경비부대의 장교 한 명이 그를 덮쳤다. 중근은 쓰러졌고 그 위를 두 명의 군인들이 타고 앉아 손발을 묶었다.

환영 군중들은 한동안 무슨 일이 일어났는지 알지 못했다. 잠시 뒤에 그들은 맹수의 발톱으로 아시아의 지도를 찢어 삼키던 제국의 심장이 멎었다는 사실을 뒤늦게 깨달았다.

사냥꾼

이토가 피를 흘리며 객차 속으로 옮겨지고 있을 때 중근은 하얼빈 역사 옆에 있는 러시아 헌병 분파소(分派所 : 파출소)로 끌려갔다. 헌병들은 자신들이 총을 맞은 것처럼 당황하여 정신을 차리지 못했다. 자신들의 경비 책임지역 안에서 이런 엄청난 사고가 나다니 믿을 수가 없다는 표정들이었다. 그 때문에 그들은 피의자인 안중근을 필요 이상으로 거칠게 다루었다.

헌병들은 일단 분파소에 중근을 끌고 들어가 무릎을 꺾어 바닥에 앉혔다. 뒤따라 들어온 다른 놈이 중근을 일으켜 세우고 등 뒤에서 팔목을 묶은 밧줄 외에는 모두 풀어 주었다. 그런 다음 머리카락에서 발가락 끝까지 세밀하게 조사했다. 다른 무기가 아무것도 없음을 확인한 후에 비로소 그들은 안중근을 딱딱한 나무의자에 앉혔다. 장교인 듯한 사내가 중근의 가슴팍을 손가락으로 가리키며 물었다.

"코레아?"

중근은 고개를 끄덕였다. 그러자 분파소 안은 다시 분주해졌다. 어딘가로 보고하기 위해 요란하게 전화기를 돌리고 교환을 부르는 놈이 있었고, 무슨 소린지 알 수 없으나 명령을 내리는 소리, 명령에 따라 밖으로 뛰어나가는 놈도 있었다. 이 소동이 무엇 때문이었는지는 곧 알게 되었다. 범인이 한국인이라는 사실이 자신의 입으로 확인되었으므로 이 사실을 상부에 보고하고, 한국말을 할 줄 아는 통역을 구하기 위해 부산하게 움직인 것이었다.

잠시 뒤에 러시아 군복을 입은 한국사람 하나가 들어왔다. 장교는 그를 자신과 안중근의 중간인 책상 모서리에 앉혔다. 안중근은 새로 나타난 한국계 러시아 병정을 바라보았다. 긴 얼굴에 뾰족한 턱이 욕심스럽게 생겼는데 도무지 나이를 짐작하기 어려운 남자였다. 흔하지는 않지만 러시아 군대가 한국에 들어왔을 때 앞에 서서 분탕질을 치던 무리들은 대개 이런 한국계 러시아 병정들이었다. 욕지기를 참으면서 중근은 눈을 돌렸다. 중근의 마음속에 지나가는 그늘을 보았을까, 한국계 러시아 병정도 중근에게 노골적인 적의를 보였다.

"조선 사람?"

한국계 러시아 병사의 한국어는 알아듣기 어려웠다. 성장한 후에 부모를 따라 러시아 땅을 밟은 것이 아니라 아예 그곳에서 태어난 사람이 분명했다. 이런 사람들은 정체성의 혼란을 극복하기 위해 일부러라도 한국과 한국인을 경멸하고 기피하는 버릇이 있었다. 지금도 이 병사는 자신에게 한국인의 피가 흐르고 있다는 사실을 새삼 일깨워 준 안중근을 증오하고 있었다.

"그렇소."

발음은 어느 나라 말인지 분간하기 어려웠으나 대충 뜻은 알아들었으므로 중근은 공손하게 대답했다.

"이름?"

"당신 이름은 뭐요?"

중근이 되물었다.

"박 세르게이."

중근은 엷은 미소를 지었다. 세르게이라, 일본 사람의 이름에서 나카무라 정도로 흔해빠진 이름이었다.

"내 이름은 안응칠이오."

"안 엉, 뭐?"

박 세르게이는 알아듣지 못하고 몇 번이나 되물었다. 옆에 있던 러시아 장교가 먼저 알아듣고 문서에 기록한 후에도 박 세르게이는 몇 번이나 이름을 묻고 또 물었다.

"나이, 나이 말해."

"서른하나요."

"무슨 하나?"

장교가 종이와 펜을 중근의 앞으로 밀어 주었다. 중근은 종이 위에 자신의 나이를 아라비아 숫자로 적었다. 러시아 장교가 러시아말로 박 세르게이에게 몇 마디 건네자 세르게이는 그에 상응하는 한국말을 찾느라 입술을 달싹거렸다. 한참 만에 그는 단어를 찾아냈다.

"직업, 당신 뭐해?"

"사냥꾼이오."

그러나 박 세르게이의 한국어 저장고에는 사냥꾼이라는 단어가 없었다.

"사냥, 뭐?"

안중근도 사냥꾼의 러시아말을 몰랐다. 장교가 다시 종이와 펜을 앞으로 밀어 주었다. 현장에서 체포한 범인에게 날카로운 펜을 손에 쥐어 주는 것은 불안하기 짝이 없는 일이었으나 어쩔 수 없는 일이었다.

중근은 종이에 짐승을 그렸다. 여우 같기도 하고, 늑대 같기도 한 이상한 짐승이 그려졌다. 그것을 총으로 쏘는 시늉을 했다. 장교는 알아듣고 종이에 안중근의 직업을 써넣었다.

안중근에 대한 최초의 취조는 이런 식으로 지지부진했다. 일본을 상징

하는 원로 정치인이 러시아 관할 지역에서 한국인 청년에게 피격 살해당한 대사건의 범인에 대한 취조 치고는 희극적일 정도로 우스꽝스러웠다. 그러나 하얼빈 역전의 러시아 헌병대 분파소 밖의 세상에서 이 사건은 한국과 만주를 둘러싼 각국의 이해관계에 따라 정치적으로 부풀려지고 비틀어지고 있었다.

세 번째 전쟁

일본의 내각 총리대신 가쓰라는 이날 오전 9시 30분 긴급 각의를 소집했다. 각의를 소집할 때만 해도 이토 공작의 생명이 위독하기는 하나 죽음의 강을 완전히 건너가 버린 것은 아니었다. 그러나 각의가 열린 오전 10시에 온 전보는 '추밀원 의장 각하 사망'이었다.

대신들은 깊은 침묵에 빠져 있었다. 메이지 시대의 경천동지하는 개혁을 단행하며 구 권력의 중심부에 서 있던 인물이 갔다. 조슈번과 사쓰마번 출신의 신흥세력을 이끌고 벌족정치(閥族政治)를 해 오던 우두머리가 갔다. 이제 세상은 어떻게 변하고 권력의 판도는 또 어떻게 변할 것인가. 모든 사람들의 머릿속에 그런 복잡한 그림들이 뒤엉키고 있었다. 가쓰라가 외상 고무라에게 말했다.

"러시아 외상에게 긴급 타전하시오."

"이미 했습니다."

고무라 외상이 아무것도 아닌 척 지나가는 말로 대답했다.

"뭐라고 타전했소? '유감이다' 하는 따위 말고."

"그런 한가한 소리는 하지 않았습니다."

고무라의 목소리가 조금 높아졌다.

"러시아가 관할하고 있는 동청철도 연변의 중국 동북지역 일대와 러시아령 연해주 일대 그리고 블라디보스토크를 중심으로 조선과 국경을 맞대고 있는 지역 및 러시아제국 전체 영토 안에 있는 조선인들의 동태를 일제

점검하고 수상한 자들은 모조리 잡아다 조사해 줄 것, 무엇보다 러시아와 러시아가 관할하고 있는 중국 땅에 근거를 두고 활약하고 있는 조선인 단체들과 관계자들을 이번 기회에 발본색원해 줄 것, 그렇지 않으면…."

"그렇지 않으면?"

대신들은 모두 고무라의 입을 지켜보았다.

"일본 군대가 러시아에 들어가 조사하게 될 것이라고 했습니다."

바다 속 같은 무거운 침묵이 흘렀다. 긴 시간이 흐른 뒤에 가쓰라 총리가 침묵을 깨고 입을 열었다.

"잘했소. 나도 같은 생각입니다."

데라우치 마사다케(寺內正毅) 한국 통감이 서울(漢城)의 통감부 집무실에서 이토의 피격과 죽음에 관한 소식을 처음 들은 것은 이날 오전 10시 조금 지나서였다.

"늙은이는 가야지."

그는 허리에 차고 있던 일본도의 황금으로 장식한 손잡이를 습관처럼 만지면서 속말을 지껄였다. 접견실에는 한국의 내각 총리대신 이완용이 기다리고 있었다. 한 시간 뒤인 11시에는 일진회 회장인 송병준이 오도록 돼 있었다.

'바보 같은 조선 놈들!'

그는 다시 한 번 속말을 씹었다.

칼집을 절그럭거리며 걷다가 그는 겨우 정신을 차렸다. 지금 조선 놈들 욕이나 하고 있을 경황이 아니었다. 내각 총리대신 이완용과 일진회의 송병준을 경쟁시키고 서로 질시하게 만들어 나라를 저들 스스로 통째 천황 폐하 앞에 가져다 바치도록 공작을 해 왔다. 그런 공작도 이제는 빛이 바랜 것이 아닌가. 이토 공작이 피살되었다면 한국인들은 이제 그 피값을 물어야 한다. 그는 본국에서 육군대신 자리에 있을 때 이토의 지지부진한 한국 병탄 작업에 불만을 품고 있었다. 가쓰라 총리대신도 같은 생각이었다. 다만 대한 침탈이라는 일본 역사 이래 최대 숙원이던 엄청난 국사를 이토가 전매특허처럼 도맡아 추진해 왔고, 천황폐하를 비롯하여 메이지 정권의 조야 정치인들 치고 누구 하나 표면적으로는 정면에서 반대하는 사람이 없었다. 반대할 수가 없었다. 그저 이토가 빨리 실각하기를, 아니면 늙어서 죽거나 그 좋아하는 여자의 배 위에서 심장마비로 죽어 주기를 고대하는 것이 고작이었는데, 바로 그 이토가 죽었다. 자연사가 아니라 한국인 청년의 손에 피격 살해되었다고 한다. 일본으로서는 그보다 좋은 선물이 없었다.

그러나 데라우치는 마냥 즐거워할 수만은 없다는 데 생각이 미쳤다. 일본의 내각이 한국을 병탄하고 초대 총독이 되어 병탄작업을 깨끗이 마무리하면서 새로 만들어 낸 영토 안에서 제왕과 같은 권력을 누려보고 싶어 하던 이토를 소환하고 대신 부통감이던 소네 아라스케를 제2대 한국 통감으로 임명했던 이유는 첫째, 한국 병탄작업을 이토 개인의 손에서 넘겨받아 정부가 주도하고자 함이었고, 소네 아라스케가 내각의 명을 충실하게 수행할 인물로 여겨졌기 때문이었다. 그러나 막상 소네 아라스케는 통감의 자리에 앉은 이후 줄곧 병으로 누워 있는 날이 많았고, 선임자인 이토의 정책 그늘에서 한 걸음도 벗어날 기미를 보이지 않았다. 하는 수 없이 가쓰라 총리대신은 교활하면서도 추진력이 강한 육군대신 데라우치를 소네에 이어 제3대 한국 통감으로 임명했다. 1909년 7월 6일, 일본 내각 회의에서 대한제국 병탄(내각은 '병합'이라는 새로운 용어를 찾아내어 사용했다)의 방침을 확정하고 같은 달 23일, 데라우치 신임 통감이 서울에 부임했으니 데라우치의 소임은 저절로 분명한 것이었다. 데라우치와 앞서거니 뒤서거니 하면서 일진회의 고문격이던 스기야마(杉山茂丸)도 서울에 도착했다. 송병준에게 '병합청원'을 내도록 교사하기 위함이었다. 이처럼 한국 병탄작업은 피 한 방울 흘리지 않고 이루어지도록 주도면밀하게 추진돼 오고 있었다. 적어도 지금까지는 그랬다. 그랬는데 이토가 엉뚱하게도 중국 땅, 러시아가 관할하고 있는 하얼빈에서 총에 맞아 죽었다.

뱀처럼 차가운 피를 지닌 데라우치 통감은 '이토가 하얼빈이든, 장춘이든, 동청철도의 어느 지점에서 피격당할 것을 미리 알고 있었다'고 생각했다. 한국에 나와 있는 헌병대가 수집한 정보에 따르면 미국에 본부를 둔 한인 독립운동 단체가 이번 이토의 만주 여행을 원수 처단의 절호의 기회로 알고 거사를 계획하고 있다는 보고가 있었다. 데라우치는 만약 한국 독립운동 단체가 그런 의거를 행한다면 이는 이쪽에서도 바라는 바이겠지만 지금까지 자신이 파악한 한국의 의병단체란 것들은 그런 일을 치를 만한 용기도, 지략도, 자금도 없는 거렁뱅이들일 뿐이었다. 그래도 혹시나 하고 동태를 살피려고 헌병 장교 한 놈을 블라디보스토크에서 하얼빈까지 출장 보내 상태를 살피고 오게 했는데, 바로 그 장교가 서울로 돌아와 보고서를 올린 것이 어제였다.

그 보고서에는 '러시아 측이 외교적 의전에 많은 노력을 하고 있는 것은 사실이나 경비는 의외로 허술하며, 블라디보스토크와 연추 일대에 있는 조선인 유랑민들의 동태가 수상하다. 특히 러시아 병사들이 일본인과 한국인을 구별할 줄 아는 이가 없어 혼잡한 행사가 있을 때 한국 출신 적도가 틈입하면 속수무책'이라고 적혀 있었다. 결론은 이토가 살아서 일본으로 귀환할 가능성이 반반 정도라는 것이었다. 이 보고서를 바탕으로 데라우치는 가쓰라 총리에게 긴급 보고서를 써 놓았는데 아직 보내지는 못하고 있었다. 그 내용은 이토가 이번 여행에서 돌아오지 못할 경우 만주와 한국 문제를 어떻게 요리할 것인가 하는 여러 가능성을 검토하는 형식이었다.

'보고서가 총리대신 가쓰라에게 전달된 후에 피격사건이 일어났더라면…' 하고 데라우치는 아쉬운 마음이 굴뚝같았다.

"시간은 기다려주지 않는다."

누가 했던 말인지 모르겠으나 이 말은 무장 데라우치의 좌우명이었다. 전쟁도, 인생도, 그리고 역사도 시간과의 싸움일 뿐이었다. 이번에는 안중근에게 졌다. 그자가 워낙 빨랐기 때문에 질 수밖에 없었다. '그러나 안중근이란 자여, 조선인들이여' 하고 그는 이를 갈았다.

'내가, 대일본제국이, 이런 일이 일어날 줄 몰랐다고 생각하지 마라. 이토 늙은이 하나 저승으로 보내고 독립이나 쟁취한 것처럼 우쭐대지 마라. 이 일이 일어나지 않도록 예방하려고 작심했으면 우리 통감부 헌병대만 가지고도 얼마든지 예방할 수 있었다. 예방하고 싶지 않았기 때문에 이런 사건이 일어난 것이다. 그러니 우쭐대지 마라, 조선인들이여!'

그는 칼집의 황금장식을 소중한 자식놈 머리 만지듯 만지며 접견실로 나갔다. 이완용이 미리 와서 기다리고 있었다.

"오서 오시오, 대감!"

데라우치는 대한제국 내각의 대신들을 경멸하여 부를 때 한국식 호칭을 빌려와서 '대감'으로 불렀다.

"오랜만입니다, 통감 각하!"

대한제국 총리대신 이완용은 허리를 꼿꼿하게 세운 채로 인사했다. 데라우치는 이완용을 프랑스풍의 등받이가 높은 의자에 앉으라고 권하고 자신도 그의 맞은편 자리에 앉았다. 데라우치는 이완용을 건너다보면서 못마땅한 표정을 지었다. 첫째로 쓰러져 가는 나라를 강대한 이웃인 대일본제국 천황폐하에게 가져다 바칠 궁리를 하고 있는 주제에도 선비인 양 허리를 꼿꼿이 세우고 인사하는 그 자세가 마음에 들지 않았다. 이완용을 비롯한 한국 지도자 그룹, 양반이나 선비라는 막연한 이름으로 불리는 그자들의 이중성과 내적인 모순을 고스란히 내비치는 몰골이었기 때문이었다. 둘째로 "오랜만입니다, 통감 각하!"라는 그 인사말도 역겨웠다. 뭐가 오랜만이라는 말인가.

"우리가 오늘 만나기로 약조한 것은 보름 전의 일이지만 공교롭게도 오늘 아침 대일본제국과 대한제국의 운명에 중대한 영향을 미칠 사변이 일어났소이다."

"사변이라고 했습니까?"

이완용은 일본어에 서툴렀다. 요 몇 년 동안 부지런히 공부하고 연습을 했는데도 여전히 더듬거렸고 표현하는 것이나 듣는 어휘가 모두 짧았다. 그 때문에 데라우치를 만나면 일부러 되묻는 버릇이 있었다.

"사변이오. 추밀원 의장이신 이토 공작 각하께서 하얼빈에서 유명을 달리하셨습니다."

이완용은 몸을 부르르 떨더니 떨리는 목소리로 물었다.

"여기 계실 때만 해도 향후 스무 해는 너끈하게 사실 정도로 강령하셨는데 별안간 무슨 병환으로 타국 땅에서 유명을 달리하셨는지요? 믿어지지 않습니다."

"믿어지거나 말거나 사실이오. 조선 사람 역도(逆徒)가 쏜 흉탄에 맞아 서거하셨다고 합니다."

이완용은 충격을 받은 듯 잠시 비칠거리다가 몸을 바로 세웠다.

"조선인 역도라고 했습니까? 그놈이 쏜 흉탄에 맞아 각하께서 서거하셨다 이 말씀이십니까?"

"그렇소. 그러니 좀 서둘러 주셔야겠소."

이완용은 말귀를 알아들었다.

"지금까지도 충분히 서둘러 여기까지 왔습니다."

"충분하지 못하오. 병합 후 귀국 황제의 존칭을 태공전하(太公殿下)라 부르는 문제에 대해 본인이 통감으로 부임한 후 지난 8월 16일 날 대감을 만나 통고하고 지금까지 무려 석 달이나 세월을 허송했으나, 대감이 주도하는 내각은 아무런 결론을 내리지 못하고 있소이다. 이제 이토 공작을 귀국 역도의 흉탄으로 보낸 이상 하루도 더 기다리지 못하게 되었소."

"그러나 이 일은 대일본제국과 우리 조선의 만세에 걸친 평화로운 병합을 이루기 위해 만사 불여튼튼의 계단을 밟아 가자는 것일 뿐입니다. 서둘러서 좋을 일이 없습니다."

"보시오, 대감!"

데라우치는 무심코 황금장식의 칼집에 손을 얹었다.

"우리 대일본제국은 형제의 나라인 조선을 러시아와 청국, 그리고 구미열강의 악마와 같은 손아귀에서 지켜내기 위해 두 번이나 큰 전쟁을 치렀고, 우리 일본제국의 아까운 젊은이들 수십만 명이 목숨을 잃었소. 전쟁에 바친 물자는 조선 땅덩어리 몇 개를 사고도 남을 액수요. 그러고도 국제 정세는 여전히 호전되지 않고 있으니 차제에 조선의 항구적인 평화와 행복을 보장하기 위해 병합이라는 어려운 결단을 내리고, '이를 조선인들 스스로의 의지로 나라를 일본에 가져다 붙이는 형세를 취하는 것이 여러모로 바람직하다' 이렇게 본인은 설파했던 것이고, 대감은 흔쾌하게 본인의 의중을 간파하여 찬동해 주었던 것이오. 그랬는데 고작 황제폐하의 존칭 문제라는 지엽적인 문제를 가지고 몇 달이나 의견을 모으지 못하고 꾸물거리니 이제는 우리 일본이 다시 세 번째 전쟁을 치를 수밖에 없게 된 듯합니다."

"세 번째 전쟁이라고 했소이까? 대체 어느 나라와 전쟁을 한다는 말씀이신지?"

"그야 조선이지요."

지나가는 바람처럼 가볍게 뱉은 말이었다. 이완용은 다시 온몸을 떨었다. 데라우치는 쐐기를 박겠다는 듯이 말을 이었다.

"따지고 보면 대한제국이라는 국호도 청국이나 러시아로부터 귀국을 보호하기 위해 우리 대일본제국이 만들어 준 호칭 아니오? 그전까지 귀국은 중국 황제에게 조공하면서 스스로 조선왕이라 비하하는 호칭을 즐겨 사용해 왔던 것이오. 이제 나라를 일본과 병합하면서도 황제를 완전히 서인으로 폐하지 아니하고 태왕전하로 모시는 것은 파격 중의 파격이며, 대한제국으로 억지 격상하기 이전의 상태로 돌아가는 것일 뿐인데 귀국이 그 문제 가지고 망설인다면 일본은 어쩔 수 없이 전쟁이라는 마지막 수단을 사용하지 않을 수 없을 것이오. 단 이 경우, 명심하시오. 그렇게 될 경우 이 나라 황제와 그 일족의 안위는 말할 것 없고 대감을 비롯한 재상들의 행복과 천수(天壽)도 보장하기 어렵다는 것을 알아야 합니다."

데라우치는 할 말을 다 했다. 내각 총리대신 이완용은 방망이로 뒤통수를 맞은 것처럼 얼떨떨해서 망연한 눈빛이었다. 그는 겨우 정신을 차리고 입을 열었다.

"그놈이 누굽니까? 공작 각하를 해친 역도의 이름이 뭐라는 자입니까?"

"안응칠이라고 합디다. 혹시 들어본 이름이오?"

"처음 듣는 이름입니다."

이완용은 고개를 저었다. 그는 황망한 걸음으로 통감부 건물을 나서면서 입으로 그 이름을 되씹고 있었다.

"안응칠?"

대낮 길에서 저승사자를 만난 것 같은 섬뜩한 오한이 들었다. 그 이름을 외면서 이완용은 생각했다. 장삼이사(張三李四)와 다름이 없는 안 뭐라는 자가 하얼빈까지 쫓아가서 이토 공작을 시해할 지경이면 그런 자의 무리가 서울 대로에서 자신을 향해 흉탄을 날리지 않는다는 보장이 없지 않은가.

진흙밭의 백곰

코코프체프는 눈앞에서 이토 히로부미가 흉탄에 맞아 쓰러지는 것을 보았고, 잠시 뒤에 노인이 절명하는 것을 지켜보았다. 그러나 그 충격은 오래 가지 않았다. 저격범은 용케도 무리 속에서 일본인들만 골라서 총탄을 퍼부었을 뿐 러시아 사람들에게는 아무런 적의도 원한도 없다는 사실을 드러내어 주었다.

최초의 충격이 가시자 그는 곧 미국 철도왕 해리먼의 딸 루이제의 엉덩이가 눈앞에 어른거리는 환상을 보았다. 철도왕을 다시 불러 의논해 보아야겠다고 그는 생각했다. 어제는 좀 지나치기는 했으나 외교란 워낙 허허실실의 흥정이 오가는 장마당이 아니던가. 이해할 것이다. 그는 애당초 동쪽에서 욱일승천기처럼 하늘 높은 줄 모르고 자라나고 있는 일본을 러시아의 잠재적 적으로 보았고, 태평양을 사이에 두고 이해가 엇갈려 다투고 있는 미국을 일본 견제의 지렛대로 보았다. 일본을 견제하기 위해서는 미국을 적당히 끌어당기고 미는 기술이 필요한 때였다.

그러나 모스크바에 앉아 있는 외무상은 반대로 생각하고 있었다. 그도 일본이 러시아의 이해에 부딪치는 존재라는 것에는 동의했다. 그러나 그 때문에 일본과 가까이 해야 하고 만주와 한국에서 일본의 이해와 부딪치는 미국을 적대해야 한다는 것이었다. 그의 이론은 간단했다. '미국은 아무리 이해가 엇갈려도 태평양을 사이에 두고 러시아와 전쟁을 벌이자고 나서지는 않는다. 그러나 일본은 지난번에도 경험했듯이 여차하면 전쟁으로 돌파하려는 속성을 지니고 있다. 그러니 일본과 친화하고 미국을 견제해야 한다'는 것이었다.

여기에 대해 코코프체프의 생각은 또 달랐다. 일본은 당분간 러시아를 상대로 절대로 다시 전쟁을 일으킬 수 없다. 욱일승천하는 자세는 외양일 뿐으로 그들의 속을 들여다보면 곪을 대로 곪았고, 피폐할 대로 피폐해 있다. 그리고 그들의 가장 중요한 소망이 한국 병탄에 있다는 것을 안 이상 한국을 완전히 저들의 손에 넘겨주고 만주를, 나아가 러시아제국의 자존심과 함께 내어준 요동반도와 군항 여순을 되찾아올 수 있지 않을까. 이토와 앉아 흥정하고 싶었던 최종의 목표는 바로 그것이었다. 그런데 지금 상대가 사라져 버렸다. 일본은 러시아의 동의 없이도 한국 병탄의 길로 내달릴 것이다. 그렇다면 다시 전쟁을 해야 하나? 일단 해리먼과 그 딸을 다시 만나 보려는 의도가 거기 있었다. 이토라는 상대는 사라졌다. 이제 일본이라는 나라 전체를 상대로 흥정을 다시 벌이자면 미국을 이용해야 할 것이다. 코코프체프의 동물적인 감각은 그렇게 속삭이고 있었다.

러시아제국 제8지구 예심판사 스트라조프가 찾아왔다.

"무사하셔서서 다행입니다."

입에 발린 인사였다.

"한국 청년이 이토를 목표로 했으니 동양인만 골라서 저격한 것 아니오? 다행이고 뭐고 없지."

"하긴, 그러나…."

"범인에 대한 취조는 잘돼 가고 있소? 전 세계가 하얼빈에 눈과 귀를 박아두고 있소. 빨리, 그리고 완벽하게 취조해서 진실을 밝혀내고 발표해야 합니다."

"그게, 그러니까 문제가 좀 있어서…."

예심판사는 더듬었다.

"무슨 문제요?"

"일본 측에서 범인의 양도를 강력하게 요구하고 있습니다. '재판권이 자신들에게 있다' 하는 주장입니다."

"근거는 뭐요?"

"1905년에 일본과 한국 사이에 체결한 조약이 근거입니다. 이 조약에 따르면 대한제국의 국방, 외교의 권한은 일본이 행사하게 돼 있습니다. 따라서 일본은 '자국 국민과 마찬가지 차원에서 한국 국민을 보호하고 재판할 권리가 있다' 그렇게 주장하고 있습니다."

"그 주장은 타당한가?"

"법적으로는 하자가 없습니다. 다만 그 조약이라는 것이 불평등조약이기 때문에 뒷날 언젠가는 역사가 그것을 바로잡으려고 할 것입니다. 그러나 당장 현실적으로는 아무런 문제가 없습니다."

"언제부터 역사를 염려하며 살아왔지요? 내 생각을 말하겠소. 당장 그 범인을 일본 측에 넘겨줘 버리시오. 저들이 보호를 하든 죽이든 저들 마음대로 하게 하시오. 우리 황제폐하를 이 진흙밭에서 빼내야 하오."

"외무대신께 전보를 쳐 놓고 지시를 기다리고 있는 중입니다."

"외무대신도 내 생각과 다르지 않을 거요."

"그러기를 바라겠습니다."

스트라조프가 나가려고 몸을 돌리자 코코프체프가 불러 세웠다.

"잠깐, 그 한국인 범인 말인데, 안이라고 했던가? 얼른 보기에 보통 사람 같지 않습디다. 무슨 얘긴가 하면 단순한 테러범이 아니라는 뜻이지. 이 말은 그를 오래 붙잡아 두고 있다가는 러시아제국에 골치 아픈 일만 생길 것이라는 뜻이오. 한데, 그자가 단독범이오?"

"아닙니다."

"뭐라? 공범이 있어?"

"아직은 공범 여부를 속단하기 어려우나 공범이거나 뒤에서 지원하는 조직으로 의심되는 무리들을 지금 모조리 검거하고 있습니다. 한 스무 명, 아니면 수백 명에 이를지도 모릅니다."

코코프체프는 수염을 떨었다.

"그렇게 많소? 도대체 이 철도를 따라 러시아와 중국 땅에 흩어져 살고 있는 한국인들의 수가 얼마나 되오?"

"조사한 바에 따르면 약 2천 명 정도입니다."

"생각보다 많구먼. 하얼빈에는? 한국인이 얼마나 살고 있소?"

"200명 정도 됩니다."

"그들이 모두 언젠가는 테러리스트가 될 수 있는 자들이오? 말하자면 무슨 조직에 가담해 있는 자들인가 말이오."

"그럴 수 있다고 봅니다. 한국인들은 고국을 떠나 외국 어디에 가 살더라도 민족적 정체성을 잃지 않으려고 노력하는 족속들이거든요."

"괜찮구먼!"

"무슨 생각을 하십니까?"

"일본 생각을 했소. 저들은 지금 오로지 한국 병탄에 온 힘을 다 기울이고 있는 중이오. 그러나 머지않아 한국이 일본의 심장을 썩게 할 것이라는 생각이 듭니다. '일본은 실족한다', '한국에서 진흙밭에 빠진다' 지금부터 나는 한국을 잘 관찰해 보아야겠다고 생각했소."

"동감입니다."

"좋소. 그러나 안 뭐라는 테러리스트의 공범이거나 배후세력들을 철저하게 찾아내야 할 것이오. 반드시 공범이나 배후인물이 아니더라도 수상한 한국인은 다 잡아들인다는 생각으로 일을 하라, 그 말이오. 그래야 일본 정부에 체면이 서지 않겠소? 전쟁 미치광이 같은 저놈들이 당장 선전포고라도 하고 나서면 곤란하니까."

"블라디보스토크에서 장춘까지 철도 연변에서 얼쩡거리던 수상한 한국인들하고, 평소에 수상한 짓을 해 오던 조직원에 이르기까지 모조리 이 잡듯이 잡아들이고 있는 중입니다."

그물과 고기

말 그대로였다.

우덕순과 조도선은 26일 저녁 열차를 타고 하얼빈으로 돌아올 작정이었다. 그들은 하얼빈에서 무슨 일이 일어났는지 알지 못했다. 다만 이날 새벽 6시경 이토를 태운 특별열차가 정확하게 채가구역을 통과하는 소리를 지하 매점에 갇힌 채 두 귀로 듣고 확인했으므로 안중근이 하얼빈에서 거사를 했거나 아니했거나 상관없이 더 머물 이유가 없었다.

이른 점심때가 됐을까, 매점 주인 세미코프가 돌아왔다. 문을 여는 소리에 반가워 달려 나가는 두 사람 앞에 러시아 헌병 서너 명이 총을 겨누고 서 있었다. 두 사람은 그 자리에서 결박당했다. 그들은 아무런 설명도 듣지 못했다. 그저 결박당해 역 사무실 시멘트 바닥에 꿇어 앉혀진 채로 시간을 보내다가 오후 3시 하얼빈행 열차에 태워져 하얼빈으로 호송됐고, 이어 역 광장 옆에 있는 헌병대 분파소의 뒤꼍 감방에 수용됐다.

여기서 조도선은 처음으로 안중근이 같은 분파소의 감방에 수용돼 있다는 사실을 알아냈다. 내친김에 대체 무슨 일이 일어났는지 러시아 헌병을 잡고 물어보았다. 누구도 시원한 대답을 해 주지 않았으나 여러 놈들의 단편적인 말들을 꿰어 맞춰 본 결과 이토가 안중근의 총탄에 죽었으며, 범인인 안중근이 지금 이 헌병대 분파소에서 취조를 받고 있다는 사실만 겨우 알아냈다.

"아!"

우덕순의 입에서는 긴 탄식이 절로 나왔다.

"조 동지!"

그는 조도선을 바라보며 말했다.

"여기까지 왔으니 나는 안 중장과 함께 죽겠소. 안 중장이 우리를 보호하기 위해 우리를 모르는 사람이라 거짓 진술할지도 모르나, 나는 사실을 그대로 밝히겠소."

조도선은 빙그레 웃었다.

"이런 곳에서 죽는다는 생각을 미처 해 보지 않았습니다. 여기는 묘지를 쓰기에는 좋은 땅이 아닙니다. 좌청룡 우백호도 없고 안산도 주산도 없는 황량한 오랑캐 땅에 뼈골을 묻으면 무슨 도리로 후손들에게 음덕을 끼칠 수가 있겠습니까. 그러나 천만번 다행한 일은 내게 아직 자손이 없다는 것입니다. 그러니 들판에 버려져 까마귀밥이 되더라도 나는 상관이 없습니다. 우 동지는 좀 걱정이 되겠습니다만."

그 농담에 우덕순도 따라 웃었다.

"조선 천지의 땅들이 좌청룡 우백호가 뚜렷하지 못해 오늘날 이 지경이 되었겠소? 나는 죽어서 원혼이 되어 반드시 고향으로 돌아갈 것이오."

"그때는, 우리 같이 갑시다."

두 사람은 약조를 굳게 했다.

정대호는 우덕순, 조도선 두 사람이 호송돼 오고 있던 바로 그 열차편으로 하얼빈으로 돌아왔다. 개찰구에서 러시아 헌병들이 눈에 핏발을 세우고 한국인들만 골라내어 검문하고 있었으나 중근의 어린 아들 둘과 부녀자 둘까지 거느린 대가족인지라 병정들은 자세히 알아볼 생각도 하지 않고 개찰구를 나서게 해 주었다. 그러나 김성백의 집에 도착하니 먼저 와서 기다리고 있던 헌병들과 또 만났다.

헌병들은 김성백의 집 뒤채에서 안중근과 우덕순, 유동하가 머문 흔적을 발견하고 사용했던 지필묵과 우덕순이 중근에게서 탄환을 받고 자신의 권총에 장전돼 있던 탄환을 제거하여 벽장 속에 남겨 두었던 것까지 찾아내어 증거물로 수집해 두고 있던 판이었다. 유동하는 체포되어 등 뒤로 손이 묶인 채로 헌병 한 사람이 감시하고 있었고, 주인 김성백은 러시아 국적이라 함부로 다루지 못하고 포박하지 않은 상태로 참고인으로 연행할 참이었다. 그런 중에 정대호가 부인 두 명과 남자 아이 둘을 데리고 도착한 것이었다.

헌병들은 정대호와 그가 데리고 온 일행을 따로 방에 몰아넣고 조사를 벌였다. 정대호는 러시아 세관에 일자리를 얻어 근무하고 있었기 때문에 러시아말을 잘하는 편이었다. 그는 여기까지 오는 동안 세상이 뒤집어질 큰 사건이 일어났다는 것, 그 사건의 중심에 한국인이 있다는 것, 그리고 하얼빈에 있는 한국인 단체가 깊이 개입해 있으며, 어쩌면 그 화가 자신과 안중근의 가족에게 미칠지도 모른다는 정도의 예감을 지니고 있었다. 그러나 이토 히로부미가 안중근의 총탄에 제거됐다는 소식은 아직 모르고 있었다.

"당신은 누구요? 뭐하는 사람이오? 어디서 오는 길이오? 이 집과는 무슨 관계가 있소?"

헌병은 한꺼번에 여러 질문을 쏟아냈다. 정대호는 자신의 이름이 정대호이며, 수분하의 국경 세관에서 근무하고 있고, 한국에 두고 온 가족을 데리고 오기 위해 휴가를 내어 한국에 갔다가 돌아오는 길이며, 마침 이곳에서 노동자로 일하는 매부의 가족들까지 함께 데리고 왔다고 대답했다. 그리고 이 집 주인 김성백은 도덕군자로서 하얼빈에 처음 오는 한국인이 머물며 살 길을 마련할 때까지 돌봐준다는 소문을 들었으므로 매부의 가족을 잠시 의탁할 요량으로 들렀다고 대답했다.

"매부라는 자의 이름이 뭐요?"

"안응칠이라고 합니다."

헌병들이 서로의 얼굴을 바라봤다. 김성백이 유창한 러시아말로 사태를 수습하려고 나섰다.

"안응칠은 동북만주 일대를 떠돌며 살아온 사람으로 며칠 전 처음으로 하얼빈에 와서 직업을 구한다고 했습니다. 그런 흉악한 일을 하게 될 줄은 꿈에도 짐작하지 못했어요. 이 가족들도 아마 한두 달 전에 고향을 떠나 여기까지 오느라 고생하면서 아무런 소식도 듣지 못했을 터이니 하물며 안응칠이 그런 흉포한 일을 하리라는 것을 알지도 못했을 겁니다. 알았다면 버젓이 하얼빈으로 왔겠습니까? 그러므로 이 사람과 안응칠의 가족은 이번 일과 무관합니다."

"우리도 그렇게 생각합니다."

헌병 한 사람이 말했다. 그는 여자와 아이들을 밀쳐내고 정대호를 결박했다.

"이 집은 안응칠이 거사의 거점으로 이용한 집이고, 당신은 배후인물이 틀림없으니 일단 체포해야겠소. 여자와 아이들은 필요하면 연행하여 조사할 테니 이 집을 떠나지 말도록 일러두시오."

같은 시각에 동흥학교에도 러시아 헌병 1개 분대가 덮쳤다. 그들은 먼저 김형재와 탁공규를 포박하여 사무실에 꿇어앉혀 놓고 사무실 책상의 먼지까지 털어낼 정도로 모든 자료들을 쓸어 담았다. 이곳이 테러리스트의 본부가 틀림없을 것이라는 확신을 가진 듯 헌병들의 행동은 거칠 것이 없었다. 김형재는 바깥세상의 동태를 살피려고 역전으로 나갔다가 이토가 안중근에게 피격당하여 격살당했다는 소식을 듣고 황급하게 동흥학교로 와서 탁공규와 의논을 하고 있던 참이었다. 김형재는 "필시 한국인 전체에 화가 미칠 것이니 잠시 소나기를 피하자"고 했으나 탁공규는 "정말 이토가 죽었고, 안중근이 체포되었다면 이 동흥학교도 온전치 못할 것이다. 그러니 어디로 가잔 말인가. 안중근과 함께 죽는 것이 사람 구실하는 마지막 기회다. 나는 여기 있겠다"고 고집을 부리는 바람에 두 사람이 옥신각신하고 있는데 헌병들이 덮친 것이었다.

이날 저녁 9시, 하얼빈 역전의 러시아 헌병대 분파소 내의 감방에 감금되어 있던 안중근은 러시아 헌병들의 삼엄한 경계 속에 밖으로 끌려나와 대기하고 있던 마차에 탔다. 어디로 간다는 설명은 없었다. 안중근도 묻지 않았다.

아침나절의 취조가 엉터리 통역 때문에 지지부진하자 러시아 헌병대는 안중근에 대한 취조를 중단하고 동청철도 연변에 살고 있는 모든 한국인들을 조사하고 특히 수상한 자들을 모조리 체포하라는 상부의 지시에 따라 관련자 및 배후세력 색출에 모든 병력이 동원되고 있었다. 실적도 있었다. 채가구에서 명백한 공범으로 판단되는 두 명을 체포했고, 하얼빈에서는 안중근이 묵으면서 거사를 모의했던 본부격인 집을 급습하여 두 명의 공범 또는 배후인물과 한 명의 참고인을 확보했다. 한국인 독립운동 단체로 의심이 가는 동흥학교에도 급습하여 반일 사상을 펴고 있던 수상한 자두 명을 체포하고 문서를 압수했다.

이만한 성과를 올렸으므로 러시아 헌병대는 안중근과 그 배후세력을 더이상 붙잡고 있을 이유가 없었다. 일본 총영사가 아침부터 범인을 일본 측에 넘겨 줄 것을 집요하게 요청해 왔으나 지금까지 붙잡고 있었던 것은 전

세계가 지켜보고 있는 마당에 안중근 한 사람만 달랑 일본 측에 보내 버리면 러시아제국의 위신이 서지 않을 것 같았기 때문이었다. 이제 어느 정도 보강수사가 이루어졌으므로 러시아 헌병대는 지체할 것 없이 그 밤으로 안중근의 신병을 일본 측에 넘기기로 한 것이었다.

마차가 닿은 곳은 일본 총영사관이었다. 일본 헌병들이 안중근의 신병을 인수하기 위해 도열해 있는 가운데 가와카미 총영사가 직접 나와 안중근의 면모를 확인했다. 그는 안중근의 총탄이 스치고 간 오른쪽 팔을 붕대로 친친 감고 있었으나 겉으로는 저고리로 감싼 덕분에 아무런 표시가 나지 않았고, 자신도 부상당한 사실을 내색하지 않았다.

마차에서 끌어내려진 안중근은 총영사관의 지하실에 있는 감방에 수용되었다. 감방에 수용되기 전에 간단한 신체검사를 받았으나 이미 러시아 헌병대에서 먼지 털듯 몇 번이나 검사를 받은 뒤였기 때문에 아무것도 더 나오는 것은 없었다.

안중근이 일본 총영사관 건물 지하 감방에 감금된 지 세 시간쯤 뒤에 모두 7명의 한국인들이 지하의 다른 감방에 수용됐다. 우덕순, 조도선, 유동하도 있었고, 김형재, 탁공규도 그 속에 있었다. 그들은 안중근과 별도로 수용됐으므로 중근을 볼 수도 없었고 말을 나눌 기회는 더욱 없었다. 다만 이 어둡고 추운 콘크리트 감방 어딘가에 안중근이 있을 것이라는 느낌만으로도 그들은 추위와 공포를 잊고 있었다.

첫 신문(訊問)

1909년 10월 27일 오후. 동경의 일본 외무대신 고무라 주타로(小村壽太郎)는 하얼빈의 가와카미 토시히코(川上俊彦) 총영사와 여순지방법원장 마나베 주조(眞鍋十藏) 및 여순지방검찰의 미조부치 타카오(溝淵孝雄) 검찰관과 여순의 관동도독부 헌병본부에 동시에 전보를 보냈다. 추밀원 의장 이토 공작의 살해범 안중근과 그 일당을 관동도독부 여순지방법원에서 재판을 할 것이며, 이에 따라 하얼빈 총영사와 여순지방법원 검찰, 그리고 헌병본부는 각각 맡은 바 소임을 철저하게 수행하라는 것이 그 내용이었다.

여순지방법원에 파견 나와 있던 미조부치 검찰관이 이 명령을 받은 것은 27일 오후 1시경이었다. 미조부치는 곧장 열차편으로 장춘으로 가서 한밤중에 다시 러시아의 동청철도를 이용하여 하얼빈으로 가는 급행열차를 탔다.

차창 밖으로 흐르는 새까만 어둠과 마주하고 앉아 미조부치는 범인을 생각하고 있었다. 그는 자신을 '세계시민'으로 생각하고 그렇게 자처한 적도 있었다. 젖비린내가 가시지 않은 20대 때의 일이었다. 그러다가 30대가 되고 검찰관으로 실제의 세상과 부딪치면서 그는 세계시민의 '세계'가 실제로는 존재하지 않는 관념일 뿐이라는 사실을 깨달았다. 서양의 진보한 나라들이 쟁취한 자유와 민권에 대해 일본인들이 가지고 있는 관념은 유치하기 짝이 없는 것이었다. 그 유치한 관념들을 세계적인 수준으로 끌어

올리는 것, 이것을 세계시민의 자격으로 알았다. 그러나 그런 세계는 없다. 적어도 현실세계에서는 보편적인 통념이나 가치관이 존재하지 않는다는 것을 요즘 뼈에 저리도록 실감하고 있는 중이었다.

미조부치는 동경의 검찰본부에서 편하게 일할 수도 있었고, 명문가의 딸을 아내로 맞아들여 출세의 탄탄대로를 달릴 수도 있었다. 그러나 그는 그런 천박한 세속주의에 자신의 하나뿐인 생명을 던져 넣기가 죽기보다 싫었다. 그는 동료나 선후배 검찰관들이 가장 기피하는 요동반도 남단의 여순지방법원으로 자원했다. 자신의 출신지인 옛 도사번(土佐藩) 출신들이 여순지방법원과 고등법원, 그리고 검찰 쪽에 많이 가 있다는 것도 이 지역을 택한 이유 중의 하나였다. 여순지방법원의 법원장인 마나베 주조(眞鍋十藏)도 옛 도사번 출신이었다. 군이 고향과 출신을 따지자는 것이 아닌데도 전통적으로 자유 민권운동의 요람이었고 비루한 권력에 비판적이었던 도사번의 정신 풍토가 늘 그리웠고, 그런 분위기 속에 사는 것이 즐거웠다. 비록 하루를 살다 가더라도 즐겁게 살아야 하고, 인생의 즐거움이란 부귀나 권력 따위에 있지 않다는 것을 그는 알고 있었다.

그런 미조부치도 일본 지식인들의 이중적인 정신구조에서 벗어나지는 못했다. 즉 그는 일본 국내에서는 자유와 민권의 가치를 내세우고 메이지 정권의 기둥인 조슈번과 사쓰마번 출신들의 속물적인 권력에는 비판적이었으나, 그 권력이 일으킨 일청전쟁과 러일전쟁 때는 정부의 군대 예산 증액을 찬성하고 전쟁을 열렬하게 지원하는 군중들 속에서 끓어오르는 흥분을 느꼈다. 중국인들을 경멸하고 러시아를 증오하는 감정도 거의 본능적이었다. 세계시민을 자처하고 자유와 민권의 가치를 쳐들면서 침략전쟁에 피가 뜨거워지며 식민지 경영에 찬동하는 이중적인 마음은 도대체 어떻게 된 노릇인가. 그는 자신을 돌아볼 때마다 불가사의하다는 느낌과 함께 부끄러운 생각을 지울 수가 없었다.

진짜 부끄러움은 중국 땅인 여순에 와서 더욱 깊어졌다. 여순지방법원의 검찰관으로 중국인을 취조하고 논고하는 위치에서 그는 중국 문화에 깊이 빨려 들어가게 되었고, 여기서 그는 당송대(唐宋代)의 중국선(中國禪)을 창안해 낸 기라성 같은 작가(作家)들과 만나게 되었다. 임제(臨濟)와 황벽(黃蘗), 조주(趙州)와 마조(馬祖), 백장(百丈), 동산(洞山)과 운문(雲門)을 차례로 만났다. 경이와 충격으로 열려 가던 미조부치의 마음 세계는 마침내 육조혜능(六祖慧能)을 만나 완전히 함몰되고 말았다. 육조를 낳은 중국이, 조주의 후손인 중국인들이 어떻게 이 모양 이 꼴인가를 생각하면 더욱 역사가 두려웠고 불가해했다. 언젠가 일본 땅을 밟은 이웃나라 사람이 건방지게 이런 감회에 젖을 날도 있을 것인가 하는 두려움도 있었다.

그는 한국, 또는 조선이라는 나라에 대해 깊이 생각해 본 일이 없었다. 대부분 일본 사람들이 그렇듯이 조선이라는 나라는 깊이 생각할 여지가 없는 간단한 대상으로 치부했기 때문이었다. 조선은 어차피 중국에 조공하며 생존해 온 비루한 나라이다. 차라리 문명하고 개화한 일본에 복속시켜 발전과 행복을 나누어 주는 것이 조선이라는 나라와 그 국민들에게 유익할 것이다. 비록 그 때문에 일본이 청나라와 러시아라는 세계 최대의 나라들을 상대로 전쟁을 벌이지 않을 수 없었지만 말이다. 그런 조선의 한 괴한이 감히 자기 나라의 국권을 지켜주고 인민의 행복을 담보하기 위해 필생의 노력을 다해 온 이토 공작을 시해하다니, 그 바보스러움이 믿어지지 않았다. 그는 이토의 조선 정책을 낱낱이 찬동하지는 않았다. 그러나 멀리 보아 이토의 정책은 옳았다고 믿고 있었다. 역시 겐로(元老)다운 원모심려가 있는 정객이라고 내심으로는 존경해 오고 있었다. 이토 공작의 원혼을 달래 주기 위해서도 그는 살해범의 죄상을 낱낱이 밝혀내야 할 것이고, 준엄하게 재판정에 세워야 한다고 생각했다.

'가르쳐 주리라.'

그는 조선인들이 모두 바보라는 전제 아래서 자신의 취조와 논고가 그 바보 같은 민족을 상대로 엄하게 가르치는 교육의 장이 되어야 할 것이라고 마음을 다졌다.

미조부치 검찰관이 만철(滿鐵)의 급행열차에 몸을 싣고 장춘으로 가고 있던 10월 27일 저녁, 여순에 본부를 둔 관동도독부 헌병본부에서는 헌병대위 히사카와 켄지(日榮賢治)가 이토 공작 살해범 호송단을 구성하느라고 땀을 흘리고 있었다. 그는 호송단에 참가시킬 병력의 자격을 죄수의 호송과 같은 특수한 임무에 어울리는 인물로 순발력이 좋고 몸이 강건한 놈일 것, 그보다 더 중요한 것으로 대일본제국에 대한 충성심이 바늘로 찔러도 피가 흐르지 않을 정도로 단단한 놈일 것, 두 가지로 정하고 합당한 헌병 11명을 차출해 놓았다. 치바 도시치(千葉十七) 상병도 그중의 한 명이었다. 불과 며칠 전에 살아 있는 신(神)과 같은 존재로 치바의 눈앞에 있던 이토 공작이 유명을 달리했다고 한다. 그분을 쏘아 절명케 한 천인공노할 죄인을 압송하기 위해 그는 지금 차출된 것이었다.

'압송은 무슨 얼어 죽을 압송이야. 재판은 왜 필요해. 그 정도 흉악범이면 당장 그 자리에서 처치해 버리면 그만일 것을.'

그는 재판이니 감옥이니 하는 법 제도가 우스꽝스러운 어린아이 장난같이 생각될 때가 많았다. 재판이라는 것은 어른들의 세상살이 놀음 치고는 유치한 놀음이었다. 고향의 아버지에게 '살아 있는 가미사마를 보았다'고 편지를 보낸 일이 엊그제였다. 이제 아버지에게 어떻게 변명하고 어떻게 설명할 것인가. 눈앞이 캄캄했다. 마치 이토 공을 자신이 죽인 것처럼 치바는 부끄러움과 애통함으로 정신을 가늠하지 못할 지경이었다.

'그놈을 호송하는 도중에 내 손으로 목을 비틀어 버려야지. 그 죗값으로 목숨을 내놓으라면 내놓으면 그만 아닌가. 이토 공을 죽인 흉악범을 처단했다고 나에게 사형을 내린다면 천하의 어린아이도 비웃을 것이다.'

대위를 포함하여 차출된 헌병 12명은 그날 저녁 특별 교육을 받았다. 죄인 호송에 필요한 훈련이었다. 만일의 사태에 대비한 무술시범도 보았고, 연습도 했다. 그런 다음 10월 28일 오후, 여순을 떠나 장춘으로 가는 만철의 열차에 올랐다. 장춘에서 러시아의 동청철도로 갈아타고 하얼빈으로 가는 긴 여정이었다.

호송 임무를 띤 헌병대가 하얼빈으로 향하는 긴 여정에 오르고 있을 때 미조부치 검찰관은 한 발 앞서 하얼빈의 일본 총영사관에 도착했다. 법원 서기 키시다 아이분(岸田愛文)과 한국어 통역 소노키 스에요시(園木末喜)를 여순에서부터 데리고 왔다.

가와카미 총영사는 이제부터 귀찮은 짐을 떠맡아 지고 갈 일꾼이 나타나자 죽은 아버지를 만난 것처럼 반가워했다. 가와카미 역시 치바 도시치 상병처럼 도대체 재판이 왜 필요한지 의문을 품고 있었으나, 그런 내심을 밖으로 드러냈다가는 외교관으로 부적격한 인물로 비칠 것이 두려워 입으로 발설은 못하고 있었다. 이제 재판의 한쪽 키를 잡을 검찰관이 나타나자 직업외교관 가와카미는 연민의 정을 속으로 감추면서 그를 맞았다.

"범인들을 먼저 보고 싶겠지요?"

가와카미 총영사가 물었다.

"아니요, 서류부터 봅시다."

러시아 헌병대와 예심재판소에서 작성한 서류와 일본 총영사관에서 작성한 범죄 보고서와 참고인 진술서가 어린아이 뺨 높이로 쌓여 있었다. 증거물도 수십 점이었다. 범인이 범행 후에 내던졌다는 브라우닝 8연발 권총과 우덕순, 조도선이 지니고 있었던 권총도 압수돼 있었다. 안중근의 주머니에서 나온 러시아 지폐도 있었고, 담배와 성냥 같은 시시한 소지품도 있었다. 유동하가 품에 지니고 있던, 블라디보스토크의 대동공보사에 보내는 편지도 있었다.

러시아 측이 넘긴 사건 관련 서류는 방대했다. 그중에는 러시아 제8구 예심재판소 판사 스트라조프의 현장검사서, 러시아 재무상 코코프체프의 비서실장격인 리요프의 공술조서, 하얼빈역 헌병군조 미르키츠의 공술조서, 채가구역 주재 러시아군조 세민의 공술조서, 채가구역 소매점 주인 세미코프의 공술조서도 포함되어 있었다.

서류를 보던 미조부치가 고개를 들었다.

"15명이나 잡아다 놨어요?"

"아직 더 잡아 올 겁니다."

가와카미가 자랑스러운 표정으로 말했다.

미조부치는 거동과 행적이 수상한 한국인 15명의 서류를 꼼꼼하게 검토했다. 일단 서류를 검토한 후 그는 15명 중 죄가 없는 것으로 판명되는 6명을 한 사람씩 불러 조사했다. 그리고 나머지 9명 중 안응칠을 제외한 8명도 한 사람씩 조사를 했다. 죄인을 분류하고 기소 여부를 결정하는 데 만 하루가 걸렸다. 그중에는 우덕순, 조도선처럼 자신이 공범이라고 당당하게 밝히고 나서는 자가 있는가 하면 안응칠이 누구인지, 이토가 뭐하는 인간인지조차 모르는 사람도 있었다. 그들은 다만 역 주변에서 얼쩡거렸거나 평소 수상한 자로 러시아 헌병대에 찍혀 있던 사람들이었다. 미조부치는 그런 사람들을 골라냈다. 그런 다음 10월 30일 아침, 미조부치 검찰관은 처음으로 범인 안응칠을 지하 감방에서 불러내어 총영사관 1층에 임시로 마련한 취조실에서 마주앉았다. 옆자리에는 서기 키시다와 통역 소노키가 배석했다.

취조실로 들어오는 안응칠은, 키는 보통이고 별 특징 없는 한국인의 얼굴이었으나 눈이 검고 깊어 정면으로 시선을 마주치면 이쪽을 감전시킬 듯한 이상한 기품과 보이지 않는 기운을 지닌 남자였다.

아무리 확신범이라 해도 취조를 당할 때는 공포와 두려움이 얼굴에 묻어 있기 마련인데 안응칠의 얼굴에는 공포의 그림자도 없었다. 미조부치는 문득 자신이 취조를 당하고 안응칠이 취조하는 식으로 위치가 전도되고 있는 것을 느꼈다. 그동안 신문을 하면서 상대와의 기싸움에서 져 본 일이 아직은 없었다. 그랬는데 이번에는 임자를 만난 느낌이었다. 미조부치는 이런 느낌에 저항했다.

'이런 사람은 처음이다. 느낌이 좀 이상하긴 하지만 살인범은 살인범일 뿐이다.' 미조부치는 스스로 경계했다.

"이름, 나이, 신분, 직업, 주소, 본적지, 그리고 출생지를 말하라."

첫 신문이 시작됐다. 질문하는 검찰관의 목소리는 위압적이지 않고 차분했다. 안중근은 그런 검찰의 태도가 뜻밖이라는 듯 눈을 들어 검찰관을 응시하더니 곧 자신도 차분한 목소리로 대답했다.

"이름은 안응칠(安應七), 나이는 31세, 직업은 사냥꾼, 신분은… 주소는 대한제국 평안도 평양성 밖이고, 본적지와 출생지 모두 주소와 같습니다."

"그대는 한국 신민인가?"

"그렇습니다."

"한국의 병적(兵籍)에 올라 있는가?"

"병적에는 올라 있지 않습니다."

"종교 신앙은 있는가?"

"천주교 신자입니다."

"부모처자가 있는가?"

"없습니다."

"한국에서 일정한 거주지 주소가 있는가?"

"나는 사냥꾼이므로 늘 여러 곳으로 다니기 때문에 일정한 거주지가 없습니다."

안중근은 미조부치와의 첫 대면에서 거짓 진술을 많이 했다. 직업을 사냥꾼이라 했고, 주소가 평양성 밖이라 했으며, 부모처자가 없다고 했다. 이번 거사의 대가를 오직 자신 한 몸에 집중시키려는 의도였다. 검찰관은 인정신문을 대충 마치고 범행 동기로 옮겨갔다.

"한국에서 그대가 평소 존경하고 있던 인물은 누구인가?"

"별로 그런 사람이 없습니다."

"평소 적대시하던 인물은 누구인가?"

"전에는 그런 사람이 별로 없었는데 요즈음에 와서 한 사람 생겼습니다."

"누구인가?"

"이토 히로부미입니다."

"이토 공작을 왜 적대시하는가?"

"그를 적시(敵視)하는 이유는 많은데 중요한 것만 간추리면 다음과 같습니다.

하나, 지금으로부터 10여 년 전 이토의 지휘로 대한제국 왕비를 시해했습니다.

둘, 지금으로부터 5년 전 이토는 군대를 동원하여 강제로 5개조의 조약을 체결했는데 그것은 모두 한국으로서는 굉장히 불리한 조항들입니다.

셋, 지금으로부터 3년 전 이토가 체결한 12개조의 조약은 모두 한국에 대해 군사상 대단히 나쁜 일이었습니다.

넷, 이토는 기어이 대한제국 황제의 폐위를 도모했습니다.

다섯, 한국 군대는 이토로 인해 해산되었습니다.

여섯, 조약 체결에 대해 한국민이 분노하여 의병이 일어나자 이토는 이를 기회로 한국의 양민들을 다수 살해했습니다.

일곱, 한국의 정치에서 대부분의 권리를 약탈했습니다.

여덟, 한국의 학교들이 사용하던 좋은 교과서를 이토의 지휘 아래 소각했습니다.

아홉, 한국 인민들에게 신문의 구독을 금했습니다.

열, 갚을 길이 없는데도 불구하고 질이 좋지 못한 한국 관리들에게 돈을 주어 한국민들에게는 알리지도 않고 마침내 제일은행권을 발행하고 있습니다.

열하나, 한국민의 부담으로 돌아갈 국채 2,300만 원을 모집하여 이를 한국민에게 알리지도 않고 그 돈은 관리들 사이에서 마음대로 분배했다고도 하고, 또는 토지를 약탈하기 위해 사용했다고도 하는데, 이것이 한국에 대해서는 대단히 불이익한 일입니다.

열둘, 이토는 동양의 평화를 교란했습니다. 일로전쟁 당시부터 전쟁의 목표가 동양의 평화를 유지하기 위함이라고 했으면서도 정작 대한제국 황제를 폐위하고 당초의 선언과는 모조리 반대의 결과를 보기에 이르렀으므로 한국민 2천만은 다 분개하고 있습니다.

열셋, 한국이 원하지 않았음에도 이토는 한국 보호의 이름을 빌려 한국 정부의 일부 인사를 움직여 한국에 불리한 시정을 펴고 있습니다.

열넷, 지난 42년 전 현 일본 황제의 아비인 사람을 이토가 없애버린 사실을 한국민은 다 알고 있습니다.

열다섯, 이토는 한국민이 분개하고 있음에도 불구하고 일본 황제나 세계 각국에 대해 한국은 무사하다고 속이고 있습니다.

이상의 죄를 물어 이토 히로부미를 살해했습니다.”

미조부치 타카오 검찰관은 안중근이 열거한 이토 공작의 죄목에 대해 조목조목 반박하고 싶은 것을 꾹 눌러 참았다. 앞으로 많은 기회가 있을 것이며 시간은 자신의 편이므로 이 단순하고 무지한 조선인의 머리를 완전히 개조해 주리라. 특히 은행권 발행과 국채 문제, 그리고 일본에서 지금까지도 떠돌고 있는 메이지정권 수립 초기의 전설 같은 일화들을 안중근이 그대로 사실인 줄 알고 죄목에 넣고 있는 것 등등 죄수와의 문답에서 거론하고 바로잡아 주어야 할 문제들이 한이 없을 듯했다.

그러나 정작 미조부치는 안중근이 열거한 열다섯 가지 ‘이토의 죄목’에 대해 하나하나 반박하고 당초 마음먹었던 것처럼 이 죄인과 이천만 조선인 전체를 향해 진실을 가르치려고 했던 마음의 한구석이 무너지는 소리를 듣고 있었다. 무식하고 단순한 테러리스트로 짐작했던 범인은 뜻밖에도 한국과 일본의 관계와 이토 공작의 역할에 대한 나름대로의 정확한 정보를 가지고 있었고, 그것을 바탕으로 한국민이라면 당연히 내려야 할 올바른 판단을 하고 있었다. 그런 정보와 판단에 근거하여 강한 신념에 차 있는 사람이 눈앞에 있었다. 한국인에 대해 간접적으로 전해 듣기만 했던 미조부치의 선입관이 설 자리를 잃었다. 그 자리에 두려움이 들어섰다. 이자를 신문하고 재판을 진행하는 동안 종래에는 자신이 결국 패배하고 말 것이라는 불길한 예감이 들었다.

재판정의 짧은 공방 속에서는 불의가 일시 승리하는 경우가 더러 있는 것은 사실이나, 긴 세월을 두고 볼 때 진리와 정의의 편에 서 있는 사람이 결국은 승리하며 그 반대편에 서 있는 사람은 비참하게 몰락하고 만다는 사실을 법학 교실에서 귀에 못이 박히도록 들었고, 스스로 그렇게 확신하고 있었다. 그 확신마저 흔들리고 있었다. 눈앞에 있는 죄수, 안응칠이라고도 하고 안중근이라고도 하는 이 죄수와의 첫 대면이 잘못되어 가고 있다는 느낌에 미조부치는 서둘러 다른 이야기를 꺼냈다.

"대일본제국의 보호와 협력 아래서 한국에서는 철도가 개통되었고, 수도공사를 비롯해 위생시설을 완비했으며, 현대식 병원이 문을 열었고, 식산과 공업은 날로 왕성해지고 있다. 특히 한국의 황태자는 일본 황실의 극진한 대우로 문명의 학문을 닦고 있다. 그분이 뒷날 황위에 올라 세계 열국들과 어깨를 겨룰 만한 명군으로서 욕됨이 없도록 교육을 받고 있는데 그대는 어찌 생각하고 있는가."

안중근은 대답을 하지 않고 미조부치의 얼굴을 물끄러미 바라보았다. 나이는 자신과 비슷하거나 한두 살 많은 것 같으니 같은 세월을 살아왔을 것이다. 그런데도 가엾은 이 사내는 자기 나라 노회한 정치꾼들의 말과 행동을 그대로 믿고 있었다. 죄인을 취조하기 위해 꾸며서 하는 말이 아니라 미조부치가 진정으로 그런 믿음을 지니고 있다는 사실을 중근은 간파했다. 철도와 수도를 건설하고 병원을 지어 주는 것이 한국과 한국민에게 행복을 주는 일본의 은혜이며, 한국과 한국민은 이에 감사해야 할 처지인데도 감히 저항하여 분란을 일으킴은 한국인 특유의 무지와 몽매 탓이라는 논리가 미조부치의 말 속에 녹아 흐르고 있었다.

반대로 안중근은 이 사내를 넘어야만 일본과 동양, 나아가 온 세계에 짓눌린 한국의 목소리를 제대로 들려줄 수 있을 것이라는 느낌을 받았다. '앞으로 취조 받고 재판을 하는 동안 이 검찰관과 지루한 이야기를 나누게 될 것이다. 그러므로 오늘은 여기서 더 나아가지 말자' 하고 그는 생각했다.

"대한제국 황태자가 일본 측의 예우와 정성으로 문명의 학문을 닦고 있는 데 대해서는 한국민 모두 고마워하고 있습니다. 그러나 당신이 말한 철도니 수도니 병원이니 하는 것의 건설이 한국을 진보케 하거나 편리하게 했다고 보지는 않습니다. 하물며 총명하신 선황제를 강제로 폐하고 현 황제를 세워 국정이 무엇 하나 제대로 되는 것이 없으니 이는 결코 진보가 아닙니다.”

미조부치는 무지하고 가난하고 허약한 사람의 생고집에 토를 달아 시비할 필요가 없다는 듯 잔잔한 웃음을 날리며 다음 질문으로 넘어갔다.

“이토 공이 없어졌으니 한국은 장차 어떻게 될 것이라고 생각하는가?”

“만약 이토가 생존해 있었더라면 그는 한국뿐 아니라 일본도 마침내 멸망케 했을 것입니다. 이토가 죽은 지금 일본은 마땅히 한국의 독립을 보호하게 될 것이니 한국으로서는 크게 다행한 일이고 동양은 물론이고 세계 여러 나라의 평화가 보존되리라고 생각합니다.”

하얼빈의 일본 총영사관에서 행해진 이토 히로부미 저격범 안중근(본명 안응칠)에 대한 여순지방법원 검찰관 미조부치의 제1차 신문은 사건 발생 나흘 만인 10월 30일 아침 일찍 시작하여 점심때가 되어서야 끝이 났다. 미조부치는 계속해서 안중근의 배후세력과 동조자들에 대한 질문을 했으나 중근은 모든 일을 혼자 계획하고 혼자 실행했다고 답변했다. 미조부치는 우덕순, 조도선, 유동하 등 명백한 동조자의 협조에 대해 모르쇠로 버티는 중근의 진술을 트집 잡지도 않았고, 진실을 대라고 추궁하지도 않았다. 다음 신문에서 더 큰 진실을 꺼낼 수 있는 미끼로 사용하려는 수사 기법이었다.

신문을 마친 미조부치 검찰관은 서류를 챙겨들고 일어서려다가 다시 의자에 앉으면서 안중근을 보았다. 그는 목소리를 낮추어 말했다.

“오늘 당신의 진술을 들으니 당신이야말로 진정한 의인이 틀림없는 것 같소. 대일본제국의 법과 제도는 의인의 의거를 일반 잡범의 살인죄와 달리 다루게 될 것이므로 당신의 목숨은 거두지 않게 될 것이오.”

안중근은 지금까지 취조에 응했던 것과 다름이 없는 부드럽고 분명한 어조로 대답했다.

"내 목숨에 대해 염려해 본 일이 없소. 다만 내가 당신에게 한 말들을 당신네 천황과 세계만방의 평화와 독립을 갈구하는 모든 사람들에게 전해 주기를 바라겠소."

"당신들에 대한 신문의 결과는 언론에 보도될 것이니 염려하지 마시오."

미조부치는 자신도 모르게 진정으로 그런 말을 입에 담아 버렸다. 1차 신문을 마친 그는 검찰관 미조부치가 범인 안응칠을 신문한 것이 아니라 한국인 안중근이 일본인 미조부치를 신문했다는 느낌이 들었다. 즉 그는 신문을 한 것이 아니라 신문당했던 것이다. 그러면서도 기분이 나쁘지 않았다. 어릴 때부터 마음속에 묻어 두고 고대해 왔던 위대한 인간 한 사람을 발견했다는 즐거움이 마음 밑바닥에서 자라고 있었기 때문이었다.

10월 31일, 미조부치 검찰관은 범인들과 참고인에 대한 신문 결과를 종일 정리했다. 다음 날인 11월 1일, 안응칠에 대해서는 이토 히로부미 공작 살해 및 만철 이사 다나카 세이지로 등 3인에 대한 상해 및 살인미수 혐의로, 나머지 8명에 대해서는 공범 및 배후세력으로 구속영장을 발부하고, 오전 9시에 여순 관동도독부에서 파견 나온 헌병대에 이들 9명의 신병을 인도했다. 이 사건과 관련하여 러시아 헌병대가 체포하여 일본 측에 넘긴 총 인원은 15명이었으나 이 중 정서우, 김성염, 홍시준, 김택신, 박서첨, 이진우 등 6명은 불구속 기소 또는 혐의 없음으로 방면하고 여순감옥소로 넘겨 재판에 회부키로 한 인원은 안응칠, 조도선, 우연준(우덕순), 김형재, 김여수, 유강로(유동하), 정대호, 김성옥, 탁공규 등 9명으로 선별했다.

중국 북동부와 러시아 국경 일대에 흩어져 살며 수상한 움직임을 보여 일본의 신경을 거슬러 오던 한국인들과 그 단체들을 일망타진하겠다던 일본 정부의 의욕에 대해 미조부치 검찰관은 범인의 규모를 엄격한 사실관계로 제한함으로써 본국 정부의 의도에 어긋나게 행동한 셈이 되었다. 그 때문에 이후 일본 정부는 여순지방법원의 동태를 면밀하게 살피고 재판관과 검찰관들의 머릿속을 들여다보는 수고를 더하게 되었다.

헌병, 헤매다

관동도독부 헌병본부에서 호송 책임을 맡아 하얼빈까지 온 헌병대위 히사카와 켄지를 포함한 12명의 헌병들이 안중근 일당의 호송을 맡았다. 일본 헌병들 말고도 러시아 헌병 13명이 별도로 호송에 참가했다. 일본과 러시아 합동의 대부대가 이동하는 모양새였다. 오전 10시쯤 하얼빈역에 도착한 호송대는 역에서 가까운 러시아 헌병대 분파소에서 머물다가 오전 11시 25분 출발하는 장춘행 열차에 올랐다. 열차는 정시에 출발했고, 그날 밤 장춘에 도착했다. 러시아 헌병 13명은 여기서 임무를 마치고 돌아가고 장춘에서 여순까지는 일본 헌병대 단독으로 호송 책임을 수행하게 됐다.

치바 도시치 상병은 스스로 유강로라고 밝힌 유동하의 호송을 맡아 이동할 때는 안응칠, 조도선, 우덕순에 이어 네 번째로 이동했다. 유동하는 나이 열일곱 또는 열여덟 정도의 앳된 나이로, 법률적으로 말하자면 아직 성년이 안 된 나이지만 그가 수분하에서부터 안중근과 동행했고, 안중근이 거사할 때도 하얼빈역 주변에서 서성이며 결과를 관찰하여 어딘가로 연락을 하고자 했으며, 결정적으로 그가 몸에 지니고 있던 블라디보스토크 대동공보사에 보내는 안중근의 편지는 이번 사건의 배후가 대동공보사에 거점을 둔 한국인 독립운동 단체일지도 모른다는 추측을 가능케 한데다 유동하가 그 연결고리가 될 것이라는 점에서 그는 아주 중요한 인물로 취급당하고 있었다.

치바 상병은 유동하를 호송하면서도 안중근에게서 눈을 떼지 못하고 있었다. 가미사마로 생각하고 있던 이토 공작을 저 세상으로 보내버린 흉악한 범죄인을 기회만 닿으면 자신의 손으로 제거하여 이토 공작의 원혼을 달래 주어야 한다는 생각이 떠나지 않았다.

그러나 치바 상병은 안중근에게 가까이 갈 수가 없었다. 자신이 책임을 맡은 유동하를 호송하고 있기 때문이기도 했지만 비록 자유로운 몸이었다 해도 안중근에게는 가까이 갈 수 없는 이상한 기운이 그를 감싸고 있었다. 나이는 치바 자신과 비슷한데 어떻게 된 일일까. 도대체 무엇이 저 흉악범으로 하여금 공포를 밀어내고 심리적 안정을 가져다주었으며 도대체 무엇이 그로 하여금 자신만만한 태도를 짓게 하였을까.

치바는 일단 미조부치 검찰관에게 그 책임을 넘겼다. 검찰이 범인을 제대로 제압하지 못하고 마치 의인 다루듯 정중하게 대접했기 때문에 두목 안중근을 비롯하여 공범들도 모조리 고개를 세우고 일본 헌병 보기를 뒷집 강아지 보듯 하지를 않는가. 조선 땅에서 근무도 해 봤지만 저들의 수도인 한성에서도 일본 헌병이라면 울던 아이도 울음을 그칠 정도로 공포의 대상이었고, 무소불위의 권력 그 자체였다. 그랬는데 가까운 시일에 형장에서 목을 매달리게 될지도 모르는 이 살인자들이 오히려 당당하고 헌병인 자신이 저들 앞에서 오그라들기만 하는 것은 도대체 무슨 조화인가.

기분이 상한 치바는 열차에 오를 때 유동하가 승강대에서 멈칫거리자 그의 엉덩이를 군홧발로 차버렸다. 유동하가 쓰러지자 앞서 객차에 올라가던 안중근이 뒤를 돌아보았다. 그때 처음으로 치바는 안중근과 눈을 마주쳤다. 안중근은 가만히 보고만 있었다. 치바는 어쩔 수 없이 쓰러진 유동하를 한 손으로 일으켜 세우고 승강대를 올라가도록 부축해 주었다. 그런 다음 자신의 행동에 화가 난 치바는 객차의 출입문을 거칠게 닫아 버렸다.

그러자 뒤를 따라 승강대를 오르던 히사카와 대위의 이마를 철제 출입문이 모질게 후려쳤다. '픽' 하는 소리와 함께 옆으로 쓰러지던 히사카와 대위가 가까스로 몸을 가누며 일어났다. 그리고 치바 상병을 노려보았다. 치바는 이 모든 일들이 안중근 때문이라고 속으로 뇌었다.

'반드시 내 손으로 너를 이토 공작이 있는 세계로 보내주고 말겠다.'

지루한 여행이었다. 기차가 장춘에 도착했을 때는 밤중이었다. 그 시각에 여순까지 이어지는 열차는 없었다. 일행은 장춘의 러시아 헌병 파견대에서 하룻밤 신세를 졌다. 죄수들은 감방에 수용하고 호송대원들은 군대 막사에서 잤다. 죄수들을 감금해 놓은 헌병 파견대의 감방은 모두 다섯 개의 방이 있었는데 그중 두 개는 중국인 민간인과 러시아 병사 한 명이 각각 수용되어 있었다. 나머지 세 개의 빈방 중에서 한 방에는 안중근을 혼자 수용하고 나머지 두 개의 방에 남은 죄수 8명을 4명씩 나누어 수용했다. 헌병들은 두 명씩 조를 이루어 불침번을 섰는데 치바 도시치는 새벽 2시부터 3시까지였다. 감방 안의 죄수들도 차가운 바닥에 서로의 체온을 나누면서 쪼그리고 누워 잠이 들어 있었다.

치바는 안중근의 감방을 들여다보았다. 바닥에 누워 있어야 할 사람이 보이지 않았다. 덜컥 겁이 나서 쇠창살 사이로 다가가서 들여다보니 안쪽 벽 앞에 단정하게 앉아 있는 안중근의 모습이 보였다. 잠이 든 것도 아니고 기도하는 자세도 아니었다. 그냥 그렇게 앉아 있었다. 앉아 있는 안중근의 어깨 위에 천근의 무게로 조선이라는 나라의 고달프고 욕된 역사가 올라앉아 있었다. 안중근은 어깨에 놓인 그 짐을 버티기 위해 잠을 자지 못하고 있는 것처럼 보였다. 문득 안중근이 머리를 들어 창살 쪽으로 시선을 주었다. 치바는 안중근의 시선과 자신의 눈길이 마주칠까 봐 황급하게 창살에서 멀리 떨어졌다.

다음 날 아침 일행은 여순으로 가는 열차에 올랐다. 여기서부터는 만철 소속의 협궤 선로였다. 만철 열차를 타자 일본 헌병대는 마치 고향에 온 듯 느긋해졌으나 호송당하는 죄수들 중 몇 사람은 긴장하고 불안한 표정이었다.

기차가 장춘을 떠나 두 번째 정거장에서 멈추었다가 다시 떠나려고 움직이기 시작할 때였다. 갑자기 객차의 출입문이 거칠게 열리고 일본 경찰 제복을 입은 사십대 순사 한 명이 들어오더니 거칠 것 없는 걸음으로 안중근에게 곧바로 다가갔다. 헌병들은 순사의 태도가 좀 이상하기는 했으나 상대가 경찰인데다 동작이 워낙 민첩하여 미처 제지할 엄두를 내지 못하고 바라보고만 있었다.

일본인 순사는 정확하게 안중근이 혼자 앉아 있는 좌석으로 가더니 주먹을 들어 안중근의 뺨을 거세게 후려쳤다. 안중근은 두 손이 등 뒤에서 묶여 있었기 때문에 그대로 맞았다. 그는 옆으로 쓰러졌다. 그러나 곧 몸을 일으키더니 자신을 때린 경찰 제복의 사내를 노려보았다. 그 눈길이 워낙 강렬했기 때문인지 순사는 다시는 주먹을 휘두르지 못했다. 안중근의 좌석 바로 뒷자리에 앉아 있던 히사카와 대위가 순사를 제지하여 끌어냈다. 순사를 객차 밖으로 끌어낸 후 들어와 객차의 출입문을 안으로 잠그고 나서 히사카와 대위는 안중근의 옆자리에 앉았다. 그는 머리를 숙이면서 안중근에게 정중하게 사죄했다.

"너무나 예상치 못했던 일이었고, 상대가 경찰인지라 미처 보호하지 못했던 점 용서하시기 바란다. 앞으로는 절대로 그런 불상사가 일어나지 않도록 헌병의 명예를 걸고 맹세하겠다"고 했다.

치바 도시치는 방망이로 머리를 맞은 것처럼 얼떨떨했다. 저런 나쁜 죄수에게 대일본제국의 신민이 손찌검을 좀 했다 하여 헌병 대위가 사죄하고 재발 방지를 약속할 필요가 있을까. 도무지 요즘 세상 돌아가는 형편은 치바 상병의 얕은 상식으로는 이해하기 어려운 일 투성이었다. 이때부터 그의 마음속에는 의문 하나가 생겼다. 안중근이 미조부치의 말처럼 의인일까, 혹은 안중근 일당을 그 자리에서 징벌하지 않고 비싼 비용과 노력을 들여가며 굳이 재판이라는 굿판을 벌이는 대일본제국이 더 위대한 것일까. 아무래도 치바로서는 후자 쪽에 더 무게가 실렸다.

'그러나….'

치바는 눈을 감으며 정신을 모았다. 안중근이라는 죄인에게 자신도 모르게 끌려드는 이상한 징후를 자기 내면에서 발견했기 때문에 그는 머리를 저었다. 기회만 닿으면 그 흉악범을 자신의 손으로 반드시 처단하고 말겠다고 다짐했던 마음의 흔적을 지금은 찾을 수가 없었다. 안중근이 바로 눈앞에 있는데, 귀찮던 러시아 헌병들도 사라지고 마음만 먹으면 언제든지 등 뒤로 다가가 놈의 목을 비틀어 주거나 등에 칼을 꽂을 수도 있는데, 그리하여 자신의 이름이 대일본제국의 영광스러운 역사와 함께 길이 전해질 수 있는 절호의 기회인데, 도무지 그럴 마음이 일어나지 않는 것이었다. 저 사람이 이상한 마력을 부리고 있는 것일까. 조선 사람들 중 가끔 나온다는 그 도인이 바로 저 사람일까. 치바 도시치 상병은 끝도 없이 헤매고 있었다.

억측

오전 10시, 이토가 숨을 거두자 하얼빈 역두의 축제 분위기는 백팔십도로 바뀌어 초상집으로 변했다. 모든 기차의 역 구내 진입이 중지되었고, 개미 새끼 한 마리 얼씬하지 못할 정도로 삼엄한 경계망이 쳐졌다.

동양의 비스마르크로 비유되던 69세의 노인은 질풍노도 같은 생애를 마감하고 오랜만에, 그가 타고 왔던 객차 안에서 편안한 자세로 누워 있었다. 얽히고설킨 세상사와 국제관계의 복잡한 산술에서 한 걸음 비켜나서, 평생 버리지 못해 겨워하던 욕망마저도 마지막 가느다란 숨과 함께 잠재워버린 후 자신의 삶에도 세상 돌아가는 일에도 책임을 지지 않는 편한 자세로 그렇게 누워 있었다. 남은 일은 남은 사람들의 몫이었다.

이토의 시신은 그가 장춘에서 하얼빈으로 올 때 사용했던 간이침대 위에 뉘어졌다. 시신의 몸은 입고 있던 예복 정장 차림 그대로였고 그 위에 욱일승천기를 이불처럼 덮어 놓았다.

시신의 주위에 흰 천으로 커튼을 쳐 놓고, 그 옆의 회의 탁자에서 긴급회의가 열렸다. 회의에는 일본에서부터 이토를 수행해 온 관리들과 만철 총재, 그리고 관동도독부의 일본군 지휘자와 하얼빈 주재 일본 총영사관의 실무자들도 참석했다.

"공작 각하의 유해를 최대한 빨리 관동도독부가 있는 대련으로 옮긴다"는 데 이견이 없었다. 러시아 측에서 사건의 진상을 밝히기 위해 양국 합동으로 시신을 해부하자는 요청이 있었으나 이는 단호하게 거부하기로 했다. 범인은 현장에서 체포됐고, 명백한 증거가 산더미같이 있는데 새삼 무슨 해부란 말인가. 참석자들 중에는 "공작의 유해를 살펴본 결과 총탄이 몸을 뚫고 들어간 각도가 현장에서 체포된 조선인 청년이 쏜 것으로 믿기 어렵다. 탄환도 그가 소지하고 있던 브라우닝 권총 탄환이 아니라 프랑스제 기마병이 쓰는 저격용 탄환이다. 따라서 범인은 조선인 청년이 아니라 역사 옥상에서 숨어 있던 저격수가 조선인 청년의 행동과 타이밍을 맞추어 쏜 것이 틀림없다. 이런 총은 러시아 군대에 널리 보급돼 있다. 따라서 이번 사건의 러시아 측 음모와 책임을 철저하게 물어야 한다. 그러니 합동해부에 동의하고 유해의 운구를 며칠 미루자"는 의견도 있었다.

이 의견도 단순한 '억측'으로 밀려났다. 안중근이 러시아 병정들 다리 사이에 쪼그리고 앉아 위로 올려다보며 쏜 것이 아니라 러시아 병정들 어깨 사이로 틈을 보아 사격했다는 목격자가 많았고, 탄환 역시 십자로 금을 그어놓은 것이 안중근의 권총 약실에 남아 있던 한 발의 탄환과 일치했으므로 그가 범인임을 의심할 이유가 전혀 없다는 것이 일치된 판단이었다. 비록 지난 전쟁에서 러시아에 승리하기는 했으나 늘 '러시아의 보복'을 두려워하고 있는 공포심이 모든 일본인들 가슴에 자리 잡고 있던 참이라 이 문제로 러시아와 새삼 대결하고 싶지 않다는 생각도 있었다. 그리하여 러시아 측의 불경스러운 요청을 거부하고 이토의 유해를 실은 열차는 러시아의 입김이 미치는 땅을 서둘러 떠나려는 듯 11시 정각에 하얼빈역을 출발하여 장춘으로 달렸다.

열차가 장춘에 도착한 시각은 이튿날인 10월 27일 오전 2시 무렵이었다. 장춘에는 만철(滿鐵)에서 급히 마련한 특별열차가 기다리고 있었다. 어디서 구했는지 유해를 싣고 갈 객차의 외부에는 철 지난 국화꽃이 뒤덮여 있었고, 유럽풍의 우아한 문양의 관도 준비되어 있었다. 이토는 숨이 멎은 후 처음으로 죽은 자의 잠자리에 들었다. 이렇게 시신을 예우한 관동도독부는 곧장 열차를 출발시켜 아침 9시경에 대련에 도착했다. 비로소 일본 군대와 경찰, 그리고 만철이라는 이름으로 기업의 얼굴을 한 제국 건설 목적의 정치 결사체가 활약하고 있는 영토 안에 들어온 것이었다. 여기서 하룻밤을 묵은 다음 이토의 유해는 28일 오전 군함 아키츠시마 호에 실려 일본으로 향했다.

실종(失踪)

이재명은 1주일쯤 전인 10월 21일 사임한 학부대신 이재곤의 형제뻘 되는 친척이었다. 그는 총리대신 이완용이 학부대신일 때 이재곤의 추천으로 이완용의 비서격이 되어 온갖 궂은일을 다해 온 젊은 사람이었다. 이재곤이 대한제국의 사법권을 통째로 일본 통감부에 헌납한 총리대신 이완용의 독단 행위에 불복하는 뜻으로 대신 자리를 사임했으므로 그의 천거로 등용된 이재명도 물러나는 것이 도리이겠으나, 일이 너무 바쁘다는 핑계, 총리대신을 비바람 부는 광야에 혼자 버려두고 도망치는 것은 남자의 도리가 아니라는 생각으로 어영부영하는 사이에 닭 벼슬만도 못한 대한제국 정부의 관직을 내던질 시기를 잃고 있었다.

그 이재명에게 중요한 역할이 주어졌다. 총리가 대한제국 정부를 대표하여 중국의 대련으로 이토 히로부미의 조문을 가는 데 수행하는 역할이었다.

10월 26일 오전, 대한제국 정부는 폭탄 맞은 병영 같았다. 인천항에 들어온 일본 군함 고사이 호의 함장 초대로 만찬에 참석하기 위해 인천으로 갔던 대신과 통감부 소속 관리들이 허둥지둥 서울로 되돌아오고, 통감으로부터 이토 피살의 소식을 들은 총리 이완용은 내각을 소집하여 비상령을 내렸다. 임금 순종과 뒷방으로 물러나 상왕이 된 고종 또한 안절부절 갈피를 잡지 못하고 있었다. 하필이면 이토라니, 또 하필이면 한국 청년의 총탄이라니, 그 재앙의 불길이 대궐을 태우고 강토를 집어삼킬 것은 불을 보듯 뻔한 일이라 전전긍긍 대책다운 대책을 내놓지 못하고 있었다. 그래도 사람이 죽었으므로 초상집에 대한 예우를 다하는 것이 좋다는 판단으로 일단 조문 특사를 파견하기로 결정했다. 특사는 이토의 유해가 일본에 도착한 후 장례식에 참석하는 방법과 당장 대련으로 달려가 조문하는 방법의 두 가지가 제시되었다.

"병으로 서거하거나 다른 불가피한 원인으로 서거하셨다면 장례식에 참석해 조문하는 것이 올바른 예의이겠으나, 이번 이토 공작의 서거에는 그 책임이 전적으로 대한제국과 국민에게 있으니 제국의 정부나 황상 또한 책임이 없다 하지 못할 것입니다. 그러므로 당장 가서 사죄하는 마음과 자세로 유해 앞에 엎드리는 것이 예의일 줄 압니다."

농상공부대신 조중응이 즉시 조문해야 한다는 주장을 펴자 아무도 반대하지 않았다. 즉석에서 조문 특사로 총리대신 이완용이 직접 가야 한다는 결정이 내려졌다. 이 소식을 들은 순종 황제는 황제 자신을 대신하여 시종 윤덕영을 특사로 보내기로 했고, 상왕 고종 또한 승녕부의 총관 조민희를 자신의 특사로 보내기로 했다. 정부의 수장인 총리가 직접 나서고 임금과 상왕을 대신한 조문사절까지 나섰으니 임금이 직접 나서는 것이나 진배없는 사절단이었다. 서울시민 전체, 나아가 대한제국 국민 전체의 사죄하는 마음과 충심으로 애도하는 마음을 드러낸다는 뜻으로 한성부민회장 유길준도 일행 속에 끼었다. 여기에 중국어 통역과 일본어 통역, 그리고 수행원을 합해 모두 열두 명으로 구성된 칙사 일행은 10월 27일 오전 8시 40분 남대문역에서 기차를 타고 제물포에 내려 일본 군함 고사이 호에 올랐다. 정오에 인천항을 떠난 고사이 호는 밤새 진눈깨비를 동반한 서북풍과 거센 파도를 맞받으며 힘겹게 바다를 헤쳐 나갔다.

이완용은 고사이 호 부함장실을 숙소로 사용했다. 다른 임금과 상왕의 칙사들도 함내의 사관 내무실 침대에서 잠을 잤으나, 이재명을 비롯한 수행원들은 항해 장교들 숙소 옆에 붙어 있는 좁은 선실에서 해먹에 올라 잠을 청했다. 잠이 올 턱이 없었다. 이재명은 브리지 옆을 돌아 데크로 나왔다. 날씨가 좋지 않아서인지 지키는 병사는 없었다.

바다는 벌써 겨울인가. 먼 시베리아를 거쳐 남으로 지쳐오는 바람결에 칼날 같은 추위가 묻어 있었다. 빗물인지 뱃전에 부서진 바닷물인지 옷을 적시고 얼굴을 적셨다. 이재명은 얼굴에 묻은 물기를 훔쳐내다가 문득 눈앞에 있는 흰 물체를 보고 가까이 다가갔다. 사람이었다. 그도 서해의 바람과 파도를 온몸으로 맞고 서 있었다.

"잠이 오지 않던가?"

그쪽에서 먼저 알아보고 말을 건넸다. 총리대신이었다. 이재명이 옆에 가서 서자 총리는 밤바다에 시선을 던지고 서서 말했다.

"그 영감은 살아서나 죽어서나 고생을 시키는구먼."

이재명이 뭐라 말을 찾지 못하자 총리가 이었다.

"나는 전날 이토 공작 앞에서 무릎을 꿇은 일이 있다네. 어린아이가 어른 앞에서 무릎을 꿇듯이 그렇게 꿇었어. 이제 죽어서도 이 영감은 내 무릎을 꺾어놓을 참이구먼."

군함의 헐떡거리는 엔진소리와 바람소리 때문에 이완용의 말은 끊어졌다가 다시 이어졌다.

"가서 잠이나 자 두게. 살아야 하니까."

총리는 이재명의 어깨를 짚어 주고 그 자리를 떠나 선실로 돌아갔다. 이재명도 뒤따라 내려와 해먹에 몸을 실었다.

고사이 호는 다음 날인 28일 오전 11시경에 대련만을 둘러싼 산봉우리가 멀리 보이는 외항에 도착했다. 이재명은 총리의 숙소로 배정된 부함장실에 가서 총리의 준비를 도왔다. 총리 이완용은 밤새 잠을 자지 않은 듯 푸석한 얼굴이었다. 아침식사 때 식당에 모였을 때 보니 눈에 핏발이 서 있었다. 일본인들 보기에는 애도하는 마음과 대일본제국에 대한 피끓는 충성심으로 잠을 이루지 못한 모습으로 비칠 수도 있었다.

이완용은 대한제국 정부 각료의 정장인 양복 대신 조선시대 궁중에서 입던 전통적인 관복으로 차려입었다. 옷을 다 차려입는 데 많은 시간이 걸렸다.

"대련이 보이는가?"

총리가 물었다.

"멀리 산이 보입니다. 그러나 항구에 들어가기까지는 앞으로도 반 시간 넘게 더 걸린다고 합니다."

"그럴 테지."

메마른 목소리였다. 문이 벌컥 열리면서 순종황제의 시종 윤덕영이 들어왔다.

"대감!"

그렇게 불러놓고 난처한 표정이었다.

"관동도독부에서 함장 앞으로 전보가 오기를 고사이 호의 입항을 불허한다고 합니다."

웬만한 일에는 놀라지 않는, 차가운 얼굴을 가진 총리가 이마를 찌푸렸다.

"이 배가 왜 여기 왔는지 이유를 알고도 그런 지시를 했다고 하던가?"

"대한제국 황제와 정부 대표의 조문 칙사가 대련에 도착하면 대련에 있는 일본 군인들과 민간인들의 감정이 폭발해 사고가 날지도 모르니 아예 고사이 호의 입항을 불허한다는 것이 이유입니다."

"폭발? 우리를 때려죽일지도 모르니 보호하는 차원에서 배를 멈추게 한다, 그 말인가?"

"그렇습니다, 대감."

이재명이 재빨리 갑판으로 나갔다가 돌아왔다.

"배는 멈춰 있습니다."

"그렇다면 돌아가야지, 왜 멈추나?"

윤덕영이 설명했다.

"함장이 관동도독부와 몇 차례 전보를 주고받으며 교신한 결과 이런 결론을 얻었다고 합니다. '이토 공작의 유해는 오늘 중으로 대련을 떠나 일본으로 향하게 된다. 대한제국의 칙사들은 바다에서 그 배에 올라 조문의 예를 다하면 된다' 하고."

"떠나가는 배를 잡고 올라 조문을 한다?"

"그렇습니다. 일본에서 볼 때는 더욱 애틋한 조문이 되겠지요."

"그럴 테지."

대련항에 들어가지도 못하고 바다 위에 떠 있던 칙사 일행은 생각보다 오래 기다리지는 않았다. 정오가 조금 지났을 때 대련만의 좁은 입구에 검은 군함 한 척이 나타났다. 순양함 아키츠시마 호였다. 마스트에 펄럭이는 함대 깃발은 몇 뼘쯤 밑으로 내려와 있었고 다시 그 아래로 검은 조기가 매달려 있었다. 배의 선미에 계양된 욱일승천기도 반기(半旗)였다. 이토를 싣고 돌아가는 배가 분명했다.

고사이 호와 아키츠시마 호 사이에 무전이 분주하게 오가더니 아키츠시마 호가 고사이 호 측면에 수백 미터 간격을 두고 멈춰 섰다. 두 함정의 데크에서 그물 사다리가 내려졌다. 고사이 호에서는 그물 사다리와 함께 상륙용 보트 한 척이 더 내려졌다. 이재명이 먼저 그물 사다리를 타고 뱃전을 내려갔다. 아래를 내려다보니 검푸른 파도가 삼킬 듯이 넘실거리고 있었다. 눈을 감고 간신히 두 발과 팔을 버티면서 사다리를 다 내려가자 보트에 타고 있던 수병이 몸의 균형을 잡도록 도와주었다. 다음은 총리대신 이완용이 사다리를 타고 내려왔고, 그 다음은 유길준, 그 다음은 윤덕영, 조민희의 순으로 내려왔다. 그들이 차려입은 대한제국 관복은 너무나 거추장스러워 파도에 흔들리는 나뭇잎 같은 상륙용 보트에 어울리지 않았다. 수행원들까지 모두 내려와 타자 보트는 그득했다. 고사이 호에서 내려오는 것도 어려운 일이었지만 아키츠시마 호로 올라가는 일은 더 어려웠다. 수행원들이 한 사람씩 대감들의 궁둥이 뒤에 붙어 밀어 주거나 손을 잡아끌어 주면서 간신히 올라갔는데, 일본 수병들이 데크에 서서 아래를 내려다보며 시시덕거리고 있었다.

"어이, 대한제국 총리 영감, 힘내라고. 여자 배때기를 오른다고 생각하란 말이야."

어떤 놈이 머리 위에서 그런 말을 구정물처럼 쏟아냈다. 이재명은 이완용의 오른쪽 손을 잡고 끌어올리다가 그 말을 들었다. 총리도 들었다. 이완용의 팔이 잠깐 굳어지는 것을 느꼈으나 그의 표정에는 변함이 없었다. 지금으로서는 그물 사다리를 타고 뱃전으로 오르는 것만 생각할 뿐 다른 생각을 할 겨를이 없었다. 꼭 이래야 하나. 해군 수병들처럼 그물 사다리를 타고 오르내리는 작전을 수행하지 않아도 다른 방도가 있었을 것이다. 명색이 대한제국 정부의 총리와 황제의 칙사인데 이럴 수가 없었다. 이재명은 처음으로 이 사다리에서 떨어져 버리고 싶다는 강한 욕구를 느꼈다.

간신히 갑판에 기어 올라간 칙사들은 기진하여 널브러졌다. 차려입은 옷들은 사다리를 타고 오르면서 찢어지거나 더러운 물에 젖어 걸레같이 구겨졌다. 얼굴에도 파래 같은 썩은 해초들이 묻어 형용이 말이 아니었다.

때문에 일행은 일단 갑판에 모여 서로의 옷매무새를 고쳐 주며 몸가짐을 고쳤다. 그러나 해군의 재촉이 심했으므로 매무새를 제대로 다듬지 못한 채 군함의 작전회의실에 마련된 봉안실로 몰려갔다.

이토는 대련에서 마련한 호화로운 관에 들어가 누워 있었다. 관 뚜껑에 못질은 하지 않았으나 대한제국 칙사를 위해 관을 열지도 않았다. 이토를 수행했던 인물들이 이토의 귀국길에도 수행하고 있었다. 그들은 칙사 일행에게 빨리 절하고 물러가라고 재촉했다. 먼저 황제의 시종인 윤덕영이 영정 앞에 분향하고 절했다. 다음으로 상왕 고종의 칙사인 조민희 총관이 절하고 이어 정부 대표로 총리 이완용이 분향하고 엎드렸다. 이재명은 총리가 죽은 이토 앞에서 무릎을 꿇는 모습을 뒤에서 지켜보고 있었다.

총리에 이어 한성부민회장 유길준이 분향재배하고 물러나자 아키츠시마 호 함장이 뒤에 남은 수행원들을 함께 분향하고 절하도록 손짓으로 재촉했다. 수행원들이 한꺼번에 절하고 나자 칙사 일행은 밖으로 밀려났다. 군함이 도쿄만에 도착할 시각, 그리고 계획된 행사 일정에 정확하게 맞추어 항해하기 위해서는 어물거릴 시간이 없다는 것이었다.

이완용을 비롯한 칙사 일행은 갈 때보다 더 큰 고생을 하면서 고사이 호로 돌아왔다. 그들이 고사이 호 갑판에 간신히 올라 바다 저쪽을 보았을 때 아키츠시마 호는 이미 기수를 동남쪽으로 향하고 검은 연기를 뿜어내며 달리고 있었다.

일본 군함 고사이 호가 인천항에 되돌아온 것은 29일 한낮이었다. 열두 명이 칙사로 갔으나 돌아올 때는 열한 명이었다. 이재명이 보이지 않았다. 회항하는 길의 밤중에 갑판에 나갔다가 실족하여 바다에 떨어진 것이 분명했다. 그날 밤도 전날처럼 서해 바다는 날씨가 좋지 않았다. 서북풍이 성난 얼굴로 몰아쳤고, 덩달아 파도가 이빨을 드러내고 뱃전을 때렸다. 그 바다 속으로 젊은 관료 이재명이 가버린 것이었다.

이완용은 기차편으로 서둘러 서울로 돌아오자 곧 내각 회의를 소집했다. 그러나 각료들이 모이기를 기다리지 않고 그는 총리의 이름으로 사흘간 한성부 내에서 가무음주를 금한다는 지시를 내렸다.

칙사 일행이 바다에서 고생하고 있는 동안 황제도 놀고 있었던 것은 아니었다. 순종은 칙사가 인천항을 떠나던 그 시각에 통감부를 찾아가 조문하고 다음 날인 28일에는 이토 히로부미 전 추밀원 의장에게 문충공(文忠公)이라는 시호를 내렸다. 일본에 가 있는 황태자는 스승의 상을 당했으므로 이날(28일)부터 석 달 동안 상복을 입도록 조치했다. 이토를 죽인 범인 안중근의 자식들을 찾아내어 일본에 있는 이토의 유족들에게 머리 조아리고 공개 사과하도록 하자는 의견도 나왔다. 이토를 위해 사당을 세워야 한다는 주장도 있었다. 할 수 있는 일은 무엇이든지 다 해보자고 대한제국의 정부와 황실은 허둥지둥 서두르고 있었다. 정부와 황실만 그런 것은 아니었다. 11월 4일로 예정된 이토의 장례식에 참석하여 한국민을 대표하여 사죄하고 싶다는 무리들이 전국 각지에서 밀려들었다.

1909년 11월 4일, 도쿄의 히비야 공원에서는 초대 총리대신이자 추밀원 의장인데다 사실상 일본이라는 나라의 자존심이기도 했던 대정치인 이토 히로부미의 국장이 거행되고 있었다. 이날 한국 정부는 농상공부대신 조중응을 정부 대표로 파견했으나 이번에도 일본 측에서는 '만일의 사태를 염려한다'는 명분으로 조문사절의 참예를 사절했다. 일본에 건너가 장례식에 참석하지도 못한 조 대신은 이토의 가족에게 거금 10만 원을 은사금으로 전달하고 "공작 각하의 은혜에 보답하기 위해 한국 정부는 모든 일을 다 하겠다"는 약속을 남기고 돌아왔다.

같은 날 서울(한성)의 장충단 공원. 서울시내 각급 학교 학생들을 모두 불러모아놓고 '문충공 이토 히로부미 각하 추도식'을 열고 있었다. 늦가을 비가 하염없이 뿌리고 있는 가운데 거행된 추도식에서 총리대신 이완용은 '고 태자 태사 공작 이등박문 전하'에게 올리는 조사를 낭독했다. 조사의 내용은 한국과 한국민에게 보여 준 이토 공작의 하늘보다 높고 바다보다 깊은 은혜를 미처 헤아리지 못한 한국민, 특히 일부 지각없는 청년들을 대신하여 총리로서 절절한 뉘우침과 사죄의 내용이 녹아 흐르고 있었다.

문명국(文明國)의 풍경

히비야 공원에서 이토 히로부미의 장례식이 열리던 11월 4일의 같은 시각, 관동도독부 법원 2층의 고등법원장 사무실에서는 이토 살해범 안중근과 일당에 대한 검찰의 신문과 이후 계속 이어질 재판의 목표를 어디에 두고 방법을 어떻게 구사할 것인가 하는 중대한 문제를 놓고 회의가 열리고 있었다.

이날 회의 참석자들 중 관동도독부 지방법원 소속 검찰관 미조부치(溝淵)는 회의 시작 1시간 전에 하얼빈에서 여순으로 돌아왔다. 11월 3일 저녁 늦게 하얼빈에서 장춘을 거쳐 대련에 도착한 미조부치는 기차역 플랫폼에서 대련 주재 일본 경시청장이 보낸 사람으로부터 한 통의 편지를 받았다. '내일 아침 여순의 관동도독부에서 이토 공작 살해범의 신문과 재판에 관한 회의를 열 예정이니 대련에서 머물지 말고 밤을 도와 여순으로 돌아오라'는 내용이었다.

"죄인을 법에 따라 신문하고 법에 따라 재판하면 그만이지 무슨 회의가 필요한가."

투덜거렸으나 소용없는 일이었다. 대련역 앞의 마당에는 검은 말 한 마리가 끄는 마차가 기다리고 있었다. 낯익은 마차였다. 여순감옥소에서 여순법원 건물 사이를 왕래하며 재판 받을 죄수들을 호송하던 그 마차였다. 마차는 그런 일만 했던 것은 아니었다. 감옥의 처형장에서 처형한 죄수들을 감옥 뒤편의 야산에 묻기 위해 운반하는 일도 이 마차의 몫이었다. 마차

안은 어두웠다. 미조부치는 자신이 죄수가 되어 끌려가거나 사형당한 뒤 뒷산으로 묻히려고 끌려가는 시체가 된 기분이었다.

어쨌거나 미조부치는 다음 날 아침 9시 여순법원 2층의 고등법원장 사무실에서 열리고 있는 회의에 참석했다. 관동도독부의 사토오(佐藤) 경시총장, 히라이시 고등법원장, 마나베(眞鍋十藏) 지방법원장, 구리하라(栗原貞吉) 여순감옥소 옥장(獄長)과 조선의 통감부에서 급히 왔다는 아카시(明石)라는 사람도 있었다. 만철의 총재 나카무라(中村是公)와 안중근의 총탄에 왼발 뒤꿈치를 관통당해 수술을 받은 다음 부목에다 붕대를 칭칭 감고 목발을 짚은 만철 이사 다나카(田中淸次郎)도 비장한 표정으로 나와 앉아 있었다.

미조부치 검찰관이 도착하여 자리에 앉자 히라이시 법원장이 입을 열었다.

"본국에서는 지금 위대한 영웅이신 이토 공작의 장례식이 거행되고 있고, 대련과 여순, 그리고 장춘에서도 각각 추도 행사가 열리고 있는 시각에 회의를 하게 된 것은 이 일이 그만큼 중차대한 의미를 가지고 있기 때문입니다. 관동도독부 예하의 법원과 감옥소에서는 각각 맡은 바 임무를 충실하게 이행할 것으로 압니다만 그 위에 이 사건이 지닌 역사적, 정치적, 외교적인 측면들을 충분히 고려해 각각 인지하고 구체적인 재판의 방법과 절차를 의논해 보자고 오늘 모인 것입니다. 먼저 국내의 대중적 여론을 살펴보면 이토 공작의 살해범을 정식으로 신문하고 재판하는 따위의 법적 절차에 따라 처리하는 것은 웃기는 일이다. 조선 내에서 의병이라는 이름으로 발흥하는 비적(匪賊)들에 대해 언제 정식 재판을 하고 처치했느냐, 하물며 이번 안중근이라는 자는 '의병 중장으로 전투행위를 했노라'고 스스로 천명하고 있으니 만주에 진주해 있는 일본군이 군사재판에 회부해 소리 없이 처형하는 것이 옳지 않은가 하는 여론이 있다는 것을 말씀 드립니다.

그러나 내각은 지난 며칠 동안 깊이 있게 이 문제를 검토한 결과 이 사안을 정식 재판에 회부해 적법한 절차에 따라 처리하도록 최종 결정을 내렸다고 어제 법무대신이 직접 통보해 왔습니다. 그 이유는 다음과 같습니다.

'아시는 바와 같이, 우리 일본은 지금 역사 이래 최고의 흥성기를 맞았습니다. 아시아의 변두리에서 세계사의 한가운데로 진입했으며, 대륙으로부터 문물을 받아들이던 지난날의 숙명을 떨치고 새로운 개화 문명을 대륙으로 역류시키는 아시아의 맹주로 당당한 걸음을 걷고 있습니다. 이러한 때에, 그 전위적인 역할을 다해 온 이토 공작께서 피격당하자 서양 유럽의 문명세계 국가들은 정부나 언론이 모두 하나같이 애도하고 흉적을 규탄하고 있으나, 인근 아시아 국가들과 공산세력의 위협을 받고 있는 러시아에서는 드러내놓고 쾌재를 부르는 야비한 속내를 보이고 있습니다. 서양 문명국가들의 애통하는 여론 속에 숨어 있는 일본의 문명국가적 역량을 시험해 보려는 내심과 아시아 인근 국가들의 환호하는 흉중을 모두 제압해 세계국가로서의 일본의 모습을 보여 주기 위해서는 끓어오르는 분노를 삭이고 문명국가다운 모습을 안팎으로 극명하게 보여 줄 기회가 바로 이번 재판이다' 하는 판단인 것입니다.

말하자면 조선만 하더라도, 지금까지 이 소국에서는 죄인을 잡아다 관청 뜰에 묶어 놓고 무조건 안 죽을 만치 두들겨 팬 후에 '네 죄를 알렷다' 하고 호통 치거나 권력과 돈의 뒷줄에 따라 방면되기도 하고 처형되기도 했을 뿐 법이라는 것이 바르게 집행되는 것을 본 일이 없는 나라입니다. 이 나라 백성들에게 법이 무엇이며 일본이 얼마나 개화된 문명국인가, 이런 나라의 신민으로 살고 싶다는 간절한 마음이 속에서 우러나도록 하는 데는 이번 재판이 가장 좋은 산 증거가 될 것으로 봅니다. 그러기 위해서는 안중근이나 그 일당 죄수들 자신이 일본의 위대성과 문명의 깊이에 놀라고 승복하도록 하는 것이 우선입니다. 그런 의미에서 볼 때 하얼빈에서 행한 미조부치 검찰관의 신문 태도와 내용은 매우 만족스럽습니다."

거창하게 서두를 꺼냈으나 내용은 딱 한 가지였다. 이번 재판을 통해 조선 민중의 가슴에 일본 신민으로 살고 싶다는 마음이 절로 일어나도록 부드럽고 적법하게 재판을 진행해 달라는 방침을 밝힌 것이었다. 이 방침은 관동도독부 여순법원의 자체 방침이 아니라 가쓰라 내각의 정부 방침이었다. 그러므로 이날의 회의는 회의가 아니라 정부 방침의 통고였다. 참석자들 중에 안중근의 총탄에 직접 피해를 입은 다나카 만철 이사가 미조부치 검찰관에게 질문했다.

"안중근은 자신의 신분이나 배후에 대해 뭐라고 말하던가요?"

"이미 신문 내용을 회람하셨을 것으로 압니다만."

"그런 공식 문서 말고 죄인을 신문하면서 감지했던 검찰관의 예지를 물어보는 거요."

"개인의 예지가 검찰의 업무에 그대로 반영되는 것은 아닙니다. 다만, 신문을 떠나서 한담하는 시간에 안중근이 언뜻 말하기를 자신은 대한 의병의 참모중장이다. 의병 지휘관의 자격으로 적국인 일본의 수괴를 상대로 전투행위를 하다가 사로잡혔으니 만국공법에 의해 포로로서 공정한 재판을 받아야 한다고 주장했습니다. 이 주장은 나중에 재판정에서도 공식적으로 요구될 것 같습니다."

"그것 보십시오. 점잖게 신문을 해 주니 벌써 일본 검찰의 머리 꼭대기에 기어오르고 있습니다. 그래서 말입니다만, 안중근이라는 조선인이 일본의 심장에 총을 겨누었듯이 만주에 나와 있는 일본 군대와 신민들이 그 흉도의 가슴에 칼을 꽂지 말라는 법도 없을 것입니다. 그럴 경우, 여기 참석해 계신 분들께서는 오늘의 일을 기억하시고 의거를 행한 일본 군인에게 적법한 절차에 따른 재판이 진행되도록 유념해 주실 것을 부탁드립니다."

"안 돼요. 그런 일이 일어나서는 안 됩니다."

경시청장 사토오가 일본 내 매파의 첨병들로 조직된 만철의 이사를 연민의 눈으로 보면서 말했다.

"내각의 지시를 그런 식의 소아병적인 감상으로 받아들여서는 곤란합니다. 히라이시 법원장님께서 전달해 주신 바와 같이 경시청도 이번 사건 범인들에 대한 각별한 보호를 지시 받았습니다. 그 이유가 어디 있는지 조선 경영의 높은 의지를 우리는 알아야 하며, 우리 조국이 일개 아시아의 맹주에서 세계의 맹주로 나아가는 길에 관동도독부가 걸림돌로 작용해서는 안 된다는 것입니다."

나카무라 이사가 반론을 펴기 위해 목발을 짚고 벌떡 일어나는 것을 히라이시 법원장이 손짓으로 제지하고 서둘러 회의를 끝내버렸다. 나카무라 이사는 회의를 끝내고 나가는 사람들의 등에 대고 기어이 하고 싶었던 말을 쏟아냈다.

"내각의 결정은 영원하지 않습니다. 곧 다른 결정이 내려올 테니 그때는 뭐라고들 하는지 지켜보겠소."

통감도, 천황도 죽이겠다

11월 5일, 샌프란시스코의 캘리포니아 스트리트. 차이나타운 근처의 올드 세인트메리 성당 뒤편 골목의 허름한 목조 3층짜리 건물, 1906년의 대지진 때 허물어지지 않고 겨우 버티기는 했으나 건물 여기저기에 금이 가서 시 당국으로부터 즉시 허물고 다시 지으라는 통고를 받은 건물이었다. 그 건물 2층 서쪽의 구석진 방에 한국인 시계 기술자 민서구의 거처 겸 작업장이 있었다.

이 방에서 장인환(張仁煥)과 전명운(田明蕓)이 오랜만에 만났다. 두 사람 모두 하루 전 도쿄에서 거행된 이토 히로부미에 대한 일본의 국장을 보도한 미국 신문들을 챙겨들고 있었다. 오늘 만남은 석 달 전 블라디보스토크에서 샌프란시스코로 돌아온 전명운을 만나 안중근의 소식을 듣기 위해 장인환이 연락해 이루어진 것이었다.

두 사람은 한 해 전인 1908년 3월 23일, 샌프란시스코의 오클랜드 기차역에서 대한제국 정부의 외교 고문이던 친일 미국인 D.W. 스티븐스를 쏘아 처단했다. 루스벨트 대통령과 개인적으로 친밀한 관계이기도 했던 스티븐스는 한국에 대한 일본의 지배와 보호를 인정하는 내용으로 일본과 러시아 사이에 체결된 비밀 협약을 자국 대통령에게 설명하고 미국 정부의 협조를 얻어내기 위해 태평양을 건너와서 워싱턴으로 가던 중이었다. 그런 스티븐스를 당시 미국의 조선인 유학생 단체인 보국회 소속의 장인환과 공립협회 회원이었던 전명운이 함께 사살한 것이었다.

재판에서 두 사람은 불기소 처분으로 석방되었으나 미국에 있던 일본인들의 위협을 견디다 못해 전명운은 1908년 6월, 블라디보스토크로 피신했다. 여기서 안중근을 만났다. 의병들을 이끌고 국경지대의 일본 경찰서를 습격하고, 만주와 연해주를 돌아다니며 동포들에게 민족의식을 고취하고 있던 안중근과의 만남은 전명운에게 삶의 확신을 심어 준 중대한 사건이었다. 그 뒤부터 전명운에게 안중근은, 왜 살아야 하고 어떻게 살아야 하는가 하는 질문에 대한 답변이었고 지표였다. 전명운이 블라디보스토크에서 미국으로 되돌아온 것은 7월 중순이었는데, 그로부터 석 달 만에 안중근이 일본 그 자체인 이토를 세상에서 지워 버렸다. 자신들이 쏜 스티븐스가 일본제국의 곁가지였다면 이토는 일본제국의 심장이었고 머리였다.

"어떤 사람이던가?"

장인환이 신문에 실린 안중근의 사진을 가리키며 물었다.

"일본의 잔망스러운 짓거리를 앉아서도 훤히 꿰고 있는 어른이었어."

전명운은 자신보다 다섯 살 위인 안중근을 늘 어른으로 불렀다.

"그런 눈을 가진 사람이야 많지. 미국에 와 있는 조선 사람들 모두 그런 지사들 아닌가."

"그분은 앉아서 보지 않고 걸으며 생각하고, 생각하면서 행동하네. 생각과 행동이 일치하는 사람을 성인이라 한다면 그분이 성인이겠지."

"이번 사건 보도로 전 동지의 심장이 뛰고 있을 것이라 짐작은 하지만, 지나치지 않은가?"

"오히려 내 표현이 부족하네."

"무슨 뜻인가?"

"이제부터라는 거지. 그분의 투쟁은 이토라는 늙은이 하나를 처단하는 것으로 끝난 것이 아니라 감옥에 갇혀서도 전 세계의 몽매한 권력을 향해 투쟁할 것이고, 만약 그가 죽는다면 한 알의 밀알이 되어 우리 조선을 회생시킬 거목으로 자라겠지."

"우리가 스티븐스를 처형하고도 미국 법정에서 불기소 처분을 받을 수 있었던 것은 변호사들의 노력도 컸지만 미국이라는 나라의 문명의 깊이가 그만큼 깊고 두터웠던 탓이야. 그러나 일본의 법치란 개울물보다 얕아서 허울뿐이거든. 저들이 세계의 이목이 두려워 문명국의 흉내를 잠시 내고 있으나 조만간 그 바닥을 드러내겠지. 그분이 살아서 나오기는 힘들 거야."

"우리는 어떻게 했으면 좋겠는가? 전 동지!"

"나는 결심이 섰네."

"무슨?"

"조선으로 돌아가 일본 통감을 없애고 다른 통감이 오면 또 없애겠어. 그래도 안 되면 저들의 천황이라는 자의 목숨을 가져와야지. 그분이 나에게 가르쳐 준 교훈이야. 한 사람으로 안 되면 다음 사람이 잇고, 또 다음 사람이 이으면 일본 관헌으로 조선에 군림할 자가 없지 않겠나."

바다 같은 침묵이 두 사람 사이에 흘렀다. 한참 뒤에 장인환이 탄식하듯 말했다.

"미국 신문들을 보면 조선 사람들도 모두 이토의 죽음을 애통해하고 안중근의 비행을 규탄한다고 하네. 지난 1년 동안 나도 겪어 보았는데 일본 놈들의 위협보다 더 견디기 어려웠던 것이 동포들의 몰이해였어. 정말이지 죽고 싶도록 외로웠어. 그분은 그 외로움을 어떻게 견딜까? 그 죽음보다 깊은 외로움을."

죽음보다 깊은 외로움

뼈가 시리도록 외로웠다. 붉은 벽돌로 외벽을 쌓아 겨우 차가운 바람만 막아 놓은 감옥소의 감방은 밤만 되면 몸속의 피가 얼어붙을 정도로 매서운 한기가 돌았으나 그것은 그래도 참을 만했다. 일본 경찰에 쫓기어 의병 동지들과 얼어붙은 밤을 보낸 날이 하루 이틀이 아니었으니까. 그러나 외로움은 견디기 어려웠다. 감옥소 소장은 무슨 작정을 했는지 한국에서 발행되는 신문들을 넣어 주었다. 신문마다 커다란 글씨로 '대흉보!', '비탄에 잠긴 한국, 한민족', '이토 공작의 은혜를 원수로 갚은 비적의 흉탄' 등등의 제목을 뽑고 온 나라와 백성들이 이번 사건에 치를 떨며 한국인임을 부끄러워하고 있다고 보도했다. 자신의 의거를 긍정적으로 보도한 신문은 감옥소장이 일부러 넣어 주지 않았겠지만, 그리고 사실 이상으로 과장된 친일 신문들의 보도 자세를 어느 정도 짐작은 하고 있었지만 그래도 문짝만 한 활자들을 보니 뼛속 깊이 외로움이 스며들었다. 동포들이 모두 자신을 버린 것 같은 느낌, 황량한 들판에 홀로 서 있는 것 같은 느낌에 안중근은 울고 싶은 마음이었다. 차가운 벽을 잡고 통곡이라도 하고 나면 이 외로움이 가실까. 그럴 수도 없었다.

안중근이 여순감옥에 입감된 바로 그날, 하얼빈에서부터 그들을 호송해 온 헌병 상병 치바 도시치도 여순감옥으로 파견 근무 명령을 받았다. 그의 소임은 새로 입감된 중죄인 안중근의 감시와 호위를 담당하는 일이었다. 감옥 내에도 100여 명의 계로대원(戒擄隊員)들이 있었으나 특별한 죄수 안중근을 위해 헌병으로 하여금 감시와 보호 임무를 동시에 수행토록 조치한 것이었다.

치바 도시치로서는 아직은 할 일이 많지 않았다. 감옥소 계로계장의 엄격한 통제와 지시를 받고 행동했으나 일반 간수들과는 달리 약간의 자유가 있었다. 즉 그는 안중근 이외의 죄수들에 대해서는 관심을 두지 않아도 됐고 간수들의 집단 기합을 받을 때도 언제나 열외였다. 그러나 안중근이라는 특수한 죄수를 감시하고 보호하기 위해 왜 하필이면 헌병의 지원을 받아야 했는지 보여 주기 위해서는 모범적이고 헌신적으로 근무하지 않으면 안 되었다. 그러나 치바는 안중근이 이 감옥소 전체의 죄수들과 다른 차원의 특별한 죄수이고, 자신 또한 100여 명 계로계의 간수들과는 신분이 다른 파견요원이라는 점에서 같은 이방인끼리의 기묘한 동류의식이 싹트는 것을 느끼고 있었다. 이러한 느낌을 안중근이 눈치 채지 못하도록 조심하면서 그는 이 두려운 죄수의 마음속까지 들여다보려고 애를 썼다.

안중근은 겉으로 보기에는 간수로 차출된 헌병 따위에는 조금도 관심이 없는 것처럼 보였다. 그러나 그는 이 헌병이 하얼빈에서 자신들을 호송해 올 때부터 먼발치에서 끊임없이 자신을 훔쳐보고 있었다는 사실을 알고 있었다. 헌병의 마음속에 일본인 누구나 존경하는 인물 이토 공작을 살해한 범인에 대해 갖는 증오가 타고 있는 것도 보았고, 그 증오가 어느 순간부터 착잡한 회의로 바뀌는 그림자도 보았다. 그러므로 이 헌병이 지켜보고 있는 감방 안에서 허물어지는 모습도, 울고 싶은 마음도 내보일 수가 없었다. 온 세상이 자신을 잊었으나 치바 상병만은 눈만 뜨면 언제나 가까이서 두 눈을 부릅뜨고 지켜보고 있었기 때문이었다. 치바야말로 안중근에게는 이 어두운 벽돌집 안에서 세계를 바라보는 창이었다. 치바 역시 안중근을 통해 세계와 역사, 그리고 인생을 보고 있었다.

안중근이 외로움을 견디며 마음 놓고 통곡할 수 없었던 또 하나의 이유가 있었다. 이 차가운 담벼락 속에서 자신이 무너지면, 일본은 그 광경을 온 세상에 퍼뜨릴 것이고, 그렇게 되면 겉으로 일본의 총칼 앞에서 무력하지만 속으로 증오와 투쟁심을 불태우고 있을 동포들이 다시는 고개를 들지 못하게 될 것이다. '나의 전쟁은 이제부터다'라고 이를 악물고 다짐한 후 그는 아무리 깊은 외로움도 참고 견디기로 마음먹었다.

중근이 이해할 수 없는 것은, 여순감옥소가 일본인의 입장에서 보면 천인공노할 죄인인 자신을 지나치게 공손하게, 그리고 부드럽게 대우해 주고 있는 까닭이었다. 이 감옥소는 1902년 러시아가 태평양으로 나가는 부동항을 확보하기 위해 요동반도를 차지하고 있을 때 처음 지은 것으로 그때는 러시아 건물 특유의 회색 벽돌로 지은 집이었다. 일로전쟁의 승리로 요동반도를 러시아로부터 할양 받은 일본이 1907년 기존의 감옥소를 증축했는데, 이때는 붉은 벽돌로 이어 지었다. 회색 벽돌집을 붉은 벽돌로 이어 붙인 집이었으나 인간들 세상에서 감옥만은 어느 세상이나 비슷한 구조를 지녔기 때문에 러시아 감옥과 일본 감옥은 아무런 장애 없이 평화롭게 공존하고 있었다. 일본이 증축하여 감옥소로 사용한 지 겨우 두 해 지났을 뿐이지만 러시아가 지은 것보다 일본이 지은 공간이 훨씬 넓었다. 그만큼 일본이 요동반도에 진출한 이후 죄 지은 사람이 늘었다는 증거였다. 죄수들의 노동력을 이용하여 생산도 늘리고 징역형의 효과도 올리는 감옥 내 공장도 러시아 시절에는 피복 공장 하나뿐이었으나 일본이 차지하고부터 벽돌 공장과 인쇄 공장의 두 개 공장이 늘었다.

올해 옥장으로 부임한 구리하라는 이 감옥에서 만주지역에 진출해 있는 일본 군대의 보급품 중 먹는 것을 제외한 모든 물자를 생산하여 공급한다는 야심찬 계획을 가슴에 품고 있었다. 그 계획이 실행되려면 더 많은 공장을 지어야 하고 지금보다 훨씬 더 많은 죄수들을 수용해야 했다. 안중근이라는 죄수가 수용돼 있는 동안 이 감옥에 대한 일본 정부의 관심은 뜨거울 것이고, 그 뜨거운 관심을 이용하여 감옥을 크게 확장할 수 있을 것이라고 구리하라는 믿고 기대했다.

안중근이 갇혀 있는 감방은 옥장의 집무실과 간수 휴게실 사이에 있는 단층짜리 별실이었다. 이 방은 다른 감방들보다 넓이가 두 배나 되었고, 한낮에는 쇠창살을 통해 잠깐이나마 햇살이 얼굴을 디밀었다가 사라지는 행운도 있었다. 쇠창살 아래쪽에 나무로 거칠게 만든 책상 하나와 걸상 하나가 있었고 맞은편 벽 쪽에는 사람 하나가 겨우 누울 만한 크기의 침상이 있었다. 그리고 한쪽 벽 밑에는 나무로 만든 큰 물통과 같은 크기의 변기통이 놓여 있었다. 밥은 쇠창살 아래쪽에 뚫어 놓은 작은 구멍을 통해 들어오고 나갔는데, 감옥의 규정상 식사량을 규정하는 7등급의 순위 중 안중근에게는 모범수 등급에 해당하는 1등급의 식사가 제공됐다. 압송돼 올 때 머리에 용수도 씌우지 않았고 죄수복도 칼날 같은 추위를 어느 정도 막을 수 있는 두꺼운 천의 죄수복을 공급했다. 입감된 지 이틀째 되는 날 딱 한 번 교회실(敎悔室)로 끌려가 부처인지 잡신인지 분간이 안 가는 기괴한 모양의 신상(神象) 앞에서 참배를 강요받았으나 천주교인으로 우상 앞에 절할 수 없다고 버티자 그냥 감방으로 돌려보내진 후 다시는 교회실로 불러내는 일도 없었다.

검찰관의 신문도 없었다. 그러나 그것은 신문을 안 한 것이 아니라 검찰관 미조부치가 다시 하얼빈으로 가서 범죄 현장과 한국인들의 동태, 그리고 안중근의 살아온 과정과 가족 및 동지들에 관한 사항까지 광범하고도 치밀한 조사를 하는 동안 잠깐 동안 주어진 평화로운 공백이었을 뿐이었다. 미조부치는 하얼빈의 일본 총영사관에서 행한 첫 신문에서 안중근이 동지들과 배후의 조직을 은닉하기 위해 했던 거짓말 중 대부분의 반대 증거를 확보하고, 이어서 안중근의 배후가 되는 의병조직과 활동상, 그리고 미국과 러시아·중국에 산재한 한국인들의 활동에 대해서도 많은 정보를 확보했다. 그가 여순으로 돌아온 것은 11월 13일이었다. 바로 그 다음 날부터 숨 가쁜 신문이 벌어졌다.

일본의 잠 못 이루는 밤

관동도독부 여순지방법원 소속의 미조부치 검찰관은 잠을 이루지 못했다. 그의 관사는 여순항 서쪽의 바닷가에 있었는데 창문 너머로 검은 바다 위로 이불 같은 흰 눈이 쏟아지고 있었다. 저 바다를 건너 곧장 나아가면 한국의 서쪽 돌출부에 닿고 더 남쪽으로 내려가 대마도를 끼고 돌면 규슈에 닿는다. 자신이 여순에 부임할 때 왔던 뱃길이었다. 그는 불도 켜지 않고 다다미 위에 꿇어앉아 어두운 바다를 바라보고 있었다. 여순항은 동쪽과 서쪽에서 바다를 향해 길게 뻗은 산맥이 활처럼 굽어 항구를 에워싸고 그 중간에 겨우 배 두 척이 교행할 정도로 빠끔한 구멍만 뚫어놓은 천연의 요새였다. 일로전쟁 때는 러시아함대가 이 요새 속에 숨어들어 일본 해군에게 역습을 노리고 있었고 일본 해군은 러시아함대를 아예 여순항 안에 감금해 버린다는 작전으로 항만 입구의 좁은 통로에 배를 침몰시키는 기괴한 작전을 펴다가 애꿎은 배 몇 척만 수장시키고 효과도 보지 못했다.

그는 자꾸 내일, 두 번째 신문하게 될 안중근의 얼굴이 떠올랐다. 하얼빈의 일본 총영사관에서 행했던 첫 번째 신문에서 안중근은 많은 거짓말을 했다. 그 거짓말은 모두 우덕순, 조도선, 유동하 등 공범 동지들과 배후에 있는 의병조직, 그리고 멀리 떨어져 있는 가족들을 보호하기 위해 자신이 단독범임을 주장하다 보니 어쩔 수 없이 꾸며댄 거짓말들이었다. 미조부치는 안중근의 거짓말이 모두 거짓임을 입증할 만한 증거들을 수집해 놓았다. 그러므로 내일의 신문에서는 단연코 자신이 유리한 입장에 놓일 것이고 안중근은 부끄러워하게 될 것이다. 그런데도 왜 이렇게 불안할까. 처음 만났을 때부터 가졌던 이상한 느낌, 안중근이 신문하고 자신이 죄인인 것 같은 이상한 전도 현상이 대체 어디서 발원한 것일까.

"나쓰메 소세키 선생!"

비로소 불안의 근원을 찾아냈다. 바로 두 달 전인 9월 중순, 소설 《도련님》과 《나는 고양이로소이다》의 작가 나쓰메 소세키(夏目漱石)가 동경제일고등학교 때의 단짝 친구로 2대 만철 총재인 나카무라 고레키미(中村是公)의 초대를 받아 만주를 방문했을 때 함께 고량주 두 병을 비운 일이 있었다. 바로 지금 그가 꿇어앉아 있는 다다미방에서였다.

소설가는 그가 몸담고 있는 〈아사히신문〉에, 그때까지 일본 사람들이 일본어로 쓴 글 중에서는 읽을 수 없었던 활달하고도 심오한 문체로 사회와 인생의 밑바닥을 드러내 비추는 글을 써서 셰익스피어와 도스토예프스키에 주눅 들어 있던 일본 사람들의 자긍심을 높여 주고 있던 바로 그 인물이었다. 그가 고등학교 동기동창인 나카무라 고레키미의 초청으로 만철을 취재하여 〈아사히신문〉에 발표할 예정으로 만주에 온 것이었다. 이미 열차를 타고 대련에서 장춘까지, 그리고 무순탄광까지 모두 살피고 다음 취재 지역인 대한제국의 한성으로 떠나기 전날 관동도독부의 관리들을 이 사람 저 사람 만나보다가 마지막으로 검찰관 미조부치와 저녁을 함께 먹고 내친김에 술까지 하게 된 것인데, 술이 길어져 미조부치의 관사로 옮겨 밤을 새우게 된 것이었다.

나쓰메 소세키는 하늘색 유카다의 앞가슴을 풀어헤치고 병약한 몸을 꼿꼿하게 세운 채 미조부치가 따라주는 고량주를 사양하지 않고 받아 마셨다. 그는 열어젖힌 창문 너머로 검은 바다 위에 흰 눈이 쏟아져 더욱 무거워진 어둠을 응시하고 있었다. 미조부치가 자세히 보니 그가 보고 있는 것은 검은 색깔의 바다가 아니라 자신의 내면이었다. 작가는 그런 식으로 언제나 자신의 내면과 마주앉아 있었다.

"저 바다를 건너면 어디요?"

소세키가 입을 열었다. 몰라서 묻는 것이 아니라는 사실을 알았으나 미조부치는 착한 학생처럼 공손하게 대답했다.

"조선입니다."

대한제국이라는 국호가 엄연히 있었으나 일본 사람들에게는 아무래도 조선이라는 이름이 더 익숙했다. 어차피 대한제국이라는 나라 이름도 일본이 청국으로부터 조선을 떼놓기 위해 갖다 붙인 이름이라는 것, 그러므로 정식으로 그 이름을 부를 필요도 없고, 조만간 지구상에서 사라질 이름이라는 것, 또 조만간에 일본이라는 떠오르는 태양 아래 묻혀 버릴 이름이라는 것도 그들은 알고 있었다.

"조선이라…."

고량주를 씹어서 삼키던 그대로 조선이라는 말을 씹어 삼키면서 소세키가 말했다. 그의 다음 말은 엉뚱했다.

"미조부치 선생은 이곳 요동반도의 주인이 누구라 생각하시오?"

마흔두 살에 벌써 노인 같은 풍모를 지닌 소설가는 자기보다 나이가 예닐곱 살이나 아래인 젊은 검찰관에게 깍듯이 존댓말을 써서 물었다.

"땅의 주인은 언제나 변하지 않습니까. 그것을 역사라고 배웠습니다."

"요동은 조선의 땅이었소."

자기 내면의 인물과 이야기하듯 소설가는 말했다.

"고구려라는 나라였지, 아마? 이곳에 성을 쌓고 당나라 태종 이세민의 백만 대군을 물리쳤지. 쿠빌라이의 원나라가 말발굽으로 휩쓸어 버린 이후로 조선은 중국에 복속되었지만 그 전까지는 대등한 나라였어. 지금 일본이 만주를 경영한다고 들떠 있지만 만주는 결국 조선의 연장선이고, 조선을 경영하기 위한 외곽 담을 쌓는 작업이라는 느낌이군. 그 땅에 우리 일본이 두 번이나 전쟁을 치러 피를 철철 흘린 대가로 겨우 철도 하나를 챙겼으나, 이곳에 와 있는 일본인들이 사기꾼 아니면 창녀들뿐이니 이래가지고서야 중국이나 조선을 진정으로 복속시키겠다고 생각하면 그건 착각이지, 착각이야."

미조부치는 대답하지 않았다. 그가 자문자답하고 있었으므로 듣기만 하면 그만이었다.

"나는 내일 조선으로 들어갑니다. 가서 돌아보고 만주와 조선에 대한 기행문을 〈아사히신문〉에 쓰기로 돼 있어요. 그러나 이곳에 올 때 이미 부산을 거쳐 히카리를 타고 한성을 거쳐 왔기 때문에 볼 것은 다 보았다는 느낌인데, 미조부치 선생은 조선 사람들을 경멸합니까?"

질문을 받았기 때문에 이번에는 대답하지 않을 수 없었다.

"아직 직접 맞대어 살펴볼 기회는 없었으나 사람이 피부로 접촉해 본 경험만 경험이 아니라 소문과 배움을 통해 얻은 경험도 경험이니, 그런 입장에서 말씀드리자면 조선 사람들은 비열하고 미개하며 책임감 없고 분열하기 좋아하고 시기와 질투에 능하고 무엇보다 정직하지 못해 속임수를 잘 쓴다고 하니 경계하고 가르칠 대상이라 생각합니다."

"맞아요."

소세키가 고개를 끄덕였다. 미조부치 검찰관은 교단으로 불려나가 칠판에 간신히 정답을 적고 돌아온 소학교 학생 같은 기분이었다.

"그건 바로 일본의 황국신민교육이 주입해 준 조선인에 대한 정답을 그대로 좔좔 외고 있는 모범학생의 답안지 그대로요. 그러나 진실은 아닙니다."

"진실은 뭡니까?"

미조부치는 이 대단한 소설가에게 처음으로 대들었다.

"진실은, 일본이, 일본 사람들이 조선과 조선 사람들을 두려워하고 있다는 거요."

"에이, 그럴 리가."

미조부치는 가볍게 웃었다.

"정말이오."

소설가는 미조부치의 기분 따위에는 관심이 없었다.

"일본 사람들은, 중국 사람이나 조선 사람들이 머리가 나빠서 고급 업무는 일본인이 도맡아 하는 것을 당연한 일로 생각하고 있소. 이곳 만철의 조직도 그런 식으로 되어 있소. 일본인들은 같은 일을 해도 두 배, 세 배의 월급을 받고 사무직과 관리직을 독식하고 있는데, 중국인과 조선인들은 곡괭이 들고 철로 보수나 하는 일꾼으로 일하니 이게 다 그들이 열등한 민족이기 때문이라고 말이오."

"그건 사실입니다."

"사실이 아니라니까."

소설가는 고집했다.

"내 친구 중에 한성의 전기회사에서 일하는 사람이 있소. 이 사람이 휴가 차 일본으로 돌아온 길에 나와 술 한 잔 하면서 솔직하게 말하기를, 일본인과 조선인의 능력을 비교해 보기 위해 똑같은 일을 시켜 보았는데, 처음에는 전차 운전하는 일에서 시작해 다음에는 발전기, 배전시설 수리와 관리, 또 그 다음으로는 종합 사업계획서 작성에 이르기까지 많은 일을 시켜 보았더니 조선인이 일본인보다 앞서더라는 거요. 그 친구 말하기를 '조선인이 두렵다. 언젠가는 일본을 앞설 것이니 지금 밟아버려 영원히 일어서지 못하도록 해 놓거나 아니면 보따리를 싸서 열도로 돌아가는 것이 좋겠다. 정한론이나 조선경영론은 다 조선이 무엇이고 조선인이 어떤 사람들인지 알지 못하는 일본 무사계급이나 그들에게 추종하여 밥 벌어먹고 살던 문사들이 탁상에서 지껄이던 헛소리이거나 백일몽에 지나지 않는다. 조선인들을 경멸하고 증오하는 감정은 모두 이런 자들이 만들어 놓은 허깨비라는 거지. 이 허깨비는 무엇에 유용한가 하면 무사들이 전쟁을 벌이고 지배욕을 정당화하는 구실로 쓰거나 저들의 마음속에 들어 있는 불안과 공포심을 감추기 위한 꾸밈에 지나지 않는다'고 했소. 나는 그의 말을 잠깐 들렀던 한성에서나 이곳 만철이 지나는 만주 땅에서 확인할 수 있었소. 미조부치 선생은 어떻게 생각하시오?"

"그 친구라는 분은 잘못 판단한 것입니다. 아니면 특수한 경우를 일반적인 경우로 침소봉대하는 오류를 범했거나, 어쨌든 진실은 그게 아닙니다."

"그럼 고등고시에 패스하고 관동도독부 근무를 자원해 이 외진 땅에 나와 있는 젊은 검찰관 생각에는 대체 무엇이 진실이오?"

"저들을 속속들이 다 알 수는 없지만 중국인, 조선인, 몽고인, 대만인 등의 인종과 일본인은 차이가 난다, 이것이 진실이라고 생각합니다."

"맞아요."

소세키는 맞장구를 쳤다. 그러나 미조부치는 불안한 얼굴로 소설가의 입을 지켜보았다.

"일본인들이 갖지 못한 그 무슨 대단한 것을 중국인과 조선인, 그리고 대만인들이 가지고 있어요. 반대로 일본인들이 가지고 있는 것을 저들은 갖지 못했거나 아주 적게 가지고 있어요. 예를 들면 정직성 같은 것 말이오. 그러나 그것이 그렇게 대단하오? 분명한 것은 방금 미조부치 선생께서 인정했듯이 민족 간에 차이가 있다는 것이오. 그 차이를 인정하지 않으려하거나 모든 것을 일본인의 잣대로 재서 문명인이다, 미개인이다 하고 속단하는 버릇이 우리에게 있다는 것이오. 나는 그것을 두려워합니다. 정말 두려운 일입니다. 반드시 머지않아 역사는 일본에 재앙을 내릴 것입니다. 우리 후대의 자손들이 오늘 우리의 오만과 야욕에 대한 하늘의 징벌을 입겠지요. 충고 하나 하리다. 미조부치 선생은 결혼을 하지 마시고, 기왕 결혼을 했거든 아이를 낳지 마시오. 이미 아이를 낳았거든 일본 밖에서 키우시오. 일본에서 자라는 아이들은 머지않아 총알밥이 될 테니까. 지난 러일 전쟁 때처럼 말이오."

미조부치는 고개를 들어 소설가를 보았다. 이제 겨우 반격할 틈새를 발견한 것이었다.

"선생께서는 지금 말씀하신 것을 돌아가서 신문에 모두 쓰실 작정입니까?"

"천만에!"

소설가는 고개를 저었다.

"쓰지 않을 거요."

"왜요?"

소세키는 위궤양으로 창자가 뒤틀리는 듯 얼굴을 찡그렸다.

"나도 일본 사람이니까."

'하여튼 글쟁이들이란….'

미조부치는 그날 이후부터 글쟁이들을 존경하지 않았다. 나쓰메 소세키는 얼마 뒤 〈아사히신문〉에 '만한(滿韓) 이모저모'라는 제목으로 장문의 글을 썼으나 그날 미조부치에게 했던 말은 단 한마디도 없었다. 만주와 한국의 놀라운 발전 풍경이 소설가의 입심과 유려하고 장대한 문장으로 치장되어 아름답고 생동감 있게 그려져 있었다. 그 발전을 이끄는 일본의 힘에 대한 예찬이 문장 전체에 녹아 흐르고 있었다. 그것뿐이었다. 글 속에 진실은 없었다.

그러나 이상한 일이었다. 소세키의 만주와 한국에 대한 기행문을 읽으며 실망하면 할수록 그날 다다미 위에 앉아 눈에 묻힌 여순의 밤바다를 보며 토해 냈던 소설가의 직정어린 말들이 가시처럼 폐부를 찌르며 살아나는 것이었다.

소설가가 그랬듯이 미조부치는 자신의 내면을 들여다보았다. 두려움인가? 하얼빈의 일본 총영사관에서 처음 대면했을 때 이상하게도 취조하는 자신을 압도했던 죄수 안중근을 내일 다시 만난다는 사실이 이처럼 두려움을 가져오고 있는가?

문득 미조부치는 두고 온 도쿄를 떠올렸다. 일본열도 전체가 지금 잠을 이루지 못하고 있는 것처럼 느껴졌다. 열도뿐만 아니라 외지에 나와 있는 일본인까지 포함하여 일본 전체가 잠을 이루지 못하는 것이 아닌가? 대학 때 읽었던 셰익스피어의 맥베스가 생각났다. 맥베스는 잠을 잃었다. 무엇이 맥베스의 잠을 훔쳐갔는가? 도대체 무엇이 일본의 잠을 훔쳐갔는가?

의인과 검찰관

11월 14일, 밤새 퍼붓던 함박눈이 아침이 되자 싸락눈으로 변하여 찌꺼기처럼 간간이 흩날리고 있었다. 여순감옥소는 긴 겨울을 예감한 듯 깊은 침묵 속에 엎드려 있었다.

침묵을 깨고 감방 문을 따는 소리가 들렸다. 헌병에서 차출되어 간수 노릇을 하고 있는 치바 도시치 상병이 계호계장과 함께 들어왔다.

"972호, 일어나라. 검찰관님의 신문이 있다."

안중근은 이미 일어나 준비하고 있었는데 간수들은 그저 절차에 따라 명령했을 뿐이었다. 안중근은 치바 상병에게 몸을 맡겼다. 계장은 한 발 떨어져서 만약의 사태에 대비하면서 지켜보고 있었다. 치바는 안중근의 두 팔을 뒤로 꺾어 돌린 다음 먼저 두 손을 모아 묶고 다시 가슴과 배를 둘러 묶은 다음 줄의 한 끝을 소몰이처럼 감아쥐고 감방에서 끌어냈다. 안중근은 끌려 나가지 않고 제 발로 나가겠다는 의사를 밝혔다. 그러자 계장이 눈짓으로 신호를 했고 치바가 안중근을 먼저 내보내고 그 뒤를 따라 감방문을 나섰다.

신문실은 안중근이 수감된 감방의 바로 옆 건물에 있었다. 신문실에 가기 위해서는 먼저 취조실을 거쳐야 했다. 취조실에는 사람 인자(人字) 모형의 태형대(笞刑臺)가 누워 있었고 그 옆으로 물을 퍼붓는 수도꼭지와 양동이, 갖가지 고문 도구들이 마구간의 마구들처럼 더러는 시렁에 걸려 있고 더러는 방 한구석에 잘 정돈된 채 쌓여 있었다. 안중근은 그 방을 지나 신문실로 들어갔다.

검찰 측 사람들이 먼저 와서 기다리고 있었다. 검게 찌든 나무 책상의 저쪽 가운데 자리에 검찰관 미조부치가 앉아 있었고, 그 옆으로 통역과 서기가 필기도구를 펼쳐 놓고 대기하고 있었다. 통역과 서기는 지난번 하얼빈 총영사관에서 처음 신문을 받을 때 함께했던 그 사람들 그대로였다. 장소만 다를 뿐 하얼빈의 일본 총영사관을 그대로 옮겨놓은 듯한 풍경이었다. 치바 상병이 안중근을 미조부치의 맞은편 의자에 앉혔다.

"신수가 좋아 보입니다. 어떻게 지냈소?"

검찰관이 먼저 인사를 건넸다.

"덕택에 잘 지내고 있습니다."

"죽은 사람은 차가운 흙에 묻혀 있지만 살아 있는 사람은 어떡하든 편히 살기 마련이니까."

미조부치는 상대가 조선 사람이고 러시아말에 서툴지도 모른다는 것을 계산에 두면서 일부러 알기 쉬운 어휘만 골라서 말을 했다. 그러나 말 속에는 뼈가 있었다. 이유야 어찌 됐든 사람을 죽였으니 죄스러운 마음을 가져야 한다는 훈계를 그런 식으로 한 것이었다. 안중근은 자신이 알고 있는 일본어를 총동원하여 대답했다.

"이토 같은 도적은 살아 있는 것이 지옥이므로 차라리 무덤 속 흙이 따뜻하고 편하게 느껴질 것이오."

미조부치는 입씨름을 접고 본격적인 신문에 들어갔다.

"그대의 할아버지는 진해(鎭海)라고 하는 곳의 군수를 지냈는가?"

"예."

"그대의 할아버지 이름은 태훈(泰勳)으로 5년 전에 사망했다는데 사실인가?"

"예."

"그대의 아버지는 천주교도인가?"

"그렇습니다."

"그대의 어머니는 조씨(趙氏)인가?"

"예."

"그대에게는 정근(定根)과 공근(恭根)이라는 두 명의 아우가 있는가?"

"그렇습니다."

"정근은 한성에서 공부를 하고 있고, 공근은 진남포에서 교사를 하고 있는가?"

"그것은 잘 모릅니다."

"그대에게는 처가 있고, 그 여자는 김홍섭(金鴻燮)이라는 사람의 딸인가?"

"그렇습니다."

"그대에게는 5세와 2세의 자식이 있는가?"

"다섯 살짜리 자식은 있어도 나는 이미 3년 전에 집을 나왔기 때문에 내가 떠난 후에 낳은 자식에 대해서는 잘 모릅니다."

"그대의 처자가 지금 하얼빈에 와 있는데 이 사실을 알고 있는가?"

"모르는 일입니다."

"그대의 신상에 대해서는 두 아우로부터 자세히 들어 모두 판명되고 있으니 숨기지 말고 말하라."

"결코 거짓말은 하지 않습니다."

"지난번 하얼빈에서 첫 신문을 했을 때 그대는 처자가 없다고 거짓말을 하지 않았는가?"

"나는 동양의 평화와 민족의 자주 독립을 위해 3년 전부터 집을 떠나 진력해 왔으므로 처자가 없는 것과 같으므로 없다고 했을 뿐입니다. 그러나 실제로 처자는 있습니다."

신문은 안중근의 '거짓말'에 대한 검찰관 미조부치의 추궁으로 시작됐다. 검찰관으로서는 죄인에게 사실만 진술하라는 족쇄를 채워 놓기 위함이었다. 그런 다음 그는 배후인물과 조직을 파고들기 시작했다.

"그대의 아우가 말하는 바에 따르면 그대는 안창호(安昌浩)라는 자와 안다고 하는데 사실인가?"

"그분과는 두세 번 만났을 뿐으로 별로 가까운 사이가 아닙니다."

"그는 납품학회(納品學會) 회원인가?"

"그렇습니다. 우리 평안도(平安道)와 황해도(黃海道) 사람으로 납품학회 회원 아닌 사람은 없습니다."

"그대는 (북간도에서) 이범윤(李範允)의 집에도 갔었는가?"

"그곳에 2, 3개월 있었으나 이범윤은 만나지 못했습니다."

"그동안 최재형(崔在亨), 최봉준(崔鳳俊), 이상설(李相卨), 이위종(李瑋鐘), 전명운(田明雲), 이춘삼(李春三), 유인석(柳麟錫), 홍범도(洪範道), 차도선(車道善) 등을 만난 일이 있는가?"

"그곳에서는 홍범도만을 만났습니다."

"홍범도는 무엇을 하는 자인가?"

"함경도 의병의 거물입니다."

"그대들은 동지로서 자임하고 상호 왕래함에는 비용을 필요로 하는데 그 돈은 누구에게서 나오는가?"

"친구 간에 돈을 가지고 있는 사람으로부터 융통해 사용해 왔습니다."

"돈은 강영기(姜泳璣), 김동위(金東衛) 등에게서 나오는 것이 아닌가?"

"그런 이름은 들어본 일도 없습니다."

"그대는 작년에 동지 4명과 의논해 노위에후스키에서 이토 공작을 살해할 것을 맹세하고 손가락을 절단한 일이 있는가?"

"그곳에서 모여 한국의 독립을 도모할 협의를 했으나 이토만을 살해할 의논은 하지 않았습니다. 또 손가락은 그때 절단한 것이 아니고 나의 손가락은 올 봄에 맹세할 때 절단했습니다."

"그 손가락을 절단했을 때는 어디서 어떤 맹세를 했는가?"

"국가를 위해 진력할 결심을 표시하기 위해 러시아와 청나라의 경계인 연추라는 곳에서 손가락을 절단했습니다."

"그때 함께 맹세하고 손가락을 절단한 동지는 누구누구인가?"

"나 혼자 결심하고 손가락을 절단했습니다."

"그대와 같이 김기열(金基烈), 홍치범(洪致凡), 윤치종(尹致宗) 등이 함께 손가락을 절단한 것이 아닌가?"

"그렇지 않습니다."

검찰관은 안중근이 계속 동지들에 대해 숨기고 거짓 진술을 한다고 보고 그의 아픈 곳을 찌르기 위해 말머리를 돌렸다.

"그대는 국가를 위해 생명을 버리고 있다면서 정작 그토록 아끼는 조국을 떠나 외국을 떠도는 것은 무엇 때문인가? 또 외국에서 떠돌면서 돈을 보내라, 처자를 보내라고 부탁하는 따위의 행동은 (국가를 위해 생명을 버린다는) 본래의 취지에 어긋나는 행동으로 생각하는데 어떻게 생각하는가?"

"국가를 위해 처자를 잊어버린다는 것은 전연 동거하지 않는다는 의미가 아닙니다. 되도록 처자와 함께 살면서 기회를 보아 실행할 생각이었습니다. 나폴레옹도 전장에서 처의 돈으로 큰일을 도모한 사례가 있습니다."

미조부치 검찰관은 다시 신문의 방향을 틀었다. 이번에는 지난번 제1차 신문에서 이미 진술을 받았던 범행 현장의 세밀한 사항들을 공간 이동과 시간대별로 잘게 쪼개어 사실을 확인하는, 길고 지루하면서도 수사 기법상 매우 중요한 단계로 접어들었다. 신문은 3년 전 안중근이 한성을 떠나

북간도로 길을 잡은 순간에서부터 시작됐다. 북간도에 가기 전에 어디서 누구의 집에 머물렀는가, 누구를 만나고 무슨 이야기를 나누었는가, 기억의 저편에 묻어 두었던 이야기들을 검찰관은 잘도 꺼내 놓았고 안중근은 인내심을 가지고 때로는 기억의 밭에서 묵은 뿌리를 일궈내고, 때로는 부인하면서 길고 지루한 공방을 이어갔다. 정대호(鄭大鎬)에게 처자를 데리고 오도록 부탁한 내력, 우덕순(禹德淳) · 유동하(柳東夏) · 조도선(曺道先)을 만나게 된 경위, 세 사람이 가졌던 소지품, 날짜별 시간대별 이동 경위와 행동, 사건의 준비과정과 당일의 상황을 참을성 있게 묻고 또 대답했다.

신문은 다음 날도 이어졌다. 미조부치 검찰관은 수사기법에 대한 교과서적인 지침에 따라 범인에게 숨 돌릴 틈을 주지 않고 집중해 추궁하고 반복 진술케 함으로써 틈새가 발견되면 집요하게 파고드는 방식으로 신문을 계속했다.

11월 15일의 제3차 신문도 같은 장소에서 같은 시각에 진행됐다. 이번에는 주로 안중근이 거사 전에 쓴 시와 편지에 대해 신문하고 거사 하루 전에 채가구역에서 혼자 하얼빈으로 돌아온 동기에 대해 집중 추궁했다. 그리고 다음 날인 11월 16일에도 신문을 계속했다. 이번에는 주로 안중근, 우덕순, 유동하, 조도선 네 사람의 사건 전후의 행동에 대한 세밀한 추궁이 중심이었다.

이날까지, 안중근에 대한 네 차례의 신문 결과를 토대로 미조부치 검찰관은 이틀 동안 정리한 다음 11월 18일 안중근, 우덕순, 유동하 세 사람을 불러내어 처음으로 대질신문을 벌였다. 신문장에서 오랜만에 동지들을 만난 안중근은 한없이 반가웠으나 모르는 사람처럼 내색하지 않았다. 우덕순, 유동하 두 사람도 안중근의 마음을 짐작하고 끓어오르는 반가움과 슬픔을 드러내지 않으려고 이를 악물었다.

보호와 늑탈

그로부터 6일 만인 11월 24일에 가서야 안중근에 대한 여섯 번째의 신문이 있었다. 이날 검찰관은 단지동맹에 대해 잠깐 추궁한 다음 곧장 안중근의 사상적인 성향을 파고 들어갔다.

"이토 공작도 옛날에는 한 번 그대가 가지고 있는 것과 같은 사상을 지닌 바 있어 배외사상(排外思想)이 강했으므로 가노(家老)를 죽이려고 생각했던 일이 있었으나 서양에 가서 그곳 문명을 보고는 종래의 생각을 고쳤다고 한다. 그 사실을 알고 있는가?"

"알고 있습니다."

"이토 공작은 또 30세가 안 되던 시절에 동지 6명과 같이 영국으로 가서 5, 6개월 머무는 동안에 〈타임스〉 신문에 영국, 미국, 프랑스, 네덜란드 4국이 연합해 함대를 편성하고 일본의 시모노세키를 포격한다는 기사를 읽고 당장 학문을 그만두고 일본으로 돌아와 배외사상이 있는 사람들까지 찾아다니며 전쟁을 해서는 안 된다고 설득하고 제지했으므로 변절한 자라고 욕을 먹고 목숨까지 위태로운 지경에 빠진 적이 있었다는 사실을 알고 있는가?"

"그 일은 잘 알고 있습니다. 일본은 처음 네덜란드와 무역을 개시한 데 이어 이토가 미국으로 건너가 크게 얻은 것이 있었다는 것과 돌아와서는 단발(斷髮)을 실천에 옮겼다는 사실도 알고 있습니다."

"이토 공작은 일본 내지에서도 자유당 등으로부터 적대시당하고 그대가 이토 공작을 죽인 이유와 동일한 이유로 대단한 반대를 당했고, 특히 일로전쟁 후 공작의 동상은 어떤 자들에 의해 대(臺)에서 끌려 내려와 코가 박살난 일이 있었는데 그 일도 알고 있는가?"

"알고 있습니다."

"일청전쟁과 일로전쟁은 동양 평화를 위해 한다는 것을 일본이 선언했던 것을 알고 있는가?"

"그렇습니다. 동양 평화를 유지하고 또 한국의 독립을 위한다는 것이었습니다."

"일한협약(日韓協約)도 한국의 독립을 도모하기 위한 선언인 것을 알고 있는가?"

"그 선언이라는 것은 알고 있으나 그것을 믿지는 않습니다."

"그대는 국제공법(國際公法)을 알고 있는가?"

"다 알지는 못하나 대개는 알고 있습니다."

"일본이 제멋대로 말하거나 행동하면 국제협약에 가입해 있는 여러 나라가 보고만 있지 않을 것이라는 점을 아는가?"

"그것도 알고 있습니다."

"그렇다면 일본이 한편으로 동양 평화를 창도하면서 한국을 멸망시킨다든가 병합한다든가 할 경우 만국이 감시할 것이므로 그런 일이 이루어질까닭이 없다는 것도 알고 있는가?"

"나는 일본이 한국을 병합할 야심을 가지고 움직이고 있는데도 불구하고 열국이 이를 감시만 하고 있는 이유도 알고 있습니다."

"일청전쟁에서 일본이 승리해 대만과 함께 요동반도를 점령하려고 했을 때 프랑스, 독일, 러시아의 3국동맹이 일본의 요동 점령에 이의를 제기해 마침내 이를 청나라에 되돌려준 일을 알고 있는가?"

"알고 있습니다. 그 때문에 일로전쟁이 일어난 것 아닙니까."

"그러면 일본이 독단적으로 다른 나라를 병합하지 못하도록 열국이 감시하고 있는 것이 아닌가?"

"감시하게 되어 있습니다."

"조선도 수백 년 전부터 독립한 역사를 가진 나라인데, 그것을 일본이 열국의 감시에도 불구하고 병합할 수 없다는 것을 조금만 생각하면 알 수 있을 것이라 생각하는데 그대의 생각은 어떠한가?"

"정상적으로 하자면 병합이 될 수 없습니다. 그러나 이토와 일부 일본의 세력들이 미쳐 있으므로 병합을 기도하고 있는 것입니다."

"일청전쟁은 청나라의 출병에 대해 한국이 자주적으로 이를 방지할 수 없었기 때문에 일본이 한국을 위해 출병하고 그 결과 일어난 전쟁이다. 이로써 한국은 혼자 자주적으로 설 수 없는 나라, 곧 스스로를 지킬 힘이 없는 나라라는 것을 증명한 것이다. 그렇지 않은가?"

"맞습니다."

"한국이 스스로 지탱할 힘이 없기 때문에 일본이 보호하여 장차 조선으로 하여금 자주 독립한 문명국으로 만들어 일본 스스로의 안전도 도모할 필요에서 통감제도까지 만들어 한국을 보호하고 있는 것인데 그것을 모르는가?"

"알고 있습니다."

"한국에서도 어린 나이에 부모와 떨어져 사는 아이가 있으면 후견인을 두어 보호하겠지?"

"당연합니다."

"만약 그 아이가 명가의 자손이라면 다른 사람들이 엄중하게 그 후견인을 감시하고 편달하여 충분한 학문을 연마시키게 할 것이다. 안 그런가?"

"그건 그렇습니다."

"그 어린아이가 그 뜻을 받고 공부를 잘해 지능을 개발하고 몸을 근신해 재산을 다스릴 수 있게 되면 후견인을 폐하고 독립하여 집안을 다스릴 수 있을 것이나, 만약 학문을 연마하지 않고 치산(治産)에도 마음이 없고 오직 방탕하고 미혹하다면 언제까지나 후견인을 붙여 두어야 하지 않겠는가?"

"그렇습니다."

"이제 한국은 독립 자위할 수 없는 어린아이와 같으니 일본이 후견인이 되어 보호하고 있는 것이므로 한국이 그 뜻을 잘 받들고 있다면 통감제도도 오래 둘 필요가 없는 것 아닌가. 반대로 한국이 후견인의 뜻에 반해 행동한다면 통감제도를 영영 폐할 수 없게 될 것인즉 그 이유를 이제 알겠는가?"

"일본의 입장에서는 그렇게 말할 수도 있겠으나 한국의 입장에서 말하면 그렇지 않습니다."

"통감제도는 열국이 승낙하고 있는 보호제도로서, 한국이 세계 대세에 통해 자각할 때는 더 이상 보호할 필요가 없어질 것이나, 한국이 세계의 대세를 자각하지 못하고 완고하고 어두운 생각을 가지고 있다면 끝내 통감제도도 폐할 수 없게 될 것이다. 결국 일본이 한국을 망하게 하는 것이 아니라 한국이 스스로 망하게 되는 것인데, 그 이치를 알고 있는가?"

"망하고 흥하는 것이 한국인 스스로의 생각에 달려 있다는 사실은 나도 알고 있습니다."

"그렇다면 통감정치를 분개할 필요가 없고 오히려 자국민의 무능함을 회개할 일이 아닌가?"

"나는 일본이 한국에 대해 야심이 있느냐 없느냐 하는 것보다는 동양 평화의 관점에서 이토의 정책이 잘못되었다는 점을 지적하고자 합니다."

"일본이 세계 열국에 선언하고 있는 것은, 즉 한국 보호가 곧 동양 평화이기 때문이다. 그렇지 않은가?"

"세계를 향해 일본은 그렇게 선언하고 있는 것 같습니다."

"일본이 세계에 그런 선언을 한 이상 한국을 병합하려고 하면 이를 열국이 묵인할 것 같은가?"

"열국은 현재는 일본의 야심을 간파하면서 묵인하고 있으나 조만간 일본에 대적할 각오를 지니고 편의상 묵인하고 있는 것처럼 보일 뿐입니다. 한국이 독립할 능력이 없다고 하는 것도 잘못된 판단입니다. 그런 점에서 이토의 정책은 크게 잘못된 것입니다."

바보들

  "이토 공을 죽이면 일본이 한국에 대해 시행하고 있는 보호정 책, 즉 통감정치가 폐지될 것으로 생각하고 있는가?"

"그렇게 생각하고 있습니다."

"이토 공이 죽어도 통감정치가 폐지될 까닭이 없다. 세계 열국과의 약속 아래 시행하는 것이므로 이를 파기하지 않는 한 보호협약은 결코 소멸되 지 않는다. 그것은 미처 생각하지 못했는가?"

"그 협약이라는 것은 이토가 군대를 동원해 황상을 협박하여 강제로 승 낙케 한 것이므로 원인무효입니다."

"한국이 독립이 되지 않으므로 강제로 압박해 협약케 한 것으로 국제적 으로나 역사적으로도 강요에 의해 조약이 성립된 사례는 얼마든지 있으 며, 이는 결코 불법이 아닐 뿐 아니라 국가 간에 있어 당연한 일인데 어떻 게 생각하는가?"

"이토가 강제로 협약을 체결케 하면서 그것이 곧 한국 인민들의 바라는 바이므로 한국을 보호하고 있다고 말해 일본 황제를 비롯하여 일본 인민 들도 기만하고 있으므로 이토를 죽이면 일본도 자각할 것이라 생각해 이 토를 죽인 것입니다."

"한국이 일본의 보호를 받게 된 이래 식산 공업의 발달, 위생 교통 기타 내정은 점차로 완비되고 있으나 그대와 같이 본국에서 살지 않는 사람은 미처 깨닫지 못하고 있을 뿐이다. 그렇지 않은가?"

"나는 그렇게 생각하지 않습니다. 한국은 그 자체로서 상당히 발달해 있었습니다."

"한국이 발달해 있었다는 것은 그대만의 생각일 뿐이다. 사실은 그렇지 않다. 그대로 버려두면 진보할 수 없으므로 일본이 보호하고 있는 것이다. 그대는 그것을 모르는 것 같다."

"진보하기 이전에는 일본도 오늘의 한국과 같았습니다. 일본도 명치(明治) 초년만 해도 문명하지도 않았고 진보하지도 않았습니다."

"그러므로 일본은 스스로 그것을 알고 진보 발달을 도모한 결과 오늘의 일본이 되어 한국을 보호하고 있는 것이다."

"나는 전혀 다른 생각입니다. 하여튼 일본의 한국에 대한 정책은 어떤 말로 강변해도 사리에 맞지 않으며 잘못된 정책이라 생각합니다."

신문은 다른 사항으로 옮겨가서 한 시간 정도 더 계속되다가 끝났다. 신문을 끝내고 일어서면서 미조부치는 안중근의 눈을 바라보았다. 안중근도 미조부치를 바라보았다. 두 사람은 이런 자리 말고 다른 자리에서 술이나 앞에 놓고 밤이 새도록 이야기나 나누어 보았으면 하는 아쉬운 마음이 남아 있었다. 그러나 곧 현실이 그들의 망상을 깼다. 미조부치는 서류를 정리하면서 생각했다.

'저 안중근이라는 자는 정말 바보로군. 못이기는 척하고 내 말에 승복해준다면 목숨은 건질 수 있을 텐데. 목숨이 붙어 있어야만 조국의 독립도 보고 의병활동도 할 것이 아닌가.'

안중근은 치바 도시치 상병과 함께 문을 나서다가 문득 미조부치를 돌아보며 생각했다.

'저자는 쓸데없이 힘을 쏟고 있구먼. 일본은 지금 이토의 관 속에 칼을 숨겨 들고 한국을 향해 이리떼처럼 몰려 올 것이다. 그런데 검찰관이면서

저자는 자기 조국인 일본의 그런 야심을 모르는가, 모르는 척하는가. 어쨌
든 바보임에는 틀림이 없어.'

얼어붙은 봄

여순감옥소는 이상할 정도로 안중근에게 호의적이었다. 이곳에 나와 있는 전옥 구리하라(栗原)와 계호계장 나카무라(中村), 통역 소노키(園木), 그리고 전담 간수인 치바 상병과 다른 모든 감옥소의 직원들도 무엇에 홀린 것처럼 안중근에게는 봄바람처럼 부드러웠다. 관동도독부의 여순구 전체가 안중근에게 따뜻했다. 검찰관 미조부치는 신문할 때 어쩔 수 없이 하대를 했으나 신문이 끝나면 공손하게 공대말을 썼다. 그리고 이집트산 담배를 안중근에게 권하고 같이 피우면서 한담을 하다가 갔다. 오랜 친구 같은 감정이 두 사람 사이에 흐르고 있었다. 개인 비용으로 닭을 넣어 주기도 했다. 감옥소에서도 끼마다 최상등식으로 흰쌀밥을 내놓았고, 날마다 두세 차례씩 밀감이나 사과, 배 같은 과일도 주었다. 소노키 통역관은 날마다 우유 한 병씩을 차입했고 미조부치 검찰관은 닭 말고도 담배까지 넣었다. 입는 것, 덮는 것도 모두 지나칠 정도로 후했다.

무엇보다 안중근을 헷갈리게 한 것은 변호인을 자처하는 러시아인 미하일로프와 영국인 제니 더글라스 두 사람이 찾아온 사건이었다. 두 사람은 "블라디보스토크에 있는 조선인들의 부탁을 받고 변호를 맡게 됐다"고 했다. 여순지방법원에 변호인 신청을 해 놓았으므로 법정에서 만나게 될 것이라고 했다.

변호인이라? 안중근은 말로만 듣던 변호인들을 만나보고 나서 그들이 기왕이면 한국인 변호인이었으면 하는 욕심과 함께 이게 사실인가, 또 다른 일본의 간계인가 확인하기 위해 신문 때 미조부치에게 물어보았다.

"일본의 사법체계에 따라 공정하고도 합법적인 절차와 형식에 따라 재판을 하게 될 것이므로 변호인들은 적극 변론하게 될 것"이라는 대답이었다. "한국인 변호사를 구할 수만 있다면 구해 보라"는 조언도 있었다. 그 말을 듣고 안중근은 헷갈렸다.

처음 감옥소에 와서 잔혹한 고문과 인간 이하의 대접을 각오했다가 검찰관과 전옥을 비롯한 모든 사람들이 따뜻하게 대해 줄 때 안중근은 이런 생각을 했었다.

'이것이 참말인가, 꿈인가. 같은 일본인인데 어찌하여 이처럼 다르단 말인가. 한국에 와 있는 일본인들은 강폭하기가 말로 다할 수 없는데 여순구에 와 있는 일본인들은 어째서 이같이 어질고 후한가. 한국과 여순구에 있는 일본인들의 종자가 달라서 그런가. 기후풍토가 달라서 그런가. 한국에 있는 일본인들은 권세 맡은 이토가 악하기 때문에 그 마음을 본떠서 그러하고, 여순구에 있는 일본인들은 권세 맡은 도독(都督)이 인자해서 그 덕에 감화되어 그런 것인가.'

러시아와 영국 국적의 변호인 두 사람을 만나고 미조부치로부터 법정에서 그들의 변론을 받게 될 것임을 확인 받은 후에는 또 이런 생각도 했다.

'일본의 문명한 정도가 여기까지 온 것인가. 지난날 내 생각은 미처 여기까지 이르지는 못했었다. 러시아, 영국 변호사들을 허용해 주는 것을 보니 일본은 과연 세계의 일등국가라 할 만하다. 그러면 내가 오해했던 것인가? 이같이 과격한 수단을 쓴 것이 망동이었던가?'

진남포에서 정근과 공근 두 아우가 면회를 왔다. 면회라기보다는 참고인으로 검찰관이 소환하여 신문한 후에 곧 안중근과 면회를 시킨 것인데, 아우들은 형의 재판이 끝날 때까지 여순에 머물면서 닷새에 한 번 정도는 면회를 했다.

　그러나 이런 봄날 같은 분위기도 하루아침 서리에 얼어붙고 말았다. 고무라(小村) 외상의 공문 한 통이 여순감옥소와 관동도독부 지방법원에 하달되면서 모든 것은 변하고 말았다.

반전(反轉)

안중근이 미조부치 검찰관으로부터 일곱 번째의 신문을 받은 것이 1909년 11월 26일이었다. 검찰관은 그동안의 신문 결과를 검토하면서 잠시 뜸을 들였다.

이 사이에 일본 정부에서도 안중근을 어떻게 처리할 것인지 고민하다가 마침내 중대한 결단을 내려 놓았다. 고무라 외상이 페테르부르크에서 온 전문을 들고 가쓰라 총리를 방문한 것이 이 새로운 계획의 시발점이었다. 고무라는 포츠머스 강화회담에서 얻은 것 없이 돌아왔다고 계란 세례를 받는 등 수모를 당했으나 북극의 곰을 움직이는 수완에서 그를 당할 자가 당장에는 없었기 때문에 여전히 외상의 자리를 지키고 있었다. 오늘 그의 얼굴은 전리품을 안은 것처럼 밝았다.

"러시아제국의 황제가 마침내 이즈볼스키 외상의 손을 들어주었습니다."

"그래요?"

가쓰라는 멋지게 꼬아놓은 자신의 수염에 신경을 쓰면서 외상의 다음 말을 기다렸다.

"제2의 일러협약을 서둘러야겠습니다. 그와 함께 조선 병탄도 지체할 이유가 없게 되었습니다."

고무라는 약간의 설명을 늘어놓았다. 만주 문제를 놓고 극심하게 대립했던 러시아 정부 내의 두 사람, 즉 미국과의 제휴를 주장해 온 재무상 코코프체프와 일관되게 일본과의 제휴를 주장해 온 외무상 이즈볼스키의 첨

예한 대립은 11월 18일의 어전회의에서 황제가 이즈볼스키의 손을 들어줌으로써 막을 내렸다. 러시아 황제는 왜 일본을 더 두려워했을까? 러일전쟁에서 당한 아픈 기억 때문에 자다가도 벌떡 일어날 정도로 신경쇠약 증세에 시달리고 있었기 때문에 일본이라는 말만 들어도 가위에 눌릴 지경이었다. 여기에 이즈볼스키의 '일본 경계론'이 불을 질렀다.

"미국 국무장관 녹스의 이른바 '만주제철도 중립화안'이라는 것을 러시아가 거부하더라도 미국은 당장 우리에게 선전포고할 일은 없을 것입니다. 그러나 일본은 어느 방향으로 튈지 전혀 예상을 할 수 없는 위험한 존재입니다."

"이즈볼스키는 현명한 사람이로구먼."

그들은 상대를 인정했다. 늙고 병든 러시아 정부지만 이즈볼스키 같은 전략가가 있는 한 러시아를 만만하게 볼 수 없다는 생각을 재확인시켜 주었다. 기분이 나빴으나 그것은 사실이었다. 무거운 감정을 누르면서 가쓰라가 물었다.

"저들의 동맹국들은 어떻소?"

"프랑스는 러시아의 입장을 지지하고 있고, 영국은 일본을 옹호하고 있습니다. 프랑스나 영국이나 대독포위 체제를 유지 강화하기 위해서는 지옥에라도 뛰어들 태세입니다. 코가 석자나 빠졌어요. 조선을 병탄할 기회는 바로 이때입니다. 감이 절로 떨어질 정도로 때가 무르익었습니다."

총리대신 가쓰라가 결단을 내리기 전에 한국 통감 데라우치가 급히 현해탄을 건너왔다.

러시아와 일본이 만주 경영에 대한 입장이 일치하여 보조를 맞추고 있을 때 한국 병탄작업을 신속하게 마무리 짓는다는 것이 일본이 처한 최대의 당면 과제였다. 거기에 등장한 장애물이 여순의 감옥에 갇혀 있는 죄수 안중근이었다. 처음에는 일본이 문명국임을 내외에 과시하고 더불어 안중근으로부터 배후의 의병조직을 샅샅이 토해 내도록 한다는 목표 아래 최대한 부드럽게 대우해 주도록 조치했던 것인데 예상이 빗나가 죄수 안중근이 검찰관을 훈계하고 가르치는 상황에 이르렀다는 보고서가 관동도독부로부터 날아와 있었다.

"이건 아니야."

가쓰라는 관동도독부의 보고서를 데라우치의 무릎 위에 던지면서 책상을 쳤다.

"미조부치 같은 감상적인 검찰관으로는 안중근으로부터 백년 가도 배후조직을 알아내지 못할 거요. 알아내기는커녕 일본의 밑구녕까지 한낱 죄수에게 샅샅이 알려주는 결과가 되고 말 거요. 그러니, 이제 신속하게 재판을 진행시켜야겠소. 조선의 동정은 어떻소?"

"조선은…."

무골 데라우치는 가쓰라의 염소수염을 바라보면서 속으로 비웃었다. 그러나 말은 공손했다.

"이토 공작의 서거를 기회로 의병활동을 분쇄할 명목을 쥐었고, 조선인 중에서 합방을 앞당겨 달라는 요구가 비등하고 있습니다. 한편으로 흉악한 죄수를 영웅시하는 기운도 조금씩 자라고 있으니 차제에 그 싹을 잘라 버려야 합니다."

"그거요, 내가 알고 싶었던 것이."

비밀리에 각의가 열리고 "흉악범 안중근을 최대한 빨리 극형에 처한다"는 원칙이 정해졌다. 각료 중 반대 의견을 내놓은 사람은 단 한 명도 없었다. 이날의 결정 사항은 극비에 부쳐졌다. 총리대신 가쓰라는 외무상 고무라에게 이 사실을 알렸고, 고무라 외상은 정무국장 구라치에게 지령을 내렸다.

"일본 정부는 안중근을 극형에 처함이 마땅하다고 본다."

이런 지령을 받은 구라치 정무국장은 여기에 "가급적 빠른 시간 안에"라는 소견을 달아 여순 관동법원의 고등법원장 히라이시(平石)에게 같은 지령을 내려 보냈다. 히라이시는 곧 정부의 방침에 따라 죄수 안중근을 빠른 시간 안에 극형에 처하도록 모든 조치를 취하겠다는 보고서를 올리고 같은 내용을 지방법원장 마나베와 검찰관 미조부치, 그리고 안중근이 갇혀 있는 관동도독부 예하의 여순감옥에도 통고했다.

요동반도의 남단, 러일전쟁에서 30만 명의 아까운 젊은 피를 뿌려 러시아로부터 되찾은 여순(旅順)과 대련(大連) 일대의 일본 관가에서는 잠시 긴장이 감돌았다. 검찰관 미조부치가 옷을 벗고 귀국하게 될지도 모른다는 소문이 돌았고, 여순감옥소에 대대적인 인사 개편의 바람이 불 것이라는 소문도 있었다. 그러나 며칠이 지나자 이런 소문들은 아무 근거 없는 헛소문으로 지나가버렸다. 여순법원은 지방법원과 고등법원의 2심제로 운영되고 있었다. 이 법원은 행정과 군사의 모든 문제를 통합 관할하고 있는 관동도독부의 지휘를 받고 있었고, 검찰은 법원 업무의 한 부분으로 예속되어 있었다. 서양의 흉내를 내어 현대적인 사법제도를 운영한다고 하고 있었으나 사실은 정부의 관할 아래 일사분란하게 움직이는 행정제도의 변형일 뿐이었다. 여순법원의 한 부속품인 미조부치 검찰관도 고무라 외상의 지령을 따르느냐 아니면 옷을 벗고 예측 불가능한 벌판에서 인생을 어렵게 살아가야 하느냐 하는 단순한 선택만 남아 있을 뿐이었다. 그는 꼬박 하룻밤을 고민한 끝에 검찰관의 길을 그대로 걸어가기로 했다.

결론은 안중근 사형, 그리고 신문과 재판은 빨리 진행할수록 좋다는 쪽으로 나 있었다. 자신은 위에서 떨어진 각본대로 움직이면 그만이었다.

음모(陰謀)

일본 정부의 방침이 정해지고, 그 방침이 관동도독부의 법원과 감옥에 전달되자 신문과 재판을 맡은 당사자들은 속이 편해졌다. 안중근을 놓고 이리저리 어려운 판단을 내릴 필요가 없어졌기 때문이었다. 검찰관 미조부치는 12월 20일 여덟 번째로 안중근을 불러 신문을 벌였다. 장소는 전과 동일하게 안중근이 갇혀 있는 독립감방의 옆에 있는 간수부장 사무실이었고, 통역과 서기도 전과 같았다. 옥장과 간수부장이 배석한 것도 같았다. 그러나 검찰관의 태도는 달랐다. 안부를 묻는 의례적인 인사도 없었고, 담배를 권하는 배려도 없었다. 말씨는 공손한 존댓말 대신에 하대를 했고 고함을 지르며 상대를 몰아붙이는 등 신문 상대를 거칠게 다루었다.

안중근은 그런 미조부치를 보면서 입가에 엷은 웃음을 머금었다.

'이것이 일본의 진짜 얼굴이다.'

그것을 확인하고 나니 속이 편해졌다. 지금까지 검찰관과 전옥, 간수부장과 통역하는 사람들이 다투어 차입을 하고 극진한 대우를 하는가 하면 러시아와 영국 출신 변호사가 변호를 맡겠다고 출원하는 등 사법 절차가 제대로 이루어지는 것을 보고 내심 일본의 문명개화에 대한 혼란을 겪었던 것을 모두 거두어들였다. 문명도 개화도 저들 일본인들에게는 한갓 야수의 이빨과 발톱 같은 도구들이었을 뿐이었다. 지금까지 자신에게 보여준 태도는 무엇인가? 아마 자신의 마음속으로 파고들어 무엇인가 끌어내려는 수작이었을 것이다. 그렇게 정리하자 마음이 편해진 것이었다.

"사람을 죽이는 것은 참혹의 극치로서 가족과 친척을 비탄에 빠지게 하고 그 나라에 손실을 주며 세계를 전율케 하는 죄악임을 알고 있는가?"

"알고 있습니다."

"그대가 이토를 죽인 것도 같은 결과임을 알고 있는가?"

"이토를 죽인 것은 인도(人道)에 반(反)하는 행동으로 생각하지 않습니다. 이토 때문에 피살된 수많은 사람들을 대신해 이토 한 사람을 죽인 것입니다."

"어떻게 이토가 수만 명을 죽였는가?"

"메이지 유신에 즈음한 변란, 청일전쟁, 러일전쟁 양 전역에서 수만의 인명을 잃게 했고, 일본의 선제(先帝)를 독살하고 통감으로 한국에 와서부터는 한국인 수만의 인명을 끊었습니다."

"나라가 있으면 전쟁은 피치 못할 일이고, 전쟁이 있으면 인명을 잃는 일 또한 당연한 일이며, 하물며 두 전역은 이토 한 사람이 일으켰다고 보기는 어려운 일 아닌가?"

"그것은 그렇습니다. 그러나 청일, 러일전쟁 양 전쟁은 한국을 위해서라고 명분을 세워 일으켰던 것입니다."

"한국인으로서 피살된 사람들이 있는 것은 사실이나 그것은 폭도들을 처형한 데 불과한 것이며, 선량한 백성이 폭도로 간주되어 처형된 경우에는 금품을 주어 유족을 두터이 위로했고, 멋대로 선량한 백성을 죽인 일은 없었다. 이에 대한 생각은 어떠한가?"

"이토가 양민을 죽이면서 한국을 위해서라고 했던 것을 알고 있습니다. 내가 이토를 죽인 것도 한국을 위해서입니다."

"정부의 행위와 일개인의 행위는 구별되어야 하지 않겠는가?"

"(한국에서 일본이 한 짓은) 이토 한 사람이 한 것과 같습니다. 나는 3년 전부터 한국 국민의 진정한 마음을 알리기 위해, 만약 전함과 병력이 내게 있다면 이토를 (한국으로 오는) 바다 위에서 격살하고 싶었습니다. 그러나 그렇게할 수 없어 지금까지 눈물을 삼키고 있었는데 마침내 목적을 달성한 것으로 이번 행위는 내 개인의 생각일 뿐만 아니라 2천만 한국 동포를 대표해 결행한 것입니다."

검찰관은 방향을 바꾸어 단지동맹(斷脂同盟)과 블라디보스토크에서 하얼빈까지의 여비를 마련한 과정을 집중적으로 캐묻기 시작했다. 이미 여러번에 걸쳐 묻고 대답한 일이고, 검찰 측도 증빙이 될 만한 증거를 많이 수집해 놓고 있었으나, 신문 때마다 이 문제에 대한 추궁은 거의 매번 빠지지않았다. 까닭은 단지동맹이 단순히 의병활동을 함께 했던 동지들이 왼손약지를 잘라 그 피로써 맹세문을 쓴 혈맹에 그치지 아니하고 이토 히로부미를 격살한 이번 거사의 배후에서 바로 그 동맹의 동지들이 조직적으로움직였을지도 모른다는 추측 때문이었다.

그리고 블라디보스토크에서 마련한 100원(루블)의 여비가 정확하게 어디서 나왔는지 밝히는 일 또한 이번 거사의 배후조직을 밝히는 열쇠라고 보았다. 미조부치 검찰관은 그 돈이 〈대동공보〉의 이강에게서 나왔고, 이강은 샌프란시스코에 본부를 둔 해외 한국인 조직으로부터 지원을 받고 있을 것이며, 어쩌면 퇴위한 고종 임금이나 현재의 순종황제로부터 의병 자금이 흘러나오고 있을지도 모른다는 의심 때문에 집요하게 그 문제를 물고 늘어지지 않을 수 없었던 것이다. 그러나 안중근은 미조부치가 아무리물고 늘어져도 시종일관 연추에서 평소 알던 사람으로부터 '약간 강제로'빌렸다고 밝혔다.

소득을 얻지 못한 미조부치 검찰관은 다음 날인 12월 21일, 다시 안중근에 대한 신문을 벌였다. 9회차 신문에서 미조부치 검찰관은 우연준(禹連俊 : 禹德淳의 가명)과의 만남, 여비의 마련, 블라디보스토크에서 하얼빈까지의 이동 경로, 하얼빈에서 김성백 집에 머물게 된 과정과 채가구역까지의 이동 경로를 세밀하게 반복하여 물었다.

그리고 다음 날인 22일에는 열 번째의 신문이 이어졌다. 보이지 않는 곳에서 그 어떤 손이 검찰 신문과 재판을 채근하고 있어 검찰도 그에 따라 움직이지 않을 수 없다는 분위기를 미조부치는 굳이 숨기지 않았다. 안중근도 그런 분위기를 감지하고 있었다. 신문은 끝이 보이지 않는 대하소설을 서둘러 마무리 지으려는 것처럼 빨리 진행됐다. 전날에 이어 채가구역을 첫 번째 거사 지점으로 선택한 이유, 채가구역에서 하얼빈에 남겨 놓고 온 유동하(劉東夏)와의 사이에 오고간 전보 내용으로 미루어 유동하도 사전에 거사 계획을 충분히 알고 협력하지 않았느냐, 즉 유동하의 공범 여부에 대한 추궁으로 시작됐다. 안중근은 유동하를 보호하기 위해 끝까지 "유동하는 모르고 있었던 일"이라고 잘랐다.

"유동하는 그대가 전보를 하라고 한 것은 이토가 (하얼빈으로) 오는지 안 오는지를 알아내어 회답하라고 한 것이므로 그대로부터 온 전보에 대해 '내일 아침 일찍 온다'고 회전했다고 진술하고 있는데 그러면 유동하가 거짓 진술을 하고 있다는 것인가?"

"나는 (유동하와) 그러한 약속을 한 일이 없습니다."

조도선(曺道先)에 대해서도 마찬가지였다.

"조도선에게는 이토 살해의 의중을 김성백 집에서 채가구역까지 가는 동안 말하지 않았다고 한 것이 사실인가?"

"그렇습니다."

그러나 우덕순에 대해서는 안중근도 끝까지 도마뱀 꼬리 자르듯 보호의 막을 칠 수는 없었다. 우덕순 자신이 이번 거사에 적극 참여했음을 실토했고, 이 점을 안중근과의 대질신문에서도 분명하게 밝혔기 때문에 안중근으로서도 "우덕순은 모르는 일"이라고 부정할 수 없었던 탓이었다.

우덕순, 조도선, 유동하의 공모 범위와 깊이를 재확인한 후 신문은 거사 당일의 세부사항 확인으로 이어졌다. 10월 25일 채가구역에서 홀로 돌아와 김성백의 집에서 자고 다음 날 아침 일찍 하얼빈역으로 나가 이토를 격살하기까지의 모든 과정이 꼼꼼하게 검토됐다. 안중근은 거침없이 대답했다. 검찰관은 목소리를 높였다.

"한 사람을 죽이고 세 사람에게 부상을 입히고 두 사람에게 위험을 미치게 한 그대의 행위를 잘했다고 생각하는가?"

"이토 외의 사람들에 대해서는 가엾게 생각합니다."

"이토를 죽인 것은 정당한 행위였다고 생각하는가?"

"나는 처음부터 그런 생각으로 이 일을 했던 것이므로 지금도 잘못으로 생각하지 않습니다."

"암살자나 자객은 동서고금을 통해 그 예가 적지 않고, 국가정치와 관련해 발생하는 경우가 많다. 그러나 뒷날에 가서 피해자나 가해자가 목적은 같은데 다만 그 수단을 달리하여 생긴 비극임을 알고 후회하는 경우도 많았다. 깊이 생각해 보면 그대의 행위도 정치상의 목적으로 행한 것이라 하나 인도(人道)에 반하는 일임에는 틀림이 없다. 그래도 그 잘못을 깨닫지 못하는가?"

"나는 인도에 어긋나는 일을 했다고 생각하지 않습니다. 다만 지금 이토가 이 자리에 있다면 내가 그를 죽인 까닭을 설명하고 서로 토론할 수 있었을 터인데 그것을 할 수 없으니 유감일 뿐입니다."

미조부치는 책상을 치며 벌떡 상체를 일으켜 세웠다. 그는 입술 사이로

"그렇게도 당당한가?" 하고 씹었다. 상체를 일으켜 세운 채로 그는 물었다.

"그대가 믿는 천주교에서도 사람을 죽이는 것은 죄악이겠지?"

"그렇습니다."

"그렇다면 그대는 인도에 반하는 행위를 한 것이겠지?"

"성서에도 사람을 죽이는 행위는 죄악이라고 되어 있습니다. 그러나 남의 나라를 탈취하고 사람의 생명을 빼앗고자 하는 자가 있는데도 수수방관한다는 것은 죄악이므로 나는 그 죄악을 제거한 것뿐입니다."

이것으로 안중근에 대한 검찰의 신문은 끝이 났다. 해가 바뀌어 1910년 1월 26일에 마지막으로 열한 번째의 신문이 있었으나 이날의 신문은 하얼빈에 있는 한국인 김형재의 사건 가담 정도를 캐기 위한 것으로 아주 짧은 시간 안에 끝이 났다. 그리고 2월 1일 미조부치 검찰관은 '安應七이라 하는 安重根과 禹連俊이라 하는 禹德淳, 曹道先, 그리고 柳江露라 하는 柳東夏' 등 4명을 살인죄로 기소했다. 그 공판 청구서의 내용은 이랬다.

피고 안중근은 추밀원 의장 공작 이토 히로부미 및 수행원을 살해코자 결의하고 명치 42년(1909년) 10월 26일 오전 9시경 러시아 동청철도 하얼빈역에서 미리 준비한 권총을 발사하여 공작을 치사케 하고 또 공작의 수행원인 총영사 가와우에, 궁내부대신비서관 모리, 남만주철도주식회사 이사 다나카의 각 손발과 머리 등에 총상을 입혔으나 위 3인은 죽음에 이르지 않은 자로 함. 피고 우덕순 및 조도선은 안과 공동의 목적으로 이등 공작을 살해코자 하여 동청철도 채가구역에 머물며 예비행위를 하였으나 러시아 위병의 방해로 그 목적을 수행하지 못한 자로 함. 유동하는 안 등의 결의를 알고 통신, 통역의 소임을 담당하고 그 행위를 방조한 자로 함.

증거의 제시

1. 수사서류에 첨부한 목록에 게재한 서류와 물건의 전부
2. 피고 사건에 관하여 러시아 관할 관아로부터 작성 송치 받은 원문 조서 물건 및 원문에 대한 번역 서류의 전부

사건 발생 후 러시아와 일본 경찰은 거동이 수상하거나 평소 불온한 인물로 낙인찍어 두었던 한국인 17명(안중근 포함)을 무더기로 체포하여 수사를 해 왔으나 검찰 조사 과정에서 그중 12명을 방면하고 마지막으로 안중근의 처 김아려와 두 아들을 진남포에서 하얼빈으로 데리고 온 정대호를 잡아 두었으나 그에게서도 사건 연루 혐의를 발견하지 못하고 석방했다. 연추에서 왼손 무명지를 자르며 나라의 주권을 회복하고자 결의했던 12명의 단지동맹 의사들 중에는 이번 사건과 연관하여 체포된 사람이 안중근 외에는 한 사람도 없었다. 그리하여 안중근은 살인 혐의로, 우덕순과 조도선은 살인예비 혐의로, 그리고 유동하는 살인방조 혐의로, 러일전쟁 후 일본의 관할지역이 된 중국 요동반도 남단 여순의 관동도독부 법정에 서게 되었다. 이로 인해 피가 튀는 전쟁터이자 군사적 요충지로만 알려져 있던 여순은 갑자기 온 세계 사람들의 이목을 집중시켰고, 동시에 제국주의에 깔아뭉개졌던 인류의 양심도 심판대에 오르게 되었다.

조(趙)마리아

진남포. 안중근의 어머니 조마리아가 홀로 사는 집에 이른 아침부터, 벌써 네 번째로 일본 통감부 경찰이 찾아왔다. 아들 중근이 이토를 쏘아 죽였다는 소식을 가지고 온 것도 그들이었고, 여순법원에서 참고인으로 나머지 두 아들 정근과 공근을 부른다는 소환장을 가지고 온 것도 그들이었다. 여순에 간 정근과 공근 두 형제가 옥중의 형을 만나보고 "러시아와 영국인 변호사가 나의 변호를 맡기를 자청했다고 한다. 그러나 나는 우리 한국인 변호사의 변호를 받고 싶다"고 했고 형제는 이 소식을 어머니에게 전보로 알렸다. 그 전보가 온 줄을 어떻게 알았는지 경찰이 나타나서 "한국인 변호사 중에 흉악범의 변호를 맡을 사람은 없을 것"이라고 예고하고 갔다. 그것이 세 번째 방문이었고 오늘 네 번째로 저승사자 같은 그들이 또 나타난 것이었다. 한 명은 일본 순사였고, 한 명은 조선인으로 이루어진 일개조였다. 그들은 전에 안중근이 운영하던 삼흥학교 자리를 휙 둘러보고 나서 곧장 마루로 올라섰다.

"어딜 가시는 길입니까?"

조마리아는 들은 척을 하지 않고 보따리를 챙겼다.

"한성(漢城)으로 가려는 거 맞지요?"

"그렇게 잘 알면서 왜 묻소?"

"심정은 알겠소만, 공연히 애쓰지 마시라고, 알려드리려고 우리가 온 겁니다."

"……."

"한성변호사회에서 어제 입장을 발표했습니다. '우리는 폭력으로 폭력을 제압하겠다는 자가당착에서 나온 어떤 범죄도 용납하지 않는다. 안중근의 이번 소행은 대한제국과 일본의 항구적인 평화를 깨뜨리는 행위로 더욱 용서받기 어려운 범죄이므로 한성변협은 범인이 요구할 경우에도 변론을 맡지 않는다' 운운하고 있습니다. 한성변호사협회에 이름을 올리고 있는 변호사들 중에서 한국인은 열 손가락 안에 들 텐데 안중근이 한국인 변호사를 원했다는 신문기사를 보고 입을 모아 거절했다고 합니다. 그러니 모친께서 지금 한성으로 가시고자 하는 일은 헛일이다, 그겁니다."

"나는 천주님의 뜻에 따를 뿐입니다."

"아, 천주님 말이지요?"

일본 순사를 따라다니는 한국인 나부랭이가 무릎을 치며 말했다.

"이 가문이 독실한 천주교 신자라는 사실을 깜박 잊을 뻔했습니다. 그러나 명심하세요. 당신들이 믿는 천주님도 당신들을 용서하지 않는다는 것을!"

"그것이 무슨 뜻이오?"

상대가 천주님을 모독하자 조마리아는 입술을 앙다물고 순사를 쳐다보았다.

"홍 신부라고 있지 않소? 해주 천주당의 신부로 프랑스 사람이라 하던데? 본래 이름은 조셉 빌렘이라 했던가? 그 양반이 그랬다고 합디다. 자신에게 세례 받은 자가 살인을 저지른 것을 몹시 부끄러워하고 있다고. 천주께서 용서하지 않을 것이라고."

"천주님의 뜻은 신부님이라고 다 아는 것 아닙니다. 자, 비키시오."

"신부도 모르면 누가 아오?"

"언젠가 당신들도 알게 될 것입니다. 난 바쁩니다. 이만 비켜 주시오."

조마리아는 보따리를 들고 집을 나섰다. 저만치 뒤에서 순사들이 줄레줄레 따라오며 뒤를 밟고 있었다.

서둘러야 했다. 조마리아는 급했다. 정근의 전보에 따르면, 그리고 신문을 보고 전해 주는 진남포 성당의 주임신부의 말에 의하면, 일본은 안중근의 재판을 서두르고 있었다. 재판이 열리기 전에 변호사가 여순으로 건너가 선임계를 출원하고 등록을 마쳐야 하는 것이다. 정확한 일정은 알 수 없지만 정근의 전보에서 몹시 급해졌다는 것을 느낌으로 알았다.

막내며느리, 공근의 처가 시어머니의 검은 무명천 보따리를 대신 들고 한동안 같이 걸었다.

"아가!"

조마리아는 저만치 뒤따라오고 있는 순사들에게 들리지 않도록 목소리를 낮추어 며느리를 불렀다. 며느리는 시어머니의 입술을 쳐다보았다. 큰아주버니 중근이 하늘이 무너질 듯한 큰일을 저지른 이후 시어머니의 얼굴에서는 표정이라는 것이 사라졌다.

"내일 밤이면 내가 돌아오겠지만, 혹시 시절이 수상하니 돌아오지 못하더라도 아기 네가 남은 일을 잘 수습해야 한다. 집을 사겠다고 나서는 작자가 있으면 놓치지 말아야 한다. 혹 너희들이 진남포에 머물러 살고자 하여도 지금의 집에서는 살지 못한다. 일본 놈들이 이웃 사람들을 부추겨 돌을 던지고 욕질을 해댈 것이다. 그러니 어차피 진남포에서도 집을 옮겨야 살수 있다. 내 생각에는 너희들도 모두 이 땅을 떠났으면 한다마는."

"어머니께서는 어떻게 하실 작정이세요?"

공근의 처는 진남포를 떠날 생각이 없었다. 친정도 이곳이었고, 남편 공근이 교사 생활로 살림이 안정되어 가는데 군이 객지로 나가 고생을 사서

할 필요가 있을까, 하는 생각이었다. 그리고 시아주버니 중근의 죄는 중근과 그 가족, 이미 남편과 아버지를 찾아 하얼빈으로 가 있는 김아려와 두 명의 조카가 지고 가야 할 비극의 짐으로 끝나야 한다는 생각이었다.

"나는 만주로 가야겠다."

공근의 처는 억장이 무너지는 소리를 들었다. 시어머니는 며느리의 생각 따위에는 아랑곳없이 말을 이었다.

"내 아들은 살아나지 못할 것이다. 아들이 죽고 나면 우리가, 남은 가족이 뒤를 이어 나라의 독립을 위해 살아야 하지 않겠느냐. 적어도 이 땅에서는 살 수가 없다. 이건 너희들도 마찬가지다. 운명이니 받아들여야 한다."

"들리는 소문에는 아주버님께서 무기징역 정도로 살아날 것 같다던데요? 어머님께서 변호사를 찾아 나선 것도 살아남을 희망이 있기 때문 아닙니까?"

조마리아의 입술에 가벼운 웃음이 지나갔다.

"저놈들이 한성변호사회가 어쩌고저쩌고 지껄이고 있지만 한성변호사회는 통감부가 무서워 겉으로는 변론을 거부한다 하고 속으로는 사람을 보내어 변호사 한 사람을 추천해 주었다. 평양에서 활동하는 분이다."

"그럼 지금 한성인지 경성인지 하는 서울로 가시는 게 아니라 평양으로 가시는 길입니까?"

"저놈들이 들을라."

그 변호사의 이름이 무엇인지 조마리아는 며느리에게도 말하지 않았다. 그녀는 이른 아침에 길을 나서 칼바람을 맞으며 종일 걸어 늦은 저녁에야 평양에 닿았다. 순사들은 두어 시간이나 뒤를 따라오더니 돌아가 버렸다. 일로전쟁 때 진남포를 군수물자와 병력을 집결해 실어내는 요충지로 활용한 경험 때문에 통감부는 진남포와 평양을 연결하는 철도 건설을 서두르고 있었으나 아직은 미완성이었다. 조마리아는 먼지를 날리며 신작로를 달리는 트럭에는 눈도 주지 않고 타박타박 걸어서 평양까지 온 것이었다.

법원 앞 거리에서 변호사 안병찬의 사무실을 찾기는 어렵지 않았다. 안병찬은 등불의 심지를 낮춘 채 책상 앞에 앉아 있었다. 석탄 난로 뚜껑 위에 얹어 놓은 주전자의 물이 끓는지 가끔 덜그럭거리는 소리가 났다.

"기다리고 있었습니다. 못 오시는가 걱정을 했어요."

조마리아를 보자 안병찬이 반겼다.

"날이 밝는 대로 떠나겠습니다. 내일 가면 이틀 후에는 여순에 도착할 수 있을 터이고, 그러면 법원에 선임계를 출원할 시간이 충분합니다."

"여비가…."

조마리아는 들고 온 보따리 속을 뒤져 꼬깃꼬깃한 지폐들을 꺼냈다. 일본 돈 40원이었다.

"이것뿐이라…."

"충분합니다. 제게도 100원이 있습니다. 한성에서 동료 변호사와 아는 분들이 갹출해 보내온 돈입니다. 그러나 이 정성은 고맙게 받고 여순에 가서 아드님을 위해 쓰지요."

"우리 아들은 죽습니다."

"그렇지 않습니다. 일본은 아드님을 재판할 권리가 없어요. 재판을 하더라도 법리상 사형은 면하게 될 것입니다. 자신이 있어요."

변호사 안병찬은 조마리아의 어두운 얼굴을 들여다보았다.

"무슨 걱정거리나 좋지 않은 예감이 있습니까?"

조마리아는 고개를 끄덕였다.

"재판은 재판이고 일본은 일본입니다. 저들은 절대로 내 아들을 살려놓지 않을 겁니다. 변호사님께서는 법정에서 내 아들이 세계만방과 조선인들과 일본 놈들에게 하고 싶은 말을 다할 수 있도록 해 주세요.”

“그것입니까, 저에게 거는 기대가?”

“그것입니다.”

안병찬은 중근의 어머니를 다시 바라보았다. 이 여인에게 아들을 돌려주리라, 반드시! 그는 피가 나도록 입술을 물었다.

한국인 변호사 안병찬이 평양을 떠나 여순에 도착한 것은 그로부터 이틀 뒤인 1월 마지막 날이었다. 여순재판소에서 500m쯤 떨어진 골목의 막다른 곳에 여대여관(旅大旅館)이 있었다. 정근과 공근 형제가 묵고 있는 여관이었다. 형제는 안병찬 변호사가 도착하자 맏형인 중근의 목숨을 살려내기나 한 것처럼 기뻐했다.

“앞서 출원한 더글라스와 미하일로프 두 변호사의 신고는 정식으로 인가가 났습니까?”

안병찬이 물었다.

“아직 아무것도 결정된 것은 없습니다. 마나베 판사가 일본에 갔다가 오늘 도착했으므로 내일쯤에는 결정이 날 것이라고 합니다.”

하루만 늦어도 일이 꼬였을 텐데 안병찬 변호사가 참으로 적기에 잘 도착해 주었다고 형제는 고마워했다. 그러나 안병찬의 표정은 어두웠다.

“마나베 판사가 일본에 갔다가 돌아왔어요? 무엇 때문에?”

“그야 본국에 가서 재판의 진행에 대한 의논을 했겠지요.”

공근이 당연한 일 아니냐는 투로 말했다.

“그렇지 않습니다. 미조부치 검찰관의 태도가 갑자기 바뀐 이면에는 일본 정부의 밀령이 있었기 때문입니다. 이제 재판을 담당할 법원장이 일본에 호출당해 갔다가 왔으면 불리합니다. 너무나 불리해요.”

조마리아는 이런 상황까지 미리 점치고 있었던 것일까. 안병찬은 아직 근무시간이 끝나지 않은 때였으므로 서둘러 여순지방법원으로 나갔다. 그리고 마나베 지방법원장 앞으로 변호인 신고서를 제출했다. 신고서를 들여다보던 서기가 서류를 앞으로 밀어놓았다.

"왜?"

안병찬이 물었다.

"당신은 일본인이 아닌 외국인 아니오? 이번 안중근에 대한 재판은 일본 형법에 따라 일본 법정이 하는 것이므로 외국인 변호인의 변호를 허용하지 않습니다. 그 대신 관선 변호인 두 명을 선임해 놓았습니다. 가족과 한국인들은 안심해도 좋을 것입니다."

"더글라스와 미하일로프는?"

"그들도 외국인이라 허용하지 않습니다."

안병찬은 자신의 불안한 예감이 너무나 쉽게 맞아떨어지자 발이 어떻게 땅에 닿는지 의식하지 못하고 여관에 돌아왔다. 돌아오자 그는 참았던 울음을 터뜨렸다. 정근과 공근은 불안한 얼굴로 변호사를 지켜보고 있었다.

"아, 이놈들, 나쁜 놈들! 나라가 힘이 없으니 날강도 같은 놈들에게 아까운 목숨을 내맡길 수밖에 없다니."

안병찬의 통곡은 간장을 끊는 듯 처절했다. 그러다가 마침내 목구멍으로 검은 피가 꾸역꾸역 올라왔다. 피가 넘어오면서 변호사는 기절해 버렸다. 정근이 뛰어나가 인근의 일본인 병원에서 의사를 불러왔다. 진맥을 하고 난 의사는 말했다.

"병이 아닙니다. 시간이 지나면 깨어날 터이니 염려들 마시오."

그 말대로 한밤이 되자 안병찬은 깨어났다.

"이제 당신네들의 형님은 살릴 길이 없소."

변호사가 말했다.

"재판은 형식적인 절차에 불과할 것이오. 그러니 그 후의 일을 생각할 때가 되었소."

'당신들의 어머니는 이미 한국을 떠나 연해주로 이사할 생각을 굳혔으니 당신들도 의병이 되어 일본과 싸우다가 죽을 각오나 하라.'

차마 그 말은 입에 올리지 못했다.

그 다음 날인 2월 1일, 관동도독부 지방법원장 마나베는 앞서 12월 1일자로 제출한 러시아 변호사 콘스탄틴 미하일로프와 영국인 변호사 E. 더글라스의 변호인 신청에 대해 불허한다는 방침을 확정하고 이를 피고인 측에 통고했다.

짜맞춘 재판(裁判)

일본 추밀원 의장 이토 히로부미 공작을 암살한 죄로 체포되어 검찰관의 신문을 받아오던 안중근과 공범 우덕순, 조도선, 유동하 등 4명에 대한 일본 관동도독부 여순지방법원의 1차 공판은 2월 7일 오전 9시로 정해졌다. 판사는 마나베 지방법원장, 검찰관은 미조부치, 그리고 통역과 서기는 이미 검찰 신문 때 함께해 왔던 그 인물들이 배속되었다. 검찰관도 법원의 소속이었고 통역과 서기도 법원 소속이었으므로 이들이 함께 신문장에서 재판정으로 자리만 옮겨 앉은 꼴이었다. 관선 변호인은 미즈노(水野), 가마다(鎌田) 두 일본인으로 결정됐다.

이로써 안중근 재판을 통해 문명국 일본의 체통을 세워 안팎에 알리고, 동시에 이토의 죽음을 애통해하는 일본인의 마음을 달래고 동시에 한국 병탄을 앞당기려는 복잡한 목적으로 연출된 한마당의 연극 무대에 설 배역들이 모두 정해졌다. 보이지 않는 최고 연출자는 가쓰라 총리였고, 총리를 움직이는 보이지 않는 힘은 군부와 데라우치 한국 통감을 중심으로 하는 일본 내의 우익 강경파였다. 그리고 노무라 외상과 외무성 정무국장이 조연출을 맡았고, 관동도독부 지방법원의 법원장 마나베와 미조부치 검찰관, 미즈노와 가마다 변호사 등이 무대 위에 선 배우들이었다. 이들은 사전에 짜인 각본대로 움직이는 인형과 같은 존재들이었다.

이런 연극 한마당을 위해 여러 가지 준비물이 만들어졌다.

우선 법정을 새로 단장했다. 여순법원은 지방법원과 고등법원의 2심제로 돼 있었다. 따라서 법원 건물은 1층은 지방법원, 2층은 고등법원으로 용도가 정해져 있었다. 안중근 외 3인에 대한 재판은 지방법원 소관이었기 때문에 1층의 지방법원 재판정에서 하는 것이 원칙이나 1층의 지방법원 재판정이 너무 협소하여 방청인과 기자들을 합하여 30명을 수용하면 꽉 차는 좁은 공간이었다. 이 사건에 대한 나라 안팎의 엄청난 관심으로 미루어 그 정도의 좁은 공간에서 재판을 한다는 것은 일본이라는 나라의 체통이 안 서는 일이라고 판단했다. 그 때문에 이 사건에 한해 재판을 2층의 고등법원 1호 법정에서 하기로 하고, 방청인 약 300명을 수용할 공간을 확보하기 위해 새로 단장을 했다. 즉 긴 의자 몇 조를 더 넣고 방청석과 기자석을 분리하여 배치했다. 2층으로 올라가는 계단도 죄수들이 올라가는 좁은 계단은 그대로 두었으나 일본 고관이나 유지들이 드나들 계단에는 붉은 카펫을 새로 깔았다.

원래 2심제의 결함을 보완하기 위해 1심 재판 이전에 예심을 하도록 제도화되어 있었으나 이번 재판에 한해 예심을 생략하고 곧장 1심으로 들어가게 했다. 이것도 '안중근 사건' 재판의 특징이라면 특징이었다.

안중근 재판을 위해 정성을 들여 새로 만든 것이 이런 것뿐만은 아니었다. 안중근 외 3인이 구금되어 있는 여순감옥에서 법원까지 약 1.5km 거리를 호송할 마차를 일본에서 특별하게 제작하여 급히 여순으로 싣고 왔다. 마차는 견고하게 만들어진 차체를 힘이 센 검정말 한 필이 끌도록 제작되었는데, 마차의 좌우와 앞뒤로 총검으로 무장한 헌병과 감옥의 계호대원들이 합동으로 경계를 서도록 했다.

이렇듯 이번 재판 자체를 대단한 사건으로 인식하고 있음에도 불구하고 일본 정부와 여순법원은 짐짓 이를 과소평가하는 것처럼 행동했다. 가쓰라 총리는 서양의 기자들에게 "여순법원에서 법대로 할 것"이라고 원론적인 대답을 했고, 재판을 맡은 여순법원의 지방법원장 마나베 판사는 "범인이 이토 공작이라는 거물 정치인을 암살했으나 모든 재판은 일반적인 형사재판의 절차에 따라 할 것"이라고 애써 태연한 표정을 지었다. 그러나 마나베는 일본에서 돌아온 후에도 심한 스트레스에 시달리고 있었다. 정부의 방침에 충실하게 따를 것인가, 판사의 양심과 법리에 따라 판결할 것인가에 따라 두고두고 자신에 대한 평가가 달라질 것을 알고 있기 때문이었다.

1910년 2월 7일 오전 9시, 이토 히로부미 일본 추밀원 의장 살인사건과 관련하여 피고 안중근, 우덕순, 조도선, 유동하 4인에 대한 여순지방법원 제1차 공판이 열렸다. 이날 아침 7시부터 방청객이 줄을 섰다. 신분이 높거나 부자인 사람들은 삯을 주고 사람을 사서 줄을 서게 하여 방청권을 따도록 했다. 오전 8시가 되자 방청하고자 몰려든 사람들은 3천 명에 이르렀다. 신문기자들만 해도 30명이 넘었다.

여순법원은 3천 명 중에서 300명을 골랐다. 여순과 대련은 물론이고 멀리 장춘과 일본 본토에서 온 고관의 부인들도 있었다. 이들을 먼저 배려하여 방청권을 주고 남은 좌석을 다시 심사하여 배려하느라 법원은 아침부터 진땀을 뺐다.

9시 10분 전에 검은 마차 한 대가 들어와 법원 건물 뒤편 마당에 섰다.

이런 재판

마차가 서자 사방에서 마차를 호위해 오던 헌병대 호위병들이 먼저 타고 온 말에서 내려 마차를 둘러쌌다. 헌병 한 명이 마차의 발판으로 올라가 밖에서 열쇠로 잠금장치를 열고 문을 열자 감옥에 파견되어 안중근의 감시와 호위를 전담하고 있던 치바 도시치 상병이 먼저 내렸다. 이어서 안중근, 우덕순, 조도선, 유동하의 순서로 재판 받을 죄수들이 내리고 마지막으로 헌병 한 명이 뒤따라 내렸다. 죄수들에게 용수는 씌우지 않았으나 모두 포승줄로 두 팔을 등 뒤로 돌려 묶어 놓았기 때문에 마차에서 내릴 때 조도선이 기우뚱 앞으로 고꾸라지면서 먼저 내린 우덕순의 등에 코를 박았다. 자칫하면 우덕순도 쓰러지고 안중근까지 연쇄적으로 쓰러질 판이었으나 치바 상병이 재빨리 우덕순을 붙잡고 받치는 바람에 죄수들은 다시 꼿꼿하게 섰다.

2월 초순, 아침부터 하늘은 잔뜩 찌푸렸고, 차가운 바람이 죄수들의 얇은 옷 속으로 사정없이 파고들었다. 죄수들은 재판소의 뒷문을 통해 1층의 지방법원을 지나 죄수 전용 계단으로 2층에 올라갔다. 계단을 다 오르자 눈앞에 고등법원의 제1호 법정이 나타났다. 법정 안에는 이날 새벽부터 줄을 서서 요행히 선택 받은 방청객들로 만원이었다. 웅성거리던 법정이 찬물을 끼얹은 듯 숨을 죽였다. 맨 앞에 서서 들어간 안중근이 피고석의 안쪽에 앉고 그 다음으로 우덕순, 조도선, 유동하의 순서로 앉았다. 그들이 자리에 앉자 헌병들은 포승줄을 풀어 주었다. 그 대신 피고석의 전후좌우에 열 명 가까운 헌병과 경관들이 포진하여 만약의 경우를 대비해 죄수들을 감시하고 있었다. 안중근은 허리를 꼿꼿하게 세우고 머리를 들어 정면의 재판관석을 바라보고 있었고 우덕순은 옆으로 얼굴을 돌려 안중근을 바라보다가 하늘로 머리를 치켜들고 법정의 천장을 응시했다. 조도선은 뒤로 고개를 돌려 방청객 중에 누구 아는 이가 있는지 살폈다. 한국인 변호사 안응찬과 안중근의 처 김아려, 그리고 정근과 공근 두 아우가 서너 줄 뒤편에 앉아 있었다. 그들 외에는 전부 일본 사람이었다. 간혹 러시아 사람이 몇 보였으나 한국인은 네 사람뿐이었다. 그들이 이 재판정에 나와 있다는 것이 큰 도움이 되지 않는다는 생각이 들었음인지 조도선은 곧 실망스러운 표정으로 고개를 정면으로 돌렸다. 유동하는 속이 좋지 않은지 고개를 푹 숙이고 있었다.

갑자기 작은 소동이 일어났다. 신문사에서 온 기자들이 카메라를 안중근의 얼굴에 들이대고 찍느라 밀치고 넘어지는 바람에 경관들이 달려와서 기자들을 한쪽 구석의 자리에 몰아넣은 다음에야 그 소동은 가라앉았다. 그 때문에 정각 9시에 개정하려던 재판은 20분이나 지나서야 시작됐다.

법원장 마나베 주조(眞鍋十藏) 판사가 재판장석에 앉고 그 아랫자리의 왼쪽에 검찰관 미조부치 타카오가 앉았다. 조금 떨어진 곳에 입회 통역 소노키 스에요시(園木末吉)가 필기도구를 펼쳐 놓고 앉아 있었다. 국선 변호인으로 선임된 두 사람 미즈노 요시타로(水野吉太郎)와 가마다 마사하루(鎌田正治)는 유동하와 가까운 오른쪽의 변호인석에 앉아 있었다.

재판은 마나베 판사의 인정신문으로 시작됐다. 먼저 안중근이었다.

"그대의 이름은 무엇인가?"

"안응칠입니다."

중근의 목소리는 크고 또렷했다. 방청석에서 가느다란 여자의 한숨소리가 들렸다.

"나이는?"

"31세입니다."

"직업은?"

"없습니다."

"체포될 때까지 어디서 살았나?"

"러시아령 블라디보스토크 근처에서 살고 있었습니다."

"주소는?"

"일정하지 않습니다."

"조선에서의 원적은 어디인가?"

"평안도 진남포입니다."

다음 우덕순의 차례였다.

"이름은?"

"우덕순이라고 합니다."

재판장에게 시비라도 걸듯이 카랑한 목소리였다.

"나이는?"

"34세입니다."

"출생지는?"

"충청도 제천입니다."

재판장은 조도선을 향했다.

"나이는?"

"37세입니다."

"조선의 원적을 말하라."

"함경남도 흥원군 경포면입니다."

마지막으로 유동하의 차례였다.

"나이는 몇 살이며 직업은 무엇인가?"

"18세이며 이렇다 할 직업은 없습니다."

"조선에 원적은 있는가?"

"함경남도 덕원군 원산입니다."

인정신문을 마친 마나베 판사는 "지금부터 검찰관이 그대들 네 명에 대한 공소 이유를 진술할 것이다" 하고 미조부치 검찰관을 향해 턱짓을 했다. 미조부치가 자리에서 일어났다. 그가 낭독한 공소장은 아주 짧은 내용이었으나 어찌된 일인지 그는 몹시 힘에 부친 사람처럼 가끔 더듬으며 공소장을 읽어 내려갔다.

"피고인 안중근은 추밀원 의장 이토 히로부미 및 수행원의 살해를 결의하고 1909년(明治 42년) 10월 26일 오전 9시경, 러시아 동청철도 하얼빈역에서 미리 준비하고 있던 권총을 발사해 이토 공을 죽음에 이르게 하고…."

안중근은 살인죄, 우덕순과 조도선에게는 살인예비죄를, 유동하에게는 살인방조죄를 적용했다. 미조부치가 공소장을 낭독하는 동안 안중근은 미조부치의 얼굴을 가만히 바라보고 있었다. 미조부치는 그런 안중근의 시선을 한사코 피해 공소장에다 눈을 박아 놓고 다 읽은 다음에는 의자에 앉아 눈을 내리감아 버렸다.

재판장은 서둘러 심리를 시작했다. 먼저 안중근이 피고석에서 일어섰다. 처음 한동안 안중근은 두 손을 공손하게 앞으로 모으고 재판장의 물음에 단답형으로 또박또박 대답했다. 그러나 재판장의 질문이 거사의 동기와 같은 본질에 접근하자 두 손으로 좌석의 앞에 설치된 목제 가로대를 짚고 상체를 약간 앞으로 기울이면서 재판장과 그의 등 너머에 있는 온 세계를 향해 자신의 소신을 피력해 나갔다.

"그대는 얼마 동안 처자와 함께 살았는가?"

"3년 전에 집을 떠났습니다."

"그렇다면 그대는 3년 전부터 집으로부터는 아무런 도움도 받고 있지 않았는가?"

"고향을 떠날 때는 약간의 돈을 가지고 있었지만 블라디보스토크에 갔을 때는 돈이 떨어져 여러 곳을 돌면서 유세하여 유지들로부터 보조를 받고 있었습니다."

"그 3년 동안 그대는 어떤 일을 목표로 삼고 있었는가?"

"첫째 목적은 한국을 계몽시키는 교육운동에 관한 것이었고, 다른 하나는 한국의 의병으로서 국사를 위해 본격적인 순회 계몽 연설을 했습니다."

"그렇다면 3년 전에 집을 나오게 된 이유는 무엇인가? 그 이전부터 어떤 사상이 있었던가? 아니면 다른 동기에서 집을 나왔는가?"

"국가에 대한 사상은 수년 전부터 가지고 있었습니다. 그러나 더욱 절실하게 느낀 것은 5년 전 일로전쟁 때부터입니다. 그 후 5개조의 한일조약이 성립되고 또 계속해서 7개조의 조약이 체결되는 과정을 보면서 나는 점점 격분해 나라를 떠나 외국으로 갔던 것입니다."

"그렇다면 국가의 앞날을 위해 무엇인가 하지 않으면 안 된다는 생각이 있었는가?"

"그 이유를 물었으니 답하겠습니다. 일로전쟁 개전 당시 일본 황제폐하의 선전조칙에 따르면 동양의 평화를 유지하고 또 한국의 독립을 공고히 한다는 취지였기 때문에 당시 한국 사람들도 크게 감격해 일본인과 같이 전쟁에 참여하거나 일본을 도와주고자 일한 사람도 많았습니다. 나아가 일로전쟁의 강화가 성립되어 일본군이 개선할 때 한국인들은 마치 우리나라 군대가 개선하는 것처럼 기뻐했습니다. 이제야말로 한국의 독립이 굳건해진다고 확신했기 때문이었습니다. 그러나 그 후 이토 히로부미가 한국의 통감으로 부임해 5개조의 협약을 체결했습니다. 그것은 앞서 한국의 독립을 공고히 한다는 의사와는 정반대의 행위로서 모든 한국인들은 참으래야 참을 수 없어 이에 불복했습니다. 더 나아가 1907년에는 또 7개조의 협약이 체결되었는데, 이것 역시 앞서 5개조와 같이 한국의 황제폐하가 친히 옥새를 찍지도 않았으며, 총리대신이 동의한 바가 없는데도 이토 통감이 강제로 압박해 체결한 것이기 때문에 한국인은 모두 이에 불복하고 나라의 주권을 되찾고자 일어서게 된 것입니다. 본래 한국은 지난 4000년 이래 무(武)의 나라가 아니라 문필로 세운 나라입니다."

"그대가 국가를 위해 이런 범행을 하겠다고 작심한 근본 목적은 무엇인가?"

"이토 공작은 일본에서 가장 유력한 인사로서 대단한 권력과 영향력을 가지고 있는 인물입니다. 그는 통감으로 한국에 와서 무력을 사용해 5개조, 7개조의 협약을 강제로 성립시키고 나아가 한국 국민을 기만했던 것입니다. 그러므로 오늘의 비탄에 빠진 한국을 구하기 위해서는 우선 이 사람을 제거해야 하며, 그렇지 않고서는 독립이 어려울 것이라고 생각했기 때문에 이번 일을 결행했습니다."

"그런 생각을 하게 된 것은 언제부터인가?"

"7개조의 협약이 성립된 때부터입니다."

안중근은 자신의 범행에 대해서는 명쾌하게 시인했다. 그러나 동지들과 배후에 대해서는 도마뱀 꼬리 자르듯 입을 다물거나 부인했다.

"검찰관의 기소장에는 그대는 1909년 10월 26일 하얼빈역 정거장에서 이토 공작을 총기로 살해하고 또 그 수행원 수명을 부상시켰다고 하는데 그대는 이 사실을 인정하는가?"

"그렇습니다. 나는 저격했지만 그 후에 결과가 어떻게 되었는지는 모릅니다."

"이런 일을 한 것은 앞서 말한 대로 3년 전부터 생각했던 것을 실행에 옮긴 데 불과한 것인가, 아니면 또 다른 생각이나 동기가 있어서 그랬는가?"

"3년 전부터 생각해 오던 것을 실행에 옮긴 데 불과한 것입니다. 또 나는 의병의 참모중장으로서 독립전쟁을 수행하면서 적의 수뇌인 이토를 죽인 것이지 결코 사사로이 행한 일이 아니었습니다. 그러므로 나를 포로로 취급해야 함에도 불구하고 오늘 이처럼 한낱 살인 피고인으로 여기서 재판 받고 취조당하는 것은 대단히 잘못된 일이라 생각합니다."

판사는 잠시 움찔했다. 무슨 응원을 요청하는 것처럼 검찰관과 국선 변호사들을 번갈아 바라보았다. 그러나 검찰관은 딴전을 피우고 있었고 변호사들은 무표정했다. 재판장은 서둘러 우덕순, 조도선, 유동하와의 관계, 이토가 하얼빈에 온다는 정보를 얻게 된 동기, 블라디보스토크에서 하얼빈까지 오는 과정을 시시콜콜하게 질문하기 시작했다.

재판장이 정해진 시간에 쫓기고 있는 모습은 방청석에서 보는 사람들의 눈에도 확연하게 드러났다. 그러나 재판은 재판장의 뜻대로 빠르게 진행되지 않았다. 소노키 통역관이 통역을 해야 했기 때문에 김이 빠졌고, 중요한 대목마다 안중근이 길게 소신을 피력했기 때문에 시간이 지체됐다. 12시 15분이 지나자 재판장은 휴정을 선언하고 오후 1시에 재판을 속행한다고 선언했다.

예정한 대로 오후 재판은 정각 1시에 다시 열렸다. 방청석에는 오전에 선별된 방청객이 그대로 자리를 지키고 있었다.

재판관 마나베 판사는 오전 재판의 경험을 살려 오후에는 안중근에게 긴 답변을 허용하지 않으려고 애를 썼다. 권총과 탄환의 구입 경위에서 시작하여 블라디보스토크에서 하얼빈까지 간 경로와 시간단위의 세밀한 과정을 묻고 또 확인했다. 하얼빈 역두에서의 결행과 체포될 당시의 상황까지 확인한 후 재판관은 시간을 되돌려 단지동맹과 의병활동을 묻기 시작했으나 그 질문들은 구색을 갖추기 위한 양념에 지나지 않았다. 오후 4시 20분, 재판장이 자리에서 일어났다. 그리고 선언했다.

"안응칠, 그대에 대한 취조는 이것으로 일단 종결한다."

세계의 이목이 집중되고 있는 큰 사건에 대한 판사의 심리 치고는 너무나 싱거웠고, 속도가 빨랐다. 그저 검찰관의 기소 내용을 피고와의 문답을 통해 확인하는 요식행위라는 느낌을 방청객들도 받았는지 재판이 끝나자 일본인 방청객 중에서 "뭐가 이래. 재판장이 범인을 무서워하고 있는 것 아니야?" 하는 빈축의 소리가 들렸다.

짧은 겨울해가 넘어갈 무렵 죄수들은 검은 마차를 타고 감옥으로 돌아왔다. 마차를 타기 전에 죄수들의 두 팔은 다시 등 뒤로 단단하게 묶였다. 마차 안에서는 죄수들끼리 말을 나누거나 눈인사하는 것도 허용되지 않았다. 우덕순이 안중근에게 "안 중장, 혼자서 죽으려고 하지 마시오" 하다가 치바 도시치 상병에게 제지당했다. 안중근은 그런 우덕순을 잔잔하게 웃으면서 바라보기만 했다.

감옥에 돌아와 안중근을 다시 독방에 밀어 넣은 후 포승을 풀어 주면서 치바가 솔직한 소감을 말했다.

"오늘 재판은…"

안중근이 치바를 바라보았다. 조금 피곤한 기색이었다.

"누가 누구를 재판했는지 모르겠더군요. 방청석의 사람들은 재판장이 안 선생을 두려워하고 있다고 믿고 있었습니다."

"재판장이 나를 두려워할 이유가 있겠습니까."

안중근이 낮은 목소리로 받았다.

"사실은 일본이라는 나라가 나를 두려워하고 있겠지요. 그 두려움이 언젠가는 현실이 되어 나타날 것입니다. 치바 씨!"

강행군

재판은 바로 그 다음 날인 2월 7일 아침 9시 11분에 다시 열렸다. 안중근에 대한 취조는 어제 일단 종결했다고 선언했으므로 이 날의 취조는 안중근 외 3인에게 집중됐다. 먼저 우덕순의 차례였다. 우덕순은 얼굴에 주름이 잡혀 나이보다 늙어 보였다. 그러나 그는 꼿꼿하게 서서 통역의 말에 귀를 기울이고 또렷한 목소리로 소신 있게 대답했다.

"이름이 우덕순과 우연준 두 가지로 되어 있는데 어느 것이 진짜 이름인가?"

"수찬(水靑)에 있을 때 러시아 관원으로부터 호조(護照 : 여행권)를 받을 필요가 있어 통역에게 부탁했는데, 통역이 내 이름을 잘 몰라 제멋대로 부르기 좋게 우연준이라 불렀고, 나이도 30세인데 33세로 기록되어 있습니다."

"그대의 학문은 어느 정도인가?"

"천자문(千字文), 동몽선습(童蒙先習), 통감(通監) 2권까지 배웠습니다."

"어디서 배웠는가?"

"한성의 서당에서 배웠습니다."

"종교를 믿은 적이 있는가?"

"5년 전부터 예수교를 믿고 있었습니다."

"그대는 어떤 생각을 가지고 이토 공을 살해하지 않으면 안 된다고 생각했는가?"

"첫째는 일본 천황폐하를 속였고, 둘째는 한국 국민 전체를 기만했으므로 그 자체만으로도 한국민의 공적(公敵)인데, 이후 이토 공의 방침은 사사건건 한국에 불이익한 것만을 획책했기 때문에 한국 2천만 동포는 전부 한을 가지고 있으며 나도 그중의 한 사람입니다."

우덕순에 대한 심리는 오후에도 계속됐다. 주로 채가구역에서의 행위에 대한 취조를 받았다. 그리고 다음 차례는 조도선이었다.

"채가구를 떠날 때까지 러시아 사람들로부터 이토 공이 하얼빈에서 저격당했다는 말을 들은 적이 없었는가?"

"채가구의 정거장에서 처음 들었습니다. 우(禹)가 먼저 체포되고 난 후 나역시 몸수색을 받게 돼 권총을 내주었더니 나를 체포한다고 했습니다. '무엇 때문에 체포하느냐. 나는 체포당할 이유가 없다'고 했더니 러시아 군인들은 '오늘 아침 하얼빈의 정거장에서 한국인이 일본의 대신을 살해했다. 그 사람은 안(安)이라는 사람인데 당신도 이 정거장까지 그 남자와 같이 왔기 때문에 체포한다'고 하면서 포박했습니다. 그때 우가 나에게 러시아 군인이 뭐라고 말하는가 하고 묻기에 한국말로 말하려니까 한국말은 안 된다며 러시아어로 말하라고 했지만 우는 러시아어를 모르기 때문에 말을 할 필요가 없었고, 그이후로는 러시아 군인이 삼엄하게 경계하고 있었기 때문에 같이 있어도 말을 할 수 없었을 뿐만 아니라 곧 우와 분리되어 더욱 말을 할 수 없었습니다."

"그대가 길 안내를 부탁 받은 것은 안(安)으로부터 보수를 받기로 약속되어 있었기 때문인가?"

"결코 그런 일은 없었습니다. 실은 나도 하얼빈에서 놀고 있었고, 또 처가 불일간 온다고 하기에 처가 오면 세탁업이라도 할 생각이던 차에 다행히 안이 정대호(鄭大鎬)가 자기 가족을 데리고 온다면서 다른 볼일이 없으면 같이 가자고 하기에 정대호에게는 어차피 신세를 져야 할 일이 있을 것 같아서 그러면 같이 가자고 한 것뿐 보수 같은 것은 약속한 바 없습니다."

자객과 전쟁포로

둘째 날의 재판은 오후 4시 30분에 끝났다. 재판장은 우덕순과 조도선에 대해 모두 심문을 종결한다고 선언하고 다음 재판은 다음 날 오전 9시로 못 박았다. 숨 쉴 겨를 없는 강행군이었다. 이 재판을 한시라도 빨리 끝내고 싶다는 속마음을 숨기지도 않았다.

셋째 날의 재판은 오전 9시 50분에 시작됐다. 방청객의 수는 줄어들기는커녕 늘어나서 날이 갈수록 선발하기가 어려워졌다. 그만큼 온 세상의 관심을 끄는 재판인데다 주인공격인 안중근을 보려는 사람들의 호기심이 커졌기 때문이기도 했다. 영국인 변호사 더글라스도 이날 통역을 데리고 한국인 변호사 안병찬, 그리고 안중근의 두 동생 정근, 공근과 함께 나란히 방청석에 앉아 재판을 지켜보고 있었다.

이미 안중근, 우덕순, 조도선에 대한 심리는 지난 이틀 동안 종결되었기 때문에 이날에는 유동하에 대한 심리가 시작됐다.

"앞서 검찰관의 조사 때에는 이름을 유강로(劉江露)라고 하고, 또 유동하(劉東夏)라고도 하는데 어느 것이 그대의 진짜 이름인가?"

"유강로는 가명입니다."

"왜 가명을 말했는가?"

"하얼빈에서 체포될 때 거짓말을 했습니다."

"안(安)은 25일 밤이나 다음 날 아침에 정거장에서 총성이 나거든 이 편지를 보내 달라고 그대에게 부탁했지?"

"그렇지 않습니다. 검찰관이 질문하면서 그렇게 대답하라고 해서 그렇게 대답한 것뿐입니다."

"25일 밤에 특별한 부탁은 없었는가? '이토 공이 하얼빈에 오면 암살하겠다. 그러나 이 일을 다른 사람에게 말하면 그대의 목숨도 가져가겠다'는 등의 말을 하지 않았는가?"

"그런 말은 들은 적이 없습니다."

"그러나 그대는 검찰관 취조 때는 안(安)이 이토 공을 암살할 것을 알고 있었던 것처럼 진술하지 않았는가?"

"먼저 번 조사할 때는 이분(검찰관)이 재판정에 나가 질문을 받을 때 그대로 대답하라고 해서 그렇게 했을 뿐입니다."

"사실이 아닌 것을 대답할 이유가 없지 않은가?"

"이분은 '그럴 것 아니냐', '그렇지?', '그럴 수밖에' 하는 식으로 질문을 했기 때문에 나는 다른 대답을 하지 못하고 그저 건성으로 '예, 예' 하고 대답했을 뿐입니다."

"그대의 오늘 변명에 의하면 그대는 아무것도 모르는 모양인데 그렇게 나쁜 짓을 하지 않았으면 왜 거짓 이름을 사용했나?"

"26일 9시경 밖에서 어떤 사람이 이토 공을 죽인 일을 말하고 있는데 그때 10명 정도의 한국인들이 와서 하수인은 안응칠이라는 말들을 하고 있었습니다. 잠시 후 많은 러시아 경관이 와서 '유동하' 하고 부르기에 나도 모르게 겁이 나서 이름을 조사할 때 러시아어로 유강로라고 했습니다. 감옥에 끌려가서 일본인이 와서 조사할 때도 또 강로라고 거짓말을 했습니다."

"그대는 안(安)이 블라디보스토크의 이강 앞으로 보내는 전보를 쳐주지 않았는가?"

"내가 그 전보를 쳤습니다."

"안(安)의 이름으로?"

"안의 이름으로 쳤습니다."

"그것이 언제였나?"

"24일 12시경이었습니다."

"그 관계를 물어보았는가?"

"묻지 않았습니다."

"그러면 안 몰래 그 돈을 쓰기 위해 전보를 쳤는가?"

"그렇습니다."

이 대목에서 재판장은 안중근을 불러 세웠다.

"그대는 블라디보스토크에 있는 신문사의 이강 앞으로 100루블을 보내 달라는 전보를 치도록 유동하에게 의뢰한 적이 있는가?"

"그것은 이렇게 된 일입니다. 처음 김성백에게 돈을 좀 빌려 오라고 유에게 부탁하자 유가 언제 갚겠느냐고 묻기에 나는 이강에게 편지를 보내면 곧 송금해 줄 것이라고 말했더니, 편지로는 늦으니 전보로 하자고 하기에 그러면 그대로 타전할 테니 돈을 빌려 오라고 유를 심부름 보냈으나 김성백이 빌려주지 않았기 때문에 편지도 전보도 보낼 필요가 없게 되었으므로 발송을 포기한 채 24일 나는 채가구로 갔습니다. 그러므로 그 전보는 내가 없는 사이에 유가 자기 마음대로 친 것일 뿐 내가 부탁한 적은 없습니다."

안중근은 검찰 신문 때부터 재판이 진행 중인 지금까지 일관되게 유동하를 나이 어려 아무것도 모르고 욕심이나 채우려는 어린아이로 몰아갔다. 그래야 유동하의 죄가 가벼워질 것이라고 판단했기 때문이었다.

재판장은 이날 오전 11시 25분에 휴정을 선언하고 오후 1시 10분에 재판을 속개했다. 오후에는 증거물에 대한 조서를 통역이 읽고 피고들의 확인을 받는 절차가 진행됐다. 먼저 러시아 국경재판소 제8구 예심재판소의

스토라쇼우 판사의 조서를 한국어로 번역하여 소노키 통역관이 읽었다. 내용 중에는 안중근이 소지하고 있던 권총의 상태, 러시아 재무장관 코코프체프의 비서인 리우오우의 진술조서, 거사 현장에서 안중근의 목을 누르고 제압하여 체포하게 한 러시아 군인 니규오로프의 진술조서, 채가구역에서 우덕순·조도선의 행동을 수상하게 보고 감시하고 있던 러시아 육군하사 세민의 진술조서, 채가구 정거장 식당 주인 세미코프의 진술조서, 하얼빈 정거장에서 최초로 안중근을 취조한 러시아 헌병 마루킨인치·유와셍코프 두 군인의 진술조서, 김성백과 같이 살고 있는 러시아인 세 사람의 진술조서, 이토를 수행했던 후루야(古谷久綱)의 진술과 수행의사 고야마(小山善)의 진단소견, 가와카미(川上) 하얼빈 총영사와 다나카(田中) 남만주철도주식회사 이사의 증언과 사건을 목격한 다수 일본인들의 증언, 그리고 안중근과 우덕순이 쓴 자작시와 편지, 안중근의 처 김아려가 하얼빈 김성백의 집에서 안응칠이라는 사람을 모른다고 했다는 참고 진술 등이 소노키 통역의 입을 통해 한국어로 낭독됐다.

참고인들의 진술조서 낭독에 이어 몇 가지 사안에 대한 심리를 계속한 후 재판장은 임석한 국선 변호인을 향해 물었다.

"변호사 측에서 증거물에 대해 추가로 신청할 것이 있습니까?"

미즈노(水野) 변호사가 일어서면서 대답했다.

"없습니다. 그러나 피고가 의견이 있다고 하므로 시간도 있으니 진술시켜 주시기 바랍니다."

재판장은 난처한 표정을 지었다. 방청객석이 웅성거렸다. 재판장은 할 수 없다는 듯 입을 열었다.

"안응칠과 우덕순에게 말하겠다. 그대들이 무슨 의견을 말하고 싶다는데 이 재판정에서는 그 의견이라는 것을 재판하는 것은 아니다. 그러나 사실을 밝히기 위해 그대들이 굳이 말하고자 할 것이 있다면 그 요점을 간추려서 말하도록 하라. 만일 사실에 관한 것이 아니면 즉시 중단시키겠다. 따라서 사실과 밀접한 관계가 있는 것만 말하도록 하고 또 시간도 많지 않으니 길게 끌지 않도록 하라. 통역도 해야 하므로 간단하게 말하는 것이 좋다. 그리고 본건에 대해서는 아직 취조가 다 끝나지 않았고, 이제부터 검찰관의 논고와 변호사의 변호도 남겨 두고 있기 때문에 아직 최후 진술을 할 때가 아니다. 다만 시간이 조금 있으니 듣겠다는 것이다. 그런 줄 알고…."

안중근이 일어섰다.

"필요한 몇 가지를 말하겠습니다. 이번 거사의 목적과 대의에 대해서는 첫날 심리 때도 말했지만, 내가 하얼빈 정거장에서 이토 공작을 살해한 것은 결코 내가 사람 죽이기를 좋아해서 한 것은 아니며 커다란 목적이 있었기 때문이었습니다. 그 목적을 알리는 하나의 수단으로 살해한 것입니다. 그러므로 이제 말할 기회를 얻은 이상 오해를 받지 않기 위해서도 전 세계 사람들에게 의견을 진술할 필요가 있을 것이라고 생각합니다."

여기까지 들은 재판장은 얼른 변호사를 불렀다.

"어떻습니까? 그런 것을 지금 여기서 말하게 하는 것이 좋겠습니까?"

미즈노 변호사가 대답했다.

"어차피 내일 진술시킬 것이라면 시간도 있으니 지금 진술해도 무방하다고 생각합니다."

안중근은 하던 말을 계속했다.

"전에도 말했지만 이토를 살해한 것은 나 개인을 위한 것이 아니고 동양 평화를 위해 한 일이었습니다. 일로전쟁 개전 당시 일본 천황폐하의 선전조칙(宣戰詔勅)에 의하면 동양의 평화를 유지하고 한국의 독립을 공고히 한다는 선언이 있었습니다."

첫날 심리 때 거사의 목적을 설명하면서 폈던 논리 그대로였다. 일본의 천황은 한국의 독립을 약속했으나 이토가 이를 어기고 강제로 한국 황제를 폐하고 5개조, 7개조의 보호조약을 체결케 했으므로 이토를 제거하여 동양 평화의 기틀을 마련코자 거사했으며, 이는 또 독립의병의 참모중장으로서 수행한 전쟁의 일환이므로 당연히 전쟁포로로 취급되어야지 사사로운 살인죄로 재판 받는 것은 부당하다는 논리를 전개했다.

"이토 공을 살해한 것은 한국 독립전쟁 중 의병중장의 자격으로 한 것입니다. 하므로 오늘 이 법정에 끌려나온 것도 전쟁에 나가 포로가 되었기 때문입니다. 자객으로서 심문 받을 이유는 없습니다. 내가 여기서 의견을 진술코자 하는 것은 네 가지가 있습니다. 지금 말씀 드린 것이 첫째이고, 둘째는 이토 공작이 한국에 온 이상 한국 황제폐하의 외신으로 처신해야 할 것인데도 무엄하게도 황제폐하를 억류하고 폐제(廢帝)하는 범죄를 저질렀으니 이에 한국국민은 상하 막론하고 의병을 일으켜 싸우고 있으며, 일본은 군대를 보내어 이를 진압하고 있으니 일본과 한국은 전쟁 중이라 하겠습니다. 셋째, 이 모든 상황은 이토가 저지른 것이니 이토는 일본 측에서 보나 한국 측에서 보나 역적입니다. 넷째, 지난 을미년에 한국에는 커다란 불행이 있었습니다. 무엇인가 하면 이토 통감이 한국 황후를 일본의 병력을 이끌고 살해한 국난이 있었습니다. 나아가 이토는 일본에서도 역적이라는 이유가 있습니다."

재판장이 제지했다.

"이번 범죄와 직접 관련이 없는 그런 이야기로 계속 끌어간다면 공개를 정지하지 않을 수 없다."

안중근은 어조를 높여 항의했다.

"그러나 이것은 이번 내가 한 일의 원인이 되는 것으로 세상이 다 알아야 할 일이며, 오늘날까지 이미 세상에 알려져 있는 일이므로 새삼스럽게 여기서 말한다고 해서 방청을 금지할 필요는 없다고 봅니다."

"경우에 따라서는 방청을 정지할지도 모른다."

방청석이 소란스러워졌다. 탄식과 한숨이 여기저기서 나왔고, 재판장을 야유하는 소리도 나왔다. 안중근은 재판장의 협박에는 아랑곳하지 않고 말을 계속했다.

"조선 사람인 내가 들은 바에 의하면 이토 공작은 일본을 위해 대단히 공로가 큰 사람이라고 듣고 있습니다. 그러나 다른 한편으로 그는 일본 천황에 대해 대단한 역적이라고 듣고 있습니다. 우리 한국 황실에 대해 역적이라 함은…."

소노키 통역이 끼어들어 통역하기를 기다려 재판장이 목소리를 높였다.

"피고의 진술은 공공의 질서에 방해가 되는 것으로 인정되기 때문에 공개를 정지한다. 방청인은 전부 퇴장하시오."

이때가 오후 4시 25분이었다. 방청객들이 웅성거리며 빠져나가자 재판장은 변호사들을 불러 의논하고 나서 피고 안중근에게 물었다.

"정치에 관한 의견은 문서로 제출하는 것이 어떠냐?"

"이번 일은 그 자체가 정치적인 일입니다. 그러므로 정치에 관한 의견을 말하지 않을 수 없고, 정치에 관한 의견은 방청인과 세상을 향해 해야 하는 말이기 때문에 방청인 없이 문서로 하는 것은 의미가 없습니다."

재판장은 잠시 생각하고 나서 다시 물었다.

"살해 목적에 대해 아직도 더 할 말이 있는가?"

"한국인으로서 이토를 살해하지 않으면 안 되었던 이유는 얼마든지 더 있습니다."

안중근이 이토의 죄상을 열거하려 하자 재판장은 다시 제지했다.

"그대가 만일 그런 의견을 진술하지 않는다면 다시 심리를 공개해서 재판을 계속하겠다."

안중근이 대답했다.

"이토를 살해한 이유가 개인적인 원한에 의한 것이 아니라 정치적 이유였기 때문에 정치적인 소견을 밝힐 필요가 있다고 생각합니다. 그러나 의견의 공개를 금지하는 이유를 알고 있습니다. 또 유명한 사람의 명예를 손상시킨 것은 유감이나 이번 사건을 이해하는 데 꼭 필요한 일이기 때문에 말했을 뿐입니다. 지금부터는 그런 의견을 공개적으로 내놓지 않겠습니다."

그러나 이미 시간이 늦었으므로 이날의 재판은 더 계속할 수 없었다. 셋째 날의 재판이 끝나고 검은 마차에 실려 감옥으로 돌아오는 길에 치바 도시치 상병은 자신이 감시하고 있는 죄수 안중근이 일본이라는 거대한 권력집단에 의해 결국 죽게 될 것이라는 예감을 받았다. 안중근도 그 사실을 알고 있었다. 알고 있으면서 목숨을 구걸하여 좀스럽게 굴지 않았고, 오히려 더 당당하게 일본제국의 칼날과 마주 섰다.

'그는 거인이다' 하고 치바는 생각했다. 거인 안중근에 비하면 그를 재판하고 있는 판사나 검찰관, 변호사 같은 무리들은 한낱 연극에 동원된 부속품들에 지나지 않는다는 생각이 들었다. 감옥에 돌아와 포승을 풀어 주면서 치바는 말했다.

"안중근 씨, 담배를 드릴까요?"

"고맙습니다만 피우지 않겠습니다."

안중근은 담배를 거절했다.

일본 형법과 한국 형법

2월 10일 오전 9시 40분, 안중근·우덕순·조도선·유동하에 대한 4회 공판이 열렸다. 이날의 공판은 검찰관의 논고였다. 재판 장은 검찰의 논고를 방청객이 들어서 안 될 이유가 없다고 판단하고 다른 날과 마찬가지로 재판을 공개했다.

미조부치 검찰관의 얼굴은 지난밤에 마신 술 때문에 푸석푸석했고 그 목소리는 반쯤 쉬어 있었다. 헛기침을 몇 번 하여 목소리를 가다듬은 다음 그는 입을 열었다.

"조금 길게 될지도 모르겠습니다. 그러나 본건 사실의 문제를 사실론(事實論)과 법률론(法律論)의 두 갈래로 구성해 논고하고자 합니다. 먼저 첫째로 피고 등의 성격에 대해 말할 필요가 있다고 하겠습니다. 먼저 유(劉)에 대해 서부터 시작하겠습니다."

미조부치 검찰관은 유동하를 "독립에 대한 정치사상 같은 것은 전혀 없으며 성질이 간특하여, 예컨대 안중근이 채가구로 떠나자 그가 살아서 돌아오지 못할 것으로 알고 〈대동공보〉 이강에게 송금을 부탁하면 돈을 부쳐줄 것이라는 말을 듣고 안(安)의 이름으로 돈을 사취코자 한 사실이 그 증거의 하나"라고 분석했다. 검찰관은 여기서 한 발 더 나갔다.

"한국 사람은 연소(年少)해도 간교하며 그대로 늙어 간다는 것을 유(劉)의 간지에서 확인할 수 있다."

조도선에 대해서는 "의기남아는 아니며 교육이라고는 전혀 받은 바가 없고, 다만 오랫동안 러시아 땅에 있었고, 러시아인을 처로 맞았기 때문에 러시아어는 통하나 독립의 정치사상 같은 것은 도저히 있을 수 없는 사람"으로 판단했다. 검찰관은 조도선의 기질을 '낡은 습관과 폐단을 벗어나지 못하고 눈앞의 일만 취하는 인순고식(因循姑息)을 면할 수 없는 기질'로 못 박았다.

우덕순에 대해서는 "그 정치사상은 천박하나 독립에 대한 견식이 있으며, 그런 기초는 한국의 언문 섞인 신문들이다. 주로 〈황성신문〉, 〈대한매일〉 등을 보았다는 것은 스스로 밝힌 일이며 〈대동공보〉도 그가 보고 들은 중요한 식견의 원천이었다"고 했다. 별로 높은 식견도 없이 신문만 보고 비분강개하여 우국지사인 양 설치는 사람이라고 평가절하해 버린 것이었다.

다음은 안중근의 차례였다.

"기질은 강퍅하고 매사에 부모 형제와 의견이 합하지 못했으며, 처자에 대해서도 극히 냉담하며, 자기를 믿는 힘이 강하고 선입주견(先入主見)에 대해서는 쉽사리 다른 설을 받아들이지 않으며, 신문 및 안창호(安昌浩) 기타 사람들의 논설을 읽고 정치사상이 주입되면서 부모 형제와 처자를 버리고 고향을 뛰쳐나와 배일파(排日派)가 모여 있는 한국의 북쪽 및 러시아령으로 가서 점진파 또는 급진파 등과 사귀었으며, 처음에는 교육 사업을 일으키고자 했으나 성취하지 못하고 의병에 투신해 방종무뢰배들과 같이 지내게 되었다."

미조부치 검찰관은 조도선과 유동하 두 사람은 정치적인 소견도 없이 아무것도 모르는 상태에서 안중근과 우덕순을 도운 죄밖에 없는 인간으로, 안중근과 우덕순은 배운 것이 조금 있으나 한국에서 발행되는 언문 섞인 신문의 영향을 받아 외골수로 범행을 저지르게 된 하찮은 사람들로 평가했다.

이어 검찰관은 범죄의 동기를 장황한 언설로 분석하면서 "피고 등이 자타에 대한 무식으로 이토 공이 일본의 국시에 반해 동양의 평화를 문란케 한다고 함은 실로 일소에 부칠 가치도 없는 것"이라고 평가했다.

그 다음으로 범죄의 결의, 범죄의 모양, 범죄의 일시 및 장소, 범죄의 기회 및 행위의 상태 순으로 진행하면서 안중근의 범죄가 오래 전부터 계획된 살인임을 입증코자 했다.

사실론에 이어 검찰관은 법률론으로 옮겨갔다. 법률론은 첫째, 소송법상의 문제를 논하고 둘째, 실체법상의 문제를 논하는 순서로 전개됐다. 소송법상 문제가 되는 것은 역시 한국인인 안중근을 일본 관할 여순재판소에서 재판하는 것이 법리상 적절한가 아닌가 하는 문제였다. 이에 대해 미조부치 검찰관은 1905년 체결된 한일보호조약(을사늑약)의 제1조를 근거로 제시했다.

"1905년(明治 38년) 11월 17일 체결된 일한보호조약 제1조에 의해 한국 밖에서 한국 신민을 보호하는 것은 제국관헌의 임무이다. 조약의 성질이나 효력도 제국에 있어서 법원(法源)의 하나로 인정한 학설 및 실례가 있으며, 이 일한조약에 의해 제국 총영사의 직무관할에 관한 법령은 확대 효과를 가지기 때문에 총영사가 일본 신민 외에 한국 신민을 관할하는 것은 당연하다 하겠다. 그러므로 소송법상 본건 피고 사건은 하얼빈 제국 총영사의 관할에 속하는 것 또한 명백하다. 요컨대 관할권 위반이나 공소불수리 의론의 여지가 없음을 분명하게 밝혀 둔다."

그 다음 미조부치가 역점을 둔 것은 이번 사건의 범죄 동기가 결코 정치적인 것이 아니라 피고들 개인의 사원(私怨)에 의한 살인 행위임을 입증하려는 것이었다. 이런 주장이 자가당착에다 논리적인 모순을 안고 있다는 것을 스스로 알고 있던 미조부치는 이를 극복하기 위해 실로 장황한 이론을 늘어놓았는데, 방청석에서는 간간이 한숨소리가 터져 나왔다.

긴 논고를 끝내고 미조부치는 마침내 형량을 구형했다. 첫째 주범 안중근에 대해서는 사형, 둘째 우덕순과 조도선에 대해서는 살인예비죄를 적용하여 2년, 셋째 유동하에 대해서는 3년 이상의 징역을 본형으로 하고 법률상 종범의 감형 규정에 따라 형기 2분의 1을 감형하여 1년 6월의 징역을 구형했다. 예상했던 그대로였다. 검찰관의 입에서 구형량이 떨어지자 안중근은 미조부치 검찰관을 가만히 바라보았다. 마주 보던 검찰관은 눈이 부신 듯 고개를 숙이고 책상 위의 서류로 눈을 내리깔았다. 우덕순은 "이건 재판이 아니라 사기다" 하고 외치다가 순사에게 제지당했고, 조도선과 유동하는 고개를 푹 숙이고 있었다.

그날 감옥으로 돌아가는 길부터 안중근에 대한 일본 관헌들의 인식과 대접이 달라졌다. 아직 언도 공판이 남아 있었지만 이미 검찰관으로부터 살인죄를 적용 받아 사형이 구형된 죄수이므로 그에 합당한 경계와 보호 조치가 필요하다는 판단에서였다. 재판이 끝나자마자 피고들을 호송하기 전 포승으로 묶는 일은 전날과 같았다. 그러나 어제까지는 그저 형식적으로 팔을 뒤로 돌려 묶었으나 이날은 포승을 양 어깨에서 허리까지 엑스자로 한 번 더 묶었고, 간수 한 명이 안중근의 머리 위에 용수를 뒤집어씌우려다가 치바 도시치 상병이 제지하여 용수 쓰는 것만은 피할 수 있었다. 마차 주변을 호위하는 헌병의 수는 네 명에서 여섯 명으로 늘어났다.

감옥에 들어가서도 당장 저녁밥의 수준이 달라졌다. 쌀밥 대신 귀리가 많이 섞인 밥에다 반찬도 단무지 약간뿐인 2등급의 식사가 나왔다.

"미안합니다. 안중근 선생!"

치바 상병은 진심으로 미안한 마음이었다. 그런 치바를 안중근이 위로했다.

"당신은 군인이니까 전투를 하다가 며칠 굶어 본 일도 있겠지요? 나는 사흘을 꼬박 굶기도 했습니다. 지금도 나는 전쟁 중입니다. 굶어도 괜찮은데 이런 식사는 호강스럽지요."

이상한 변론

2월 12일 오전 9시 35분, 안중근 외 3인에 대한 다섯 번째의 재판이 열렸다. 변호사의 차례였다. 한국에서 온 안병찬 변호사와 영국인 더글라스 변호사도 정근, 공근 형제와 함께 방청석에 앉아 일본인 국선 변호사의 변론을 지켜보고 있었다. 몸져누운 안중근의 처 김아려는 이날은 나오지 못했다. 먼저 가마다(鎌田) 변호사가 일어섰다.

가마다 변호사는 우선 재판장에게 "중죄 사건에 있어서는 반드시 변호사를 두지 않아도 되는데 굳이 국선 변호인을 선임해 준 데 대해 감사한다"는 뜻을 밝히고 "제국 밖에서 제국 신민에 대해 죄를 범한 외국인에 대해서도 역시 제국 형법을 적용하여 처단하는 것은 법리상 맞는 일"이라고 검찰관의 논고에 동조했다. 그러나 본론에 들어가서는 "광무 9년(1905년) 일한협약의 규정과 1909년(明治 42년) 제정된 법률 제52조에 의거하여 한청 통상항해조약에서 인정된 한국의 영사재판권을 대리 집행하는 데 그쳐야 하고, 이에 적용할 형벌법규는 한국 형법에 의거해야 한다고 믿는다" 하여 다른 논리를 폈다. 그러면서도 곧 이어 "한국 형법은 피고 등을 처벌할 규정이 있는지 없는지 이것이 문제"라고 문제를 제기하고 "범인들이 중죄를 지었음에도 법률의 미비로 어떤 제재를 가할 수 없다면 이것이 완전한 국법이라 할 수 있겠는가" 의문을 제기하여 안중근에 대한 본건 재판의 당위성을 떠받쳤다.

이어 가마다 변호사는 안중근과 우덕순은 "미리부터 가지고 있던 사상에 의해 이토 공 살해를 결심하고 주도면밀하게 예비 음모를 계획해서 본 건 흉행에 이르렀다고 하는 것은 그들의 자백과 일건 기록 및 증거물에 의해 논란의 여지가 없다"고 사실상 변론을 포기하고 그 대신 조도선과 유동하에게 적용한 죄목과 형량이 지나치게 무겁다는 데에 변론의 무게를 실었다.

미즈노(水野) 변호사는 "본건에 대해서는 일본 형법을 적용할 것이 아니라 한국 형법을 적용해야 한다"고 주장했다. 부득이 일본 형법을 적용한다 하더라도 사형은 개과천선의 가망이 없을 때 경계하기 위해 부과하는 것으로 안중근의 경우 3년 이내의 징역이 부과되어야 한다고 주장했다. 나아가 미즈노는 안중근이 "어떤 부류의 외국인들이 신문이나 잡지나 연설 등에서 특히 일한(日韓)의 친교를 소원하게 하고자 소위 배일사상의 고취에 힘쓰고 있는 마당에 피고가 (그 영향을 받아) 그릇된 구덩이에 빠진 심정은 민망하고도 남음이 있다"고 무죄를 주장했다. 그리고 미즈노는 안중근을 '자객'으로 분류하고 생전의 이토 공작 자신도 사카이조라쿠(酒井長樂)가 개국 진취(開國進取)의 대책을 주창하는 것을 보고 히사사카(久坂玄瑞) 등 여섯 명과 함께 그를 암살하고자 기도한 일이 있었고, 이노우에(井上侯)와 함께 시나가와(品川)에 있는 영국 공사관에 불을 지른 일도 있음을 들어 "이토 공작 자신이 안중근의 사형을 원치 않을 것"이라고 했다. 그리고 이 같은 취지는 우덕순에게도 적용되며 '어린애에 지나지 않는' 유동하나 '어리석은' 조도선에 대해서는 "누누이 말씀드릴 필요조차 없으므로 재판장 각하의 공정한 판단에 맡긴다"고 긴 변론을 맺었다.

변호사 두 사람의 변론이 끝나자 재판장은 피고 네 사람에게 최후 진술을 허락했다. 그러나 재판장은 최후 진술의 시간을 네 사람 합해 한 시간으로 제한했다.

먼저 유동하는 "죄 지은 것도 없이 법정에 끌려 나왔고 1년 반을 구형 받아 억울하기 짝이 없다"고 했고 조도선은 "안중근의 말을 듣고 따른 것이 이 지경에 이르렀다. 모든 것이 나의 우매한 소치이므로 드릴 말씀이 없다"고 했다. 우덕순은 "앞으로 한국인을 취급할 때 인간으로서 취급하기 바라며 또 한국의 독립을 공고히 해 주기 바란다"는 진술을 했다.

안중근은 최후 진술의 차례가 되자 자리에서 일어나 앞에 있는 가로대를 두 손으로 짚고 앞으로 나아가고 싶은 것처럼 몸을 조금 숙였다. 긴 이야기를 할 때는 언제나 이런 자세였다. 판사와 변호사는 말할 것도 없고 방청석도 물을 끼얹은 것처럼 숙연해졌다.

"나는 아직 드릴 말씀이 많습니다."

재판장이 서둘러 끼어들었다.

"그대는 이제까지 중복되는 말을 잘 하던데 이번에는 순서를 세워서 중복되지 않도록 하라."

재판장의 충고에 아랑곳하지 않고 안중근은 최후진술을 시작했다. 먼저 그는 한국인 변호사와 러시아, 영국 변호사의 선임계 출원을 기각하고 일본인들로만 구성된 이 재판이 편파적이라고 지적했다. 그리고 검찰관의 억지 논리를 지적하고 변호사들도 "이토 공작의 시정방침은 완전무결한데 다만 내가 오해를 품고 이번 일을 저질렀다고 하는 것은 심히 부당하다"고 이 재판의 허구성을 꿰뚫었다.

그의 말은 또렷하고 힘이 있어 듣는 사람들의 가슴을 울렸다. 통역관이 통역을 하는 동안 잠시 생각을 가다듬어 가며 그는 이토가 왜 한국인에게 죽어 마땅한 원수인지, 동양 평화를 깨뜨리는 그의 해악이 얼마나 심대한 지, 1905년의 5개조 협약과 1907년의 7개조 협약 체결 과정의 부당성을 낱낱이 밝히고 이토는 한국인 10만 명을 죽인 살인의 원흉이라고 단죄했다. 끝으로 안중근은 자신을 포로로 대우해 줄 것을 다시 한 번 요구했다.

"나는 내 개인적인 신분으로 한 것이 아니라 의병으로 이번 일을 했기 때문에 전쟁에 나아가 싸우다가 잡힌 포로로서 여기에 서 있다고 확신합니다. 그러므로 나를 국제공법(國際公法)에 따라 대우하고 처리해 줄 것을 희망합니다."

안중근이 말을 마치자 재판장은 "더 할 말이 없는가?" 물었고 안중근은 "이제 없습니다" 하고 자리에 앉았다. 재판장은 다음 공판 날을 하루건너 2월 14일 오전 10시에 개정한다고 선언하고 이날의 재판을 종결했다. 오후 4시 15분이었다.

2월 13일 오후 3시쯤 치바 도시치 상병은 안중근을 감옥 뒤편 마당으로 운동 겸 햇볕을 쪼이기 위해 데리고 나갔다. 날마다 이 시간이면 하던 일이었다. 뒷마당에는 군데군데 메마른 잔디가 머리에 핀 버짐처럼 흉한 모습으로 얼어붙은 땅바닥에 눌어붙어 있었다. 안중근은 그런 잔디를 애써 피해 걷다가 문득 마당의 북쪽 담을 따라 나 있는 오솔길에 눈을 주었다. 오솔길을 따라가면 교수형을 집행하는 교형실(絞刑室)이 외롭게 동떨어진 곳에 서 있었다. 치바 상병도 안중근의 시선을 따라 그 을씨년스러운 집을 보았다. 치바는 갑자기 안중근의 마음속이 궁금해졌다.

"안중근 씨, 두렵습니까?"

"군인이 전투에 임할 때는 두려움도 있지만 용기도 있는 법입니다. 나는 전투 중이니 괜찮습니다."

할 말을 잃고 서 있는 치바에게 안중근이 부탁했다.

"부탁이 있습니다. 지필묵을 더 많이 가져다주실 수 있겠습니까? 이미 쓰고 있던 공책이 다해서 더 필요하거든요."

"전옥님과 상의해서 드릴 수 있도록 하겠습니다."

"고맙습니다. 치바 씨!"

안중근의 얼굴에서 내일의 언도에 대한 기대나 불안 같은 것은 찾아볼 수 없었다.

재판의 끝

재판은 언도를 앞두고 2월 13일 하루만 쉬었을 뿐 6회에 이르도록 거의 하루도 쉬지 않고 오전 오후까지 강행되어 마침내 여섯 번째 공판의 날이 왔다. 피고석에 앉아 있는 안중근은 겉보기에 담담하고 태연했다. 그러나 방청석의 정근과 공근, 두 아우는 불안과 기대로 거의 기절할 지경에 이르러 있었다.

재판장은 먼저 네 사람의 신원에 대해 간단하게 요약하여 낭독한 후 곧장 판결문을 낭독했다.

"이상 4명에 대한 살인피고 사건에 대해 본원은 심리를 마치고 다음과 같이 판결함. 피고 안중근을 사형에 처함. 피고 우덕순을 징역 3년에 처함. 피고 조도선·유동하를 각 징역 1년 6월에 처함."

재판장이 거기까지 읽자 방청석에서 안중근의 아우 정근이 벌떡 일어났다.

"당신들은 우리 형님을 죽일 수 있을지 모르나 우리도 형님의 길을 따를 것이다. 이제 한국 민족 전체가 뒤를 따를 터이니 일본은 장차 우리 민족을 다 죽여야 할 것이다. 이건 재판이 아니라 사기극이다. 진짜 재판을 다시 하라."

경찰과 헌병이 달려와 정근을 법정 밖으로 끌어냈다. 그런 다음 재판장은 판결 이유를 읽어 내려갔다. 본 재판에서 한국 형법을 적용하지 않고 일본 형법을 적용해야 하는 이유를 장황하게 늘어놓았고 이어 안중근의 죄가 비록 사원(私怨)에 의한 것이 아니라 하더라도 오랜 계획과 주도면밀한 준비 끝에 이루어진 행위이므로 극형에 처한다는 것이 주요 내용이었다. 조도선과 유동하도 안중근의 살인 계획을 알았으면서도 동조했다는 이유로 1년 6월의 징역형이 부과됐다.

이상한 것은 여순감옥의 태도였다. 며칠 전 사형 구형을 받았을 때는 지금까지 안중근을 후대하던 태도를 바꾸어 싸늘하게 식은 분위기였는데, 정작 사형 언도를 받고 돌아오자 조만간 세상을 떠날 사람이라 그랬을까, 아니면 엉터리 재판에 대한 일본인으로서의 한 가닥 미안한 마음에서였을까, 다시 전처럼 후대하기 시작한 것이었다.

다시는 일본 법정에 서지 마라

안중근은 법정 밖으로 끌려 나가면서도 다시 한 번 아우를 돌아
보았다. 내일 날씨가 좋으면 노루 사냥이나 가고 싶다는 듯 편안
한 표정이었다.

법정이 텅 비고 안중근의 형제들만 남았다. 진남포에서 온 변호사 안병
찬도 어깨로 가쁜 숨을 내쉬고 있었다. 김아려는 아들 분도가 며칠째 심
한 열이 나서 사경을 헤매고 있었으므로 아이를 돌보느라 법정에 오지 못
했다.

"내일 즉시 항소하겠습니다. 이길 수 있는 재판인데 저놈들이…."

"저 변호사들 가지고는 어림도 없어요."

공근이 문제를 제기했다. 모두 동감이었다. 항소와 함께 국제 사회에 호
소하여 러시아와 영국의 변호사, 그리고 한국인 변호사를 선임할 수 있도
록 투쟁해야 한다는 데 의견의 일치를 보았다.

"그 전에."

정근이 입을 열었다.

"나는 이 길로 진남포에 가서 어머니를 뵙고 올 테니 아우는 형수와 조
카들을 돌보고 있게. 항소는 내가 온 이후에 하도록. 그리고 중근 형님의
의사를 들어야 할 테니."

"어머니에게 재판 결과를 알리는 것과 항소를 하고 안 하고는 관계없는
일 아니우?"

301

아우가 볼이 메어 뱉었다.

"그렇지 않습니다. 먼저 자당께 알리고 앞으로 우리가 할 일에 대해서도 의논을 드리는 것이 옳습니다. 그 다음에 옥중에 계신 분을 만나뵙고 우리 뜻을 전하도록 하지요."

안병찬의 말에 모두 동의했다. 그 길로 정근은 진남포를 향해 밤을 도와 먼 여행길을 떠났다. 여순에서 진남포가 먼 길은 아니었으나 뱃길 정기 항로가 없는데다 철도는 여순에서 대련까지, 그리고 대련에서 압록강가의 안동(安東)으로 가서 거기서 다시 조선 평양 쪽으로 가는 열차를 갈아타야 하기 때문에 지구를 한 바퀴 도는 것처럼 아득하게 먼 길이었다. 그러나 하늘이 도왔음인지 열차편이 잘 연결되어 정근은 이틀 뒤 한낮에는 진남포에 닿았다.

어머니 조마리아는 아들이 잠시 건넛마을에 갔다가 돌아오기를 기다린 것처럼 정근을 맞았다. 그녀는 흰옷을 단정하게 입고 있었는데 정근의 눈에는 그것이 상복처럼 보였다.

"이제 오느냐?"

"재판이 끝나는 것을 보고 즉각 달려왔으나 이제야 도착되는군요."

"그래."

조마리아는 묵주를 돌리며 먼 산을 바라보았다.

"이길 수 있는 재판이었습니다. 저쪽에서 세운 변호사만 아니었어도."

"들었다."

조마리아는 아들의 말을 끊었다.

"아니, 어디서 벌써 들으셨어요?"

"신부님한테 들었다. 신문에도 났다더라. 외국 사람들은 무슨 일이든 우리보다 소식이 빠르다. 영국 신문에도 났다고 하더라."

정근은 재판정의 기자석에 앉아 열심히 공판을 지켜보던 서양인 기자 몇 사람의 모습을 떠올렸다. 모두 러시아 사람들인 줄 알았는데 그중에 영국인도 있었던 모양이었다. 조마리아가 진남포 성당의 신부에게 들은 영국 신문의 기사란 영국의 〈The Graphie〉에 실린 찰스 머리머 기자가 쓴 기사였다. 기자는 "이 세계적인 재판의 승리자는 안중근이었다. 그는 영웅의 월계관을 쓰고 자랑스럽게 법정을 떠났다. 그의 입을 통해 이토 히로부미는 한낱 파렴치한 독재자로 전락되었다"고 썼다. 그 기사를 〈대한매일신보〉가 인용 보도한 것을 읽은 신부가 조마리아에게 전해 준 것이었다.

"15일 이내에 항소해야 합니다. 이번에는 저놈들에게 당하지 않겠습니다."

정근은 정말 형을 살려낼 자신이 있다고 스스로 믿었다. 그러나 어머니의 입에서 나온 말은 뜻밖이었다.

"항소를 하면 어느 재판소에서 재판을 받느냐? 만국공법으로 재판하는 재판소가 이 세상 어디에 있다더냐?"

"어머니!"

"네 형을 두 번 죽이지 마라. 이천만 동포 전체가 한 일보다 더 큰일을 해낸 형을 치사한 살인범으로 만들 작정이냐? 다시는 일본 놈들의 법정에 내 아들을 세우고 싶지 않다."

"그러나 어머니, 일단 목숨을 건져놓고 저놈들과 싸워야 합니다."

"아들의 목숨을 살리고 싶지 않은 어미를 보았느냐? 할 수만 있다면 내가 대신 가서 죽고 싶다. 나도 귀가 있고 눈이 있다. 일본 놈들은 응칠이를 절대로 살려두지 않기로 했다는 것을 안다. 응칠이가 살아 있으면 저들이 이 나라를 먹어치우는 데 장애물이 된다고 판단했다는구나. 그런 놈들이 벌이는 재판에 내 아들이 죄수처럼 서서 심판 받는 것을 다시는 보고 싶지 않다. 내 아들은 죄인이 아니다. 극악한 죄인을 심판하고 응징했을 뿐. 보름 안에 항소해야 한다고 했느냐? 너는 이 길로 다시 여순으로 돌아가 형을 만나거라."

"안병찬 변호사가 항소장을 만들고 있을 것입니다."

"안병찬 그 양반에게 쓸데없는 짓 하지 말라고 해라. 내가 네 형에게 편지를 써 줄 테니 전해라."

조마리아는 정근의 말을 더 이상 듣지 않고 방으로 들어가더니 한참 만에 편지를 써서 들고 나왔다. 봉투도 없는 편지였기 때문에 정근은 선 자리에서 읽어 보았다.

너는 정의를 위해 마땅히 할 일을 다 하고 사형의 처분을 받았다. 그러므로 비굴하게 살려고 하지 말고 마땅히 대의를 위해 죽어야만 이 어미에 대한 효도이니라….

"어머니, 뜻은 알겠습니다만 형님에게도 살아서 투쟁할 기회를 드려야 합니다. 형님이 살아 계시는 것이 저놈들이 이 나라를 먹는 데 장애물이 된다고 판단했다고 하지 않았습니까? 그 장애물을 우리 스스로 제거하려 하십니까?"

"응칠이를 살릴 수만 있다면 내 목숨도 내놓을 수 있다고 하지 않았느냐? 저놈들은 네 형을 절대로 살려두지 않는다. 다만 고통스러운 시간만 다소 연장될 뿐이다. 그럴진대 차라리 죽어서 영원히 사는 길을 택하자는 것이다. 너는 내 편지를 어김없이 형에게 전해라."

"전하겠습니다, 어머니!"

"너희 가족들도 이 땅에서는 살기 힘들 것이다. 나와 함께 떠나도록 하자.”

“형님이 끝내 가시고 나면 세상 끝까지 가서라도 저놈들과 싸우겠습니다.”

정근은 눈물을 보이지 않으려고 서둘러 길을 떠났고 어머니 역시 아들에게 눈물을 보이지 않으려고 작별 인사조차 없이 방 안으로 들어가 버렸다.

다시 이틀 뒤에 정근은 여순으로 돌아왔다. 항소 마감 날자는 열흘 앞으로 다가와 있었다. 정근이 아우 공근과 함께 여순감옥에 면회를 신청하자 구리하라(栗原) 전옥은 지체 없이 면회를 허용했다. 정근이 중근에게 전달할 편지를 내놓자 구리하라 전옥은 그 내용을 러시아말로 번역하여 읽어 달라고 요청했다. 정근이 읽어 주자 구리하라는 머리를 숙였다. 그리고 중얼거렸다.

“그 어머니에 그 아들… 부끄럽다.”

오후 3시쯤에 시작된 아우들과 중근의 특별면회는 전옥 구리하라의 사무실에서 행해졌다. 간수부장 아오키(青木)와 한국말을 잘하는 간수 다나카(田中), 그리고 줄곧 안중근 경비를 맡아왔던 치바 도시치 상병도 참석했다. 아침부터 싸락눈이 내리더니 오후가 되자 함박눈으로 변하여 어느새 감옥의 마당과 지붕까지 하얗게 변해 있었다. 그러나 구리하라 전옥의 사무실은 따뜻했다. 석탄 난로에서 새어나오는 노란 연기 몇 가닥이 허공으로 퍼져 올랐다.

“형님!”

두 아우가 문 안으로 들어서는 형에게 달려가 그 몸을 껴안았다. 전옥이 중근의 포승을 풀어 주자 중근도 아우들의 어깨를 싸안았다.

“어머님을 뵙고 왔습니다.”

그 순간 안중근의 눈빛이 어머니에 대한 그리움으로 아득해졌다. 잠시 뒤에 그는 목이 메어 마른침을 삼키면서 말했다.

"이런 큰 불효를 하게 될 줄은 몰랐다. 너희들이라도 효도해 다오."

"형님은 불효를 하지 않았습니다. 어머니께서는 형님을 자랑스러워하고 계십니다."

정근은 어머니의 편지를 꺼내어 형에게 내밀었다. 중근은 탁자 위에 편지를 펼쳐 놓고 읽었다. 다 읽고 나더니 중근은 진남포가 있는 동남쪽을 향해 머리를 숙인 채 한참 동안 그대로 있었다. 방 안에는 깊고 무거운 침묵이 흘렀다. 이윽고 고개를 든 중근이 입을 열었다.

"어머니의 생각과 내 생각은 어릴 때부터 잘 통했다. 내가 마음속으로 무슨 결정을 하고 어머니에게 물으면 어머니의 대답도 언제나 내 마음과 같았다. 사람들은 내가 아버지를 닮았다고들 하지만 기실 나는 아버지를 닮은 데가 없었다. 오히려 어머니를 닮았었지. 돌아가 어머니에게 말씀드려라. 이 아들 결코 비겁하게 목숨을 구걸하지 않겠다고."

"그건 안 됩니다, 형님!"

공근이 젖은 눈으로 형을 부르면서 말했다.

"항소 마감일이 열흘밖에 남지 않았습니다. 우리는 항소를 하겠습니다. 세계의 눈이 이 재판을 지켜보고 있습니다. 이번에는 일본 법정도 제 맘대로는 하지 못할 것입니다."

"아니다."

중근은 남의 이야기하듯 가라앉은 목소리로 동생을 타일렀다.

"항소를 하면 어느 법정에서 재판을 하느냐?"

"물론 여순재판소의 고등법원이지요."

"지금까지 나를 재판한 곳도 바로 그 고등법원의 법정 아니었느냐? 재판장만 마나베에서 히라이시로 바뀔 뿐 달라지는 것은 없다. 그러니 항소를 한다고 결과가 달라질 이유가 없지 않느냐? 그리고 나는 최후진술에서 명백하게 밝혔다. 일본의 형법으로 나를 심판할 자격이 없으므로 만국공법에 따른 포로로 대우해 달라고. 그랬는데 이제 와서 다시 그 잘난 일본 형법에 따라 항소를 하라는 것이냐? 아우들의 눈에도 내가 한갓 살인범으로 보이느냐?"

"어찌, 그런 말씀을. 형님이 살아서 저들과 싸우셔야 한다는 뜻입니다."

"알고 있다. 집사람과 두 아이들이 자라는 것을 보고 싶다. 그 녀석들을 아내와 함께 잘 기르고 싶다. 어머니의 가슴에 납덩이를 올려놓고 싶지 않다. 그러나 내가 갈 길은 이미 정해져 있다. 천주님께서 예비하신 길이니 너희들이 훼방 놓지 마라."

마지막으로 천주님을 끌어들여 두 아우의 입을 막아 놓고 중근은 자리에서 일어섰다. 세 형제의 대화 내용을 다나카 간수의 통역으로 듣고 있던 구리하라 전옥이 앞으로 나섰다.

"아직 시간이 있습니다. 나도 안 선생에게 항소하시기를 권면하고 있는 중입니다. 히라이시 법원장도 같은 생각입니다. 안 선생의 심중에도 변화가 있을지 모릅니다. 만일 무슨 변화가 있으면 즉시 가족에게 알려드릴 터이니 돌아가 계십시오."

정근과 공근 두 아우가 돌아간 지 한 시간쯤 지났을 때 여순법원의 고등법원장 히라이시 판사가 소노키 통역을 데리고 감옥으로 찾아왔다. 이번에도 역시 구리하라 전옥의 방에서 면회가 이루어졌다.

"안중근 선생!"

히라이시 판사는 푸석한 얼굴이었다. 그가 말을 할 때마다 지난밤에 먹은 술 냄새가 창자 속에서 썩어 숨에 섞여 나오고 있었다.

"항소 시간이 많이 남지 않았다는 사실을 알고 계시지요?"

"알고 있습니다."

"그럼 항소하십시오. 지난번 재판은 우리 모든 사람들을 부끄럽게 만들었습니다."

"일본은 역사 앞에서 부끄러울 것입니다. 앞으로도 계속 부끄러운 짓을 할 테니까요."

안중근의 목소리는 부드러웠으나 말은 한마디 한마디가 얼음처럼 차가웠다. 소노키가 통역을 하자 히라이시가 탄식하는 어조로 말했다.

"선생께서 우리 일본 법정을 인정하지 않는다는 것은 알고 있습니다. 그러나 선생의 생명을 좌우하는 것은 일본의 법정이고 감옥입니다. 현실을 보셔야 합니다."

안중근은 엷은 웃음을 띠며 말했다.

"재판장님께서는 천주교 성경을 한 번 읽어 보십시오. 한 알의 밀알이 땅에 떨어져 죽으면 수천수백 배의 수확을 거두게 된다고 말하고 있습니다. 예수님 자신은 죽어서 수천억 배의 수확을 거두신 분입니다. 날더러 그 수확을 포기하고 겨우 얼마간의 연명을 구걸하라는 뜻입니까? 사양하겠습니다."

히라이시는 더 이상 할 말을 찾지 못했다. 한참 만에 그는 작은 소리로 물었다.

"안 선생의 뜻을 알고 존중하겠습니다. 그러나 이 부끄러운 재판의 주역이었던 내가 마음속의 부끄러움을 조금이라도 없애기 위해 할 수 있는 일은 없겠습니까?"

중근은 한참 생각한 끝에 입을 열었다.

"나는 여기 이렇게 갇힌 몸이어서 일본의 높은 사람들을 만나 대화할 기회를 영영 갖지 못합니다. 그러나 여기 계신 법원장님과 전옥님과 간수님

들께서 나 대신 전해 주십시오. 내가 한 일의 뜻을 왜곡하지 마세요. 나는 동양의 평화를 위해 이토를 처단한 것입니다. 내가 말하는 동양의 평화 속에는 일본의 평화도 들어 있습니다. 일본 지도자들이 걸핏하면 이웃 나라를 침공하면서도 동양의 평화를 내세우고 전쟁을 하면서도 동양의 평화를 목적으로 내세워 왔지만 그건 자신을 속이고 이웃을 속이는 짓이니 금방 바닥이 드러나는 거짓부렁에 지나지 않습니다. 진정 동양의 평화를 위해서는, 그리하여 세계의 평화를 가져오기 위해서는 어떻게 해야 하는지 일본의 지도자들이 알았으면 합니다. 그것을 다 전하지 못하는 것이 안타깝습니다."

"가만!"

히라이시가 밝은 목소리로 끼어들었다.

"방금 생각이 떠올랐습니다. 안 선생의 그 동양 평화에 대한 생각을 한 권의 책으로 저술하지 않겠습니까? 그렇게 하면 일본인은 말할 것 없고 조선과 중국, 나아가 세계의 사람들이 읽고 지침을 받을 것이니 그 아니 좋겠습니까?"

"그러나 내게는 시간이 없습니다. 이미 지난 섣달부터 전옥님의 권유도 있고 해서 《安應七 歷史》라는 제명(題名)으로 이 사람이 살아온 길을 돌아보고 기록하고 있는데 아직 그것도 완성하지 못했습니다. 또 보시다시피 이 사람의 아무 쓸모없는 글을 기념으로 가지겠다는 분들이 쇄도하여 매일 몇 시간씩 글씨를 쓰고 있는 중입니다. 사태가 이러니 다시 또 다른 서책을 기록할 시간이 없습니다."

"시간은 드리겠습니다. 선생의 《동양평화론》이 완성될 때까지 언제까지고 시간을 드리겠습니다."

"진정입니까?"

"그럼요. 여순법원의 법원장으로서 일본제국의 신민으로서 명예를 걸고 약속합니다."

"지방법원의 마나베 판사도 같은 생각입니까?"

"그럼요. 같은 생각입니다."

"고맙습니다."

안중근도 감격했다.

"이런 제의를 받고 이런 두터운 배려를 받게 될 줄은 상상도 못했습니다. 다만 내가 저술에 필요한 시간을 갖자는 것일 뿐 가야 할 길을 하루라도 피하려는 마음이 아니라는 것은 여기 계신 분들이 알아주셨으면 합니다."

"압니다. 알고 말고요."

그날 저녁 안중근은 곧바로 항소 포기서를 여순고등법원으로 제출했다. 다음 날 일본의 〈아사히신문〉과 한국 한성에서 발간되는 〈대한매일신보〉에는 커다랗게 이런 제목의 기사가 났다.

그 어머니에 그 아들!

우연히 같은 제목이 동시에 두 나라의 두 신문 제목으로 올랐는데 기사를 제보한 사람이 누구인지 이들 신문은 끝내 밝히지 않았다.

안응칠 역사(安應七 歷史)

1909년 11월 26일, 제7차 신문을 끝낸 미조부치 검찰관은 정근과 공근 두 아우를 참고인으로 불러 신문하고 의거가 행해지던 날 하얼빈의 현장에 있었던 일본인과 러시아인들, 그리고 의사를 비롯한 관계인들의 진술을 채집하고 정리하느라 한동안 안중근에 대한 신문을 중단하고 있었다. 신문이 없는 틈을 타서 구리하라 전옥이 커다란 공책과 잉크, 펜을 들고 왔다. 그것들을 감방의 한쪽 벽면에 붙여놓은 조잡한 목제 책상 위에 올려놓으면서 구리하라가 말했다.

"검찰관의 신문 태도가 이전과 크게 달라진 것이 눈에 보입니다. 안중근 선생, 재판의 결과가 어떻게 되든 재판만으로 선생의 뜻이 온 천하에 다 알려지지는 않을 듯하니, 어떻습니까? 선생이 살아온 행적과 마음에 둔 뜻을 한 권의 역사로 기록해 보는 것이 어떻겠습니까?"

일본 사람들은 기록을 좋아한다더니 이 경황에 지난 이야기를 적어 보라? 안중근은 물끄러미 구리하라의 얼굴을 바라보았다.

"기록을 하다 보면 선생의 마음이 평온해질지도 모릅니다."

그건 그렇겠다고 중근은 생각했다. 마음속에 오가는 천만 가지 혼란스러운 생각들을 한데 모아 가닥을 잡아볼 기회가 될지도 모른다는 생각이 들었다. 그는 공책과 잉크와 펜을 받았다.

"그렇게 하겠습니다. 고맙습니다."

구리하라는 한 가지 더 보탰다.

"간수들에게 안 선생의 시간을 쓸데없이 **빼앗지** 않도록, 교회실(敎悔室)에 참가하는 시간도 절약하도록 지시해 놓겠습니다."

"정말 고맙습니다."

그날부터 중근은 《안응칠 역사》를 기록하기 시작했다. 참고할 몇 권의 책이 필요해서 구리하라와 치바 상병, 다나카 간수에게 각각 부탁하여 구입했다. 중근은 번갯불에 콩 구워 먹듯 빠르게 재판이 진행되던 때도 《안응칠 역사》의 저술을 멈추지 않았고 사형 언도를 받고 형이 확정된 이후에는 더 속도를 내어 마침내 3월 15일 장문의 글을 완성했다.

감옥에서 사형수가 지나온 생애를 돌아보며 이런저런 소회를 적는 일은 흔히 있는 일이었다. 그러나 《안응칠 역사》처럼 죽음에 대한 공포의 그림자가 보이지 않는 담담한 개인사의 기록은 전무후무한 것이었다. 전체 한문으로 된 이 회고록은 원본이 분실되고 일본에서 몇 가지의 필사본이 발견되어 겨우 그 실체를 접할 수 있게 되었는데, 뒷날 시인 이은상(李殷相)이 번역한 《안응칠 역사》의 서두는 이렇게 시작된다.

1879년 기묘년(己卯年) 7월 16일. 대한국 황해도 해주부(海州府) 수양산(首陽山) 아래에서 한 남아가 태어나니 성은 안(安)이요, 이름은 중근(重根), 자는 응칠(應七)이라 하였다.

할아버지의 이름은 인수(仁壽)인데 성품이 어질고 무거웠으며 살림이 넉넉했을뿐더러 자선가로서도 도내(道內)에 이름이 났다. 일찍이 진해현감(鎭海縣監)을 지낸 이로서 슬하에 6남 3녀를 낳았다. 첫째는 태진(泰鎭), 둘째는 태현(泰鉉), 셋째는 태훈(泰勳 : 내 아버지였다), 넷째는 태건(泰建), 다섯째는 태민(泰敏), 여섯째는 태순(泰純)이었다. 6형제 모두 글을 잘했고, 넉넉했으며 그중에서도 아버지는 재주와 지혜가 뛰어나서 8, 9세에 이미 사서삼경(四

書三經)을 통달했고, 13, 4세 때에 과거 공부와 사륙병려체(四六騈麗體)를 익혔다. ……

1884년, 갑신년(甲申年) 사이에 한성(漢城)에 가서 머물 적에 박영효(朴泳孝) 씨가 깊이 나라의 형세가 위험하고 어지러운 것을 걱정하여 정부를 혁신하고 국민들을 개명시키고자 준수한 청년 70명을 선정하여 외국으로 유학시키려 했는데 아버지도 거기에 뽑혔다.

슬프다. 정부의 간신배들이 박 씨를 모함하여 반역하려고 한다 하여 병정을 보내어 잡으려 하자 그때 박 씨는 일본으로 도망하고, 동지들과 학생들은 혹 살육도 당하고 혹은 붙잡혀 멀리 귀양을 가기도 했다. 내 아버지는 몸을 피하여 고향집으로 돌아와 조부와 서로 의논하되,

"국사가 날로 틀려져가니 부귀와 공명은 바랄 것이 못 된다" 하고 하루는,

"도대체 일찍 돌아가 산에서 살면서 구름 아래 밭이나 갈고 달밤에 고기나 낚으며 세상을 마치는 것만 같지 못하다" 하고, 집안 살림을 모두 팔고, 재정을 정리하고 마차를 준비하여 가족들을 이끌고서 무릇 7, 80명이 신천군(信川郡) 청계동(淸溪洞) 산중으로 이사를 갔다. 그곳은 지형이 험준하나 논밭이 갖추어져 있고 산수경계가 아름다워 그야말로 별유천지(別有天地)라 할 만했다. 그때 내 나이 6, 7세였다.

안중근은 고려 때 유학자 안유(安裕)의 26대손으로 대대로 해주 지방에 뿌리내리고 살아온 토호였다. 아버지 태훈은 구시대의 학문을 닦아 진사(進士)에 급제하고도 정작 벼슬에 나가지는 못했고, 시대에 민감하여 한성에 올라가 박영효 등과 함께 개혁을 단행코자 했으나 일본의 지원을 받은 박영효가 역적으로 몰리자 고향으로 피신, 그래도 신변의 위협을 느끼자 솔가하여 대대로 살아오던 해주를 떠나 신천군 청계동의 깊은 산중으로 들

어가 살았다. 안중근의 나이 6, 7세 때의 일로, 안중근의 길지 않은 생애는 사실상 이곳 청계동에서 시작된다.

태훈은 3형제를 낳았는데 맏이가 중근, 둘째가 정근, 그리고 막내가 공근이었다. 맏이인 중근은 일본이 소형 군함 운양호(雲揚號)를 몰고 강화도를 침범하여 강제로 수호조약을 체결하고 정한론(征韓論)의 숙원을 실현하기 위해 첫걸음을 떼어 놓은 지 3년이 지난 해에 태어나 장차 험난한 일생을 예비해 놓고 있었다. 살림이 넉넉한 양반집이었으므로 아들들은 당연히 서당에 보내졌다. 중근은 6, 7세 무렵 청계동에 들어오던 그해부터 서당에서 공부하기 시작하여 8, 9년 동안《천자문(千字文)》에서 시작하여《동몽선습(童蒙先習)》,《통감(通鑑)》을 떼고《사서(四書)》를 읽었다. 그는 문리(文理)가 빠르고 밝았으나 가만히 서책을 벗 삼고 앉아 공부하는 것에는 취미가 없었다.

네 살 때 할아버지가 돌아가시자 중근은 더욱 공부에 재미를 붙이지 못하고 총을 메고 삼촌 태민과 함께 산야를 헤매고 다녔다. 처음 한동안 아버지 태훈과 어머니 조씨는 그런 중근을 나무라기도 하고 달래기도 했으나, 어느 날 중근이 아비에게 "세상 도리가 글 속에만 있는 것은 아닙니다" 하고 말하자 태훈은 "그럴듯하다"고 인정하고 이후로는 아들의 행동에 간섭하지 않았다. 그 자신도 글을 읽어 진사가 되었으나 아무 쓸모없는 일이 되어 버린 것을 생각하면 아들에게 "글을 읽으라"고 강요할 일이 아니라고 판단한 것이었다. 그러나 안 진사는 중근이 비록 서책에 매달리지는 않으나 학문의 깊이가 이미 보통 이상의 경지에 가 있다는 것을 알고 있었다. 청계동의 4, 50호 주민들은 대부분 안씨 일가이거나 가솔들이었다. 중근과 함께 사냥도 하고 놀기도 하던 친구들 대부분도 친척들이었다. 그들도 중근의 장래를 걱정했다.

"너의 부친은 문장으로 이름이 난 분인데, 너는 어찌하여 글을 멀리하고 사냥이나 즐겨서 장차 무지렁이가 되려고 하느냐?"

중근이 정색을 하고 친구들을 꾸짖었다.

"네 말도 일리가 있다. 그러나 내 말도 들어 보아라. 옛날 초패왕 항우(楚霸王 項羽)가 말하기를 '글은 이름이나 적을 줄 알면 그만이다' 고 했으나 만고영웅 초패왕의 이름은 천추에 길이 남아 있지 않으냐. 나도 학문 가지고 세상에 이름을 내고 싶지는 않다. 저도 장부요, 나도 장부다. 너희들은 다시는 내 앞에서 그런 말을 하지 마라."

문약(文弱)한 서생이 되고 싶지 않다는 선언이었다. 그런 그에게 기회가 왔다. 동학농민혁명이었다.

동학(東學)과 서학(西學)

1894년 전라북도 고부에서 일어난 동학농민혁명은 마른 들판에 불길처럼 나라 전체에 타올랐다. 동학군이 전주를 점령하자 정부는 황급하게 청나라에 구원을 요청했고 일본의 눈치를 보면서도 청국은 한국에 군대를 파견했다. 기다렸다는 듯이 일본은 "조선에 거류하고 있는 일본인을 보호한다"는 명목으로 한국에 파병함으로써 두 나라는 전쟁에 돌입했다. 이 전쟁에서 승리하자 일본은 제국주의적인 야욕에 날개를 달았다.

청일전쟁의 원인을 제공한 동학군은 삼남을 휩쓸고 기호지방을 넘어 황해 평안도로 확산되면서 '척양척사(斥洋斥邪)'의 기치를 들고 일어난 농민혁명 고유의 순수성을 잃고 불한당들이 가세함으로써 변질되었다. 일부 접주들은 약탈을 자행하여 민심으로부터 격리되기도 했다. 이런 부대들은 결국 일본군과 관군의 토벌을 당해 궤멸하고 말았다. 동학에 가담하여 팔봉접주(八峰接主)로 한 부대를 이끌던 김구(金九)는 동학군 내의 이동엽(李東燁) 부대가 약탈을 일삼은 까닭에 결국 패퇴하여 후일 안중근의 부친 안 진사에게 잠시 몸을 의탁하는 신세가 되었다. 그에 앞서 원용일(元容日)이 지휘하던 동학군의 대부대가 청계동 안 진사의 고을을 노리고 지쳐오고 있었는데, 그들이 약탈을 일삼는 오합지졸이라 하더라도 병력의 수가 2만을 넘는 대부대인지라 고작 70여 명의 군사를 거느린 청계동으로서는 계란으로 바위를 치는 격이었다. 이때 열일곱 살의 중근이 정예병 40명을 선발하여 이끌고 정찰독립대를 편성, 적진으로 정찰을 나갔다. 적진에 가까이 가서 보니 불빛은 대낮같이 밝은데 도무지 군기가 보이지 않고 규율이 없었다.

"적은 오합지졸이다. 저런 군대는 비록 백만이라 해도 우리가 힘을 합치기만 하면 파죽지세로 깨뜨릴 수 있을 것이다."

겁먹은 군사들을 독려하여 적진에 뛰어드니 과연 적은 혼비백산하여 흩어지는데 그 꼴이 가관이었다. 그러나 어느새 날이 새고 사방이 밝아오니 적들도 이쪽의 보잘것없는 군세를 간파하고 되돌아 포위해 왔다. 절체절명의 위기가 닥쳤을 때 청계동의 남은 본대가 지쳐 나왔다. 다시 놀란 적들은 일패도지하여 패퇴했다. 적으로부터 노획한 총과 칼, 그리고 군량미가 산더미 같았다. 이로써 황해도 동학군의 기세는 꺾이고 머지않아 완전히 소탕되었다.

동학군의 접주였던 스무 살의 김구(金九)가 의지할 곳을 잃고 동료 정덕현(鄭德鉉)과 함께 청계동을 찾은 것은 이 무렵이었다. 동학군의 접주가 동학군에 맞서 싸운 민병 조직의 우두머리 안 진사를 찾아온 것인데, 안 진사는 김구를 흔쾌하게 받아들이고 극진하게 대접했다. 그러나 안 진사의 아들 안중근을 비롯한 청계동의 젊은 장정들은 어제까지 적당이었던 김구를 내심 경원했다. 김구는 중근을 상투 틀고 총이나 들고 다니며 거들먹거리는 양반집 버릇없는 청년으로 보았고, 중근은 김구를 동학을 빌미로 화적질이나 하는 불한당의 괴수쯤으로 보았다. 두 사람은 반년 가까이 한집에 기거하면서도 이렇다 할 상면이 없었고 어쩌다가 지나는 길에 마주쳐도 외면해 버렸다. 안 진사를 비롯한 청계동의 사람들이 모두 '의로운 깃발을 내걸고 화적질하는' 난당에 대해 극도의 증오심을 품고 있었기 때문이었다.

동학당은 진압되었고, 동학당의 변란을 기화로 한국 정부를 복속시키기 위해 진주했다가 전쟁의 늪에 빠져버린 청·일 양국의 병란도 끝이 났다.

그러나 청계동에는 새로운 전쟁이 밀려오고 있었다.

1895년 여름 어느 날, 낯선 사람 둘이 청계동을 찾아왔다. 안 진사, 안태 훈을 만난 두 사람은 황당한 이야기를 꺼내놓았다.

"작년 전쟁 때 당신네들이 전리품으로 실어온 일천여 포대의 곡식은 원 래 동학당의 소유가 아니라 본시 그 절반은 지금 탁지부 대신인 어윤중(魚 允中) 씨가 보관하고 있던 것을 동학당이 약탈해 간 것이고, 나머지 절반은 전 선혜청(宣惠廳) 당상 민영준(閔泳駿) 어른의 농장에서 추수해 들인 곡식이 니 지체 말고 원래의 주인에게 되돌려 주시오."

안 진사는 웃었다.

"어씨, 민씨 두 분의 쌀은 내가 알 바 아니오. 우리는 직접 동학당의 진 중에서 노획한 것이니 그대들은 말도 안 되는 소리 하지 말고 돌아들 가 시오."

두 사람은 별말 없이 순순히 돌아갔다. 그러나 곧 한성에서 잘 아는 사 이인 김종한(金宗漢)으로부터 급한 편지가 오기를 탁지부 대신 어윤중과 민 영준 두 사람이 임금에게 '황해도 신천의 안(安) 아무개가 막중한 국고를 도둑질하여 착복하고 그것으로 병정을 길러 내란 음모를 꾸미고 있다' 고 무고하고 있으니 하루빨리 한성으로 와서 해결하라는 전갈이었다.

안 진사가 어윤중 대감을 만났으나 어윤중은 "내 곡식을 내놓으라"고 강변할 뿐 해결의 기미가 보이지 않았다. 그러나 해결의 열쇠는 엉뚱한 곳 에서 나왔다. 대륙 낭인들을 동원하여 명성황후를 살해하고 친일정부를 세울 때 탁지부 대신으로 올랐던 어윤중은 국왕이 러시아공사관에 파천하 는 것을 계기로 친로파의 습격을 받아 참혹한 죽음을 당하고 말았다.

어윤중이 죽었으나 이번에는 친로파의 득세를 계기로 민씨 일족이 부활 하면서 민영준이 동학당에게 잃어버린 곡식을 찾겠다고 발 벗고 나섰다.

민씨 일당이 청계동을 덮치려고 하자 신변의 위협을 느낀 청계동의 안씨 일족은 황급한 나머지 천주교 해주 성당의 프랑스 신부에게 피신, 위기를 모면했다. 몇 달 동안 성당에 피신하여 지내는 동안 자연스럽게 홍석구(洪錫九, 본명 Joseph Wilhelm) 신부의 강론을 들었고, 그 결과 그들 가족이 위기를 면하고 성당에서 나올 무렵에는 모두 독실한 천주교도가 되어 있었다. 홍 신부가 완강하게 거부하던 안 진사와 중근을 천주교로 끌어들인 결정적인 교리는 "이 세상의 하찮은 물건도 그것을 지은 이가 있기 마련이다. 하물며 이 오묘한 우주만상을 지은 이가 없다는 것이 말이 되느냐. 지은 이는 바로 천주 하나님"이라는 것이었다. 이 대목에서 안태훈도 안중근도 마음의 빗장을 열었고, 한 번 빗장을 열고 천주를 받아들이자 무슨 일이든 대충하지 못하는 안 진사와 그 일족은 아예 청계동에 성당을 짓고 홍 신부를 주임신부로 모셔 왔다. 1896년 정월 초순 청계동 성당에서는 36명의 신도들이 세례를 받았다. 그중에는 안태훈과 그의 맏아들 중근도 있었다. 안태훈은 안베드로, 안중근은 안도마(多默)라는 새로운 이름을 받았다.

세례를 받고 하나님의 백성이 되자 안중근은 황해도 각처를 돌아다니며 천주교를 전파했다. 그의 전도가 효력을 발휘했는지 이 무렵 황해도의 천주교 세력은 수만 명의 새로운 신자를 맞아들였다. 안중근은 연설을 통해 대중을 사로잡고 이끄는 데에 탁월한 재능을 가지고 있었다. 그의 연설은 힘이 있었고, 그 스스로의 믿음 위에서 토해 내는 웅변은 설득력이 있었다. 선교 여행을 다니다가 안중근은 문득 한 가지 생각을 해냈다. 그는 떠오르는 생각을 홍 신부에게 말했다.

"우리 한국 사람들은 교인들도 학문이 얕아서 진리를 제대로 이해하는 데 장애가 됩니다. 하물며 나라의 힘을 기르는 데도 학문이 깊어야 한다는 것을 뼈저리게 느꼈습니다. 그러하니 서울의 민(閔) 주교님에게 말씀드려서

서양의 수사회(修士會)에서 박식한 수사들을 초청하여 대학교를 설립하고 한국의 뛰어난 자제들을 교육한다면 반드시 몇 십 년이 안 가서 큰 효과가 있을 것입니다.”

홍 신부는 안중근의 생각에 찬동했다. 두 사람은 서울로 올라가 조선교구장 민 주교(한국명 閔德孝, 본명 Mutel)를 만나 안중근의 구상을 내놓았다. 그러자 민 주교가 대답했다.

“한국인들이 학문이 깊어지면 천주교를 믿는 데는 오히려 좋지 않은 장애가 될 것이다. 그러니 다시는 그런 의논을 꺼내지 마시오.”

몇 번 거듭 설명하고 간청해도 민 주교의 대답은 한결같았다. 중근은 어쩔 도리 없이 청계동으로 돌아오면서 속으로 다짐했다.

‘천주교의 진리는 믿는다. 그러나 외국인의 심정까지 믿지는 않겠다. 신부도 주교도 외국인이다.’

그때까지 홍 신부에게 프랑스어를 배우던 것을 돌연 중단해 버렸다. 어느 친구가 왜 프랑스말을 더 배우지 않는가 하고 묻자 그는 대답했다.

“러시아말을 배우는 자는 일본의 종놈이 되고 영어를 배우는 자는 영국의 종놈이 된다. 내가 만일 프랑스말을 배우다가는 머지않아 프랑스의 종놈이 될 것이다. 그래서 때려치웠다. 만일 뒷날 언젠가 우리 한국이 세계에 위세를 떨치게 된다면 우리 한국말이 세계의 통용어가 될 것이다. 그러니 외국말 배우려고 안달할 이유가 없다.”

천주교 그 자체가 이 땅에 뿌리를 내리기 전이었고 걸핏하면 수난을 당하기 일쑤였기 때문에 천주교도 안도마는 같은 천주교도들이 이런 사정 저런 사건에 연루되어 어려움을 당할 때마다 총대(總代)로 뽑혀 해결사 노릇을 해야 했다. 열일곱 살의 어린 나이에 동학군을 맞아 40명의 특공대로 2만 명의 적 대부대를 격파한 경험이 있었고, 사냥을 다니다가 총기사고나

암벽에서 조난을 당해 사선을 넘나든 경험이 많았으므로 20대의 안중근에게는 세상에 무서운 것이 없었다.

그는 가까운 광산의 관리인 주가(朱哥)가 천주교를 비방하고 광산 인부들 중 천주교도들을 억압하자 총대가 되어 주가를 만나러 혼자 몸으로 광산을 찾아갔다. 그가 관리인 주가와 옥신각신 시비를 벌이자 광산 인부들이 침입자를 결딴내려고 손에 손에 흉기를 들고 몰려 내려왔다. 위기를 느낀 중근은 품에서 단도를 꺼내어 주가의 목에 겨누고 그를 인질로 잡아 10리까지 데리고 나왔다가 안전을 확인한 후에 돌려보내고 겨우 목숨을 건져 나온 일도 있었다.

그가 자신의 안위나 목숨을 돌보지 않고 천주교인들의 억울한 사정을 해결하기 위해 나서자, 또 두 가지 일이 그의 발목을 잡았다. 하나는 서울에 사는 전 참판 김중환(金仲煥)이라는 자가 옹진군민의 돈 5천 냥을 빼앗아 간 사건이었고, 다른 하나는 이경주(李景周)라는 사람이 잠시 볼일을 보기 위해 상경한 사이에 한원교(韓元校)라는 자에게 마누라와 전 재산을 뺏기고 실컷 두들겨 맞아 어디 하소연할 곳이 없게 된 사건이었다. 두 사건 모두 피해자가 천주교인이었기 때문에 이번에도 안중근이 총대가 되어 원상회복을 하기 위해 서울로 향했다.

우여곡절 끝에 김중환에게서 옹진군민의 돈 5천 냥을 갚겠다는 약속을 받아내기는 했으나 이경주의 일은 쉽게 풀리지 않았다. 그보다는 이 일을 해결하기 위해 서울(한성)에 머무는 동안 안중근은 급박하게 돌아가는 대한제국의 운명에 눈을 뜨기 시작했다. 명성황후를 시해한 일본은 본격적으로 한국 침략의 야욕을 실천해 가고 있었다. 청계동 산골짜기나 해주에서는 볼 수 없었던 국가의 위난이 한눈에 들어왔다. 더욱 심각한 문제는 일본과 러시아가 마침내 전쟁에 돌입한 것이었다. 러시아와 전쟁을 하면서 일본 천황의 선전조칙(宣戰詔勅)의 첫머리에는 동양의 평화와 조선의 독립을 확보하기 위해 전쟁을 수행한다고 되어 있었다. 사람의 말을 잘 믿는 안중근은 그런 일본의 선의를 믿었다. 그러나 홍 신부는 딴 생각이었다.

그는 일본과 러시아가 전면전에 돌입하자 땅이 꺼지도록 한숨을 쉬며 낙담했다.

"큰일이다. 한국이 장차 큰일이다."

"전쟁은 일본과 러시아가 하는데 한국이 장차 큰일이라니요? 무슨 뜻입니까?"

"러시아가 이기면 한국은 러시아의 속국이 될 것이고 일본이 이기면 한국은 일본의 속국이 될 것이다. 이보다 더 큰일이 어디 있느냐?"

"일본은 천황폐하의 조칙에서 한국의 독립을 보장하기 위해 전쟁을 한다고 밝히고 있지 않습니까? 그런 일본이 아무려면 한국을 속국으로 하겠습니까?"

"너는 중국의 역사를 읽지도 않았느냐? 서양의 역사에서도 나라와 나라 사이에 그런 거짓말은 밥 먹듯이 일어났었다. 일본은 한국을 자기 영토로 삼는 데 방해가 되는 청나라와 전쟁을 벌였고, 이번에는 러시아와 전쟁을 벌인 것이다. 그러므로 이번 전쟁에서 일본이 또 승리하면 반드시 한국을 자기 영토로 편입시킬 것이다."

안중근은 홍 신부의 지나친 예단을 믿을 수 없었으나 그래도 께름칙했다. 서울에서 본 일본 군대의 행태가 비로소 이해되었다. 그는 자신이 무지함을 깨달았다. 동서양의 역사책을 찾아내어 손에 잡히는 대로 탐독했다. 신문도 읽었다. 신문 논설의 행간에 감추어진 숨은 뜻을 찾아내려고 노력했다. 차츰 눈이 뜨이고 세상이 보이기 시작했다.

과연 러일전쟁에서 일본이 승리하자 일본은 감추어 둔 발톱을 드러냈다. 이토 히로부미가 전권 특명대사로 오더니 보호조약이라는 것을 강요하여 나라는 있으나 껍데기만 남게 되었다. 그래놓고 다시 한국을 보호하고 문명국으로 발전시키기 위함이라는 명분으로 통감정치를 실시하여 초대 통감에 이토가 부임했다. 나라가 단숨에 망하고 있었다. 일본에 걸었던 한 가닥 기대가 물거품이 되자 안중근 부자의 분노와 배신감은 하늘을 찌를 듯했다. 서울을 오르내리던 안중근은 1907년, 일제가 '정미7조약'으로 한국군을 해산하고 이에 불복한 한국 군인들이 저항하자, 무자비하게 살육하는 광경을 눈으로 목격했다. 항거하던 한국군들이 출동한 왜병에게 무참하게 도륙당한 후 왜병이 철군하자, 중근은 그 자리에 있던 안창호(安昌浩) 등 청년들과 함께 부상병을 병원으로 업고 가 몇 사람의 목숨을 구했다. 이를 악물었으나 일본 세력은 거대한 절벽처럼 버티고 서 있었다.

집으로 돌아온 중근은 병상에 누워 있는 아버지 태훈과 의논했다. 두 사람은 '사실상 이 나라는 망했다. 백주에 두 눈 뜨고도 나라가 망하는 것을 제지하지 못했으니 이 부끄러움을 씻을 길이 없다. 남아로 태어나 이대로 주저앉아 사는 것은 죽느니만 못하다'는 데 생각이 일치했다. 그러나 이미 대세는 일본 천지였다. 나라 밖으로 나가 힘을 기르고 때를 보아 나라를 되찾는 데 이 땅에서 태어난 백성들의 힘을 합치고 그들의 마음을 일깨워야 한다. 그러자면 국내에 앉아서는 세상 돌아가는 사정을 제대로 알지도 못하니 중국의 상해에 가서 뜻있는 사람들을 만나보고 갈 길을 찾는 것이 좋겠다. 여기까지 생각이 미치자 부자는 결정했다. 중근이 국제도시인 상해에 가서 세상 돌아가는 형편을 보고 오기로 했고, 부친 태훈은 그 사이에 여차하면 중국으로 떠날 수 있는 진남포로 집을 옮겨 놓기로 약조했다.

선생(先生)과 의병(義兵)

중근은 산둥(山東)의 위해와 청도를 거쳐 상해로 들어갔다. 가는 곳마다 그곳에 살고 있는 한국인을 찾아가 국가가 처한 위급한 형세를 알리고 "나라 밖에 나와 있는 동포들이 힘을 합쳐 일본제국의 침략 야욕을 꺾지 않으면 조만간 형해만 남은 조국은 그나마 형해조차 사라질 것"이라고 역설했다. 그러나 만나는 사람들의 반응은 시큰둥했다.

"뭐, 그 정도야 짐작하고 있던 일 아니냐, 여기 중국을 보라. 이 거대한 중화가 서구 열강의 발톱에 이리 찢기고 저리 찢기어 밥이 되고 있지 않느냐. 하물며 조선 같은 작은 나라가 어찌 명맥을 유지하겠다고 나서겠느냐. 오랜 세월 높은 침상에서 잠자고 꿈이나 꾸다가 어느 날 환란을 당하는 것뿐이니 공연히 우리가 힘쓸 것 없다"는 것이었다.

상해에서도 마찬가지였다. 먼저 찾아간 민영익(閔泳翊)은 "조선 사람은 만나지 않는다"고 하인이 문을 열어 주지 않아 몇 번 방문을 시도한 끝에 겨우 대면했으나, 화를 참지 못하고 "당신 같은 인간이 전날 국록을 먹은 고관이었다니 부끄럽다"는 욕을 퍼붓고 나왔고, 두 번째로 찾아간 서상근(徐相根)은 "나라가 망하든 흥하든 관심 없다. 나는 장사치일 뿐이니까" 하는 대답이었다.

절망한 안중근은 마침 성당이 보이기에 찾아들어가 천주님에게 길을 알려 달라고 기도하면서 엎드렸다. 중근이 기도를 마치고 고개를 들자 눈앞에 검은 사제복을 입은 신부 한 사람이 서 있었다. 눈이 마주치는 순간 두 사람은 함께 놀랐다. 전에 황해도에서 포교하던 곽 신부(한국명 郭元良, 본명 Le Gac)였다. 한국의 천주교 압박이 심상치 않아 중국으로 물러나 있던 곽 신부는 어찌하든 한국으로 돌아가 선교의 바탕을 만들고 싶어 천주님에게 기도하고 돌아갈 길을 찾고 있던 참에 우연찮게 만난 한국인 청년을 보고 이는 필시 천주님이 보낸 사람일 것으로 믿어 의심치 않았다.

"아니, 도마 형제, 자네가 여기 웬일인가?"

"신부님!"

그는 이 낯선 곳에서 만난 신부의 손을 끌어 잡고 하소연했다.

"신부님은 아시지요? 한국이라는 나라가 처한 비참한 형편을 말입니다. 나라를 도적들에게 내어주고 살아서 무엇하겠습니까? 그러나 국내에서는 나라를 되찾을 힘이 없으니 아예 가족들을 데리고 나라 밖으로 나와 해외에 있는 동포들을 일깨워 힘을 합치고 기르다가 혹시 기회가 오면 거사하여 나라를 되찾으려고 합니다. 그래서 나왔습니다."

신부는 잠시 생각을 하고 나서 입을 열었다.

"나는 종교가일 뿐이라 정치에 대해서는 아는 바가 없지만 그래도 도마 자네의 고통스러운 처지를 보고 몇 마디 아는 바를 얘기할 테니 다만 참고만 하고 결정은 자네 마음대로 하게나."

"말씀해 주십시오."

"먼저 프랑스의 얘기를 하겠다. 프랑스가 독일과 싸운 끝에 알사스와 로렌 두 지방을 독일에 내어 준 것은 너도 들어서 알 것이다. 그 후 지난 40여 년 동안 그 땅을 회복할 기회가 두어 번 있었으나 그곳에 살던 프랑스인 유지들이 모조리 해외로 떠나 버려 빈 땅이었기 때문에 회복하지 못한 쓰라린 경험이 있다. 이제 한국의 2천만 동포가 모두 자네같이 가족을 데리고 타국으로 떠나 버리면 비어 있는 한국 땅에서 일본은 발 뻗고 새 나라를 건설할 것이다. 옛말에 '하늘은 스스로 돕는 자를 돕는다' 했으니 지금 한국 사람들이 할 일은 밖으로 나가는 것이 아니라 강토를 지키면서 스스로의 힘을 기르는 것이다. 첫째는 교육으로 인재를 기르는 것이요, 둘째는 사회를 발전시키는 것이며, 셋째는 민족이 단합하는 것이고, 넷째는 실력을 기르는 것이다. 그렇게만 한다면 비록 일본이 2천만 문의 대포를 끌고 들어오더라도 한국을 완전히 깨뜨릴 수는 없을 것이고, 한국은 필시 도적들로부터 국권을 되찾을 수 있을 것이다."

이틀 뒤 안중근과 곽 신부는 한국으로 돌아가고 있었다. 의주에서 곽 신부는 황해도로 길을 잡았고, 중근은 진남포로 향했다. 그러나 그를 기다리고 있는 것은 아버지 태훈이 운명했다는 청천벽력 같은 소식이었다. 태훈은 아들과의 약속을 지키기 위해 병중임에도 불구하고 가족들을 이끌고 청계동을 떠나 진남포로 향하다가 도중 재령(載寧)에서 끝내 일어나지 못하고 아직 젊은 나이에 세상을 뜨고 말았다. 집안의 기둥이 무너지자 가족들은 태훈의 시신을 모시고 되돌아 청계동으로 가서 장사를 지내고 그곳에 머물고 있었다. 진남포에서 그 소식을 들은 중근은 몇 번이나 까무러치면서 통곡하다가 이내 청계동으로 달려가 상복을 입고 재계(齋戒)하며 그해 겨울을 났다. 이때 중근은 나라가 독립될 때까지 술을 끊기로 부친의 빈소에서 맹세하고 죽는 날까지 그 맹세를 지켰다.

봄이 되고 곧 여름이 왔다. 1906년 6월 초순, 중근은 미뤄 두었던 계획을 실천하기 위해 가족을 데리고 진남포로 이사했다. 진남포에 작은 양옥한 채를 새로 지어 이사한 중근은 남은 재산을 털어 먼저 삼흥학교(三興學校)를 세우고 이어 돈의학교(敦義學校)를 세웠다. 학교라고 하지만 학생은 통틀어 쉰 명도 되지 않는 작은 학교였다. 그러나 이제 시작이었다. 중근은 직접 교장에다 교무 직임을 맡아 학교의 교과과정을 만들고 학생을 모집하는 등 동분서주했다. 세월이 가만 두었더라면 중근은 민족의 미래를 열기 위해 교육 사업을 펼친 교육자의 한 사람으로 길이 기억되었을 것이다. 그러나 세월이 그에게 또 다른 소임을 강요하고 있었다.

그해 3월, 한국 통감으로 부임한 이토 히로부미는 일본흥업은행으로부터 기업자금채(起業資金債) 1천만 원을 한국 시설개선을 위한 자금 명목으로 이율 연 6부 5리, 5년 거치 10년 상환 조건으로 들여왔다. 이 돈은 한국의 시설개선 자금으로는 턱도 없이 부족한 액수였으나 한국 정부를 외채로 꼼짝 못하게 묶어 버리기에는 충분한 액수였다. 한편으로는 군대를 동원하여 강압하고 한편으로는 돈으로 묶어 버리는 식민화 정책이었다. 이토는 적어도 한국을 손아귀에 넣는 작전에서는 일본 내의 어떤 강경파들보다 간교하고 치밀했다.

그러나 한국인들이라고 바보처럼 당하고만 있지는 않았다. 서상돈(徐想燉), 김광제(金光濟), 양기탁(梁起鐸) 등의 선도로 국채보상운동이 들불처럼 일어났다. 안중근은 학교를 운영하면서 국채보상운동에 발 벗고 나섰다. 아내인 김아려가 시집 올 때 가지고 온 패물부터 내놓았고, 집 안의 값나갈 만한 물건들은 모두 내놓았다. 그것으로 그치지 아니하고 각지를 돌아다니며 국채보상운동에 참여해 줄 것을 권고하는 연설을 했다. 도중 평양에서 중근은 한 인물을 만났다. 지난날 서울에서 한국군의 해산 명령에 불복하여 궐기했던 군인들을 일본 군인들이 무자비하게 진압할 때 끝까지 지켜보다가 부상병을 병원으로 실어 나르는 데 함께 힘을 도왔던 안창호라는 인물이었다. 그 안창호가 평양 거리에서 연설하는 것을 지켜보다가 중근은 자신도 모르게 피가 거꾸로 치솟는 듯한 흥분을 느꼈다. 안창호의 연설은 그만큼 힘이 있었고 조리가 있었다.

안창호는 1878년생으로 안중근보다 한 살 위였으나 동갑내기나 마찬가지였다. 안창호의 연설이 끝난 뒤 두 사람은 연단 아래에서 손을 잡았다.

"소식 들었습니다."

안창호가 먼저 입을 열었다.

"진남포에서 학교를 열었다는 소식을 들었습니다. 우리가 갈 길은 멀고 사태는 날로 긴박합니다. 안형과 같은 일꾼들이 10명만 있어도 이 나라가 이 지경까지 가지는 않았을 텐데."

"지금 학교를 만들어 후학을 가르치며 백년대계를 꿈꾼다는 것이 한가롭게 느껴집니다."

중근이 솔직한 심정을 털어놓았다.

"우리의 할 일은 간도와 연해주에서 본격적으로 시작될 겁니다. 태평양 건너 미국에서도 불이 일어날 것이고 중국 천지에 흩어져 사는 동포들을 규합하면 그 힘이 무시하지 못할 것입니다. 그래도 중심은 국내에 두어야 합니다."

그 중심을 국내에 두기 위해 안창호는 전국을 돌며 연설하고 있는 중이었다. 잠든 동포의 혼을 깨우기 위해!

그러나 안창호와 헤어져 진남포로 돌아오자 중근은 허전했다. 채워지지 않는 갈증과 같은 것이 요즘 늘 그를 따라다니고 있었다. 민족이, 동포가 깨어 있는 것도 중요하다. 사태를 바로 보고 바로 아는 것도 중요하다. 그러나 강도가 담을 넘어와 안방에 들어오고 살림을 훔치고 가족을 유린하고 있는 지금 그 강도가 누구인지 무엇을 노리고 담을 넘어 왔는지 아는 것이 그토록 중요한 것인가? 강도를 물리치기 위해 각성하고 마음을 하나로 뭉치는 것이 그토록 중요한가? 우선 강도를 끌어내고 다시는 집 안에 침범하지 못하도록 뼈를 분질러 놓는 것이 더욱 급한 일이 아닐까?

이런 생각으로 뒤척이는 안중근을 결정적으로 흔들어 놓은 사건이 연달아 발생했다. 1907년 6월 5일, 네덜란드 헤이그(海牙)에서 제2차 국제평화회의가 44개국 대표가 참석한 가운데 열리고 있었다. 고종황제는 이 회의를 국제사회에 일본의 강압적인 한국 합병정책을 폭로할 기회로 판단하고 전 의정부 참찬(議政府 參贊) 이상설(李相卨)과 평리원검사(平理院檢事) 이준(李儁), 주 러시아공사 서기관 이위종(李瑋鍾) 등 세 사람에게 비밀리에 밀지를 주어 파견했다. 이 사실을 알게 된 한국 통감 이토 히로부미는 황제의 퇴위를 강요했고, 대신들 중에도 이토의 편에 서는 인간들이 있어 고종은 7월 18일, 끝내 임금의 자리를 내놓고 물러났다. 그리고 7월 24일에는 을사년의 5개조 조약을 대폭 강화한 7개조의 조약을 체결함으로써 통감의 권한은 대폭 확대되고 한국 정부의 권한은 더욱 축소되었다.

사태가 이 지경에 이르는 것을 보고 안중근은 더 이상 학교에서 아이들이나 가르치고 있을 수는 없다는 사실을 깨달았다. 학교를 만들고 학생을 가르쳐 후일에 대비하는 일은 자신이 아닌 다른 사람들이 해도 그만이었다. 그러나 지금 도적이 안방에 깊이 들어와 주인을 밀어내는 상황에 처하여 자신이 할 일은 따로 있다는 것을 깨달은 것이었다.

그는 아내가 꾸려준 행장을 지고 길을 나서면서 아내에게 말했다.

"험한 세상에 태어난 잘못이니 슬퍼하지 마시오."

"어디로 가시는 길입니까?"

"그걸 내가 어찌 알겠소. 일단 간도 땅으로 간 후 뜻있는 동포들을 모아 의병을 조직해 볼까 합니다. 자리를 잡으면 소식을 전할 테니 그때 아이를 데리고 오시오."

"여기 걱정은 하지 않으셔도 됩니다. 천주님 안에서 잘 기를 테니 아이 걱정은 마십시오."

"당신을 믿으니 내가 마음먹은 대로 살 수 있는 것입니다. 일찍이 아버지께서 말씀하셨소. 당신이야말로 장부라고. 학교는 이미 다 정리해 놓았으니 별 문제가 없을 것이오. 누군가 이 건물을 학교로 사용하겠다는 사람이 나서면 그러라고 하시오."

아내를 다독여 놓고, 몸이 허약해서 걱정인 아들 분도를 안아 그 볼에다 자신의 볼을 오랫동안 부비고 나서 중근은 집을 나섰다.

두만강

초닷새의 낫 같은 달이 잠시 얼굴을 내미는가 했더니 구름 속으로 파묻혀 버렸다. 먹물을 풀어놓은 것 같은 어둠 속에서 질척질척 비가 내리기 시작했다. 바로 옆에 있는 동지들의 얼굴이 보이지 않을 정도였다. 멀리 회색의 띠를 둘러놓은 것 같은 두만강이 환각처럼 흐릿했다. 특파대장 안중근은 부대장(副隊長) 황병길을 가만히 불렀다.

"이봐, 천금이!"

천금이는 황병길의 아명이었다. 중근은 자신보다 나이가 밑이면서도 심지가 굳고 당찬 병길을 동생처럼 아끼고 때로는 의지했다.

"예, 대장님!"

"비가 오는구먼."

"큰비가 올지도 모릅니다. 서둘러 도강해야 합니다."

"아냐. 조금 더 기다리게. 저쪽의 경계태세가 마음 놓이지 않아서 그래."

"어제 돌아온 탐색조의 보고로는 회령에 일본군 일개 중대의 증원군이 배치되어 있으나 마을 안에 웅크리고 숨어 있는 형국이라 하지 않습니까?"

"그 탐색조가 정말 두만강을 건너 회령 깊숙이 들어가 탐색했다고 보나?"

"그럼 저들이 적진에 들어가 보지도 않고 돌아와 엉터리 보고를 했다는 뜻입니까?"

안중근은 대답하지 않았다. 엉터리가 어디 그것뿐인가. 300명의 이 부대는 지휘부에 앉아 있는 이범윤의 명령에만 움직이는 놈, 얼마 전 연해주에 도착한 유인석의 지휘만 받겠다는 놈, 함경도 출신의 포수들끼리 똘똘 뭉쳐 마치 산짐승 사냥에 나선 듯 제멋대로 행동하겠다는 놈, 급료를 당장 올려주지 않으면 차라리 농사나 짓겠다는 놈, 중구난방 사분오열이었다. 대장의 영이 서지 않았고, 지난 한 달 동안 벌인 몇 번의 전투에서 거둔 승전의 원인이 모두 제 잘난 덕인 줄 알고 으스대는 놈들로 가득 차 있었다. 어떤 놈들은 의병이 나타나기만 하면 일본 군인과 경찰이 넋을 놓고 도망가거나 목을 길게 내놓을 것이라고 공공연히 떠들고 다녔다. 신중하고 조심하라고 타이르는 대장 안중근의 말에 병사들은 "의병 대장 아무나 하나" 하고 비아냥거렸다.

탐색조로 나갔던 두 명의 병사를 데리러 갔던 황병길이 숨이 턱에 차서 돌아왔다.

"대장, 산 아래쪽에 있던 제3구대가 이미 강을 건너기 시작했습니다."

"뭐야?"

안중근은 머리가 어지러울 정도로 충격을 받았다.

"누구 명령으로?"

"명령 같은 것은 없었습니다. 스스로 명을 내리고 스스로 행동한 것입니다."

"되돌려, 당장!"

안중근은 단호하게 명령했다.

"이미 늦었습니다. 다음 구대가 뒤를 이어 출동했고, 선발대는 강을 다 건넜을 것입니다."

안중근은 비를 피해 숨어 있던 나무 밑에서 나왔다.

"도강한다. 도강은 3개 구대가 일제히 실시하되 각자의 도강지점을 엄격하게 지킬 것. 강폭은 넓지 않으나 며칠째 내린 비로 물이 불어나 수심이 깊은 곳이 있으니 당황하거나 소리 내지 말고 물고기들처럼 조용하게 건널 것. 다 건너면 다시 대오를 편성해 회령으로 진격하고 회령에 닿으면 구대별로 부여된 임무를 수행하라. 제1구대는 회령에서 두만강으로 이어지는 도로를 차단하고 적의 동태를 파악할 것, 제2구대는 회령 입구 우측의 산으로 올라가 은닉하여 제1구대와 제3구대를 측면 지원하고, 제3구대는 정면에 보이는 작은 산정에 올라가 몸을 숨기고 대기했다가 회령 진입의 선공에 서고 만일 적이 역습할 경우 이를 분쇄할 것. 이상이다."

"대장!"

황병길이 나지막한 목소리로 불렀다.

"또 뭔가?"

"제3구대를 선봉에 세우는 까닭이 무엇입니까?"

"안 될 이유라도 있나?"

"저들은 유인석 의병장을 따라 온 충주 포군들입니다."

"전투 경험도 많고 용감한 병정들이지."

"제가 알기로 저들은 벌써 두 번이나 배신을 했습니다."

"한 번은 나도 알겠는데 또 한 번은 언제 누구를 배신했나?"

충주 출신 포군들은 원래 충주 관찰사 김규식이 거느리던 군사들이었다. 을미년에 일본 공사 미우라 고로가 낭인들을 이끌고 대궐을 침범하여 민황후를 시해한 사건을 계기로 전국에서 의병들이 떨치고 일어날 때 화서학파의 거두인 제천의 유인석이 고종의 밀지를 받들고 창의하여 충주성을 들이칠 때 관찰사 김규식은 재정이 궁핍하여 포군 150명 중 50명만 남기고 100명을 감축하자, 쫓겨난 100명의 포군들이 그날 밤으로 성 밖으로 나가 적군인 유인석 의병장에게 투항하고 말았다. 다음 날 그들이 선봉에

333

서서 충주성을 공격했다. 유인석이 제천을 떠나 연해주로 옮기자 포군들도 한 달 30냥의 삭료(朔料)를 벌기 위해 뿔뿔이 흩어져 북으로 올라와 연해주에서 다시 모였다. 배신이란 그를 두고 하는 말이었다. 그러나 그들이 또 언제 배신을 했다는 것인가?

"경흥전투에서…."

황병길이 안중근의 기억을 도왔다. 비로소 안중근은 황병길이 말하는 두 번째 배신이라는 것을 알아차렸다.

조선 성리학의 화서학파를 대표하는 유림의 유인석이 고종의 밀지를 받고 창의하여 제천에서 일제와 전투를 벌이다가 긴 안목으로 주권회복 전선을 결성키로 작정하여 연해주로 찾아오고, 페테르부르크에 머물고 있던 이범진이 여러 차례 편지를 보내고 사람을 보내어 이범윤을 설득한 끝에 마침내 유인석·이범윤의 연합의병부대가 출범하자 안중근·최재형·엄인섭·황병길 등 젊은 동지들도 모처럼 신이 나서 초모(招募) 활동을 전개했고, 그 덕분에 300명의 특파부대를 결성하게 된 것이었다. 그 특파부대의 부대장을 안중근이 맡았다. 이것이 문제였다.

이런저런 이유로 조국 땅을 떠나 남의 나라 땅에 정착한 무리들의 사회에서는 이상하게도 조국에서 행하던 온갖 인습을 답습하는 경우가 많은데 연해주도 그 짝이었다. 여기서도 지난날 높은 벼슬을 했거나 양반이었던 사람들이 행세를 했고 말발이 섰다. 그 다음으로는 재산이 많은 사람들이었고, 그 다음으로는 나이가 많은 연장자들의 말발이 먹혔다. 안중근과 황병길·엄인섭 같은, 젊고 기개뿐인 청년들은 그중에 어느 것 하나 가진 것이 없었다. 그들이 연해주와 간도 지방을 돌며 의병의 초모 활동을 할 때 뜨거운 연설을 듣고 의병에 자원하는 사람들이 간간이 있기는 했으나 대부분의 동포들은 "너희들이 뭔데" 하는 빈축으로 맞았다. 유인석이 지니고 온 고종의 밀지와 마패를 신물로 내보이고서야 겨우 신임을 얻었으나 안중근이 특파부대의 부대장이 되자 부대원들 중에서 노골적으로 비아냥거리는 무리들이 있었다. 함경도 지방에서 건너온 직업적인 포수 출신과 충주에서 올라온 포군 출신들이 유독 심했다.

포로

그러나 300명의 대한의군(大韓義軍) 특파부대는 장고봉에서 두만 강을 건너 경흥을 급습하고 덕원에서 벌인 첫 전투에서 1개 소대의 일본군 수비대를 짓부수는 데 성공했다. 일본군은 경흥에 주둔하고 있던 1개 소대의 수비군을 급히 덕원으로 보냈으나 안중근의 특파부대는 이것마저 도륙을 내고 말았다. 이어 신아산, 고건원, 서수라에서도 숫자는 많지 않지만 주둔하고 있던 일본군의 뿌리를 뽑아 버렸다. 이때 포로가 네 명 있었다. 두 명은 하급 군인이었고 한 명은 일본 관리, 나머지 한 명은 장사꾼이었다. 안중근이 이들을 직접 심문했다.

"너희들은 일본국 신민들이다. 너희 천황은 지난번 러시아와 전쟁을 할 때 선전조칙에서 동양 평화를 유지하고 대한의 독립을 굳건히 하기 위함이라고 천하에 공표한 바가 있었다. 그랬는데 너희 일본 사람들은 천황의 뜻을 무시하고 한국과 중국을 침략하니 이것을 평화요, 독립이라 할 수 있겠느냐? 너희들은 강도요 역적이 분명하다."

포로들은 눈물을 흘리며 땅에 머리를 박았다. 그중 관리 같아 보이는 남자가 울면서 말했다.

"이것이 어디 우리들의 본심이었겠습니까? 살기 위해서 부득이 한 짓일 뿐입니다. 이 모든 일을 저지른 장본인은 이토 히로부미 그자입니다. 그자는 일본과 한국 두 나라 사이에 귀중한 생명을 무수하게 죽이고 자신은 권세를 타고 앉아 복락을 누리고 있으니 우리가 모두 분개하는 마음은 있으나 어찌할 방책이 없어 이 지경에 이르렀던 것입니다. 우리는 모두 농사짓거나 장사하던 고달픈 백성들일 뿐인데 이제 여기서 죽으니 한스럽고 억울할 따름입니다."

안중근은 울고 있는 일본 사람들을 바라보다가 말했다.

"너희들의 말을 들어보니 죽음을 모면하기 위해 꾸며낸 말만은 아닌 듯하다. 내가 너희들을 놓아 보내줄 테니 돌아가거든 세상의 평화를 깨고 백성들의 목숨을 가볍게 여기는 난신적자들을 없애는 일에 남은 생명을 던져 넣어라. 그런 자들을 10명을 처단하기 전에 동양의 평화는 반드시 이루어질 것이다. 그렇게 할 수 있겠는가?"

"어차피 잃었던 목숨, 아끼지 않고 신명을 다하겠습니다."

안중근은 직접 포로들의 손을 묶은 포승을 풀고 그들을 놓아주었다. 머리를 땅에 박으며 절을 하고 떠나려던 포로들 중 군인 두 명이 되돌아와 말했다.

"군인인 우리가 기계를 빼앗기고 빈손으로 돌아가면 필시 우리 쪽에서 의심하여 군율에 따라 처단하고자 할 터이니 차라리 여기서 장군의 손에 죽고 싶습니다."

안중근은 그들이 지니고 있던 개인용 소총을 돌려주었다. 포로들은 춤을 추며 떠나갔다. 포로들이 떠나가자 이번에는 중군장, 선봉장, 후군장, 유격장 등 부대 내의 장교들이 불만을 품고 몰려왔다. 삭료 30냥을 40냥으로 올려주지 않으면 의병 생활을 접고 고향으로 돌아가 농사나 짓겠다고 으름장을 놓던 중군장 심상일이라는 자가 앞에 섰다.

"사로잡은 적병을 놓아주는 까닭을 좀 들어 봅시다."

"오늘날 만국공법에는 사로잡은 적병을 죽이지 못하게 돼 있소. 포로로 잡아 두었다가 후일 배상을 받거나 피차 교환하게 돼 있다는 것쯤은 당신들도 알 것 아니오. 게다가 저들은 신문을 해 본 결과 마음속 진정이 보이니 저들을 풀어놓아 일본인들의 강퍅한 마음을 녹이는 역할을 하게 한다면 천 명의 군대보다 더 나은 결과가 만들어질 수도 있다고 판단했기 때문이오."

"만국공법이고 나발이고."

심상일은 코웃음을 쳤다.

"저놈들은 우리 의병을 사로잡으면 그 자리에서 처형해 버립니다. 우리도 풍찬노숙을 하면서 이 고생을 하는 것은 적을 죽이기 위해서가 아니오? 그것 말고 다른 목적이 있으면 말해 보시오. 그런데 대장이 지금 우리의 목적이 무엇인지 헷갈리게 하고 있지 않소."

"그건 하나만 알고 둘은 모르는 단견이오. 적이 야만적인 폭도라 하여 그 상대인 우리도 폭도가 될 까닭이 없소. 우리는 도덕적으로 남의 나라를 훔치고 그 백성을 살육하는 일본 놈들과 달라야 할 것이오. 또 비단 전투를 하는 목적이 적을 죽이는 데만 있다고 한다면 장차 우리가 일본 백성 4천만을 다 죽여야만 이 싸움이 끝나겠소? 그건 아니오. 우리가 비록 기계가 부족해 일본 군대에 열세라 하나 조국 강토의 안과 밖에서 끊임없이 싸움을 걸고 굽히지 않는다면 세계열강의 관심을 모아 마침내 국권 회복의 길을 열게 될 것 아니겠소? 그러니 일본 군대가 어찌하니 우리도 어찌해야 한다는 식으로 자신을 낮추지 마시오."

"도덕군자 나셨네."

군중 속에서 피식 바람 빠지는 웃음소리가 들렸다.

"아까 대장이 포로들과 수작하는 것을 들으니 일본 천황폐하는 거룩한 존재이고 무구한 분인데 수하들이 나쁜 놈들이라서 평화가 깨어지고 한국민이 고통을 당한다고 합디다만 알고 보면 천황이라는 자가 더 나쁜 놈 아니오? 우리의 전 황제 고종 임금께서도 밀지를 보내고 밀사를 보내어 사방 천지에서 의병의 거의(擧義)를 독촉하고 계십니다만, 그분도 그래요. 정작 밀지를 내렸다는 증거를 들고 일본 통감이 찾아가 윽박지르면 나는 모르는 일이고 미거한 아랫놈들이 짐의 밀지를 조작하여 만든 일이니 그놈들을 잡아 죽여야 한다고 역정을 내고 자신은 뒤로 쏙 빠져 버리니 임금이란 대개 이런 자들이오."

"폐하를 욕되게 하지 마시오."

누군가 제동을 걸었으나 말을 하던 자는 내친김에 한 발 더 나갔다.

"말이 나왔으니 속이나 시원하게 한마디 더 합시다. 전 황제나 지금의 황제 폐하께서도 이것만은 알고 있을 것이오. 거년 동학군이 전국에서 20만이나 떨치고 일어났으나 일본 군대 2천 명에게 패해 어육이 되고 말았소. 일본에게 빼앗긴 자신들의 왕권을 되찾기 위해 은근히 동학군과 밀통했던 조정에서도 참담한 심경이었을 것이오. 임금을 비롯해 조정 대신들은 알았을 것이오. 오합지졸이 20만이든 200만이든 일본의 신식 군대 앞에서는 힘을 쓰지 못하고 도륙당할 뿐이라는 것을. 그런데도 사방에 밀지와 밀사를 보내어 거의를 독촉하는 이유가 어디 있다고 보십니까? 우리 백성들의 초개 같은 목숨을 일본 놈들의 총구 앞에 내세워 놓고 임금님은 무엇을 얻자고 하는 것이오? 듣자니 임금이 러시아나 미국으로 망명을 하기 위해 성동격서 격으로 분위기를 띄우려고 의병을 활용한다 하는데 그리하면 우리는 대체 무엇이오? 불쏘시개요, 아니면 오뉴월의 하루살이들이오? 사태가 이렇다는 것을 우리가 모르지 않는데 공연히 도덕군자 흉내나 내지 마시오. 우리는 이런 군대에서 밥 먹을 일 없소."

심상일이 막말을 내뱉고 돌아서자 그 뒤를 따르는 자가 백여 명, 부대의 3분의 1이 떠나버렸다. 그러나 떠난 부대원들은 유인석의 지시와 설득으로 다시 안중근의 휘하로 들어왔고, 일단 돌아오자 안중근은 그들의 죄를 묻지 않았다. 단 한 명의 병사가 아쉬운 탓도 있었지만 강력한 적을 앞에 두고 마음으로 승복하고 힘을 합치지 않으면 안 된다는 사실을 너무나 잘 알고 있었기 때문이었다. 그때도 황병길과 엄인섭은 "한 번 떠났던 자들은 다시 떠나게 될 것이니 받아주지 말든지, 받아주더라도 그 죄를 엄하게 물어 군율을 세워야 한다"고 주장했으나 안중근이 그들의 주장을 일축했다. 그리고 이번 회령 침투 작전에서는 바로 그때 등을 돌렸다가 되돌아온 충주 포군들을 작전의 주공으로 배치한 것도 그들에게 변함없는 강력한 신뢰를 보내고 전투에서 이길 경우 승리의 공적을 그들에게 안겨주기 위함이었다. 그런데 바로 그 제3구대가 대장의 명령도 없이 제멋대로 도강을 하고 있다는 것이었다.

어차피 군대 또는 병대란 조직 구성원이 잡다하기 마련이었다. 구성원의 직업과 신분이 그 사회만큼 다양할 수밖에 없기 때문이다. 유인석 같은 성리학을 바탕으로 한 구시대의 왕권 회복을 국권 회복이라고 생각하는 보수 복고주의자가 있는가 하면 황병길과 같은 사회주의 민권운동을 의병 창의 동기로 삼는 개혁·혁신주의자도 있기 마련이었다.

그러나 그런 사정을 감안하더라도 의병조직은 군대라고 부르기 이전의 상태였다. 훈련의 부족은 또 그렇다 치더라도 각자가 지닌 무기 체계가 지리멸렬한데다 연합의병의 경우 명령 계통조차 확립이 안 되어 있어 출신 지역이나 지도자에 따라 끼리끼리 따로 뭉쳐 각개 행동을 하는 것이었다. 어느 초(哨 : 100명)에게 마을을 습격하라는 명령을 내렸는데도 그 초가 엉뚱하게도 산에 올라가 있는 일은 종종 자주 있는 일이었다.

"이런 부대."

안중근은 입속에서 중얼거렸다.

"중구난방 오합지졸의 이런 부대 말고 정말로 잘 훈련되고 기율이 서 있는 그런 부대를 이끌고 일본군과 맞서 싸우고 싶다. 그런 군대가 있는 날은 언제일까. 아마 국권이 회복될 그날일 것이다."

"무슨 말씀이십니까?"

황병길이 다급해서 물었다.

"명령했잖소. 도강, 전면 공격이야."

"그러나 대장!"

황병길이 다시 발길을 잡았다.

"뭐야, 또?"

"미안합니다. 비가 오고 있고 안개도 끼어 지척을 분간키 어렵습니다. 이런 때는 방어하는 쪽이 유리합니다. 만약 적이 우리의 공격을 미리 알고 기다리고 있다면….."

"그래도 할 수 없어. 제3구대가 이미 강을 건넌 이상 선택의 여지가 없지 않소?"

"그건 그렇습니다만….."

안중근은 이미 육혈포를 움켜쥐고 산 아래로 달리고 있었다. 황병길도 그 뒤를 따랐다. 의병 부대가 두만강을 건너 회령으로 진입하는 농로를 달리고 있을 때였다. 제1구대가 오른쪽 산비탈로 은닉처를 찾아 방향을 돌리는 순간 한 방의 총소리가 울렸다. 처음에는 한 방이었으나 그것을 신호로 사방에서 총소리가 울리고 포탄이 날아와 작렬했다. 포병을 준비시켜 놓고 있었다니. 이미 적은 이쪽의 동태를 손바닥처럼 들여다보고 기다리고 있었던 것이 틀림없었다.

안중근은 부대를 길 양편의 논밭으로 산개시키고 몸을 낮추어 대응 사격을 하게 했다. 그러나 적은 보이지 않았다. 총소리, 포소리만 요란하게 울리고 그때마다 이쪽 병사들이 죽어 넘어지는 소리만 들릴 뿐 보이는 것은 아무것도 없었다.

부대장 황병길이 포복하여 옆으로 왔다.

"사방에 적입니다. 그 수가 몇 개 대대 병력은 될 것 같습니다. 퇴로를 차단해 놓은 것을 보면 단순한 승리가 아니라 이참에 연해주의 의병들을 말려버릴 작정인 듯합니다."

길게 생각할 여유가 없었다.

"후퇴, 후퇴한다. 각자 흩어져 우측의 산속으로 잠입해 일단 생존을 확보하라. 두만강은 위험하니 그쪽으로 돌아가지 말도록 하라."

안중근은 오른쪽 산 능선을 타고 올랐다. 작은 계곡에 이르러 보니 본능적으로 산능선 쪽으로 퇴각한 병사들이 수십 명이나 되었다. 안중근은 여기서 부대를 재편성하려고 했으나 거기까지 좇아온 일본군의 일제공격이 개시되자, 모이던 병사들이 다시 흩어져 다시는 그 모습들을 볼 수 없게 되었다. 안중근도 일본군의 추격을 피하여 산을 타고 올랐다. 두만강 쪽에는 일본군이 지키고 있을 것이기 때문에 가능하면 내륙 산악 깊숙이 도망가는 길밖에 살 길이 없었다. 옆에는 황병길이 좇아오고 있었고 함경도 출신의 병사 두 명도 안중근을 따랐다.

도주(逃走)

산은 깊고 어두웠고 미끄러웠다. 졸음이 오고 배가 고팠다. 다음 날 날이 밝았으나 그들의 도주는 멈추지 않았다. 어디쯤에 와 있는지 어느 방향으로 가야 두만강이 나오는지 가늠할 수도 없었다. 그저 회령의 일본군으로부터 멀어지는 것, 그것만 당장의 목표였다. 다시 밤이 왔다. 여름이라고 하나 산속의 한기는 뼛속 깊이 파고들었다. 땀을 흘려 한기를 몰아내고 싶었으나 땀도 나지 않았다. 몸속에 있던 수분이 모두 말라 땀이 될 물기가 없었기 때문이었다.

다시 해가 뜰 무렵 안중근은 산 중턱의 외딴 봉우리에 앉아 있었다. 추위와 배고픔, 수면 부족으로 겨우 사흘 만에 자신이 보기에도 피골이 상접한 폐인의 모습이었다. 창자가 끊어질 것 같은 통증이 간헐적으로 찾아왔다.

"어리석다, 어리석다, 안중근이여! 그대로 일본 놈의 총에 맞아 죽었으면 이 아픔이나 없었을 것을."

질책하고 또 질책했으나 이미 엎질러진 물이었다. 이런 전쟁, 이런 전투를 왜 하나? 왜 해야 하나? 그는 자신이 간도와 연해주의 한인촌을 돌아다니며 목에서 피가 쏟아져 나올 정도로 의병 투쟁의 당위성을 외치고 다닌 것이 스스로 부끄럽게 생각되었다.

"어떻게 하면 좋겠는가?"

의견을 물어보았다. 살 것인가, 죽을 것인가 그것부터 정해야 했다.

"그래도 살아야지요. 북쪽으로 방향을 잡아 두만강에 이르렀다가 밤을 이용해 강을 건너 연해주로 들어가 뒷날을 도모해야 합니다."

황병길이었다. 그는 연추에 아내와 딸을 두고 있었다. 아내가 천신만고 끝에 지아비를 찾아 연해주까지 흘러와 오랜만에 행복한 날을 보내던 참이었다. 그 소중한 가족을 두고 무책임하게 죽을 수도 없는 것이 황병길의 입장이었다. 그러나 함경도에서 포수를 하다가 간도로 건너온 후 삭료 서른 냥을 받고 의병부대에 들어온 정가라는 사람의 의견은 달랐다.

"산 아래에는 어디를 가나 일본 놈들이 우리를 기다리고 있을 거요. 결국 우리는 산속에서 헤매다가 죽을 겁니다. 그럴 바에는 차라리 편하게 여기서 자결하는 것이 좋지 않겠소?"

"자결하는 것도 좋지만 산을 내려가 일본군에게 잡히는 것이 어떨까요. 설마 죽이기야 하겠소?"

다른 함경도 출신 병사의 말이었다. 안중근은 나무 꼬챙이로 땅바닥에 시 한 수를 끼적거렸다.

男兒有志出洋外 事不入謀難處身
望須同胞警流血 莫作世間無義神
사나이 뜻을 세워 나라 밖으로 나왔다가
큰일을 못 이루니 몸 둘 곳이 어려워라.
바라건대 동포들아 피 흘려 싸울지언정
세상에 헛된 귀신은 되지 마소.

그렇게 읽어 주고 나서 그는 분연하게 말했다.

"당신들은 각자 뜻대로 행동하라. 나는 산 아래로 내려가 일본 놈들과 한바탕 싸우고 여한 없이 죽겠다."

그가 일어서자 황병길이 울면서 매달렸다.

"대장은 어찌 개인의 의무만 생각하고 더 큰 사업은 돌아보지 않는단 말입니까? 지금 죽기는 쉬워도 살아서 연해주로 건너가 나라를 위해 더 값지게 죽을 길을 찾는 것은 어렵습니다. 대장은 부디 쉬운 것만 생각지 마시고 어렵고 큰 사업을 생각하소서."

중근은 잠시 생각한 후에 병길의 손을 그러잡았다.

"자네 말이 맞네. 내 편하자고 헛된 생각을 했던 것이니 부디 용서하시게."

다시 산길을 걸었다. 아무리 산길이라 하더라도 낮에는 위험하므로 낮에는 주로 바위틈에서 쉬고 밤에만 길을 걸었다. 풀뿌리를 캐먹으며 밤길을 걷기를 다시 닷새째 되던 날, 골짜기 아래의 민가를 발견하고 먹을 것을 얻기 위해 숨어서 지켜보았다. 사립문이 열리고 횃불이 나왔다. 횃불 아래 보이는 두 사람은 일본 군인이었다. 그들은 다시 산속으로 숨어들었다. 다음 날 밤 다시 계곡에 있는 외딴집을 발견하고 주위를 살핀 다음 문을 열고 들어갔다. 화전을 일구어 사는 늙은 부부가 그들에게 서둘러 기장밥을 지어 내놓았다. 허기를 겨우 채우자 주인 사내가 말했다.

"빨리 떠나시오. 일본 놈들이 돌아다니며 의병을 재워 주거나 밥을 준 흔적만 발견해도 그 자리에서 총살해 버린다고 합니다. 산으로만 가시오. 저쪽이 북쪽이니 살아서 두만강을 건너시오, 부디!"

다음 날 밤, 일행은 어둠을 타고 한길로 걷기 위해 마을로 내려갔다. 마을 외곽을 돌아 신작로를 걷는데 앞에서 몇 사람의 사내들이 오고 있는 발소리가 들렸다. 옆에 있는 사람의 윤곽도 잘 보이지 않을 정도로 어두웠기 때문에 그쪽이나 이쪽이나 상대가 누구인지 분별하기는 불가능했다. 옆으로 지나가면서 하는 말을 들어보니 일본말이었다. 그러고 보니 군화를 신고 걸을 때 나는 특유의 절그럭거리는 소리가 났다. 총검이 스치는 소리도 느껴졌다. 어둠 속에서 서로 엇갈리고 나자 안중근 일행은 자신도 모르게 걸음을 빨리 했다. 스쳐 지나갔던 일본 군인들이 걸음을 멈추었다.

"누구얏!"

일본말로 수하하는 소리가 들렸다. 대답 없이 몸을 낮추어 달렸다. 어둠 속에서 총소리가 나고 총알이 핑핑 날아가는 소리가 귓결을 스쳤다. 그들은 있는 힘을 다해 달리다가 산속으로 숨어들었다. 그 일이 있은 후로는 비록 밤이라 하더라도 다시는 신작로로 걷지 않았다. 그동안 8월의 장맛비가 동이로 퍼붓듯이 물을 쏟았다. 다시 두만강을 건너 연해주의 연추로 돌아왔을 때 사람들은 귀신이 나온 줄로 알 정도로 그들의 몰골은 변해 있었다. 꼽아 보니 출전한 날로부터 한 달 하고도 보름, 꼬박 45일간을 장맛비가 퍼붓는 산속을 헤매고 다녔던 것이다. 그러나 그 고생보다 더 견디기 어려운 것은 패배의 쓰라림이었다. 한 주먹밖에 되지 않는 일본군에게 나라를 통째로 빼앗기고도 그보다 몇 배나 많은 병력을 가지고도 변변하게 싸워 보지도 못하고 패배하고 쫓기는 신세가 된 것이 죽기보다 싫었고 서러웠다. 서럽고 아팠다.

연추에서는 황병길의 아내인 김숙경이 안중근을 살뜰하게 보살펴 준 덕분에 중근의 몸은 다시 활기를 되찾았다. 이제 세 살배기인 병길의 어린 딸 정선이 큰아버지처럼 중근을 잘 따랐다. 그런 정선을 안을 때마다 중근은 진남포에 두고 온 아들 분도를 생각했다. 아내 아려가 병길의 아내 숙경처럼 머나먼 연해주를 허위허위 찾아나서 여기까지 와 준다면 이 뼈가 시린 외로움이 얼마간 가실까. 그러나 아려는 중근이 부르기 전에는 살을 뜯고 이를 악무는 한이 있어도 스스로 남편을 찾아 나설 여인이 아니라는 것을 그도 알고 있었다.

몸이 좀 회복되자 늦은 가을에 중근은 블라디보스토크로 나갔다. 그를 환영해 주는 사람들이 있었다. 한인회 회장 김치보(金致甫)는 신한촌에 만들어 둔 덕창약국(德昌藥局)에 그를 붙들어 앉혀 놓고 보약을 달여 먹이고 조촐한 환영연을 열어 주었다. 환영연에는 이상설과 이범윤, 이위종, 서상윤, 문창범, 최재형, 장지연, 전명운, 그리고 한국 의병의 정신적인 중심을 이루고 있던 유인석도 참가했다. 모두들 안중근이 살아서 돌아온 것을 반기고 그간의 고생을 치하해 주었다. 의병장 홍범도가 멀리서 축하의 전갈을 보내오기도 했다. 안중근은 마음속으로 몹시 부끄러워하면서도 자신의 생환을 진심으로 환영해 주는 동포들을 보면서 살아서 돌아오기를 잘했다는 생각을 했다. 이 자리에서 대한의병은 이미 조직된 이범윤의 산포대(山砲隊)에서 한 걸음 발전하여 연합의병으로 재출범하기로 결정을 했고 김두성이 총독, 이범윤이 대장을 맡고, 안중근은 참모중장의 중책을 맡았다. 환영연 도중에 유인석 노인이 흰 수염을 옆으로 꼬면서 다가왔다. 그의 옆에는 유인석처럼 상투를 틀고 갓을 쓴 중년의 점잖은 남자가 함께 있었다.

"안 장군에게 소개가 늦었으나 전일 한성에서 내려와 의병 총독의 중한 책임을 맡은 분을 소개하겠네."

그는 자신의 이름을 김두성(金斗星)이라고 했다. 짧은 수인사를 건네자마자 김두성은 안중근을 옆으로 끌고 가서 소맷자락 속에서 비단 천을 하나 꺼내어 보여 주었다. 그가 펼친 녹색의 작은 비단 천에는 검은 글씨로 '擧義'라는 글씨가 있었다. 글씨만 가지고도 그것이 누가 쓴 것인지 안중근은 알았다. 전에 유인석이 보여 준 고종의 밀지와 글씨가 같았다. '아아, 애통하다. 나의 죄악이 크고 가득하여 하늘도 돕지 않고 많은 백성은 도탄에 빠졌다'로 시작하던 그 장문의 밀지와는 달리 김두성이 가지고 온 밀지는 간단하게 두 글자뿐이었으나 그것이 담고 있는 내용의 절박성은 오히려 더

강렬했다.

"전 황제 폐하께서는 안 장군의 이름을 듣고 희망을 품고 계십니다."

"보시다시피 제가 할 일이 별로 없습니다."

"아닙니다. 이제 의병은 황제의 내탕금으로도, 동포들의 성금이나 부자들의 갹출금으로도 지탱하기가 어려워질 것이라는 것을 폐하께서도 알고 계십니다. 새로운 발상이 필요한 때라는 것을 알고 계시지요."

"그것이 무엇입니까?"

"그것까지는 폐하께서도 알고 계시지 못합니다. 다만 앞으로의 의병은 유림이나 민척(閔戚) 일당의 힘으로 할 것이 아니라 안 장군 같은 의기 높은 충군지사들의 힘으로 감당해야 할 것이라고 늘 말씀하고 계십니다. 그 말씀을 전하려고 여기까지 왔습니다만 자칫했으면 만나지 못할 뻔했습니다. 부디 몸을 잘 보전하시고 헛되이 목숨을 버리지 마십시오."

김치보가 가까이 오자 김두성은 말을 끊고 물러갔다. 그날 밤 덕창약국의 사랑채에서 오랜만에 술잔을 앞에 놓고 안중근과 마주앉은 김치보는 이런 제안을 했다.

"이제 당분간은 특파부대 같은 부대를 운용하기가 어려울 것입니다. 연해주와 간도 땅에 잇닿아 있는 함경북도 국경지대에 일본군이 대대적으로 병력을 증원하고 무기를 강화하고 있다는 소식이므로 헛되이 아까운 목숨을 저들에게 갖다 바칠 이유가 없어요. 을미사변으로 타올랐던 의병의 불길이 식어가고 소강상태로 접어들고 있어요. 지난번 일본군이 회령에 3천 명의 병력을 투입하여 안 대장의 특파대를 분쇄한 것은 저들이 한국을 병탄할 계획을 추진하고 있다는 증거로 봅니다. 그러므로 이제부터는 긴 호흡으로 가야 합니다. 우선 안 장군은 흑룡강과 송화강을 따라 동포들이 살고 있는 곳을 두루 방문해 앞으로 긴 세월에 걸쳐 일제로부터 국권을 회복하는 첩경이 무엇인지 알아보시고 동포 지도자들과 안면과 흉금을 터놓는 작업을 해 두는 것이 좋을 듯합니다."

"그러나…."

"여비는 걱정 마십시오. 내가 마련해 두었습니다. 안 장군 특유의 친화력과 권위 있는 태도와 말솜씨면 동포들이 모두 반길 테니 그것이 더 큰 힘이 될 것입니다. 어때요?"

"갔다 오겠습니다."

그해 늦가을부터 연말까지 안중근은 흑룡강을 따라 거슬러 올라가면서 동포들이 사는 곳을 두루 찾아보았다. 많은 사람들을 만났고 많은 것을 느꼈다. 그러나 그는 하얼빈을 거쳐 체체하얼과 만저우리까지 다녀오겠다던 애초의 계획을 쑤이펀허(綏芬河)에서 정대호를 만난 후 중도 포기하고 해가 가기 전에 부랴부랴 블라디보스토크의 신한촌으로 돌아왔다. 정대호가 가족을 데리러 조선으로 들어갈 계획인데, 안중근이 원한다면 진남포에 가서 안중근의 부인과 아들을 데리고 올 테니 편지를 써 달라고 하기에 문득 보고 싶은 마음이 불같이 일어나 정대호에게 편지를 써 주고는 쫓기듯 블라디보스토크의 신한촌으로 돌아온 것이었다.

그가 돌아온 진짜 이유는 아득한 중국의 동북지역에 모래알처럼 흩어져 살고 있는 한국 사람들이 힘을 모으기도 어렵거니와 힘을 모아 봐도 최신 무기로 무장한 일본 군대와 맞서기에는 역부족이라는 것을 새삼 깨달았기 때문이었다. 그는 초조했다. 김치보는 그렇게 돌아온 안중근을 데리고 1909년 새해 첫날 함께 연추로 갔다. 연추에서는 마침 전날의 동지들이 모두 모여 있었다. 김기룡(金起龍), 강순기(姜順琦), 정원주(鄭元柱), 박봉석(朴鳳錫), 황병길(黃秉吉), 김천화(金千華), 류치홍(柳致弘), 조순응(曹順應), 백규삼(白奎三), 김백춘(金伯春), 강창두(姜昌斗) 등으로 강순기와 류치홍 두 사람을 빼면 모두 20

대의 피가 뜨거운 나이의 동지들이었다. 자연스럽게 의병활동의 어제를 반성하고 미래의 계획을 세우기 위한 열띤 토론이 벌어졌다.

단지(斷脂)

"그냥 악을 쓰고 무작정 희생하면서 일본 군대의 신식 총과 대포 앞에 쇠스랑과 대창을 들고 맞서다가 죽는 것은 열강의 관심을 터럭만큼도 끌지 못한다는 사실이 확인되었습니다. 서양의 힘센 나라들, 저들도 일본과 조금도 다르지 않는 도적들이기 때문입니다. 그러나 우리의 힘이 자라서 일본 군대에 실질적인 타격을 가할 때는 저들의 태도가 백팔십도로 달라질 것입니다. 힘이 없어 구걸하는 민족을 도울 나라는 없습니다. 힘을 길러 실질적으로 일본 군대를 타격할 만한 군대를 가져야 합니다."

강창두가 말했다. 너무나 당연한 말이었다. 문제는 어떻게 강한 군대를 가지느냐 하는 것이었다. 병력의 초모(招募)와 군자금의 확보를 위해 지금보다 배전의 노력이 필요하다는 데에 의견이 모아졌다. 지금까지는 의병의 군자금으로 한성을 비롯한 국내에서 큰돈이 흘러 들어왔지만 앞으로는 그 루트가 일제의 봉쇄로 막히게 될 것인즉, 간도와 연해주에 살고 있는 한국인들의 식산을 장려하여 장차 항구적인 의병 자금의 원천이 되도록 해야 한다는 데에도 이견이 없었다. 일본이 러시아의 차르 정부를 강압하여 연해주를 비롯한 러시아 땅에 있는 한국 의병들에게 무기를 판매하지 않도록 집요하게 노력하고 있으므로 차제에 무기의 구입선을 다원화해야 한다는 전략적인 문제도 검토되었다.

"중대한 계기가 있어야 합니다."

안중근이 무겁게 입을 열었다.

"한국인 2천만이 그 일을 생각만 해도 가슴이 떨리고 그 말을 듣기만 해도 스스로 일어나 일제에 항거하여 싸우도록 이끌어주는 역사적인 사건이, 신화가 있어야 합니다. 화랑 관창의 죽음이 신라군의 승리를 이끌었듯이, 예수가 죽어 인류를 죄와 죽음에서 구원했듯이 우리 민족에게도 메시아가 필요합니다. 그리고 일본은 이미 한국을 보호의 미명 아래 속국으로 만들었으나 조만간 완전히 국가의 이름마저 말살해 버릴 것인즉, 국권회복 운동은 어쩌면 백년, 혹은 그보다 더 장구한 세월에 걸쳐 진행될 것인즉, 그 오랜 세월을 통해 우리 후손들에게 두고두고 교훈을 주고 전범이 될 만한 거사가 있어야 합니다."

사람들은 그의 말뜻을 제대로 이해하지 못하여 멍하게 앉아 있었다. 황병길이 나섰다.

"내가 이해하기로는, 여기 있는 우리가 그 신화를 만들자는 얘기 같구면. 우리 목숨들을 민족의 제단에 내놓자는 말이 아닌가요?"

"바로 그렇습니다. 필요하면 폭탄을 짊어지고 일본 동경의 황궁으로 쳐들어가야 합니다."

"그런 생각을 한 번쯤 해보지 않은 사람이 이 중에 없을 것입니다. 그러나 그것은 실현 불가능한 일이고 실패할 가능성이 너무나 많은 일입니다. 그보다는 일본의 천황을 여전히 무구(無垢)한 임금으로 비켜 세워놓고 그 아래에서 일하는 무리들을 응징하는 것도 명분이 좋을 것입니다. 예를 들어 이토 히로부미…."

황병길의 입에서 이토라는 이름이 나오자 문둥병자를 만진 것처럼 모두 목을 움츠리고 몸을 부르르 떨었다.

"길은 여러 갈래로 열려 있습니다. 그 어떤 길이든 여기 있는 우리들의 피를 뿌려야 비로소 민족의 길이 열릴 것입니다. 그러니 이제 제의합니다. 우리가 이 자리에서 목숨을 민족과 국권 회복의 제단에 바치기로 맹세하고 그 표지로 손가락을 잘라 피로써 맹약을 하면 어떨까요?"

안중근이 제안하자 모두 찬성했다. 안중근은 이 일을 미리 계획하고 있었던 듯 도마와 칼, 그리고 품속에서 태극기 한 장을 꺼내어 펼쳐 놓았다. 그는 칼을 잡더니 조금도 주저하지 않고 왼손 무명지의 마지막 마디를 잘라버렸다. 피가 흐르자 그것으로 태극기에 '大韓獨立'이라는 네 글자를 써 내려갔다. 안중근이 쓰다가 피가 모자라 다 쓰지 못한 글자는 다음 사람들이 차례로 무명지를 잘라 마저 써넣었다. 그렇게 쓴 맹약의 태극기는 황병길의 아내인 김숙경이 잘려나간 손가락 마디들과 함께 소중하게 수습하여 간직했다.

잘려나간 왼손 무명지의 상처가 다 아물 무렵부터 안중근은 날마다 권총 사격 연습을 했다. 함경북도 경원의 고향을 버리고 며느리와 함께 연해주의 아들을 찾아와 살고 있던 병길의 아버지 황오섭 노인이 병길 내외가 살고 있는 마을의 초가 한 채를 빌려 안중근이 머물도록 주선해 주었다. 밥은 병길의 아내 숙경이 해다 줄 때도 있었고, 마을의 다른 동포 집에서 아이 생일이니 시부모 환갑이니 이런저런 구실로 밥을 해다가 보내오기도 하고 직접 초청하여 함께 먹도록 권하기도 했다. 땔나무는 전적으로 황오섭 노인이 감당했다. 그 어떤 도움보다 병길의 세 살배기 계집아이 정선이가 안중근의 시름을 덜어주고 말동무 노릇을 톡톡히 해냈다. 집 뒤란의 텃밭 가장자리에 표적을 세워 놓고 권총 사격 연습을 하고 있노라면 작은 계집아이가 쪼그리고 앉아 점수를 매겨 주는데, 기억력이 비상하여 요 근래의 안중근의 사격 점수를 모조리 기억하고 있었다.

"아저씨, 오늘은 모두 백점이다. 와!"

안중근의 사격 솜씨는 신기에 가까울 정도여서 그가 연습을 하면 구경 꾼이 몰려들었다. 탄환을 구하기가 쉽지 않아 사격 연습을 마음 놓고 하지 못하는 아쉬움이 있었으나 그 때문에 더욱 정신을 집중한 결과 탄환 한 발 을 쏠 때마다 정확도는 높아갔다. 마침내 어둠 속에서도 표적을 맞출 정도 가 되었을 때 비로소 그는 연습을 중단했다.

봄이 가고 여름이 갔다. 그동안 그는 블라디보스토크를 오가며 〈대동공 보〉의 이강 주필과 가까운 사이가 됐고, 이강의 요청으로 논설문을 신문에 게재하기도 했다. 장지연, 이동휘 같은 사람들과 만나 시국에 대한 의견을 교환해 본 일도 있었다. 그러나 그들과 헤어지고 돌아오면 마음은 언제나 허전했다. 정세를 판단하는 시각도 좋고 역사를 이해하는 이론도 좋으나 무엇보다 필요한 것은 행동이었다. 수분하의 정대호는 지난 봄 진남포에 가서 안중근의 가족을 데리고 만주로 향했으나 도중에 기차가 연결되지 않아 도로 돌아간 일이 있었다. 그랬던 정대호가 다시 진남포로 간다는 연 락이 왔다. 이번에는 반드시 안중근의 가족을 데려와 품에 안겨 줄 테니 살 림을 할 준비를 해 두라는 전갈이었다.

가족이라, 그립고도 부담스러운 이름이었다. 황병길이 자신의 목숨보다 사랑하는 가족과 함께 사는 모습을 보면서 내심 부러웠던 것도 사실이었 으나 그 자신에게는 그런 붙박이 가족이 옆에 없다는 것이 한편으로 다행 이라 생각해 온 터였다. 그랬는데 이제 가족이 온다고 했다. 정대호가 한다 고 마음먹으면 할 것이다. 가족이 오기 전에 나는 무엇을 해 놓아야 할 것 인가? 그들을 위해 초가집 한 채를 마련해 놓고 기다릴 것인가?

가을이 왔다. 더욱 심란했다. 어느 날 문득 블라디보스토크의 이강이 전 보 한 장을 보내왔다. 아무 내용도 없었다. 그저 한 번 나오라는 일상적인 전보였다. 이 전보가 오려고 그토록 심란했던 것일까. 안중근은 블라디보스토크로 떠나면서 다시는 연추로 돌아오지 못할지도 모른다는 예감이 있었다. 그 때문에 황병길의 가족은 물론이고 주변에 사는 동포들에게 일일이 찾아가 작별의 인사를 올렸다.

"아니, 아주버님. 다시 못 올 곳으로 가십네까?"

병길의 아내 숙경이 물었다.

"어쩌면…."

"날래 오시라요. 그깐 해삼위가 뭐 멀다고 이리 인사를 합네까. 날래 갔다 오시기요."

나를 잊지 마라

여기까지 썼을 때 마지막 재판이 열리고 사형이 언도됐다. 안중근은 자신에게 남은 시간이 얼마인지 궁금했다. 재판이 끝나고 나서 감옥까지 안중근을 찾아온 히라이시 고등법원장에게 그 말을 묻자 히라이시는 《안응칠 역사》는 말할 것 없고 《동양평화론》을 쓰라고 역제안하고 《동양평화론》이 완성될 때까지 사형 집행은 없을 것이라는 언질을 주었다. 그 말을 하는 자리에 여순감옥의 전옥 구리하라도 배석하고 있었으므로 이날부터 구리하라는 전옥으로서 자신이 안중근을 위해 할 수 있는 일은 다하려고 애를 썼다.

사형을 언도 받은 후 집행까지 약 40여 일 동안 안중근은 일생을 통해 가장 많은 글을 썼다. 미조부치 검사의 태도가 돌변하던 작년 12월 13일부터 서둘러 《안응칠 역사》를 쓰기 시작하여 3월 초순까지 거의 완성 단계에 이르고 있었다. 중근은 특히 이토 히로부미를 처단하는 구체적인 과정에 대해서는 한국 국내와 해외에 있는 동지들의 안위를 위해 자세한 인명이나 계획 추진에 대해 덮을 것은 덮어 두고 때로는 건너뛰면서 간략하게 기술해 나갔다. 히라이시 법원장이 제안한 《동양평화론》은 《안응칠 역사》를 끝낸 후에 시작하기로 마음을 먹었다. 그 사이에도 전옥이나 간수들까지 지필묵을 가지고 와서 휘호를 부탁하는 경우가 많아 그 일을 해내기도 바빴다.

사형을 선고 받고 항소를 포기한 후 그는 몇 통의 편지를 썼다. 편지는 아우 정근에게 한꺼번에 맡겨 부쳐 달라고 부탁했는데, 대상은 어머니 조마리아와 아내 김아려와 두 동생, 숙부, 그리고 홍 신부와 민 주교 등이었다.

어머니에게 보내는 편지를 가장 먼저 쓰고 다음으로 아내와 신부들의 순이었다.

母主前 上書

耶蘇를 讚美합니다.

불초자는 감히 일언을 모주전에 올리려 합니다. 엎드려 바라옵건대 子의 막심한 불효와 정성(定省)을 궐(闕)한 죄를 용서하여 주시옵소서. 이 이슬과도 같은 허무한 세상에서 육정(六情)에 이기지 못하시고 이 불초자를 너무나 생각해 주시니 후일 영원(靈源)의 천당에서 만나 뵈올 것을 바라오며 또 기도하옵니다. 이 현세의 일이야말로 다 주의 명령에 걸린 바이오니 마음을 평안히 하옵기를 천만 복망할 뿐입니다.

분도는 장래 신부가 되게 하여 주시기를 희망을 가지시고 후일에 이르러도 잊지 마옵시고 천주에 바치도록 교양해 주시옵소서. 이상은 그 대요이며 그리고 드릴 말씀은 허다하오나 어떻든 후일 천당에서 기쁘게 만나 뵈온 뒤 누누이 말씀드리겠습니다. 일통 상하의 여러분께는 문안도 드리지 못하오니 반드시 꼭 주교를 전심 신앙하시어 후일 천당에서 기쁘게 만나 뵈옵겠다고 전해 주시기 바라옵니다. 이 세상사는 정근과 공근에게 물어 주시옵고 반드시 꼭 배려를 걷우시옵고 마음 편안히 지내시옵소서.

다음은 아내 김아려에게 보내는 편지였다.

분도 母前에 寄하는 書 - 丈夫 安多默拜

耶蘇를 讚美하오. 우리들은 이 이슬과도 같은 허무한 세상에서 천주의 안배로 배필이 되고 다시 주의 명으로 영복(靈福)의 땅에서 영원(靈源)에 모이려 하오. 반드시 육정(六情)을 고려(苦慮)함이 없이 주의 안배만을 믿고 신앙을 열심히 하고 모친에 효도를 다하고 2제(二弟)와 화목하여 자식의 교양에 힘쓰며 세상에 처하여 심신을 평안히 하고 후세 영원의 낙을 바랄 뿐이오. 장남 분도를 신부가 되게 하려고 나는 마음을 결정하고 믿고 있으니 그리 알고 반드시 잊지 말고 특히 천주께 바치어 후세의 신부가 되게 하시오. 허다한 말은 후일 천당에서 기쁘게 즐겁게 만나보고 상세히 이야기할 기회가 있을 것을 믿고 또 바랄 뿐이오.

홍 신부에게 보내는 편지는 이런 내용이었다.

洪神父前 上書 - 罪人 安多默白

耶蘇를 讚美하옵니다. 자애로우신 아신부(我神父)여, 저에게 처음으로 세례를 주시고 또 최후에 여사한 장소에 허다한 노고를 불고하시고 특히 내임하시어 친히 모든 성사를 베풀어 주신 그 홍은이야말로 어찌 다 사례할 수 있겠습니까. 감히 다시 바라옵건대 죄인을 잊지 마시고 주대전(主大前)에 기도를 바쳐 주시옵고 또 죄인이 아는 제신부(諸神父)와 제교우(諸敎友)에게 문안드려 주시어 모쪼록 우리가 속히 천당 영복의 땅에서 흔연히 만날 기회를 기다린다는 뜻을 전해 주시옵소서. 그리고 주교께도 상서하였사오니 그리 아시기를 바랍니다. 끝으로 자애로우신 아신부(我神父)여, 저를 잊지 마시기를, 저 또한 결코 잊지 않겠습니다.

소중했던 사람들에게 편지로 작별을 고하고 나니 떠날 준비를 마치고 대문 밖에 나서는 여행객처럼 마음이 훨씬 가벼워졌다. 3월 8일에는 진남포에서 홍 신부가 왔다. 처음 홍 신부는 사형 집행을 앞둔 안도마 중근에게 성체예식을 집행해 달라는 조마리아의 부탁을 받고 거절했다. 이유야 어찌 되었거나 안도마는 살인을 저지르고 재판 끝에 사형을 언도 받은 죄인인데 이런 죄인에게 성체식을 베풀 수 없다는 것이었다. 그러나 며칠간의 기도와 고뇌 끝에 마침내 홍 신부는 "한 영혼이라도 구원하는 길이 그 어떤 율법보다 우선한다"는 결론을 내리고 진남포로 향한 것이었다.

성체성사는 3월 9일, 여순감옥소의 교회실(教悔室)에서 열렸다. 교회실 전면의 한가운데에 버티고 있는 국적 불명의 신상(神像)은 담요로 덮어 놓고 그 앞에서 홍 신부는 도마 안중근의 고해성사를 집전하고 이어 죄인이 성체성혈을 받아 영생의 문으로 들어가는 성체대례의식을 집행했다. 행사장에는 미조부치 검찰관과 구리하라 전옥, 통역관 소노키와 안중근을 변호했던 국선 변호인 두 사람, 그리고 감시와 호위를 맡은 치바 도시치 상병을 비롯하여 여남은 명의 감옥소 간부와 간수들이 참석했다. 참석한 사람들은 저마다 가슴이 저리고 큰 돌덩이가 억장을 내리누르는 것 같아 숨을 쉬지 못할 지경이었으나 당사자인 중근은 평온한 표정이었다. 저런 마음, 저런 표정이 도대체 어디서 나오는 것일까? 저 사람은 의인일까, 바보일까? 하는 헷갈리는 마음이 일본 관리들의 마음속에 그늘을 드리울 때 문득 한 가닥 빛이 침침한 교회실의 실내에 가득 퍼졌다. 무릎을 꿇고 앉아 있는 중근의 머리 위에 성수가 뿌려지는 순간 몇 가닥 밝은 빛이 중근의 몸을 감싸고 맴돌다가 방 안을 환하게 밝히고 있었다. 사람들은 떨면서 머리를 숙였다. 한참 만에 고개를 들자 의식은 끝나 있었고, 신부와 죄인은 끌어안고 웃고 있었다. 그 옆에 정근과 공근 형제가 나란히 서 있었다. 이제 당장 죽어도 영생의 길을 갈 뿐이라는 믿음과 기대, 그리고 안도감이 그들을 감싸고 있었다.

성체성사를 마치고 감방으로 들어가기 전에 구리하라 전옥이 자신의 방에서 차나 한 잔 하고 가자고 제안했다. 차는 국화 꽃잎을 말린 것이었는데 구리하라의 아내가 지난 가을 감옥 뒷마당에서 따서 말린 것이었다. 차를 마시다가 안중근은 구리하라에게 필기도구와 종이를 달라고 했다. 구리하라가 펜과 종이를 내놓자 중근은 아우 정근에게 자신이 부르는 대로 받아 적으라고 종이를 동생의 앞으로 밀었다. 정근은 떨리는 손으로 펜을 잡았다.

"내가 죽은 뒤에…."

정근이 받아 적지 못하자 안중근은 눈으로 빨리 적으라고 채근했다. 정근은 그제야 종이에 형의 말을 받아 적기 시작했다.

"나의 뼈를 하얼빈 공원 곁에 묻어 두었다가 우리 국권이 회복되거든 고국으로 반장해 다오. 나는 천국에 가서도 또한 마땅히 우리나라의 국권 회복을 위해 힘쓸 것이다. 너희들은 돌아가서 동포들에게 각각 모두 나라의 책임을 지고 국민 된 의무를 다하며 마음을 같이하고 힘을 합해 공로를 세우고 업을 이루도록 일러라. 대한독립의 소리가 천국에 들려오면 나는 마땅히 춤추며 만세를 부를 것이다."

"하얼빈? 공원 근처라고 했습니까?"

정근이 되물었다.

"그래, 김성백의 집에서 가까운 곳이다. 나는 그곳에서 주님의 부름을 받았다. 나는 그분의 부름에 따라 그저 행동했을 뿐이다. 오늘 여기까지 온 것은 그날 결정된 것이다. 공원 근처에는 죽어서 돌아갈 곳 없는 동포들의 원혼이 잠들어 있다. 나도 그들과 함께 조국으로 돌아갈 날을 기다릴 것이다. 그러니 그 자리에 나를 잠재워다오."

"그렇게 하겠습니다, 형님!"

정근이 대답하고 고개를 돌렸다. 그래도 들썩거리는 어깨까지 숨기지는 못했다.

"못난 모습 보이지 마라, 이 사람들에게."

정근은 일본인들 앞에서 절대로 약한 모습 보이지 말라는 형의 말을 순순히 따랐다. 그러나 그는 가슴을 떨면서 여전히 울고 있었다. 울음이 헤픈 아우를 중근은 연민의 눈으로 바라보다가 다시 입을 열었다.

"동포들에게도 한마디 남기고 싶다. 구차한 언설이지만 내 죽음을 헛되이 잊어버리지 않도록 몇 마디 남기려는 것이다. 적어라."

정근이 받아 적을 준비를 하자 안중근은 낮은 목소리로 말 한마디 한마디를 새기면서 책을 읽듯 말했다.

"동포에게 고함. 내가 한국 독립을 회복하고 동양 평화를 유지하기 위해 3년 동안 풍찬노숙하다가 마침내 그 목적을 이루지 못하고 이곳에서 죽노니, 우리들 2천만 형제자매는 각각 스스로 분발하여 학문을 힘쓰고 실업을 진흥하며 나의 끼친 뜻을 이어 자유독립을 회복하면 죽는 자, 유한이 없겠노라."

동양평화론(東洋平和論)

안중근은 기도와 집필로 이 세상에서의 남은 시간을 알차게 쪼개 썼다. 3월 15일, 밖에는 봄을 알리는 비가 내리는데 중근은 마침내 《안응칠 역사》의 마지막을 썼다. 지난해 12월 13일부터 시작하여 93일의 짧은 기간 안에 일생 살아온 행장을 기록하기를 마친 것이었다. 이제 할일을 다한 기분이었으나 히라이시 법원장과의 약속을 지키기 위해 그는 서둘러 《동양평화론》의 저술 작업에 들어갔다. 촌각이라도 지체하면 마치 죽음의 시각을 회피하기 위해 꾸물대는 것으로 오해 받을 염려가 있었으므로 그는 오히려 더 시간을 다그쳐 《안응칠 역사》를 쓸 때보다 집중하여 글을 썼다.

그는 우선 자신이 쓰고자 하는 '동양평화론'의 대강을 머릿속에 그리고, 몇 개의 장으로 구분하여 목차를 세웠다.

제1 전감(前鑑)

제2 현상(現狀)

제3 복선(伏線)

제4 문답(問答)

이런 순서였다. 그는 낮에 구리하라와 소노키가 가져다놓은 백지 위에 두 장의 휘호를 썼다. 휘호를 쓰기 위해 참고할 서적이라고는 구리하라가 구입해 준 《史記》를 비롯한 두어 권의 고전이 전부였다. 문득 전국시대의 시인 굴원(屈原)의 《이소(離騷)》를 읽고 싶어 그 작품이 실린 책을 구해 달라고 소노키와 구리하라 두 사람에게 부탁해 놓았는데 아직 구해 오지 못하고 있었다.

휘호를 쓴 다음 그는 낮에 탈고한 《안응칠 역사》를 다시 읽어 보았다. 그야말로 살아온 과정을 주마간산하듯 대강만 그려놓은 것이었으나 필설로 옮겨놓고 보니 인간 하나가 세상에 태어나서 하고 가는 일이 참으로 흙먼지처럼 보잘것없다는 느낌이 뼛속에 사무쳤다.

그는 다시 백지로 공책처럼 묶은 다발을 펼쳤다. 《동양평화론》을 쓰라고 구리하라가 만들어 준 공책이었다. 중근은 등잔의 심지를 돋우고 펜을 잡았다. 서론을 써 내려갔다.

대개 합쳐진 것은 흩어지고 흩어진 것은 다시 합치니 이는 만고에 변함없는 이치다. 오늘날 세계는 동과 서로 나뉘어 인종도 다르고 서로 경쟁하는 일이 일상사가 되었다. 기계의 연구로 세상은 편리해지고 농업과 상업이 모두 크게 발전하였으나 새롭게 발명된 전기와 대포, 비행선과 잠수정 등은 모두 사람을 상하게 하고 물질을 해치는 것들이다. 청년을 훈련시켜 전쟁터로 내몰고 무수히 많은 귀중한 생명들을 희생시키고 짓밟으니 피는 강이 되고 시체는 산을 이루어 그런 전쟁이 끊이지 않는다. 살기를 원하고 죽기를 싫어하는 것은 인간의 상정인데 청명해야 할 세계가 어찌 이 지경이란 말인가. 생각할 때마다 모골이 송연해진다.
이 현상의 본말을 구명해 보면, 예부터 동양의 민족들은 문(文)을 중히 여기고 기껏 자기 나라를 수호할 뿐이어서 구주(歐洲)의 한 치 땅도 약탈한 적이 없었다. 5대주에는 사람도 짐승도 초목까지도 모두가 제각기의 대지에서 살고 있거늘 최근 수백 년 이래 구주의 열국은 모두 도덕심을 잃고 나날이 무력을 확장하는 경쟁심을 돋우며 삼가는 모습을 볼 수 없었다. 개중에는

러시아가 가장 심한 나라로서 그 무도잔학성은 구주 및 동아시아의 사방
에 미치어 악이 가득하고 죄가 넘쳐 신도 사람도 함께 노할 지경이었다.
…… 이때 만일 대한제국과 청나라의 국민이 상하 일치하여 지난날의 복
수를 꾀하여 일본을 배척하고 러시아를 도왔더라면 일본은 승리할 수가
없었을 것이고, 나아가 러시아를 농락하지도 못했을 것이다.

안중근은 일본보다 러시아가 검은 발톱을 숨기고 부동항을 넘보며 한국
과 중국을 물어뜯으려고 기어 나오는 야수로 단정했다. 이 점에서 그는 일
본의 위협 앞에서 군주권을 지키기 위해 아관파천을 실행한 고종 및 민씨
일척과는 근본 생각이 달랐다. 그 때문에 그는 처음 진남포를 떠나 간도로
갔다가 그곳에 이미 일본 경찰의 마수가 뻗쳐 있음을 알고 연해주로 옮긴
뒤 의병 창의를 결심하고 이범윤을 찾아갔을 때도 그런 내심을 숨김없이
털어놓았던 것이다.

"각하께서는 전날 일로전쟁이 일어났을 때 러시아 군대를 도운 것은 잘
못이었습니다. 정의가 일본에 있었기 때문이었습니다. 이제 또 그 일본이
숨겼던 야심을 드러내고 우리나라를 짓밟는 지경을 당해 먼 산 불 보듯 보
고만 있는 것도 민족 앞에 죄를 짓는 일입니다."

그런 말로 이범윤의 창의를 재촉했던 것이다. 그러나 이범윤이 안중근의
설득에 따른 것이 아니라 페테르부르크에 가 있던 이범진의 요청과 한성에
서 고종의 밀지를 가지고 온 김두성의 권유로 마침내 창의를 결심하고 거
병하자, 근본 생각은 다르나 목적이 같기 때문에 흔쾌하게 그들과 힘을 합
치기로 한 것이었다. 그렇게 거병한 대한의군에서 김두성이 총재로 앉고
이범윤이 대장이 되었으므로 안중근은 특파대장을 맡았다가 참모중장이
된 것이었다. 그러나 안중근이 대한의군 총재라는 김두성의 얼굴을 본 것

은 회령전투에서 패배하고 돌아와 단지동맹을 결성하고 블라디보스토크에 나왔을 때 그를 위해 옛 동지들이 환영연을 베푼 자리가 처음이었다.

안중근은 이런 일들을 생각하면서 서문을 계속 써 내려갔다.

그러나 천 번 만 번 꿈에도 생각지 못했던 일이 벌어졌으니, 승리의 개선을 한 일본이 가장 가깝고 가장 절친하며 인자한 동종인 한국에 대해 조약을 강행하고 만주 장춘 이남을 강점함으로써 온 세계 사람들의 의혹을 불러일으키고 일본의 만행이 러시아의 그것보다 심한 것으로 드러나니 용호의 위세가 뱀과 고양이의 행동으로 바뀐 것이다. …… 만일 일본이 정략을 바꾸지 않고 핍박하는 일이 심해지면 도리어 다른 민족에게 멸망을 당하는 한이 있어도 같은 인종으로부터 치욕을 당하는 것은 참을 수 없다는 의론이 한·청 두 나라 사람들의 폐부에서 솟아나와 상하일체가 되어 스스로 백인의 앞장을 서게 될 것은 불을 보는 듯한 대세인 것이다. 그러므로 동아시아의 수억만 명 황색인종 가운데 수많은 유지들과 강개의 남아들이 어찌 이런 상태를 수수방관만 하고 동양의 참상을 앉아서 기다리고만 있겠는가. …… 그러므로 나는 동양 평화를 위한 선전(善戰)을 하얼빈역에서 시작하여 검찰 신문과 법정에서도 반복하여 설득했으나 여의치 않았으므로 이제 그 대요를 다시 한 번 제출하는 바이니 통찰 있기를 바란다.

일본이 어리석은 소아병에 집착하여 유럽 열강의 흉내를 내어 지금같이 침략의 행보를 멈추지 않는다면 한국과 청나라는 차라리 백인에게 멸망당할지라도 같은 황인종인 일본으로부터의 치욕을 참아내지는 않을 터이며, 그리하면 아시아는 공멸하게 된다고 예고했다. 여기까지 서문을 쓰고 다음 날인 3월 16일, 본격적으로 제1장 '전감(前鑑)'을 쓰기 시작했다.

그 당시 한국의 쥐새끼 같은 무리들이 동학당의 소동을 일으켰기 때문에 청국과 일본 양국이 출병하여 서로 충돌하고 전쟁을 일으켜 일본이 이기고 청국이 패함에, 승리한 일본은 장정(長征)하여 요동반도의 절반을 점령하고 요충지인 여순을 함락하여 황해 함대를 격파한 뒤에….

한국의 동학농민전쟁에서 촉발된 청일전쟁과 아시아 여러 나라의 상황, 러시아의 동향과 러일전쟁의 경과, 중국에 대한 서구 열강의 침략, 일본과 러시아의 숙명적인 대결, 러일전쟁 강화회담의 결과 등을 차례로 서술해 나갔다. 서양의 황화론(黃禍論)에 대적하는 백화론(白禍論)을 바탕으로 하여 아시아의 자중지란을 경계하는 내용이 중심을 이루고 있었다.

생각건대 자연의 형세를 무시하고 동종의 이웃나라를 약탈하는 자는 끝내 고립의 신세를 면할 수가 없는 것이다.

안중근 나름의 국제정치론인 '전감'은 여기서 일단 붓을 멈추었다. 3월 23일의 일이었다. 그 사흘 전인 3월 20일, 일본 외무성 정무국장 구라치가 급히 여순으로 와서 여순 고등법원장 히라이시를 만난 뒤에 몰래 도망치듯 군함 편을 이용하여 일본으로 되돌아갔다. 구라치 국장을 만난 히라이시는 곧장 여순감옥으로 달려가 구리하라 전옥의 방에서 안중근을 불렀다. 안중근이 치바 도시치와 함께 전옥의 방에 들어서자 의자에 앉아 이야기를 하고 있던 법원장과 전옥은 동시에 벌떡 일어나 죄수 안중근을 맞았다. 히라이시의 과장된 행동과 표정을 읽은 안중근은 자신에게 남은 시간의 무게가 가벼워진 것을 알았다.

"안 선생!"

히라이시가 조금 전의 당황했던 표정을 바꾸어 사무적인 어조로 말했다.

"통상 사형수에게 이런 통고를 하지 않는 것이 관례입니다만 안 선생은 특별한 분이어서 자신의 신변상의 변화에 대해 알아야 할 권리가 있으므로…."

"그날이 확정되었습니까?"

"예, 아시는 바와 같이 이미 두 번이나 날짜를 연기했는데 이번에는 연기 요청이 받아들여지지 않았습니다."

"언젭니까? 그날이!"

"예, 3월 26일입니다. 본국 정부에 대해 '안 선생이 지금 밤을 도와 저술에 집중하고 있으니 최소 한 달이라도 더 주었으면 한다' 하고 요청해 보았으나 승인을 얻지 못했습니다. 미안하게 됐습니다. 약속을 지키지 못해서."

"아닙니다."

안중근이 말했다.

"법원장님께서는 충분히 애를 쓰셨습니다. 오히려 빨리 저술 작업을 마치지 못한 제가 미안할 따름입니다. 생각해 보면 평화란 것은 이론에 있는 것이 아니라 생명체인 국가와 백성들이 부대끼며 만들어 가는 것이니까, 꼭 저술이 필요한 것이 아니었습니다. 그런데도 불구하고 나에게 시간을 만들어 주려고 애써 주신 데 대해 깊이 감사드립니다."

안중근은 돌아서서 전옥의 사무실을 나왔다. 더 머물러 있어 봤자 그들의 구차한 변명과 헛된 위로의 말이나 들을 뿐이었으니까.

특별감방으로 돌아온 안중근은 쓰고 있던 《동양평화론》의 제1장 '전감'을 마저 쓰기 위해 붓을 들었다. 그러나 눈앞이 자꾸만 흐려 왔다. 그는 인간의 영혼이 내세에도 영속한다는 것을 확실하게 믿고 있었다. 그렇다면 이 연기 같은 환각의 나그네 길을 마치고 쉰다는 것은 즐거운 일이다.

기쁜 일이다. 그런데도 즐겁지도 기쁘지도 않은 것은 무엇 때문일까. 정든 곳을 떠나기 싫은 습성 때문일 것이다. 미지의 세계에 대한 두려움 때문이기도 할 것이다. 그러므로 마음을 편안하게 가지자. 미지의 세계를 받아들이자.

그는 기도하다가 공책을 잡고 글을 쓰다가 붓을 들어 휘호를 쓰다가, 두서없이 이 일 저 일 손에 잡히는 대로 해나갔다. 그러기를 사흘, 세어 보니 이제 사흘을 남겨 두고 있었다. 그는 공책을 덮어 버렸다. 어차피 완성하지 못할 일이었다. '전감'마저도 완성하지 못한 것이 아쉬웠으나 아쉬운 일이 어디 그것뿐이던가.

당초 히라이시 법원장과 면담하면서 그는 자신이 구상하고 있던 '동양평화론'의 골격을 말한 일이 있었다.

그 내용은 첫째, 일본은 스스로 서구 열강과 동일시하여 동양의 이웃을 침략하는 잘못된 정책을 버리고 한·중·일 공동운명체를 결성하여 서방 열강의 침략에 대응해야 한다.

둘째, 이를 위해 여순항을 중국에 돌려주면서 이 항구를 개방하여 한·중·일 3국의 대표로 구성된 동양평화회의 기구를 상설하며 은행을 건립하여 3국 통용화폐를 발행해야 한다. 이것으로 3국을 주축으로 하는 동양평화회의가 궤도에 오르면 인도·태국·월남 등의 나라들을 가맹시켜 전 아시아의 공동운명체를 건설한다는 것이었다. 일본이 걸핏하면 침략의 수단으로 악용해 온 '동양 평화'를 명실상부한 평화체제로 만들어 낼 방책이었다. 그러나 시대를 앞서가는 이 탁월한 견해는 끝내 빛을 보지 못했다. 안중근은 다가오는 시간 앞에서 《동양평화론》을 포기했다.

군인본분(軍人本分)

3월 25일, 지난 사흘 동안 안중근은 내리 피나는 기도를 하고 있었다. 예수가 인류 전체의 죄를 대신 짊어지고 인간으로서의 생을 마감한 나이가 서른세 살이었다. 안중근 자신은 그 나이에 한 살이 부족할 뿐이었다. 그는 자신의 죽음이 조국 대한의 독립의 밑거름이 되기를, 그리고 독립 국가 수립 이후에도 두고두고 나라 경영의 지표가 되기를 빌고 또 빌었다.

점심때가 조금 지날 무렵 면회객이 있었다. 면회실로 나가 보니 정근과 공근 두 동생이었다. 아우들은 내일이면 불귀의 객이 될 형의 얼굴을 차마 바로 보지 못했다. 눈을 들어도 저절로 솟아나는 눈물 때문에 앞이 보일 턱이 없었다. 아우들은 무릎을 꿇고 기도를 했다. 중근이 그들에게 다가가 두 아우의 손을 하나씩 그러잡았다.

"언제까지 이 모양으로 울고 다닐 작정이냐? 힘을 내라. 용기를 잃지 말아다오. 뒷일을 부탁한다. 어머니를 보살펴 끝까지 효도하는 것을 잊지 마라. 염치없지만 네 형수와 어린 조카들을 부탁한다. 내가 가고 나면 너희들에게도 말 못할 고초가 기다리고 있을 것이다. 미안하다. 어머니와 함께 연해주나 간도로 옮겨 후일을 도모하는 것이 좋을 것이다."

더 할 말이 없었다. 기도로 눈물을 참고 있는 아우들을 돌려보냈다.

3월 26일, 아침부터 추적추적 내리는 이른 봄비가 여순감옥소의 빛바랜 담벽과 지붕과 마당을 적시고 있었다. 새벽인데도 중근은 일어나 앉아 있었다. 이날을 위해 진남포에서 어머니가 손수 만들어 보낸 하얀 한복 바지 저고리에 두루마기까지 단정하게 차려 입고 그는 아무 의식이 없는 석상처럼 꼿꼿하게 허리를 세우고 기도와 묵상에 젖어 있었다. 창 너머로 들여다보는 사람이 있었다. 치바 도시치 상병이었다. 중근은 그의 발소리를 듣고 눈을 떴다. 그리고 불렀다.

"치바상, 잠깐 들어오시오."

치바가 저승 문턱을 넘는 기분으로 감방 안으로 들어가자 중근은 책상 위에 펼쳐져 있던 종이를 눈으로 가리켰다.

"일전에 치바상이 내게 글씨 한 장을 부탁했지요? 그걸 다른 글 쓰느라 깜박 잊었어요. 지금 씁시다."

안중근은 먹을 갈더니 붓을 들어 듬뿍 찍어 거침없이 써 내려갔다.

치바는 안중근의 붓을 따라가며 그 내용을 읽었다.

'爲國獻身 軍人本分(위국헌신 군인본분 : 나라를 위해 목숨을 바치는 것은 군인의 본분이다)'이라고 쓰여 있었다.

치바는 그 글씨를 두 무릎을 꿇고 앉아서 받았다.

'안중근 선생, 당신은 언젠가 조선과 일본을 변화시키고 세계를 변화시킬 것입니다.'

치바는 속으로 중얼거렸으나 그 역시 눈물 때문에 말을 입 밖에 내놓지는 못했다. 안중근의 앞에서는 살아 있는 사람들이 어찌하여 눈물을 쏟기만 하는가. 치바로서는 알 수 없는 일이었다.

9시 30분, 안중근은 지난 몇 달 동안 살았던 감방을 떠났다. 돌아볼 풍경이 아니었기에 그는 뒤돌아보지 않았다. 특별감방에서 북쪽 담벽 근처에 있는 교형실까지 가는 길은 죄수들의 감방 복도를 지나 목공소와 인쇄 공장이 있는 마당을 지나고 다시 작은 운동장을 지나서 가는 길이 있었고 처음부터 남쪽 담벽 아래를 거쳐 동쪽 담벽을 따라 북쪽 담벽까지 이동하는 길도 있었다. 구리하라는 안중근을 위해 두 번째 길을 택했다. 용수를 씌우지 않은 것도 구리하라의 마지막 특별한 배려였다. 안중근은 어머니가 지어 보낸 하얀 수의의 바짓가랑이에 물이 튀지 않도록 조심하면서 걸었다.

안중근이 교형실에 도착한 것은 10시 5분 전이었다. 감옥 뒷마당에 외딴 집처럼 동떨어져 있는 이 작은 집의 출입구에는 몇 개의 계단이 있었다. 계단을 올라가 출입문으로 들어서자 수형수의 대기실이 있었다. 좁은 공간에 작은 나무의자 한 개가 전부인 방이었다. 안중근은 거기서 잠시 쉬었다. 미조부치 검찰관과 두 명의 변호인이 미리 와서 기다리고 있었다. 구리하라 전옥과 의사가 참석하자 곧 의식이 집행됐다. 중근은 교형대의 중앙에 세워졌다. 검은 보자기가 눈을 가렸다. 밧줄이 목에 감겼다. 처형 이유를 알리는 간단한 선언문이 낭독되고 최후의 유언을 묻는 질문이 있었다. 안중근은 고개를 저었다. 이윽고 교형장의 간수가 가로대를 잡아당기자 '삐걱' 하고 발밑의 판자가 아래로 툭 떨어지면서 사람 하나가 들어갈 만한 구멍이 뚫렸다. 안중근의 몸이 그 구멍 속으로 늘어졌다. 10시 4분이었다. 10분쯤 지나 10시 15분경에 의사가 아래로 내려가 간단한 진단을 하고 나서 사망을 확인했다. 그러자 대기하고 있던 간수들이 속이 깊은 나무통을 가져와서 시신을 밀어 넣었다.

감옥 밖에서는 내리는 비를 맞으며 정근과 공근 두 아우가 시신을 인계받아 옮기기 위해 수레까지 빌려와서 기다리고 있었다. 그러나 오정이 되도록 안중근의 시신은 나오지 않았다. 혹시 집행이 연기된 것이 아닌가? 정근이 감옥으로 들어가 보려고 했으나 저지당했다. 마침 창백한 얼굴로 감옥의 정문을 나서는 미조부치 검찰관을 보자 공근이 달려가 어떻게 된 일인지 물었다.

"모두 끝났습니다."

미조부치가 대답했다.

"끝나다니, 형이 집행된 것입니까?"

"그렇다니까요."

"그럼 시신을 우리가 인수하도록 들여보내 주십시오."

"시신은 이미 매장지로 간 지 오래됐습니다."

"그 매장지가 어딥니까?"

미조부치는 감옥 뒤편의 야산에 눈길을 던졌다. 두 아우는 당장 그 야산으로 달려가려고 했으나 감옥이나 마찬가지로 사방을 철조망이 두르고 있어 들어갈 길이 없었다. 일본은 살아 있을 때의 안중근에 대한 두려움 때문에 서둘러 재판을 끝내고 사형을 집행했지만 사실은 죽은 뒤의 안중근에 대한 두려움이 더 컸던 것이다.